本书获贵州民族大学贵州省区域内一流建设学科经费资助

《宋文鉴》研究

The research of Song WenJian

邹阳 著

浙江大学出版社
ZHEJIANG UNIVERSITY PRESS
· 杭州

图书在版编目(CIP)数据

《宋文鉴》研究 / 邹阳著. —杭州：浙江大学出版社，2023.7

ISBN 978-7-308-23950-9

Ⅰ. ①宋… Ⅱ. ①邹… Ⅲ. ①中国文学－古典文学研究－宋代 Ⅳ. ①I206.44

中国国家版本馆 CIP 数据核字(2023)第 111526 号

《宋文鉴》研究

邹　阳　著

责任编辑	宋旭华
责任校对	胡　畔
封面设计	周　灵
出版发行	浙江大学出版社
	（杭州市天目山路 148 号　邮政编码 310007）
	（网址：http://www.zjupress.com）
排　　版	浙江时代出版服务有限公司
印　　刷	广东虎彩云印刷有限公司绍兴分公司
开　　本	710mm×1000mm　1/16
印　　张	18
字　　数	268 千
版 印 次	2023 年 7 月第 1 版　2023 年 7 月第 1 次印刷
书　　号	ISBN 978-7-308-23950-9
定　　价	88.00 元

序

　　宋孝宗想挑选一位最合适的人来编选北宋一代诗文,反复征询各方意见,最终任命吕祖谦编次《皇朝文鉴》。这是吕祖谦的光荣,但也颇有风险。

　　光荣包括资质、资格和社会认可度,这是保证选集品质的最重要因素。吕祖谦显然是当时最被看好的人选。风险则主要是政治风险。须知因文加罪是专制体制下常见之事。北宋一代,朝廷屡兴文狱,"乌台诗案"之后,"元祐党祸"中多有"讪谤"之罪。南宋时此风依然。吕祖谦《皇朝文鉴》(后世称《宋文鉴》)甫一提交,即有大臣指其"借旧作以刺今"、"诋及祖宗"。幸好皇帝并未加罪,只是命其裁汰一些被指责的诗文而已。

　　《宋文鉴》于是成功问世了,共选入北宋诗文二千五百余篇,是第一部选择性展现北宋诗文风貌的总集,是与《文选》《唐文粹》并称的断代诗文选本。研究北宋文史哲学,不可忽略此书。

　　当代学者研究《宋文鉴》的著作或论文已有一些,邹阳首先关注了这些成果。他全面搜集、仔细阅读,作了简明扼要的"相关研究综述"。在此基础上,他苦心思考既往研究的不足,试图进行更全面、更细致的研究,对一些他认为需要商榷的观点或材料,进行更深入的文献辨析,从而提出更合适的判断。

　　比如《宋文鉴》的编选宗旨,"党同伐异"之论偏执于党争,"有补治道"之论偏执于政治,"存一代文献"之说难见"选"意。时过境迁,在后人心目中,党争、政治哪有那么重要。一代诗文选本,其意义主要还在于文化。邹阳于诸说之外另立新说——"以文为鉴"。这个说法涵融性最好,并且最接近书名"文鉴"之本义。他引经据典地具体论证"鉴"的三重义旨：资政、资文、存史。论证过程有充分翔实的数据支撑，合理可信。数据统计的方法，不只对科学技术重要，对人文学科同样重要。

接下来分析吕氏的选择标准。根据周必大、朱熹、吕乔年的说法，归纳出《宋文鉴》的六条选择标准。之后又根据自己的细读判断，指出吕氏有两种特别关注：一是对流传较少的文章予以特别关注，二是对《文选》去取标准特别关注。

在历代宋学研究中，宋赋研究相对薄弱。因此邹阳对《宋文鉴》选赋情况进行了全面梳理和比较深入的思考。他对吕氏为何以梁周翰《五凤楼赋》为压卷之作的分析，对吕氏之选"杂唐宋人新体"与宋人"以文为赋"的关系的论析，对《宋文鉴》所选之赋的分类考量，都有自己的见解，我认为基本允当且有新意。

邹阳这本以博士学位论文为基础的专著，其出版是《宋文鉴》研究领域一份可信度较高的新成果，翔实厚重，有许多新见解。我是导师，不宜过多夸奖，相信读者自能获益。

邹阳来中山大学读博之前，在西北大学贾三强教授门下攻读硕士学位。当时在众多考生资料里，他的材料引起我特别关注。因为他在读硕期间就承担了省、市级文献整理课题，不但按时结项了，而且有些成果发表了，我认为他学术资质不错。但他不但从不和我联系，到中山大学考试时竟然也没打算见我。幸亏我及时找到了他，面谈印象颇佳。后来才知道贾老师有意指导他继续读博。他入学之后，表现出踏踏实实的治学习惯，不拖沓，凡事喜欢早做准备，喜欢独立思考。

邹阳是位文学气质充盈的读书人。我偶然读到他的一些散文和诗歌，不仅情怀深厚，而且文采斐然。在读博期间，他也学写旧体诗词，虽不老练，但力避流俗，眼界颇高。因为勤于学业，诗词写得不多，但篇篇可读，显示出良好的诗才和较高的艺术追求，今后若能持续，前景可期。

邹阳是布依族，贵州人，毕业后回贵州民族大学任教了。此书将付梓，这是他学术之路的一个新起点。我希望他能成为优秀的学者和诗人，这两方面他都有优良的资质。其人高大寡言，仁义礼智信诸般皆好，是孔夫子喜欢的那种。

忽然想起他离开中山大学时，我写了《解佩令》词赠别：

情怀家国，意趣今古。好男儿、扶摇鹏举。渭北天南，回眸处、如风如露。总书香、盈盈朝暮。如今揖手，春晖父老，报乡邦、一腔诚愫。执教兴文，又何辞、怀辛怀素。但相期、亦徵亦羽。

张海鸥
2023 年 3 月 11 日序于广州水云轩

目　录

绪 论

一、选题缘起

《宋文鉴》（原名《皇朝文鉴》）一百五十卷，南宋淳熙年间吕祖谦奉敕编纂。全书共收录北宋两千五百余篇诗文，是一部收采较博的选集，更是研究北宋文学不可或缺的基本文献之一。叶适称："此书二千五百余篇，纲条大者十数，义类百数。其因文示义，不徒以文，余所谓必约而归于正道者千余数，盖一代之统纪略具焉。"①林駉称："论汉魏以后之文莫备于《文选》，论李唐之文莫备于《文粹》，论圣宋之文莫备于《文鉴》。"②更为重要的是，《宋文鉴》是第一部全面展现北宋诗文风貌的选集，具有重要的文学价值。

《宋文鉴》的编纂宗旨、诗文的裁选标准和方式、所选诗文的文学价值到底是什么样子？迄今为止，学界对这些问题一直缺乏全面梳理和系统探讨。基于此，本书将选取《宋文鉴》中最具文学性的赋和诗，以及收录比重最大的奏疏，通过收集相关文献，结合已有研究成果，重点对《宋文鉴》赋、诗和奏疏所涉及的问题进行具体细致而又全面系统的研究，同时旁及《宋文鉴》敕文、记等其他文类。

---

① 吕祖谦编，齐治平点校：《宋文鉴》，附录《习学记言序目·皇朝文鉴·总论》，北京：中华书局1992年版，第2167页。
② （宋）林駉撰：《新笺决科古今源流至论》，见《景印文渊阁四库全书》第942册，台北：台湾商务印书馆1986年版，第27页。

二、《宋文鉴》研究现状

目前,学界关于《宋文鉴》的研究可分为以下几类。

第一,《宋文鉴》版本研究。

金开诚、葛兆光《古诗文要籍叙录》①介绍了《宋文鉴》的两个版本系统,第一个系统是郡斋"嘉泰本"系统,嘉泰四年(1204),新安郡守沈有开及郡博士袁某得吕氏家本,经与建宁书坊刻本对勘而刻于郡斋。另一个系统是明代天顺年间严州太守邵龄据一个宋本重刻的"严州本"。祝尚书《宋人总集叙录·皇朝文鉴》②遍采历代书目所著录的信息,查询各图书馆所藏各版本《宋文鉴》,已将《宋文鉴》的版本源流、各种版本特点详细论述,是《宋文鉴》版本研究最佳善之作;还考证了部分书目存在的问题,如对《增订四库简明目录标注》著录"翻宋本"的辨析,具有重要价值。《宋人总集叙录》篇末附有历代关于《宋文鉴》的序跋,亦具有重要参考价值。刘树伟《〈皇朝文鉴〉版本考》③综合《古诗文要籍叙录》和《宋人总集叙录》的观点,详细论述了"小字本"系统和"大字本"系统各刊本的源流,认为"大字本"优于"小字本"。

第二,编纂宗旨、成书过程及成书后的争议研究。

王学泰《〈宋文鉴〉的编刻与时政》④认为《宋文鉴》的成书与南宋孝宗时期朝政纷争息息有关,反映了南宋统治者因循苟简的为政风貌,吕祖谦"党同伐异"是其编纂宗旨。张智华《南宋的诗文选本研究》⑤采用丰富的材料,对《宋文鉴》成书过程进行细致介绍,并叙述了朱熹、叶适等人对《宋文鉴》的评价。杜海军《吕祖谦文学研究》⑥第四章介绍了《皇朝文鉴》的

---

① 金开诚、葛兆光:《古诗文要籍叙录》,北京:中华书局2005年版,第248—249页。

② 祝尚书:《宋人总集叙录》,北京:中华书局2004年版,第113—132页。

③ 刘树伟:《〈皇朝文鉴〉版本考》,载《图书馆学刊》2015年第1期,第118—121页。

④ 王学泰:《〈宋文鉴〉的编刻与时政》,载《传统文化与现代化》1993年第4期,第51—58页。

⑤ 张智华:《南宋的诗文选本》,北京:北京师范大学出版社2002年版,第58—73页。

⑥ 杜海军:《吕祖谦文学研究》,北京:学苑出版社2003年版,第125—153页。

编选缘起及成书过程，并讨论了《皇朝文鉴》的整理情况及其对宋代文学的贡献，通过对其分类的研究以及与《文选》的比较，总结出了编纂宗旨：一是有补于道；二是重视文采。马茂军《〈宋文鉴〉与〈宋文海〉》考订了《宋文鉴》与其编纂底本《宋文海》之间的关系，但主要侧重于对《宋文海》及其作者江钿的考证。李建军《宋人选宋文之典范——〈宋文鉴〉编纂、价值及影响考述》①对《宋文鉴》的编纂过程、版本源流进行考述，认为《宋文鉴》的编纂"去其有意"、"有补治道"，且选文"采撷英华"，具有较高的文学价值，对后世文学总集的编纂影响深远。李昇《论〈宋文鉴〉存北宋一代文献编纂意图及其影响》②认为《宋文鉴》的编纂宗旨是存北宋一代文献，《宋文鉴》的问世是南宋编选北宋一代文献风气的开始。许浩然《从〈宋文鉴〉的编纂看南宋理学与馆阁之学的分歧》③重点论述了《宋文鉴》成书之时南宋理学与馆阁之学的纷争，认为《宋文鉴》有很强的理学取向。叶文举《开放性的〈皇朝文鉴〉及其背后的学术之争——兼与〈古文关键〉编选的比较》④，引用朱熹对《宋文鉴》选文标准的总结，即"文理俱佳"、"文采可称"、"文虽不佳而理可取"、"文虽不佳，然人却贤明"、"不为时人所许，但'文'或'理'有其一"，逐条申说，认为《宋文鉴》选文有开放性的特点。之所以《宋文鉴》成书后会引发争议，是由于理学家们各自的文道观不同。《古文关键》与《皇朝文鉴》在选文宗旨、选文数量上都不相同，并举欧阳修、曾巩、张耒之文加以论述，此文论述颇有新见，但只停留在较为宏观的对比和分析，没有挖掘选文本身的文学价值。慈波《〈宋文鉴〉编刊之争再审视》，⑤除论述《宋文鉴》编纂过程外，认为《宋文鉴》引起政治上的攻讦

---

①　李建军：《宋人选宋文之典范——〈宋文鉴〉编纂、价值及影响考述》，载《古籍整理研究学刊》2011 年第 6 期，第 17—23 页。

②　李昇：《论〈宋文鉴〉存北宋一代文献编纂意图及其影响》，载《重庆文理学院学报》2014 年第 1 期，第 46—51 页。

③　许浩然：《从〈宋文鉴〉的编纂看南宋理学与馆阁之学的分歧》，载《中国典籍与文化》2014 年第 3 期，第 41—47 页。

④　叶文举：《开放性的〈皇朝文鉴〉及其背后的学术之争——兼与〈古文关键〉编选的比较》，《浙江师范大学学报》2015 年第 5 期，第 32—45 页。

⑤　慈波：《〈宋文鉴〉编刊之争再审视》，《文学评论》2020 年第 2 期，第 24—32 页。

与谀颂,是由于孝宗朝的近习与外廷之争,此论非常有见地。

《宋文鉴》的成书过程研究已经完备,但编纂宗旨是"党同伐异"、"有补治道"还是"存一代文献"? 学界尚无定论,有待进一步探索。

第三,《宋文鉴》与吕祖谦思想研究。

陈广胜《吕祖谦与〈宋文鉴〉》①,认为《宋文鉴》反映了吕祖谦在学术上重视"义理",在政治上关注民生疾苦,在文风上重视思想内容与社会功用。石明庆的博士论文《理学诗论与南宋诗学》②第二章第一节"吕祖谦和薛季宣的诗论"介绍了吕祖谦的学术特点与诗文理论。他主要介绍了吕祖谦在《宋文鉴》编纂中重视实用的诗学思想,认为吕祖谦的《宋文鉴》虽然是奉旨编纂的,但也充分体现了他兼容艺术和实用的诗学思想。吕祖谦选录诗歌题材和风格的多样性、选录作者的广泛性,正反映了吕学兼总众说、巨细不遗、挈领提纲、首尾该贯的特色。郑永晓《从〈宋文鉴〉看吕本中、吕祖谦文学思想之传承》③认为吕祖谦的家学渊源,尤其是伯祖吕本中的文学思想和诗学观念对其学术思想和《宋文鉴》的编纂有影响,吕祖谦编《宋文鉴》传承了吕本中所提倡的元祐学术。巩本栋《论〈宋文鉴〉》④,认为吕祖谦编纂《宋文鉴》有"道"、"治体"、"文"三方面的考虑,所谓的"道"内涵丰富,不限于理学范畴;所谓的"治体"不限于北宋朝廷的"家法"和新旧党争的是非恩怨,而是关乎国家社稷;所谓的"文"不只是论道议论之文,而是广收博采,重视文献保存。叶文举《〈宋文鉴〉:一部彰显吕祖谦"兼总"思想的文章总集》⑤,认为"治道"与"文采"兼重是《宋文鉴》的选文宗旨,这是吕祖谦"兼总"思想的具体体现,此观点与石明庆等人的论述有相似之处。

---

① 陈广胜:《吕祖谦与〈宋文鉴〉》,载《史学史研究》1996年第4期,第54—59页。

② 石明庆:《理学诗论与南宋诗学》,南开大学2003年博士论文,第47—51页。

③ 郑永晓:《从〈宋文鉴〉看吕本中、吕祖谦文学思想之传承》,《第五届宋代文学国际研讨会论文集》,第629—635页。

④ 巩本栋:《论〈宋文鉴〉》,载《中国文化研究》2012年春之卷,第58页。

⑤ 叶文举:《〈宋文鉴〉:一部彰显吕祖谦"兼总"思想的文章总集》,载《古籍研究》2015年第2期,第284—295页。

从整体来看,学界多在探讨"《宋文鉴》反映了吕祖谦的什么思想",多是宏观概括,缺乏结合《宋文鉴》所选诗文的具体分析。

第四,《宋文鉴》的文体学研究。

洪本健《从〈宋文鉴〉的编选看北宋散文繁荣的若干问题》[①],该文从《宋文鉴》所收录文章的角度来看北宋散文的发展情况,分析了欧阳修、苏轼作为文坛领袖的地位,以及宋文六家的地位问题,介绍了天圣、明道的散文,并对北宋文进行了分期。谭钟琪硕士论文《吕祖谦文学研究》[②]第三章"吕祖谦的文学批评及理论"第二节"《宋文鉴》与文体理论",简单论述了吕祖谦"重视文体",认为吕祖谦继承了萧统《文选》客观平正的编选态度和立足宏观的文体观念,发展了文体的分类。袁佳佳《〈宋文鉴〉选诗研究》[③]从选诗体例、选录诗人、选诗思想三个方面对《宋文鉴》选诗进行了研究,但论述较为简略,对选诗的具体内容分析较少。吴承学《宋代文章总集的文体学意义》[④],认为由《文选》到《宋文鉴》文体类目的增加,可以看出同一文体的演变和增殖、文体内涵的历史变化。曾枣庄《中国古代文体学》[⑤]上卷《中国古代文体学史》第五章"宋代的文体学"第五小节论述了《宋文鉴》文体分类的贡献,"首次为杂体诗设专卷",并指出《宋文鉴》对"古赋、律赋、古体诗、近体诗都并列编排,不分轩轾,表现出古文派与骈文派合流的趋势"。罗旻《宋集中的乐府诗编纂研究》[⑥]第三部分"《宋文鉴》及诸宋人别集中的乐府诗考察",认为吕祖谦将乐府和歌行相提并论,是因为其体裁都以七言古体为主,兼顾杂言,这种将歌行乐府混合编纂的方式,上承唐代新题乐府的传统,体现了关注乐府的歌行特质。孙文起

① 洪本健:《从〈宋文鉴〉的编选看北宋散文繁荣的若干问题》,载《古籍研究》2000年第2期,第26—31页。
② 谭钟琪:《吕祖谦文学研究》,扬州大学2002年硕士论文。
③ 袁佳佳:《〈宋文鉴〉选诗研究》,河北师范大学2009年硕士论文。
④ 吴承学:《宋代文章总集的文体学意义》,载《中国社会科学》2009年第2期,第200页。
⑤ 曾枣庄:《中国古代文体学》上卷《中国古代文体学史》,上海:上海人民出版社2012年版,第280页。
⑥ 罗旻:《宋集中的乐府诗编纂研究》,载《东岳论丛》2013年第2期,第166—167页。

《论宋代文章总集与"传体文"文体地位的确立》①，认为《宋文鉴》选取的北宋传体文更富有经典意义，凸显了北宋传体文的思想文化内涵。胡大雷《吕祖谦与文体学》②，认为吕祖谦编纂《宋文鉴》既保存北宋文章文献，又特别注意把新文体（如"义"、"上梁文"、"说书"等）展示给世人，对新文体的关注是吕祖谦的文体学贡献之一。

总体来说，《宋文鉴》的文体学研究虽有多方面涉及，但多停留在单纯的总论阶段，像罗旻和孙文起那样对具体选文深入的个案研究比较缺乏。

第五，与《宋文鉴》相关的其他研究。

许振兴《辨〈宋文鉴〉的一首杨亿佚诗》③认为《四部丛刊》影宋本和四库本《宋文鉴》所收《梁县界蚜蛨虫生》诗作者为杨亿，并非罗处约所作。李成晴《从〈宋文海〉到〈宋文鉴〉——以国家图书馆藏残宋本〈新雕圣宋文海〉为中心》④认为国图藏《新雕圣宋文海》并非吕祖谦编《宋文鉴》时依据的临安坊刻《圣宋文海》旧本，可能和罗畸《文海》有一定关系。李光生《理与气：〈宋文鉴序〉的文化阐释——兼论周必大与理学家的分歧》⑤一文提出，吕祖谦编纂《宋文鉴》体现了其载道、经世及史学兼容思想，周必大奉旨为序，认为吕氏所选诗文"有补治道"，周序与吕氏编选宗旨有契合处。张栻质疑"何补于治道？"折射出周必大与张栻等理学家在政治和思想上的分歧，周序中反复强调的"理"与"气"，透露出向理学集团示好的政治动机。

中华书局 1992 年出版齐治平点校本《宋文鉴》，该本以《四部丛刊》本为底本，以国家图书馆所藏嘉泰四年刊元修本、明钞本、晋藩本、五经堂刻

① 孙文起：《论宋代文章总集与"传体文"文体地位的确立》，载《北京社会科学》2016 年第 10 期，第 18—20 页。

② 胡大雷：《吕祖谦与文体学》，载《宁夏师范学院学报》2018 年 3 月第 3 期，第 11—13 页。

③ 许振兴：《辨〈宋文鉴〉的一首杨亿佚诗》，载《文学遗产》1988 年第 5 期，第 123—124 页。

④ 李成晴：《从〈宋文海〉到〈宋文鉴〉——以国家图书馆藏残宋本〈新雕圣宋文海〉为中心》，载《儒家典籍与思想研究》第八辑，2016 年，第 71—72 页。

⑤ 李光生：《理与气：〈宋文鉴序〉的文化阐释——兼论周必大与理学家的分歧》，载《河南师范大学学报》2018 年 7 月第 4 期，第 120 页。

本为校本,是现今使用最方便之本。

第六,境外《宋文鉴》的相关研究。

境外关于《宋文鉴》的研究较少,欧美汉学界暂未见相关研究。日本学者古川喜哉《漢文の文體類別——特に四六文體について——》[①]列举了《宋文鉴》所分的文体类别,指出《宋文鉴》较前代总集扩展了文体分类。阿部隆一对台湾图书馆藏新安郡斋刻本《皇朝文鉴》有著录,详录该本的版式、行款、刻工、避讳,尤其对刻工的考证较有价值。[②] 丰福健二《题跋の成立》[③]用《宋文鉴》始分"题跋"为例,说明宋代"题"与"跋"始合称。

东南亚暂未见《宋文鉴》相关研究。

可以看出,学界关于《宋文鉴》的研究丰富多彩,对该书版本和成书过程的研究已经完备,对《宋文鉴》所反映的吕祖谦思想的论述也比较到位,但对于《宋文鉴》所选诗文个案的研究尚有极大的拓展空间。

三、研究的对象、方法、创新点

(一)研究对象和方法

因《宋文鉴》体量巨大,本书在研究《宋文鉴》编纂宗旨的基础上,选取《宋文鉴》中文学性最强的赋、诗和入选比重最大的奏疏,重点讨论赋、诗、奏疏的裁选标准和方式以及其中涉及的文本问题、文学价值、文学影响等,略论敕文、记、题跋、乐语涉及的相关问题。本书主要采取文本细读、文献考证、文学批评三种方法,结合相关历史背景和文学背景的考察,以期拓展《宋文鉴》所选诗文的个案研究,进而拓展宋代文学、文献和文化的研究。

(二)主要创新点

1. 在研究视野方面,本书努力改变以往《宋文鉴》研究多注重宏观论述而缺乏个案研究的弊端和缺憾,深入内部,力求突破《宋文鉴》研究多停

---

① 《园田女子大学论文集》(三),第 37 页,1968 年版。
② 《斯道文库论集》,第 234—236 页,1976 年版。
③ 《中国中世文学研究》,第 196 页,1991 版。

留在宏观视野的局限。

2.在研究的具体内容方面,本书拟从以下几点努力有所突破。第一,重新反思《宋文鉴》编纂宗旨;第二,在文本细读的基础上,探讨《宋文鉴》赋的编排方式及影响,并对赋的内容进行分析,探讨《宋文鉴》选赋的价值和文学史意义以及其他相关问题;第三,对《宋文鉴》选诗的选源、选录诗人的情况进行探究,并以选诗为载体,论析吕祖谦的诗歌审美观念和诗体观念;第四,探讨《宋文鉴》奏疏的编选特征、认识价值和艺术特点;第五,评述被学界关注较少的《宋文鉴》两个选刊本及其涉及的相关问题。具体内容以问题为指归,在进行细致研究的基础上,努力构造其宏通性。

第一章 《宋文鉴》的编纂宗旨

第一节 《宋文鉴》编纂的文化背景、
成书过程、争议及版本概述

一、《宋文鉴》编纂的文化背景

绍兴三十二年(1162)六月,宋高宗赵构禅位于赵昚,是为孝宗,次年(1163)改元隆兴。宋孝宗即位后,素有北伐之志,但因仓促出师,大败于金军,隆兴二年(1164)与金缔结"和议",史称"隆兴和议"。此后四十余年,宋金维持了和平局面。淳熙四年(1177)《宋文鉴》开始编纂,其相关文化背景有如下几个主要特点。

(一)宋孝宗的"崇文"态度

宋孝宗是一位"崇文"的皇帝,首先表现在对著名文士的推崇,例如对苏轼的喜爱,孝宗《苏轼赠太师制》云:

敕:朕承绝学于百圣之后,探微言于六籍之中。将兴起于斯文,爰缅怀于故老。虽仪刑之莫觌,尚简策之可求。揭为儒者之宗,用锡帝师之宠。故礼部尚书、端明殿学士、赠资政殿学士、谥文忠苏轼养其气以刚大,尊所闻而高明。博观载籍之传,几海涵而地负;远追正始之作,殆玉振而金声。知言自况于孟轲,论事肯卑于陆贽?方嘉祐全盛,尝膺特起之招;至熙宁纷更,乃陈长治之策。叹异人之间出,惊谗口之中伤。放浪岭海而如在朝廷，斟酌古今而若斡造化。不可夺者皭然之节，莫之致者自然之名。经纶不究于生前、议论常公于身后。人传元祐之学，家有眉山之书。朕三复遗编，久钦高躅。王佐之才可大用，恨不同时；君子之道闇而彰，是以论世。说九原之可作，庶千载以闻风。惟而英爽之灵，服我衮衣之命。可特赠太师，余如故。①

此文作于乾道九年(1173)六月二十四日丁亥，苏轼被追赠太师，文中对苏轼气节、才学等均给予极高评价，可见宋孝宗对苏轼的喜爱和推崇。

其次，宋孝宗重视并支持书籍文献的编修整理。如李焘编修《续资治通鉴长编》就与宋孝宗的支持有关，李焘《进〈续资治通鉴长编〉表》：

> 臣焘言：臣先于去年八月准尚书省札子，三省同奉圣旨，依敷文阁直学士汪应辰奏，取臣所著《续资治通鉴》，自建隆迄元符，令有司缮写校勘，藏之秘阁。臣寻于十四日蒙恩赐对，面奉圣旨，令臣早投进，遂除官郎省，兼职史局。②

此表作于乾道四年(1168)四月，李焘再次进呈《续资治通鉴长编》108卷，他"兼职史局"是奉了宋孝宗的旨意，可见宋孝宗对《续资治通鉴长编》的编修有推动作用。又如成书于淳熙四年(1177)的《中兴馆阁书目》也得到过宋孝宗的支持，陈骙《乞令馆职编撰〈中兴馆阁书目〉奏》：

> 中兴以来，馆阁藏书，前后搜访，部帙渐广，循习之久，未曾类次书目，致有残缺重复，多所伪舛。乞依《崇文总目》就令馆职编撰，更不置局。③

又淳熙五年(1178)三月所上《乞投进〈中兴馆阁书目〉奏》：

> 谨按庆历元年《崇文总目》书成，系是参知政事王举正上。今来

---

① 曾枣庄、刘琳等编：《全宋文》，第235册，上海：上海辞书出版社2006年版，第161页。
② 曾枣庄、刘琳等编：《全宋文》，第210册，上海：上海辞书出版社2006年版，第178页。
③ 曾枣庄、刘琳等编：《全宋文》，第241册，上海：上海辞书出版社2006年版，第40页。

书目成书,欲候缮写毕,于参知政事过局日,一就观阅讫,报本省承受官投进。[①]

《中兴馆阁书目》的编修是孝宗朝整理馆阁藏书的重要成果,从陈骙上奏请求编修,到最后修成上奏,当与宋孝宗的支持分不开。

最后,宋孝宗"崇文"还表现在自己也进行文学创作,并且有一些优秀的作品。陈岩肖《庚溪诗话》载:

> 今上皇帝以英睿之资,宸文圣作,焕然超卓。方居王邸时,从太上皇帝视师江左,经由京口,题诗金山曰:"屹然山立枕中流,弹压东南二百州。狂虏来临须破胆,何劳平地战貔貅。"辞壮而旨深,已包不战而屈人兵之意矣。[②]

陈岩肖对宋孝宗其人的评价虽有谀颂之嫌,但"屹然山立枕中流,弹压东南二百州。狂虏来临须破胆,何劳平地战貔貅"一诗确实气度恢弘,"辞壮而旨深"的评价非常准确。

宋孝宗的"崇文"态度,促进了文化事业的发展,《宋文鉴》亦是吕祖谦奉旨编纂,与孝宗的"崇文"态度密切相关。

(二)学术争鸣与包容的学术风气

宋孝宗于乾道九年(1173)追赠苏轼为太师,蜀学由此得到复兴。王安石新学在南宋初被认为是天下大乱的根源,一直遭到排斥,从宋孝宗反对大臣提议削去王安石配享孔庙的意见可以看出,宋孝宗并未彻底废除新学,《建炎以来朝野杂记·典礼·元丰至嘉定宣圣配享议》载:

> 乾道五年春,魏元履以布衣为太学录,复请去荆公父子而以二程从祀。陈正献公为相,难之。淳熙三年冬,赵叔达粹中为吏部侍郎,论王安石奸邪,乞削去从祀,上谓辅臣言:"安石前后毁誉不同,其文

---

① 曾枣庄、刘琳等编:《全宋文》,第241册,上海:上海辞书出版社2006年版,第41页。

② (宋)陈岩肖:《庚溪诗话》卷上,见(清)丁福保编《历代诗话续编》上册,北京:中华书局1983年版,第164页。

章亦何可掩?"①

与此同时,以张栻为代表的"湖湘学派",以吕祖谦为代表的"浙东学派",以朱熹为代表的"闽学"在孝宗时期迅速发展。在淳熙二年(1175),更有吕祖谦为调和朱熹理学与陆九渊心学的学术分歧,组织了著名的"鹅湖之会"。由此可以看出,南宋孝宗朝具有包容的学术风气。《宋文鉴》正是产生于包容的学术风气之下,故吕祖谦可以放弃本来打算校订的《圣宋文海》,重新以"大去取"的方式编纂《宋文鉴》。《宋文鉴》成书以后,先后有周必大作序赞扬、张栻抨击其"无补治道",朱熹对之既有批评也有赞扬,无论是出于政争还是学术思想分歧,②都无碍把《宋文鉴》编刊之争视为南宋孝宗朝学术争鸣思想活跃的写照。

(三)刻书业与书籍传播

南宋孝宗时期的刻书产业十分发达,有官刻、家刻、坊刻三个系统。韩淑举《宋孝宗时期的刻书》③一文对孝宗时期官刻、家刻、坊刻有过深入探讨。现据韩文总结如下:官刻根据刻书机构的不同,可以分为国子监本、公使库本、左廊司局本、安抚使本、提刑司本、州军学本、郡斋本、郡庠本等等;家刻按刻书类型可以分为家藏善本付梓、刻乡贤及名宦著作、刻师友之书、自刻著作等等,陆游、尤延之、蔡梦弼、朱熹等人皆是著名的私人刻书家;坊刻中最出名则是建安余氏,以生活在南宋中期的余仁仲最为著名,他曾刊刻过《尚书精义》《尚书注疏》《陆氏易解》《周礼注》等书。孝宗时期的刻书具有刻书地域广、刻本形式创新、刻书内容以经史为主等特点。

《宋文鉴》成书以后并未立即由南宋官方刊行,而是先有坊刻。按《四

---

① (宋)李心传:《建炎以来朝野杂记》,见朱易安等编《全宋笔记》第 6 编第 8 册,上海:大象出版社 2013 年版,第 73 页。

② 关于《宋文鉴》成书后引发争论的研究,可参见叶文举:《开放的〈皇朝文鉴〉及其背后的学术之争——兼与〈古文关键〉的比较》,《古籍研究》2015 年第 5 期,第 36—39 页;《从〈宋文鉴〉的编纂看南宋理学与馆阁之学的分歧》,《中国典籍与文化》2014 年第 3 期,第 42—47 页;慈波:《〈宋文鉴〉编刊之争的再审视》,《文学评论》2020 年第 2 期,第 27—30 页。

③ 韩淑举:《宋孝宗时期的刻书》,《图书与情报》,2002 年第 1 期,第 26—29 页。

库全书总目》：

> 案李心传《建炎以来朝野杂记》称：临安书坊有所谓《圣宋文海》
> 者……又称：有近臣密启，所载臣僚奏议有诋及祖宗政事者，不可示
> 后世，乃命直院崔敦诗更定，增损去留凡数十篇，然讫不果刻也。此
> 本不著为祖谦原本，为敦诗改本。《朱子语类》称：《文鉴》收蜀人吕陶
> 《论制师服》一篇，为敦诗所删。此本六十一卷中仍有此篇，则非敦诗
> 改本确矣。商辂《序》称：当时临安府及书肆皆有版。与心传所记亦
> 不合。盖官未刻而其后坊间私刻之，故仍从原本耳。①

吕陶《论制师服》即是《宋文鉴》卷六十一奏疏中所收的《请罢国子司
业黄隐职任》（该文反对黄隐用"率敛之法"处置祭祀王安石的太学生，故
称《论制师服》），本为崔敦诗更定时所删，但传本中尚存。所以四库馆臣
推断《宋文鉴》"官未刻而其后坊间私刻之，故仍从原本耳"，此推断是较为
合理的。"官未刻而其后坊间私刻之"，正好说明南宋孝宗时期的刻书产
业十分发达，否则不会由坊间先行刊刻。刻书产业的发达，让本来遭受官
方冷遇的《宋文鉴》得以完整流传下来。

二、《宋文鉴》的成书过程

关于《宋文鉴》的成书过程，吕乔年《太史公编成〈皇朝文鉴〉始末》、李
心传《建炎以来朝野杂记·制作·文鉴》所记尤详。概述如下：

（一）起因：校正《圣宋文海》

南宋孝宗淳熙四年（1177），临安书坊有江钿所编《圣宋文海》，孝宗令
临安府重新校正刊行。十一月，翰林学士周必大上奏，《圣宋文海》"殊无

---

① （清）永瑢等：《四库全书总目》，北京：中华书局1965年版，第1697页。

伦理"、"恐难传后",应该让馆阁之臣别加诠次,"以成一代之书"。① 宋孝宗同意周必大的建议。

（二）王淮举荐吕祖谦

宋孝宗在同意周必大的建议后,开始选人来主持工作。吕乔年《太史公编成〈皇朝文鉴〉始末》：

> 一日,参知政事王公淮、李公彦颖奏事。上顾两参道周公前语,俾举其人。李公首以著作佐郎郑鉴为对。上默然,顾王公曰："如何?"淮对："以臣愚见,非秘书郎吕祖谦不可。"上以首肯之,曰："卿可即宣谕朕意,且令专取有益治道者。"王公退,如上旨召太史宣谕。太史承命不辞。②

在王淮的举荐下,吕祖谦受命编书。其实,宋孝宗对选择吕祖谦编书询问过赵雄,《建炎以来朝野杂记》载：

> 始赵丞相以西府奏事,上问伯恭文采及为人何如,赵力荐之,故有是命。③

赵雄对吕祖谦也是"力荐之"。

（三）吕祖谦的编纂过程

受命之后,吕祖谦"即关秘书集库所藏,及因昔所记忆,访求于外,所得文集凡八百家,搜捡编集,手不停披"。④ 李心传的记载是"尽取秘府及士大夫所藏本朝诸家文集,旁采传记他书,悉行编类,凡六十一门,为百五

---

① 《圣宋文海》今只存第四到第九卷,共六卷残本,卷四到卷六为赋,卷七为记,卷八为铭,卷九为诏,藏于中国国家图书馆,名《新雕圣宋文海》。关于今天所见《新雕圣宋文海》与《宋文鉴》的关系,李成晴在《从〈文海〉到〈宋文鉴〉》一文有过探讨,其结论为:《新雕圣宋文海》为原南宋临安坊刻《宋文海》的衍生本,不是吕祖谦编纂《宋文鉴》是所参鉴的临安坊刻《宋文海》"旧本"。见《儒家典籍与思想研究》2016 年第八辑,第 68—72 页。"旧本"《宋文海》与《宋文鉴》关系到底如何? 文献不足征,存疑。

② 《宋文鉴》附录一吕乔年《太史公编成〈皇朝文鉴〉始末》,第 2117 页。

③ （宋）李心传:《建炎以来朝野杂记》,见朱易安等编《全宋笔记》第 6 编第 8 册,上海:大象出版社 2013 年版,第 97 页。

④ 《宋文鉴》附录一吕乔年《太史公编成〈皇朝文鉴〉始末》,第 2117 页。

十卷"。^① 由此可知，吕祖谦编纂《宋文鉴》主要是利用秘府藏书、士大夫家藏书，并旁采他书。

淳熙五年(1178)十月，书编讫，但未及奏上，吕祖谦十二月"得中风病，六年正月，引疾而去。有旨予郡，后十三日，乃以书进。"^②直到淳熙六年(1179)正月才进上。

三、成书后引发的争议及各家态度

(一)成书后引发的争议

1.陈骙反对吕祖谦"除直秘阁"。书进上，宋孝宗认为吕祖谦"可除直秘阁"，但遭到中书舍人陈骙的反对，"方严非有功不除职之令，舍人陈叔进驳之"。^③ 宋孝宗亲自出面解释，陈骙才同意草制。

2.近臣秘奏书中所载之诗有"借古刺今"之意，所载奏议有诋及祖宗事，宋孝宗令崔敦诗重新删定，但未刊刻。《太史公编成〈皇朝文鉴〉始末》："有媚者密奏云：'《文鉴》所取之诗，多言田里疾苦之事，是乃借旧作以刺今。又所载章疏，皆指祖宗过举，尤非所宜。'"^④《建炎以来朝野杂记》："时益公为礼部尚书兼学士，得旨撰《文海序》，奏乞名《皇朝文鉴》，从之。时《序》既成，将刻版，会有近臣密启曰：'所采臣僚奏议，有诋及祖宗政事者，不可示后世。'乃命直院崔大雅更定，增损去留凡数十篇。然讫不果刻也。"^⑤

(二)张栻的批评

张栻对《宋文鉴》持批评态度，"张南轩时在江陵，移书晦庵曰：'伯恭

---

① (宋)李心传：《建炎以来朝野杂记》，见朱易安等编《全宋笔记》第6编第8册，上海：大象出版社2013年版，第97页。

② (宋)李心传：《建炎以来朝野杂记》，见朱易安等编《全宋笔记》第6编第8册，上海：大象出版社2013年版，第97页。

③ (宋)李心传：《建炎以来朝野杂记》，见朱易安等编《全宋笔记》第6编第8册，上海：大象出版社2013年版，第97页。

④ 《宋文鉴》附录一吕乔年《太史公编成〈皇朝文鉴〉始末》，第2118页。

⑤ (宋)李心传：《建炎以来朝野杂记》，见朱易安等编《全宋笔记》第6编第8册，上海：大象出版社2013年版，第97页。

好弊精神于闲文字,徒自损何益? 如编《文海》,何补于治道? 何补于后学? 徒使精神困于翻阅,亦可怜耳。承当编此等文字,亦非所以承君德也'"。①

(三)朱熹的批评和肯定

朱熹曾对《宋文鉴》的某些选文篇目提出过批评,如认为"但一种文胜而义理乖僻者,恐不可取;其只为虚文而不说义理者,却不妨耳";又认为《宋文鉴》未将好诗尽收,"康节诗如'天向一中分造化,人从心上起经纶'却不编入"。②

朱熹晚年对《宋文鉴》表示肯定,《太史公编成〈皇朝文鉴〉始末》:"晦翁晚岁,尝语学者,以为'此书编次,篇篇有意……其所载奏议,皆系一代政治之大节,祖宗二百年规模,与后来中变之意思,尽在其间,读者着眼便见,盖非《经济录》之比也。'"③

(四)叶适的赞扬

叶适《习学记言序目》卷四十七、卷四十八专论《宋文鉴》,涉及《宋文鉴》所选赋、律赋、诗等 25 类文体,叶适在《总论》中说:"此书二千五百余篇,网条大者十数,义类百数,其因文示义,不徒以文,余所谓必约而归于正道者千余数,盖一代之统纪略具焉,后有欲明吕氏之学者,宜于此求之矣。"④这是对《宋文鉴》的肯定。

慈波《〈宋文鉴〉编刊之争再审视》对《宋文鉴》成书后的争议进行过细致探究:陈骙反对吕祖谦除直秘阁,是由于陈骙站在近习一边,吕祖谦则属外廷一方,陈骙的反对本质上是孝宗朝近习与外廷之争的延伸;张栻、朱熹、叶适对《宋文鉴》的评价不同,是因为理学家之间对"文道"关系的主张不同,朱熹态度的前后变化原因未明,张栻重道轻文,叶适文道并重,而吕祖谦也是主张文道并重,故会有不同评价。该文对《宋文鉴》成书争议

① (宋)李心传:《建炎以来朝野杂记》,见朱易安等编《全宋笔记》第 6 编第 8 册,上海:大象出版社 2013 年版,第 97—98 页。

② (宋)黎德靖编,王星贤点校:《朱子语类》,北京:中华书局 1986 年版,第 2954 页。

③ 《宋文鉴》附录一吕乔年《太史公编成〈皇朝文鉴〉始末》,第 2118 页。

④ 《宋文鉴》附录二《习学记言序目》,第 2167 页。

的分析较有参考价值。[①]

四、《宋文鉴》的版本系统

据金开诚、葛兆光《古诗文要籍叙录》、祝尚书《宋人总集叙录》、刘树伟《〈皇朝文鉴〉版本考》，可将《宋文鉴》版本系统归纳如下：

(一)南宋麻沙刘将仕宅刻本系统

此本由南宋麻沙刘将仕首刻，至明代有严州府刻本及递修本、正德十三年(1518)建阳刘氏慎独斋刻本、嘉靖晋藩刻本、万历崇祯间刻本，至清代有乾隆《四库全书》抄本、光绪十二年(1886)江苏书局刻本。

(二)南宋沈有开新安郡斋刻本系统

该本刻于宋宁宗嘉泰四年(1204)，沈有开不满刘将仕宅刻本舛误颇多，因此参校订正，重新刊刻。嘉定十五年(1222)，新安郡守赵彦适不满沈有开本，又重新修订刊刻。端平元年(1234)，郡守刘炳仍不满赵彦适修订本，再次重新修订刊刻。至明代，有逯竹堂抄本。今天所见的《四部丛刊》本，即是影印端平重修本。

因新安郡斋刻本系统的《宋文鉴》参校并订正了刘将仕宅刻本的谬误，且经过多次修订，故南宋沈有开新安郡斋刻本系统的《宋文鉴》版本最优。

第二节 "以文为鉴"的编纂宗旨

《宋文鉴》的编纂宗旨一直存在争议，学界主要有四种说法："党同伐异说""治政说""存一代文献说""双重宗旨说"。

"党同伐异说"认为吕祖谦编纂《宋文鉴》是想弘扬元祐学术，为元祐

---

① 慈波：《〈宋文鉴〉编刊之争的再审视》，《文学评论》2020 年第 2 期，第 29—30 页。

党人翻案。①

"治政说"认为《宋文鉴》的编纂宗旨是要有补治政,②与此类似的观点为"有补治道说",来源于周必大《皇朝文鉴序》,有云:"皇帝陛下,天纵将圣如夫子……谓篇帙繁夥,难于遍览,思择有补治道者,表而出之。"③

"存一代文献说"认为《宋文鉴》的编纂意图是想存北宋一代之文献。④

"双重宗旨说"认为《宋文鉴》的编纂宗旨是"有补治道"和"重视文采"。⑤

以上诸说各有其合理处,但本书拟从《宋文鉴》的书名入手,结合其编纂体例和历史文化背景考察,从全新的视角对《宋文鉴》编纂宗旨进行探讨,于诸说之外另立新说——"以文为鉴"说。

古书制名颇为讲究,如宋人别集,集名往往是一种"标识","可以从宋人别集的名字管窥作家人生态度、审美情趣、作品艺术取向乃至自觉的传

---

① 参见王学泰:《〈宋文鉴〉的编刻与时政》,载《传统文化与现代化》1993 年第 4 期。该文认为《宋文鉴》的成书与南宋孝宗时期朝政纷争息息相关,反映了南宋统治者因循苟简的为政风貌,吕祖谦采取"党同伐异"的编纂宗旨,是想弘扬元祐学术,为元祐党人翻案。

② 见巩本栋:《论〈宋文鉴〉》(《中国文化研究》2012 年春之卷),本叶适的观点,提出《宋文鉴》的编纂宗旨是"以道为治,而文出于其中",或"约一代治体,归之于道",即凡是符合儒家仁义道德、有益于治政的文章,多在编选之列,其他言不及义、无补治政的"虚文",即使有文采也不取。

③ 见齐治平点校:《宋文鉴》,北京:中华书局 1992 年版,第 1 页。

④ 参见李昇:《论〈宋文鉴〉存北宋一代文献编纂意图及其影响》,载《重庆文理学院学报》2014 年第 1 期。该文先对"治政说"和"去取多朱意说"进行辨析,提出《宋文鉴》的编纂宗旨是存北宋一代之文献,"吕祖谦是从一个史学家的角度进行编纂的,也就是说吕祖谦是打算将北宋一代文史资料汇编在一起"。笔者认为"去取多朱意"不在《宋文鉴》编纂宗旨讨论范围内,因为"朱意"是什么并不清楚,没有根据。

⑤ 杜海军《吕祖谦文学研究》第四章(北京:学苑出版社 2003 年版,第 153 页),通过对《皇朝文鉴》分类的研究以及与《文选》的比较,总结出了《皇朝文鉴》的编纂宗旨,一是"有补治道",二是"重视文采"。李建军《宋人选宋文之典范——〈宋文鉴〉编纂、价值及影响考述》(《古籍整理研究学刊》2011 年第 6 期),主要提出《宋文鉴》的编纂宗旨是"有补治道"、"采撷英华"。叶文举《〈宋文鉴〉:一部彰显吕祖谦"兼总"思想的文章总集》(《古籍研究》2015 年第 2 期),明确指出《宋文鉴》的选文宗旨是"治道"与"文采"兼重。

播意识"。① 实际上,总集的制名也同样具有"标识"意义。如《江西宗派诗集》《四灵诗》《江湖集》,集名标识流派;《国朝诸臣奏议》《名臣碑传琬琰之集》,集名标识文体;《群贤梅苑》,集名标识题材;《崇古文诀》集名标识"崇古"的文学取向⋯⋯笔者认为,从《宋文鉴》书名出发,探讨书名的标识意义,可窥见其书的编纂宗旨。

《宋文鉴》"文"、"鉴"二字,"文"指文章,包括多种文体,是广义的"文",类似《文选》之"文"。"鉴"本意指大盆,《说文解字》:"鉴,大盆也。从金,监声。一曰'鉴诸',可以取明水于月。"段注云:"'鉴诸'当作'鉴方诸'也,转写夺字耳⋯⋯郑云:'镜'属。又注《考工记》云:'鉴'亦'镜'也。《诗》云:'我心匪鉴'。《毛传》曰:'鉴'所以察形,盖'镜'主于照形,'鉴'主于取明水,本系二物,而'镜'亦可名'鉴',是以经典多用'鉴'字少用'镜'字者。"②"鉴"就是"镜子","文鉴"的含义是:用文章来作为参照(镜子),即"以文为鉴"。那到底要用文章来作为什么的参照呢?

"以文为鉴"首见于南宋赵彦适《〈宋文鉴〉跋》:

> 文以"鉴"名,非为标题设也。以铜为鉴,则可以别妍丑;以古为鉴,则可以审兴衰;以人为鉴,则可以正得失;至于以文为鉴,则又不可以别妍丑、审兴衰、正得失尽之也。新安郡斋,旧有《文鉴》木本,余每惜其脱略谬误,莫研精华⋯⋯余领郡事⋯⋯刊而新之,遂为全书。使学者览表疏而思都、俞、吁、咈之美,观制册而得盘、诰、誓、命之意,阅赋咏而追《国风》《雅》《颂》之音,续浑金璞玉之体,免覆瓿镂冰之讥,藻饰皇猷,黼黻治具。③

赵彦适所谓的"以文为鉴"包含了两层含义:第一,以文章作为治政的参照。"使学者览表疏而思都、俞、吁、咈之美,观制册而得盘、诰、誓、命之意,阅赋咏而追《国风》《雅》《颂》之音,续浑金璞玉之体,免覆瓿镂冰之讥,

---

① 刘秋彬:《宋人别集制名考述》,《四川大学学报》2014 年第 6 期,第 65 页。
② (清)段玉裁:《说文解字注》,北京:中华书局 2013 年版,第 710 页。
③ 参见齐治平点校:《宋文鉴》附录《赵彦适跋》,北京:中华书局 1992 年版,第 2119 页。

藻饰皇猷,黼黻治具",《宋文鉴》所收的表、疏是君臣论政问答的典范,制、册与立国和治国有关,赋、诗则承续了"风雅"传统,多有对现实的反映。在赵彦适看来,《宋文鉴》所选文章都是最纯正、最有文采的,可用来歌颂皇帝的谋略,有助治国措施的制定。因此,可作为治政的参照,具有"资政"含义。第二,以文章作为写作的参照。表、疏、制、策、赋、诗等文该如何写,以《宋文鉴》所选文章为参照,可使文章变得纯正且富有文采,避免没有价值和徒劳无功的写作。所以,《宋文鉴》所选文章有写作上的典范作用,具有"资文"的含义。

"以文为鉴"的"资政"、"资文"含义,从《宋文鉴》编纂之初就已经产生。吕乔年《太史公编成〈皇朝文鉴〉始末》云:

> 淳熙丁酉,孝宗因观《文海》,下临安府……上以首肯之,曰:"卿可即宣谕朕意,且令专取有补治道者。"王公退,如上旨召太史宣谕……上甚喜,曰:"朕欲见诸臣奏议,庶有益于治道,可谕令进来。"王公即使其从具宣圣谕。久之,乃以其书缴申三省投进。书既奏御,上复谕辅臣曰:"朕尝观其奏议,甚有益治道,当与恩数……"①

《宋文鉴》的编纂是承宋孝宗旨意,要"专取有补治道者","资政"的意识即源于此。宋孝宗看过《宋文鉴》中的"奏议"后,认为"甚有益治道",可见他对《宋文鉴》在"资政"方面的作用是十分满意的。从《宋文鉴》的选文来看,"奏疏"数量最多,共收 22 卷 67 家 162 篇作品,约占全书的 20%,涉及北宋诸多时政和措施,如范仲淹《答手诏条陈十事》,为"庆历新政"的纲领;王安石《论本朝百年无事》,抨击仁宗时期种种弊病;苏轼《上皇帝书》,明确反对新法;其他如寇准《论澶渊事宜》、韩琦《论减省冗费》、欧阳修《论修河》、司马光《论北边事宜》、范祖禹《论宦官》……涉及北宋时政的方方面面,宋孝宗渴望从其中得到治理国家的借鉴。除了"奏疏"外,"诏""敕""敕文""册""御札""批答""制"等文类也收入大量与北宋典章制度、时事

---

① 参见齐治平点校:《宋文鉴》附录吕乔年《太史公编成〈皇朝文鉴〉始末》,北京:中华书局 1992 年版,第 2117 页。

措施相关的文章,"诗"类收入大量表现民间疾苦的诗歌,以至于"有媚者秘奏云:'文鉴所取之诗,多言田里疾苦之事,是乃借旧作以刺今。又所载章疏,皆指祖宗过举,尤非所宜。'"①以文章作为治政的参照——"资政",是"以文为鉴"的第一个含义。

"以文为鉴"的第二个含义是"资文",即确立北宋文章的典范。

首先,"资文"是伴随"资政"而发生的。因为"有补治道"的需要,选入政治意味较浓的文章,这些文章本身就可视作同类文章的典范。以"诰"为例,《宋文鉴》共选入 21 位作家 147 篇文章,其中欧阳修 19 篇、苏轼 15 篇、王安石 19 篇,刘敞 22 篇,四人占入选总数的 51%,由此可见北宋文章大家的典范作用。其次,"资文"表现在吕祖谦自觉选择文学性较强的作品。宋孝宗提出"专取有补治道者",吕祖谦并未完全遵循,如"赋"选了欧阳修《秋声赋》、苏轼《前赤壁赋》《后赤壁赋》等文学性较强的文章,"诗"类中以"五律"为例,选了大量的咏怀诗(如寇准《夜泊江上》《春日登楼怀归》《楚江夜怀》等)、酬答诗(如赵湘《寄杨埙》《答徐本》、苏轼《和子由初到陈州》等)和写景诗(如范仲淹《瀑布》、梅尧臣《泛溪》等),这些诗歌文学趣味浓厚,"治政"意味弱,属于吕祖谦的自觉选择,是文学作品中的典范。最后,"资文"表现在吕祖谦选入特殊文体,这些文章也是同类型文章创作的典范。如"上梁文"等文体,除去政治色彩外,亦具有文体学价值。《宋文鉴》收入这些特殊的文体,正是出于"资文"的考虑,以此来确立北宋文章的经典。

"以文为鉴"在"资政"和"资文"的两层含义作用下,客观上也具有了"存史"的作用。存史并非吕祖谦有意为之,②而是因《宋文鉴》选文数量多,客观上反映了北宋政治史和文学史的部分面貌。

第一,反映北宋时期各大历史事件的文章多有入选,整体看去,可反

---

① 参见齐治平点校:《宋文鉴》附录吕乔年《太史公编成〈皇朝文鉴〉始末》,北京:中华书局1992 年版,第 2118 页。

② 如《宋文鉴》选诗删去部分诗的诗序,使读者不详原委。被删除诗序的诗有苏轼《禽言二首》、黄庭坚《次韵杨明叔见饯十首》《游蒋彦回玉芝图》等,笔者以为,若是有意"存史",当不会删除诗序。

映北宋政治史。以"奏疏"为例，赵普《雍熙三年请班师疏》、张贤齐《论北征》、寇准《澶渊事宜》、范仲淹《答手诏条陈十事》、韩琦《论西夏靖和》、王安石《论本朝百年无事》、苏轼《上皇帝书》、程颢《论新法》，反映了从北宋开国之初北征到澶渊之盟，从庆历新政到熙宁变法等一系列重大历史事件。此外，除了"诏"、"制"等文章记载的如官员任免、政治措施的施行等事件外，连文学性较强的"赋"也收入诸如王禹偁《籍田赋》、张耒《大礼庆成赋》等反映北宋天子"籍田"、"祭祀"等礼仪性事件的作品，这也是北宋政治史的一部分。

第二，《宋文鉴》选文也反映了北宋文学史的部分面貌。其一，全书共收录北宋 2500 余篇诗文，分为赋、律赋、诗、诏、赦文、御札批答、制、诰、奏疏、表、笺、箴、铭、颂、赞、碑文、记、序、论、义、策、议、说、戒、制策、说书、经义、书、启、策问、杂著、对问、移文、连珠、琴操、上梁文、书判、题跋、乐语、哀辞、祭文、谥议、行状、墓志、墓表、神道碑表、神道碑铭、传、露布等类，几乎收录了北宋各类文体，反映了北宋文章的基本面貌。其二，突出北宋文章的发展脉络，尤其是突显各文章大家的历史地位。《宋文鉴》成书后，周必大《序》有云：

> 是以二百年间，英豪踵武。其大者固已羽翼六经，藻饰治具，而小者足以吟咏性情，自名一家。盖建隆、雍熙之间，其文伟；咸平、景德之际，其文博；天圣、明道之辞古，熙宁、元祐之辞达。虽体制互兴，源流间出，而气全理正，其归则同。嗟乎，此非唐之文也，非汉之文也，实我宋之文也，不其盛哉！①

周必大对北宋文章发展脉络的总结，正是《宋文鉴》所努力构建的内容之一。当然，周必大的观点并不被吕祖谦和叶适所接受，吕乔年《太史公编成〈皇朝文鉴〉始末》云："周益公既被旨作序，序成，书来以封示太史。

---

① 齐治平点校：《宋文鉴》，北京：中华书局 1992 年版，第 2 页。

太史一读,命子弟藏之。"①吕祖谦看到周必大的序,"命第子藏之",或是对其总结北宋文章发展脉络的不满。②叶适《习学记言序目》云:

> 礼部尚书周必大承诏为序,称:"建隆、雍熙之间,其文伟;咸平、景德之际,其文博;天圣、明道之辞古;熙宁、元祐之辞达。"按吕氏所次二千余篇,天圣、明道以前,作者十不能一,其工拙可验矣。文字之兴,萌芽于柳开、穆修,而欧阳修最有力,曾巩、王安石、苏洵父子继之,始大振;故苏氏谓"虽天圣、景祐,斯文终有愧于古。"此论世所共知,不可改,安得均年析号各擅其美乎?③

叶适认为宋初"能文者"少,北宋文章发展的脉络是从柳开、穆修萌芽,到欧阳修、曾巩、王安石、三苏达到高峰。应该说,叶适的论断是符合北宋文章发展实际的。

笔者对《宋文鉴》入选篇目最多的文章"诰""奏疏""表""记""序""论""书"入选作者进行统计④,绘出下表。

文类(总篇数/入选人数)	欧阳修	苏轼	王安石	苏辙	曾巩	苏洵
诰(147/21 人)	19	15	19	8	6	0
奏疏(162/67 人)	9	5	2	3	0	0
表(146/55 人)	14	13	31	4	2	0
记(90/49 人)	8	9	3	4	8	2

---

① 齐治平点校:《宋文鉴》附录吕乔年《太史公编成〈皇朝文鉴〉始末》,北京:中华书局1992 年版,第 2118 页。

② 慈波认为,《宋文鉴》编刊之争是孝宗近习与外廷之争,周必大当时的政治立场站在了近习一边,这导致他"与理学士人的关系渐由亲近而趋向分离","周必大润色皇业性质的序,难辞谀颂之嫌",吕祖谦"命弟子藏之"的冷处理,表明他的政治立场是站在外廷一边。可备一说。参见慈波:《〈宋文鉴〉编刊之争再审视》第二部分"政治的两极:攻讦与谀颂",《文学评论》2020年第 2 期,第 27—29 页。

③ 参见齐治平点校:《宋文鉴》,北京:中华书局 1992 年版,附录二《习学记言序目》卷第四十七,第 2125 页。

④ 因《宋文鉴》选入的文类较多,有的文类只收入两三篇文章,没有比较意义,故此处只统计收录篇目最多的"诰""奏疏""表""记""序""论""书"。

文类（总篇数/入选人数）	欧阳修	苏轼	王安石	苏辙	曾巩	苏洵
序（86/51 人）	7	3	3	0	9	4
论（70/30 人）	5	4	3	8	1	3

续表

文类(总篇数/入选人数)	欧阳修	苏轼	王安石	苏辙	曾巩	苏洵
书(69/43 人)	5	6	4	1	2	2
总篇数/人数(770/316)	67	55	65	28	28	11

由表可知,选入篇目最多的文类共有 316 人,总计 770 篇,欧阳修、苏轼、王安石、苏辙、曾巩、苏洵共入选 254 篇,六人占据入选总篇数的 33%,《宋文鉴》选文凸显北宋大家的历史地位。另据袁佳佳统计,《宋文鉴》选诗共选入苏轼 142 首、黄庭坚 101 首、王安石 89 首、邵雍 51 首、欧阳修 37.4 首、张耒 33 首、陈师道 28 首、梅尧臣 23.5 首、范仲淹 22.3 首、孔平仲 16 首、刘敞 14 首、张载 14 首、鲜于侁 13 首、王令 12 首、刘攽 10 首、苏辙 10 首、王禹偁 10 首、尹洙 10 首。① 苏轼和黄庭坚的诗歌入选数量最多,其他如欧阳修、王安石、梅尧臣等成就较高的诗人入选篇目也较多,也可看出《宋文鉴》凸显北宋大家历史地位的用意。

综上所述,"以文为鉴"包含"资政"、"资文"的含义,《宋文鉴》选文反映了北宋政治史和文学史的部分面貌,客观上使"以文为鉴"也具有了"存史"的意义。

第三节 "以文为鉴"与去取标准综合的选文方式

在《宋文鉴》的编纂过程中,吕祖谦采用了多种标准综合的选文方式。由于《宋文鉴》在成书以后引发争议,② 吕祖谦以病归乡后,不再提及与

---

① 参见袁佳佳:《〈宋文鉴〉选诗研究》,河北师范大学 2007 年硕士论文,第一章第三节,"表二,具体诗人的诗体比较",第 13—14 页。该表统计了入选诗歌在 10 首以上者,入选一两首的不统计,小数点为联句,二人联句为两个 0.5,三人联句为两个 0.3 和一个 0.1。

② 《宋文鉴》成书后,有人认为其选文有"借旧作以刺今"、"皆指祖宗过举"等用意,故宋孝宗重新派人进行修订。见齐治平点校:《宋文鉴》附录吕乔年《太史公编成〈皇朝文鉴〉始末》,北京:中华书局 1992 年版,第 2118 页。争议的具体研究,可参看慈波《〈宋文鉴〉编刊之争再审视》,载《文学评论》2020 年第 2 期。

《宋文鉴》编纂有关的事情,故其选文标准罕有人知。笔者只能结合吕乔年、周必大、朱熹的总结以及吕祖谦自己的片言只语,并从《宋文鉴》选文的具体情况出发,探讨《宋文鉴》选文的去取标准及其与"以文为鉴"的关系。

关于《宋文鉴》选文的去取标准,周必大《皇朝文鉴序》云:

> 古赋诗骚,则欲主文而谲谏;典册诏诰,则欲温厚而有体;奏疏表章,取其谅直而忠爱者;箴铭赞颂,取其精悫而祥明者;以至碑记论序书启杂著,大率事辞称者为先,事胜辞则次之,文质备者为先,质胜文则次之。复谓律赋经义,国家取士之源,亦加采摭,略存一代之制。①

《朱子语类》的论述是:

> 伯恭《文鉴》,有正编其文理之佳者;有其文且如此而众人以为佳者;有其文虽不甚佳而人贤名微,恐其泯没,亦编其一二篇者;有文虽不佳而理可取者;凡五例。②

吕乔年《太史公编成〈皇朝文鉴〉始末》云:

> 盖其编次之曲折,益公亦未知也。今间得于传闻,以为太史尝云:"国初文人尚少,故所取稍宽。仁庙以后,文士辈出,故所取稍严,如欧阳公、司马公、苏内翰、黄门诸公之文,俱自成一家,以文传世。今姑择其尤者,以备篇帙。或其人有闻于时,而其文不为后进所诵习,如李公择、孙莘老、李泰伯之类,亦搜求其文,以存其姓氏,使不湮没。或其尝仕于朝,不为清议所予,而其文自亦有可观,如吕惠卿之类,亦取不悖于理者,而不以人废言。"又尝谓:"本朝文士,比之唐人,正少韩退之、杜子美;如柳子厚、李太白,则可与追逐者。如周美成《汴都赋》,亦未能侈国家之盛,止是别无作者,不得已而取之。若断自渡江以前,盖以其年之已远,议论之已定,而无去取之嫌也。"其大

---

① 齐治平点校:《宋文鉴》,北京:中华书局 1992 年版,第 2 页。
② (宋)黎德靖编,王星贤点校:《朱子语类》,北京:中华书局 1986 年版,第 2954 页。

略若此。①

根据周必大、朱熹、吕乔年三人的说法,可将《宋文鉴》取去标准归纳如下:

第一,文辞兼顾,文理并重。周必大《序》列举了《宋文鉴》所选各类文体的特征,强调选文"得体",实际上强调的是"文辞兼顾"的审美特性:古诗骚赋"主文而谲谏"、典册诏诰"温厚而有体"、奏疏表章"谅直而忠爱"、箴铭赞颂"精悫而祥明"。碑记论序书启杂著先取"事辞称者",次取"质胜文者",文辞兼备的为首选,理胜于文的为次选。② 朱熹指出《宋文鉴》"正编其文理之佳者;有其文且如此而众人以为佳者;有文虽不佳而理可取者",强调选文文理并重,不完全凭己意裁夺,别人认为好的文章也会收录。文理并重指文章同时满足"文"和"理"的双重条件,或者满足其中一个条件。从《宋文鉴》选文来看,周必大和朱熹的观点基本符合选文事实,"文辞兼顾"、"文理并重"满足"以文为鉴"中"资政"和"资文"的作用。

第二,可"存一代之制"。此条标准具有"以文为鉴"中"资文"的作用,客观上也有"存史"的作用,除去周必大提到的经义和律赋,取上梁文、题跋也有此种意义。

第三,"以文存人"。朱熹说"有其文虽不甚佳而人贤名微,恐其泯没,亦编其一二篇者",吕乔年更加明确地说"或其人有闻于时,而其文不为后进所诵习,如李公择、孙莘老、李泰伯之类,亦搜求其文,以存其姓氏,使不湮没","以文存人"有"存史"的意义。

第四,"不以人废言"。吕乔年提出《宋文鉴》"不以人废言",正好驳斥了《宋文鉴》编纂宗旨"党同伐异"说。吕祖谦除了选吕惠卿的文章,选入

---

① 齐治平点校:《宋文鉴》附录吕乔年《太史公编成〈皇朝文鉴〉始末》,北京:中华书局1992年版,第2118页。

② 叶适称:"礼部尚书周必大承诏为序……而此序无一词不谀,尚何望其开广德意哉!盖此书以序而晦,不以序而显,学者宜审观也。"见齐治平点校本《宋文鉴》附录二,第2125页。叶适认为周必大《序》"无一词不谀"是不恰当的,周序虽有美化和夸大北宋文章成就的嫌疑,然对各种文体的美学评价是中肯的。

的王安石诗数量排在苏、黄之后,总数位列第三。肯定新党之人在文章和诗歌上的成就,扩展了"资文"的范围。

第五,宽取宋初之文,严取仁宗以后之文。考察《宋文鉴》所选的宋初之文,难以解释吕乔年"国初文人尚少,故所取稍宽",因为"宽"的标准不能明确,或是指宽取由五代入宋之人的文章,不单取生于宋代之人的文章。如取郑文宝、王操等人由五代入宋,《宋文鉴》"五律"收郑文宝《送枝江秦长官罢秩》、王操《喜故人至》《送人南归》,清人李调元编《全五代诗》也收入此三首诗。仁宗以后文人辈出,故"所取稍严",但严的标准也不明确,如诗中梅尧臣《鲁山山行》、苏轼《和子由渑池怀旧》等宋诗名篇均未入选,难知其标准如何。无论是"宽取"还是"严取",所取之文均有"资文"或"资政"的用意。

第六,歌颂国家强盛。如《宋文鉴》"赋"中取歌颂北宋强盛的文章如《汴都赋》,但《汴都赋》"未能侈国家之盛",只是别无作者,不得已而取之。取此文目的当为"存史",需要有描绘北宋王朝强盛的文章。

上述六点是在周、朱、吕三人论述基础上所作的概括,此外,笔者从《宋文鉴》的裁选取舍中体会到,还有两种比较特别的选择标准。

一是对流传较少的文章予以特别关注。吕乔年《太史公编成〈皇朝文鉴〉始末》"于是上亦以为邹浩《谏立刘后疏》语讦,别命他官有所修定,而锓板之议遂寝"句下自注云:

> 太史之取邹公谏疏非他。昔邹公抗疏之后,即遭远贬。其后还朝,徽宗劳苦之,且问谏草何在。邹公失于徽奏,同辈曰:"祸在此矣。"既而国论复变,蔡京令人伪撰邹公谏草,言既邹俚,加以狂讦,腾播中外,流闻禁中。徽宗果怨,降诏有"奸人造言"之语,邹公遂再贬。太史得其初疏,故特载之。[①]

---

① 参见齐治平点校:《宋文鉴》附录吕乔年《太史公编成〈皇朝文鉴〉始末》,北京:中华书局1992年版,第2118页。

由此可知,《宋文鉴》收有流传较少的文章。另据袁佳佳统计[①],《宋文鉴》收有多首《全宋诗》未收入的诗,如叶清臣的《悯农》;杜海军统计了"《全宋文》所录仅见或首见于《皇朝文鉴》的宋文"共计322篇[②];《宋文鉴》收有《全宋诗》《全宋文》的仅见或首见之作,可从侧面证明《宋文鉴》具有取流传较少文章的标准,这一标准扩大了在"以文为鉴"下选文的广度。

二是对《文选》去取标准有因革。吕祖谦《奉旨铨次札子》有云:

> 祖谦寻将秘书省集库所藏本朝诸家文集,及于士大夫家,宛转假借,旁采传记它书,虽不知名氏,择其文可录者,用《文选·古诗十九首》例,并行编纂。[③]

《文选·古诗十九首》例,即是收入不知作者之作,李善注云:"五言并云古诗……昭明以失其姓氏,故编在李陵之上。"[④]《宋文鉴》因袭了这种方式,在"赦文"类收有《建隆登极赦文》,"册"类收有《封祀玉牒文》,两篇文章未明作者,一并收入。

《宋文鉴》的排列次序也颇有因革《文选》之意。《文选》的次序为:赋、诗、骚、七、诏、册、令、教、文、表、上书、启、弹事、笺、奏记、书、檄、对问、设论、辞、序、颂、赞、符命、史论、论、连珠、箴、铭、诔、哀、碑文、墓志、行状、吊文、祭文。《宋文鉴》次序为:赋、律赋、诗、骚、诏、敕、赦文、册、御札、批答、制、诰、奏疏、表、笺、箴、铭、颂、赞、碑文、记、序、论、义、策、议、戒、说、制策、说书、经义、书、启、策问、杂著、对问、移文、连珠、琴操、上梁文、书判、题跋、乐语、哀辞(诔附)、祭文、谥议、行状、墓志、墓表、神道碑表、神道碑铭、传、露布。

① 参见袁佳佳:《〈宋文鉴〉选诗研究》,河北师范大学2007年硕士论文,附录一"《全宋诗》没有收录的诗",第56—58页。

② 参见杜海军:《吕祖谦文学研究》,北京:学苑出版社2003年版,第三章"文学文献的整理与研究",表二"《全宋文》所录仅见或首见于《皇朝文鉴》的宋文",第113—124页。

③ 参见齐治平点校:《宋文鉴》附录五《吕祖谦奉旨铨次札子》,北京:中华书局1992年版,第2121页。

④ (梁)萧统编,(唐)李善注:《文选》,上海:上海古籍出版社2019年版,第1371页。

《文选》以"赋"开头,然后"诗""骚"次之,接着是"诏""册""表"等公文类文体,然后是"序""颂""赞"等文体,最后是"碑文""墓志""行状"等传记、哀悼类文体。《宋文鉴》也是以"赋"开头,然后是"诗""骚",接着是"诏""册"等公文类文体,最后是"行状""墓志""传"等传记、哀悼类文体。

从《文选》和《宋文鉴》共有的文体来看,排序方式基本一致,但随着时代的发展,产生的文体越来越多,分类也越来越细,由于《宋文鉴》选文排序加入了新的文体,如新收了"律赋""琴操""上梁文""乐语""露布"等,微调了《文选》选文的排序方式。如《文选》的"序"在"颂""赞"前,而《宋文鉴》将"颂""赞"放到"序"之前。《文选》将"祭文"放到"行状"后,《宋文鉴》将"祭文"放在"行状"前。

在"以文为鉴"的作用下,《宋文鉴》采取多种去取标准结合的选文方式。

第四节　"以文为鉴"与官方文化和吕氏家学

宋孝宗赵昚即位后,隆兴二年(1164)北伐失败,遂签订了"隆兴和议",至此,宋金维持了四十余年的和平局面。宋孝宗在政治上采取了一系列措施,如平反岳飞、整顿吏治,经济上兴修水利、劝课农桑、轻徭薄赋,并进行军事改革,这一系列动作让南宋出现升平景象。宋孝宗重视文化上的建设,他追谥苏轼"文忠"、苏辙"文定",使蜀学在南宋得到复兴。同时,对王安石新学和新兴的程朱理学采取兼容的态度,助长了"百家争鸣"之风。李焘《续资治通鉴长编》也于乾道四年奉旨进呈,留存北宋一代之史。《宋文鉴》正是产生在这样的文化背景之中,是南宋官方文化建设的重要部分,宋孝宗赐名"皇朝文鉴","以文为鉴"正好体现其文化建设的需求。慈波《〈宋文鉴〉编刊之争再审视》一文对孝宗敕令编纂《宋文鉴》之事概括道:

> 校正与大去取之争,实际上反映了编纂宗旨的不同。皇帝崇重

斯文,留意著述,通过刊行著作而强化文治,既能彰显皇朝文化之盛,又能垂范后世,已经超越个人行为而凸显时代意义。①

"校正"是指校正江钿《圣宋文海》,"大去取"是指吕祖谦在《圣宋文海》的基础上重新编纂《宋文鉴》。《圣宋文海》质量不高,出于文化建设的考量,与单纯"校正"相比,"大去取"更为恰当。"校正"和"大去取"都属于手段,前者在文化建设上的宗旨不明,后者则明显带有"以文为鉴"的特点。孝宗以此来"强化文治","彰显宋朝文化之盛,又能垂范后世",确实"超越个人行为而凸显时代意义"。但是,宋孝宗"强化文治"的目的,或不仅仅是彰显皇朝文化之盛和垂范后世。笔者认为,从"以文为鉴"的角度看,还有两个需求,即建构理想的士风和文风。

自宋室南渡以后,高宗为维持"绍兴和议"的局面,任秦桧为独相,揽大政十多年。医官王继先和宦官张去为等人与秦桧互相勾结,他们用高压手段钳制抗金舆论,为粉饰太平,凡进献歌颂他们降金行径的文字,多予升官,"顺我者昌,逆我者亡",官场贪贿成风。

宋孝宗即位后,极力扭转士林风气,《宋文鉴》的编纂就有此意。从《宋文鉴》选文看,有重新弘扬"以家国天下为己任"士风的意味。《宋文鉴》所选的具有"资政"作用的文章无不体现着这种家国情怀,更有直言不讳者,如选邹浩《谏哲宗立刘后疏》,该文言辞激烈,认为哲宗废孟后而立刘妃,"上累圣德",应以"万世公议为足畏",进而引发争议。《宋文鉴》的编纂与孝宗朝构建"以家国天下为己任"的理想士风有关。

《宋文鉴》选文重视文章实用性,大多数文章都是因实际问题而作,如"诏""敕""赦文""册""制""诰""奏疏""表""策""议"等公文类文章,都与某一具体事件相关,甚至"诗"都在反映民生问题,如杨亿《民牛多疫死》。此外,《宋文鉴》选文重视文章的文学性,文学性表现在注重个人情志的抒发和文学语言的使用。如"赋"中苏轼《赤壁赋》《后赤壁赋》,"诗"中黄庭坚《寄黄几复》《咏雪》,"记"中欧阳修《丰乐亭记》《醉翁亭记》《有美堂记》,

① 慈波:《〈宋文鉴〉编刊之争再审视》,《文学评论》2020 年第 2 期,第 25 页。

"题跋"中苏轼《书黄子思诗集后》《题唐氏六家书后》《书鲜于子骏八咏后》等,均是《宋文鉴》重视文章文学性的体现。前文已述,"以文为鉴"有"资文"的含义,"资文"实际上是想建构实用性与文学性兼具的理想文风。在建构理想士风和理想文风的基础上,《宋文鉴》选文部分反映了北宋政治史和文学史。

《宋史·吕祖谦传》:"祖谦之学本之家庭,有中原文献之传"。[①] 东莱吕氏家族自北宋起,先后有吕夷简、吕公著、吕希哲、吕好问、吕本中等杰出人物,东莱吕氏的家学渊源影响了吕祖谦"以文为鉴"编纂思想的形成。吕氏家学,最大的特点是包容诸家而兼采众长。据《宋元学案》,吕氏家学的传承主要见于吕希哲(3代)、吕本中(5代)、吕祖谦(7代)三人。《宋元学案·荥阳学案》:

> 吕希哲,字原明,河南人。正献公之长子也。正献相哲宗,先生遍交当世之学者。与伊川俱事胡安定,在太学并舍,年相若也。其后心服伊川学问,首师事之。[②]

清人王梓材有案语云:

> 《伊洛渊源录》先生《家传》略云:"公始从安定胡先生瑗于太学,后遍从孙先生复、石先生介、李先生覯、王公安石学。"又言:"师事程先生颐,而明道程先生颢及横渠张先生载兄弟、孙先生觉、李公常皆与公游。"[③]

由此可见,吕希哲师从多人,兼采众长。又《附录》有黄百家案语:"百家谨案:吕氏家教近石氏,故谨厚性成。又能网罗天下贤豪长者以为师友,耳濡目染,一洗膏粱之秽浊。惜其晚年更从高僧游,尽究其道,斟酌浅深而融通之曰:'佛氏之道,与吾圣人吻合。'"[④]吕希哲既学于诸儒,"晚年

---

① (元)脱脱等:《宋史》,北京:中华书局1977年版,第12872页。
② (清)黄宗羲原著,全祖望补修:《宋元学案》,北京:中华书局1986年版,第902页。
③ (清)黄宗羲原著,全祖望补修:《宋元学案》,北京:中华书局1986年版,第902页。
④ (清)黄宗羲原著,全祖望补修:《宋元学案》,北京:中华书局1986年版,第906页。

更从高僧游"，可见其包容性。《紫薇学案》有云："先生少从游定夫、杨龟山、尹和靖游，而于和靖尤久。"后附全祖望案语：

> 先生历从杨、游、尹之门，而在尹氏为最久，故梨洲先生归之尹氏《学案》。愚以为先生之家学，在多识前言往行以畜德，盖自正献以来所传如此。原明再传而为先生，虽历登杨、游、尹之门，而所守者世传也。先生再传而为伯恭，其所守者亦世传也。故中原文献之传独归吕氏，其余大儒弗及也。①

吕本中既师从多人，又传承自吕公著以来的学术理念——"多识前言往行以畜德"，这样的传承可称为"中原文献之传"，②体现其兼采众家的包容性。吕祖谦从林之奇游，林之奇是吕本中的弟子，《紫薇学案》后附《紫薇门人·提举林三山先生之奇》云："林之奇，字少颖，一字拙斋，侯官人。从居仁游，教之以广大为心，以践履为实，称高第。"③林之奇继承了吕本中开阔的学术胸襟和踏实的学术风格，这无疑也影响了吕祖谦的学术思想。吕祖谦"长从林之奇、汪应辰、胡宪游，既又友张栻、朱熹，讲索益精"。④ 也是师从多人，又与张栻、朱熹交游，学问得到很大提升。《东莱学案》附全祖望《同谷三先生书院记》：

> 宋乾、淳以后，学派分而为三：朱学也，吕学也，陆学也。三家同时，皆不甚合。朱学以格物致知，陆学以明心，吕学则兼取其长，而复以中原文献之统润色之。门庭径路虽别，要其归宿于圣人，则一也。⑤

吕祖谦包容的学术胸襟，兼采朱、陆之长，又以"中原文献之统润色之"，实际上是传承家族"多识前言往行以畜德"的学术理念。《东莱学案》

---

① （清）黄宗羲原著，全祖望补修：《宋元学案》，北京：中华书局1986年版，第1234页。
② 按，笔者以为"中原文献之传"不是指书籍的继承，而是指学术的传承。
③ （清）黄宗羲原著，全祖望补修：《宋元学案》，北京：中华书局1986年版，第1244页。
④ （元）脱脱等：《宋史》，北京：中华书局1977年版，第12872页。
⑤ （清）黄宗羲原著，全祖望补修：《宋元学案》，北京：中华书局1986年版，第1653页。

附录吕祖谦《丽泽讲义》：

> 多识前言往行，考迹以观其用，察言以求其心，而后德可畜。不善畜，盖有玩物丧志者。[①]

吕祖谦传承家学的"多识前言往行以畜德"，讲求"考迹""察言"，正是包容诸家而兼采众长的体现。"以文为鉴"体现了吕祖谦的家学特点，包容诸家而兼采众长表现在《宋文鉴》所选文类和入选作者之多，"多识前言往行以畜德"的学术理念则表现在《宋文鉴》所选文章具有"资政"和"资文"意义。因此，"以文为鉴"也是吕祖谦家学特点的表现。

综上可知，"以文为鉴"包含了"资政""资文"含义，客观上也具有"存史"的意义。吕祖谦在编纂《宋文鉴》时采用多种体例综合的选文方式，体现了南宋官方文化建设的需求和吕祖谦家学的特点，"以文为鉴"才是《宋文鉴》的编纂宗旨。

---

① （清）黄宗羲原著，全祖望补修：《宋元学案》，北京：中华书局 1986 年版，第 1654 页。

第二章 《宋文鉴》选赋研究

宋文研究向来是宋代文学研究中的薄弱环节,宋赋研究更甚。宋赋在文学史上有相当重要的位置,它承载着各种文化信息,是研究宋代文学不可忽视的部分。刘培认为:

> 就目前学术界来说,真正了解宋赋的人非常之少,人们对宋赋的忽视甚至误解,除了阅读条件的限制外,还有深层次的原因,而更有一些人,在完全不了解宋赋的情况下妄下论断,粗暴否定,也给宋赋的阅读造成了混乱。①

笔者赞同此论。以文本细读为基础,对宋赋进行系统研究,尚有待加强。北宋赋是宋赋的重要组成部分,无论创作数量还是艺术成就,在文学史上都具有不可忽视的地位。《宋文鉴》是第一部大量编选北宋赋的文学总集,共收录 42 位作家,71 篇作品,②对《宋文鉴》选赋做一番探究,将有利于推进宋赋研究,进而推进宋文研究。

第一节 《宋文鉴》赋的篇目编排

《宋文鉴》赋的篇目编排,首先是区别"骚"与"赋"、"律赋"与"赋","骚"、"律赋"不编入"赋"。《宋文鉴》别骚于赋是受到《文选》"别骚于赋"

---

① 刘培:《两宋辞赋史·导言》,济南:山东人民出版社 2012 年版,第 1 页。
② 《宋文鉴》未将"律赋"和"骚"归入"赋",此数据为《宋文鉴》"赋"的篇数。

的影响,别律赋于赋则为吕祖谦独创。另外,《宋文鉴》沿袭了《文选》,将赋按照时间顺序排列,以篇首之赋为全书"压卷",也沿袭了江钿《圣宋文海》,选赋时将同一人作品集中排列。

一、别骚于赋和别律赋于赋

(一)别骚于赋

"骚"一般是指屈原所作《离骚》的简称,但"骚"与"赋"在汉代并无明显区分,如汉初贾谊《吊屈原赋》《鹏鸟赋》实际上是拟屈骚而称赋,班固《汉书·艺文志·诗赋略》著录屈原作品为"屈原赋"。自王逸《楚辞章句》将屈原作品称为"离骚经",其他人仿屈原《离骚》的作品称为"楚辞",乃确立了以"骚"指称屈原作品的先例。别骚于赋始于南朝梁萧统编《文选》,骚与赋始分为两种文体。《文选》"骚"类除收屈原作品,还有宋玉《九辩》《招魂》、刘安《招隐士》等,把非屈原作品也归在"骚"类。

冯莉《〈文选〉赋研究》曾对《文选》"别骚于赋"的问题作过探讨,该文引清人程廷祚《骚赋论》、褚斌杰《中国古代文体概论》、刘熙载《艺概·赋概》得出结论:骚、赋虽然都源于《诗经》,但各有其尚,骚主于陈情,赋主于体物,文体特征和风格不同,骚、赋属于两种文体;肯定《文选》"别骚于赋"的合理性。[①] 也有人对《文选》"别骚于赋"持批评意见。据力之《关于"骚""赋"之同异问题》引宋人吴子良观点云:"梁昭明集《文选》,不并归赋门,而别名之曰骚。后人沿袭,皆以骚称,可谓无义。"又引刘师培《汉书艺文志书后》:"班《志》所析,盖本二刘,自《昭明文选》析'骚'、'赋'为二体,所选之赋,缘题标类,迥非孟坚之旨也"。又引黄侃《论文杂记》:"惟昭明选文,以楚辞所录为骚,斯为大失,后之览者,宜悉其违戾焉,是赋,不可别名为骚,《离骚》二字,亦不可截去一字。纪评至谛。"[②] 以上诸论均是对《文选》"别骚于赋"的异议。

笔者以为,将"骚"与"赋"看成两种文体较为合适。一般来说,"骚"更

---

① 冯莉:《〈文选〉赋研究》,北京语言大学 2008 年博士论文,第 26 页。

② 力之:《关于"骚""赋"之同异问题》,《中国楚辞学》2003 年第 1 期,第 71 页。

类似于"诗",抒情性强于以铺陈为主的"赋"。从文体形态上看,"骚"(不含"骚体赋")和"赋"的特征不同,如"骚"中多有"兮"字,多有神话传说,"赋"的夸张则建立在实际事物的基础上,二者确有不同。"骚体赋"和某些"赋"末尾所带"辞曰",属于"骚"、"赋"融合的情况,不在此讨论。就《文选》"别骚于赋"来说,将"骚"、"赋"分为二体,有利于认清二种文体各自的特征,具有积极意义。

《宋文鉴》继承了《文选》的做法,篇首列赋,然后列律赋、诗、骚。当然,《宋文鉴》是在江钿《圣宋文海》的基础上重新编纂的,据国家图书馆藏宋刊残本《圣宋文海》①,可知《圣宋文海》卷四至卷六为赋,但不知卷一至卷三是否也是赋。晁公武《郡斋读书志》著录:"《宋文海》一百二十卷,皇朝江钿辑本朝诸公所著赋、诗、表、启、书、论、说、述、议、记、序、文、赞、颂、铭、碑、制、诏、疏词、志、挽、祭、祷文,凡三十八门。"②《圣宋文海》并没有收入骚,吕祖谦编《宋文鉴》乃将骚收入。《圣宋文海》篇首是否列赋不可知,但别骚于赋是《宋文鉴》对《文选》做法的承续,并不是来自《圣宋文海》。从《宋文鉴》别骚于赋可以看出,吕祖谦认为骚和赋是两种不同的文体,具有明晰的辨体意识,是《文选》骚、赋辨体观念在宋代的延续。

(二)别律赋于赋

《宋文鉴》在赋后,列律赋一类,将律赋视为另一种文体。律赋是考试文体,唐宋通行试"八韵赋",如同试诗,规定十二句排律,不能说是"另一种文体"。

《宋文鉴》"赋"类包含骈赋(如宋祁《右史院蒲桃赋》、苏轼《中山松醪赋》等)、文赋(如欧阳修《秋声赋》、苏轼《赤壁赋》、张耒《鸣蛙赋》等),律赋在文体形态上与骈赋相似,如《宋文鉴》所选王曾《有物混成赋》、范仲淹《金在熔赋》、欧阳修《应天以实不以文赋》等,通篇讲究对仗、押韵,只是限韵更严,何以将律赋单独分开呢?

---

① (宋)江钿编:《圣宋文海》,南宋临安刻本,中国国家图书馆藏,索书号:SBA03314.

② (宋)晁公武著,孙猛校证:《郡斋读书志校证》,上海:上海古籍出版社1990年版,第1071页。

《宋文鉴》收入律赋,保存了北宋科举试赋的文献,符合其"以文为鉴"的编纂宗旨。

周必大《皇朝文鉴序》有云:"古赋诗骚,则欲主文而谲谏……复谓律赋经义,国家取士之源,亦加采掇,略存一代之制。"①

律赋是用于科举考试的文体,是北宋科举制度的重要反映。单列律赋为一类,正是为了"略存一代之制"。叶适《习学记言序目·皇朝文鉴·律赋》云:"诸律赋皆场屋之伎,于理道材品,非有所关。"②

北宋神宗熙宁四年(1071)科举罢赋,用经学取士。哲宗元祐二年(1087)科举恢复试赋。哲宗绍圣元年(1094)科举再次罢赋。南宋高宗建炎二年(1128)又以诗赋、经义取士。这个反复的过程说明:在北宋科举史上,律赋是有争议的文体,也是独特的文体。《宋文鉴》别律赋于赋,自有其"存一代之制"的意义。③ 当然,试与罢的原因不在文体,而在政治。

二、选赋以时间为序、将同一人作品集中排列

考察中国古代诗文总集,自《文选》为始,选赋的编排方式先是以体相分,各体中又以类相分,然后以时间顺序排列。萧统在《文选·序》中说:"凡次文之体,各以类聚。诗赋体既不一,又以类分;类分之中,各以时代相次。"④《文选》"赋"下,依次分京都、郊祀、耕籍、畋猎、纪行、游览、宫殿、江海、物色、鸟兽、志、哀伤、论文、音乐、情,共15类。各类赋中,再以时间顺序编排作品,如"京都",依次为班固《两都赋》、张衡《西京赋》《东京赋》《南都赋》、左思《三都赋》《蜀都赋》《吴都赋》《魏都赋》。再如"郊祀",依次为扬雄《甘泉赋》、潘安仁《籍田赋》。所谓"以时代相次",就是以作者生活的时代先后顺序排列,即以时间顺序排列。

同属于"《文选》类"总集的《唐文粹》选赋大致也是以时间为序排列,

---

① 《宋文鉴》,第2页。

② 《宋文鉴》,第2128页。

③ 关于北宋律赋与科举关系的研究,可参看王彬:《宋代律赋研究》,山东大学2019年博士论文。第一章"宋代科举考试与律赋",对宋代科举制度与律赋的关系进行了深入探讨。

④ (梁)萧统编,(唐)李善注:《文选》,上海:上海古籍出版社2019年版,第3页。

也是把同题材赋排列在一起,但与《文选》赋的编排方式有区别:其一,《唐文粹》按类分,但没有明确类属,只按"古赋甲、乙、丙、丁、戊、己、庚、辛、壬"共置九卷。从《唐文粹》赋的实际情况看,每卷也是按类归置,如甲为宫殿赋、乙为都城赋、丙为郊祀赋,己为咏山、咏植物赋,庚为咏动物赋等等。其二,《唐文粹》赋在同卷同类赋中,有未按照时间顺序排列的情况。如卷六"古赋己"有咏花赋四篇,分别是舒元舆《牡丹赋》、苏颋《长乐花赋》、皮日休《桃花赋》、宋之问《秋莲赋》,皮日休排在宋之问之前,未按照时间顺序排列。

江钿所编《圣宋文海》,赋的编排以人为中心,同一人作品编排在一起。如卷四所收赋依次为欧阳修《憎苍蝇赋》、王令《藏之赋》《思归赋》《竹赋》、王禹偁《籍田赋》《怪竹赋》《花橤赋》、崔伯易《珠赋》。但《圣宋文海》赋不按时间顺序排列,如上述王禹偁赋列在欧阳修赋之后。①

吕祖谦编《宋文鉴》,赋的编排方式首先是按照《文选》赋的方式,以时间顺序排列。由宋初梁周翰《五凤楼赋》始,至北宋后期米芾《参赋》终,共42位作家,71篇作品。顺序为:梁周翰1篇、王禹偁1篇、种放1篇、丁谓1篇、夏侯嘉正1篇、王曾1篇、张咏1篇、钱惟演1篇、杨亿1篇、杨侃1篇、刘筠1篇、晏殊1篇、范仲淹1篇、叶清臣1篇、欧阳修2篇、宋祁4篇、梅尧臣2篇、刘敞2篇、狄遵度2篇、司马光1篇、王安石2篇、王回5篇、范镇1篇、刘攽3篇、周敦颐1篇、邵雍1篇、苏轼7篇、沈括1篇、苏辙1篇、崔伯易2篇、黄庭坚2篇、周邦彦1篇、张耒6篇、晁补之2篇、秦观1篇、蔡确1篇、吕大均1篇、刑居实1篇、刘跂1篇、王仲旉1篇、苏过2篇、米芾1篇。其次,采取《圣宋文海》赋的方式,将同一人作品编排在一起。例如宋祁名下,依次为《圆丘赋》《右史院蒲桃赋》《诋仙赋》《悯独赋》;王回名下,依次为《抱关赋》《驷不及舌赋》《责难赋》《爱人赋》;苏轼名下,依次为《滟滪堆赋》《屈原庙赋》《昆阳城赋》《赤壁赋》《后赤壁赋》《秋阳赋》《中山松醪赋》。

---

① 此据国家图书馆藏宋刊《圣宋文海》残本,存卷四至卷九,卷四至卷六为赋。

　　吕祖谦将赋采取以时间为序、将同一人作品集中排列,原因有二:第一,吕祖谦是一位史学家,按时间顺序排列,正是其史家意识的体现。《宋文鉴》收录的是北宋一代之文,以时间为序,类似一本"编年史书",从宋太祖朝到宋徽宗朝,历朝作品清晰可览。第二,《宋文鉴》为奉敕编纂,以时间为序,并集中作家作品编排,可方便皇帝阅读,了解北宋赋之始末和优秀作家作品风貌。周必大《皇朝文鉴序》云:"皇帝陛下,天纵将圣如夫子,焕乎文章如帝尧。万几余暇,犹玩意于众作,谓篇帙繁夥,难于遍览,思择有补治道,表而出之……"①为解决皇帝"篇帙繁夥,难于遍览"的难题,《宋文鉴》采撷宋赋精华,按时间顺序并集中作家作品编排是很好的办法。②

　　相比《文选》和《唐文粹》,《宋文鉴》采取以时间为序、集中作家作品来对赋进行编排,优点是简洁明了,使北宋赋的发展脉络和作家创作情况清晰可见;缺点是未按题材划分,难以直观地从整体观照北宋各类型赋的创作。

　　《宋文鉴》以时间为序、将同一人作品排列在一起的编排方式,影响了后世诗文总集的编纂。如张金吾编《金文最》,赋的排列顺序为丁暐仁1篇、赵秉文11篇、王若虚2篇、李俊民2篇、元好问2篇、杨宏道2篇、刘文蔚1篇、祝简1篇,即是沿用《宋文鉴》的编排方式。

三、《宋文鉴》以《五凤楼赋》"压卷"考论

　　"压卷"是中国古代文集的通例之一,本义为开卷第一篇。在唐宋文集中,因编集的意旨不同,"压卷"具有不同的文本功能。③ 选择哪一篇文

---

　　① 《宋文鉴》,第1页。
　　② 《宋文鉴》中的其他文体也多是按时间顺序、集中作家作品编排,排列虽有体裁上的区分,但原因相同,此处只讨论赋的排列方式。但"诏"、"诰"有同一作者相同体裁作品在同一卷内不连置的情况,特此说明。
　　③ 参见李成晴:《唐宋文集的"压卷"及其文本功能》,《社会科学研究》2018年第5期。该文对唐宋文集的"压卷"有详细阐释,提出"压卷"具有"明学问之渊源,明出处之大节,有时揭举王言典制以'尊重事',有时则对家学及生平重要交流表达纪念"等不同的文本功能。

章冠其首,体现了作者或文集编纂者的特殊观念。《宋文鉴》属于"《文选》类"总集,这类总集多以赋压卷,①《文选》第一篇是班固《两都赋》,《唐文粹》第一篇是李华《含元殿赋》,《宋文鉴》第一篇是梁周翰《五凤楼赋》。关于《宋文鉴》取《五凤楼赋》"压卷",吕乔年《太史公编成〈皇朝文鉴〉始末》云:

> 而晦翁晚岁,尝语学者,以为"此书编次,篇篇有意。每卷卷首,必取一大文字作压卷,如赋则取《五凤楼赋》之类"。②

又《朱子语类》有云:

> 吕编《文鉴》,要寻一篇赋冠其首,又以美成赋不甚好,遂以梁周翰《五凤楼赋》为首,美成赋亦在其后。③

吕乔年的说法和《朱子语类》的说法有差异,根据引文所载,吕乔年当为转述朱熹的看法。但是,除上引《朱子语类》的材料外,未见朱熹有"每卷卷首,必取一大文字作压卷"或其他类似的说法。结合《宋文鉴》选录诗文的实际,吕乔年的说法并不准确。什么是"大文字"呢?朱熹在《与刘子澄》中说:

> 李丈奏议、行状可得一观,幸甚。甚恨不得一见此老,然读其书,却是大模样,大手段,非如一种左右掇拾、委曲计校小小家计,为无用之学也。他时与《罗鄂州小集》皆愿附名于其后,然亦只能作题跋,无力做得大文字也。④

在朱熹看来,"大文字"是相对于题跋等篇幅短小的文章而言,指篇幅

---

① 参见郭英德:《论〈文选〉类总集文体排序的规则与体例》,《北京师范大学学报》(社会科学版)2005年第3期。该文第一部分"《文选·序》的文体排序"指出篇首为赋,是由于"古诗篇首,今则全取赋名"(引自《文选·序》)。

② 参见齐治平点校:《宋文鉴》,北京:中华书局1992年版,附录吕乔年《太史公编成〈皇朝文鉴〉始末》,第2118页。

③ (宋)黎德靖编,王星贤点校:《朱子语类》,北京:中华书局1986年版,第3300页。

④ (宋)朱熹著,郭齐、尹波点校:《朱熹集》,成都:四川教育出版社1996年版,第1553页。

较大、内容更为丰富且"有用"的文章,如奏议、行状等。然而,《宋文鉴》"每卷卷首"的诗文并不都属于"大文字"。如卷四"赋",卷首为王回《抱关赋》,仅 60 个字,其篇幅远小于同卷也是王回所作的《责难赋》。又如卷四十"诰",卷首为苏轼《蒋之奇天章阁待制知潭州》,只 128 个字,篇幅小于同卷第二篇同为苏轼所作《吕惠卿责授建宁军节度副使本州安置不得签书公事》(共 334 个字)。再如卷六十五"表",卷首为宋祁《谢衣襻表》,篇幅仅有同卷第三篇宋祁所作《谢加端明表》的三分之一。因此,吕乔年"每卷卷首,必取一大文字做压卷"的说法并不准确。

据上文所引《朱子语类》的记载,朱熹只说"吕编《文鉴》,要寻一篇赋冠其首",其实就是寻一篇赋为全书"压卷",因"美成赋"不甚好,故选择梁周翰《五凤楼赋》。"美成赋"即周邦彦《汴都赋》,周邦彦于元丰七年(1084)撰成进献。《宋史·周邦彦传》记载:"元丰初,游京师。献《汴都赋》,万余言。神宗异之,命侍臣读于迩英阁。召赴政事堂,自太学诸生一命为正。"[①]周邦彦由于进献《汴都赋》而得到宋神宗赏识,由太学生提拔为太学正,《续资政通鉴长编》云:"上以太学生献赋颂者百数,独邦彦文采可取,故擢之。"[②]《汴都赋》规模大,又有皇帝赏识,但在朱熹看来,吕祖谦不取《汴都赋》而取《五凤楼赋》"压卷",是觉得《汴都赋》"不甚好"。那为何《汴都赋》"不甚好"呢?笔者认为,原因有二:

第一,《汴都赋》生僻字多,不易读。《汴都赋》进献后,宋神宗曾召近臣读之,《直斋书录解题》云:

> 世传,赋初奏,御诏李清臣读之。多古文奇字,清臣颂之如素所习熟者,乃以偏旁取之尔,钥为《音释》附之卷末。[③]

《朱子语类》对《汴都赋》之难读有另一种说法:

---

① (元)脱脱等:《宋史》,北京:中华书局 1977 年版,第 13126 页。
② (宋)李焘:《续资治通鉴长编》,北京:中华书局 1992 年版,第 8266 页。
③ (宋)陈振孙著,徐小蛮、顾美华点校:《直斋书录解题》,上海:上海古籍出版社 2015 年版,第 516 页。

因说:神宗修汴城成,甚喜,曰:"前代有所作时,皆有赋"。周美成闻之,遂撰《汴都赋》进。上大喜,因朝降出。宰相每有文字降出时,即合诵一遍。宰相不知是谁,知古赋中必有难字,遂传与第二人,以至传至尚书右丞王和甫,下无人矣。和甫即展开琅然诵一遍,上喜。既退,同列问如何识许多字?和甫曰:某也只是读傍文。[①]

两则材料关于《汴都赋》的诵者虽有差异,但无论是李清臣还是王和甫,均为饱学之士,《汴都赋》生僻字太多,只能读"傍文",难读可见一般。《宋文鉴》的编纂宗旨是"以文为鉴",包含"资政"、"资文"的两层含义,并使所选诗文在客观上有"存史"的作用。从"资文"的角度看,《汴都赋》难读,不太适合作为赋创作的范文,用来"压卷",却不太满足"资文"的作用,显然并不妥当。

第二,《汴都赋》对神宗朝政治大加称颂,表明了周邦彦支持新法的态度,但吕祖谦是新法的反对者。《汴都赋》有云:

> 大哉炎宋,帝眷所瞩。而此汴都,百嘉所毓……爰暨皇帝,粉饰朴质,称量织钜。锽锽奏庙之金玉,璨璨夹楹之簠簋。训典严密,财本丰阜。刑罚纠虔,布施优裕。田有愿耕之农,市有愿藏之贾。草窃还业而敛迹,大道四通而不殷。车续马连,千百为群……乃立室家,以安吾君。有庭其桓,社稷臣也。有梃其桶,众才汇也……其极则隆,帝居中也……[②]

从《宋文鉴》选文可以看出,吕祖谦对新法持反对态度,因为他虽然选了新党之人的文章,其数量却明显少于旧党之人的文章。此外,多选入旧

---

① (宋)黎德靖编,王星贤点校:《朱子语类》,北京:中华书局1986年版,第3300页。本条材料与上文所引"吕编《文鉴》……美成赋亦在其后"为同一段材料,全文是:"因说:神宗修汴城成,甚喜,曰:前代有所作时皆有赋。周美成闻之,遂撰《汴都赋》进。上大喜,因朝降出。宰相每有文字降出时,即合诵一遍。宰相不知是谁,知古赋中必有难字,遂传与第二人,以至传至尚书右丞王和甫,下无人矣。和甫即展开琅然诵一遍,上喜。既退,同列问如何识许多字?和甫曰:某也只是读傍文。吕编《文鉴》,要寻一篇赋冠其首,又以美成赋不甚好,遂以梁周翰《五凤楼赋》为首,美成赋亦在其后。"为行文方便,故将其前后拆开。

② 《宋文鉴》,第101—102页。

党反对新法的文章,如韩琦《论青苗》、司马光《与王介甫书》、程颢《论新法》、苏轼《上神宗皇帝书》等等,未收入新党辩论之文。所以从政治立场看,吕祖谦不可能选周邦彦《汴都赋》作"压卷"。吕祖谦甚至认为:"如周美成《汴都赋》,亦未能侈国家之盛,止是别无作者,不得已而取之。"①

与之相比,梁周翰《五凤楼赋》虽然篇制短,但具有较强的讽谏功能。叶适云:

> 《五凤楼赋》,是时大梁宫室始与西京比,而梁周翰历陈前代亡国之君淫于木土者为戒,何止讽也;盖显刺必出于明时,"无若丹朱傲",信其为舜、禹之盛矣。②

《五凤楼赋》除了讽谏功能,也描绘了北宋帝都气象,如:

> 伊京师之权舆也,遐哉渺乎! 验河图之象,按舆地之书。宅《禹贡》豫州之域,距天文辰马之墟……势雄跨胡,气王吞吴。茫茫万国,鱼贯而趋……且曰不壮不丽,岂传万世……③

因此,《宋文鉴》选择《五凤楼赋》作"压卷",可以满足讽谏和描绘帝都气象的双重需求。

综上所述,《汴都赋》生僻字多而不易读,"资文"作用弱,且《汴都赋》体现周邦彦支持新法的政治立场,与吕祖谦反对新法的立场相左,故《宋文鉴》选《五凤楼赋》作"压卷"而不选《汴都赋》。

元人胡祇遹对《宋文鉴》"压卷"有一段论述,曰:

> 宋朝一代文章只为头一篇《五凤楼赋》已不足道,朱文公亦曰:"当时为别寻不得,且教压卷。"本欲光国,适足以辱国。至于《文选》之首《两都》,《文粹》之首《含元殿》,亦何足以取法? 踵佻袭陋,在巨

---

① 《宋文鉴》(附录吕乔年《太史公编成〈皇朝文鉴〉始末》),第 2118 页。
② 齐治平点校:《宋文鉴》附录叶适《习学记言序目·皇朝文鉴》,北京:中华书局 1992 年版,第 2126 页。
③ 齐治平点校:《宋文鉴》,北京:中华书局 1992 年版,第 1 页。

儒犹不免,况于人乎?①

胡祗遹对《宋文鉴》选《五凤楼赋》"压卷"有所不满,认为其"足以辱国"、"踵佻袭陋",此批评明显欠缺公允。胡祗遹论文主张"以义理标准评判文章高下","注重文章的实,反对'巧'和'丽'","文章要能助教化、养性情"。②"赋"正好具有"巧""丽"的特征,义理和教化弱,不符合胡祗遹的论文主张。《五凤楼赋》虽然算不得规模巨大的大赋,但保持着汉赋的讽谏精神和对王朝帝都气象的描绘,用作"压卷"并无不可。

第二节　《宋文鉴》赋分类析论

《宋文鉴》赋内容丰富,按题材分,可分为宫殿类、都城类、典礼类、抒情言志类、说理类、记行游览类,以下择要论述。

一、讽颂、祖德、史鉴:宫殿类赋

《宋文鉴》所选宫殿赋中,篇首梁周翰《五凤楼赋》为"压卷",先描绘京师的地理优势,次颂宋太祖赵匡胤的功绩,然后对五凤楼进行描写:"去地百丈,在天半空。五凤翘翼,若鹏运风。双龙蟠首,若鳌载宫。丹楯霞绕,神光何融。朱楹虹植,晴文始烘。绣楣焜耀,雕栱玲珑。椒壁涂赭,绮窗晕红……"③与五凤楼的华美相衬的是万众来朝的繁华景象:"车如流水,待漏而驰。驾肩排踵,兼蛮浑夷。万众纷错,鱼龙尊卑。咸去来之由此,竞奔凑于玉墀。亶皇风之无外,岂朝盈之有时。"④最后在一片颂圣之音

---

① (元)胡祗遹:《紫山大全集》,见《景印文渊阁四库全书》,台北:台湾商务印书馆1986年版,第1196册,第455—456页。

② 参见张艳:《胡祗遹文学研究》,南开大学2011年博士论文,第二章"论学与论艺"第二节"胡祗遹的诗文论",第52—53页。

③ 《宋文鉴》,第1页。

④ 《宋文鉴》,第2页。

中,假宋太祖之口进行劝诫:"帝曰:'俞哉!尔觞且置,当听朕言,庶晓朕意。顷于戎马之暇,详窥历代之纪。乃知乎夏德之衰,璇室自庇……岂非乎祸生于渐,欲起于恣?亦如崇饮不已,必至昏醉;嗜色不已,必至乏瘁;迁怒不已,必绝人纪;穷兵不已,必暴人骸;甘谀不已,必杜忠义;溺谗不已,必斥贤智……美其成功,良以为愧。不举君觞,恐骄朕志……'"①《五凤楼赋》假宋太祖之口,先总结历朝灭亡之因,强调不可"骄朕志",巧妙地进行劝诫。《五凤楼赋》继承了汉大赋"颂""讽"结合的形式特征,古朴而雅致,又因"五代以来,文体卑弱"②,故梁周翰"习尚淳古"的创作取向在宋初赋的创作中具有开创意义。

与《五凤楼赋》相比,刘敞《鸿庆宫三圣殿赋》是较为"另类"的宫殿赋。"鸿庆宫三圣殿"是宋仁宗为供奉太祖、太宗和真宗而修建的原庙。刘敞一反宫殿赋先铺叙宫殿豪华,次颂扬圣功,最后进行以"讽"结尾的写法,他以"崇礼"、"修德"为全文议论的核心,首先通过对前代史实的叙述,强调"崇礼"、"修德"则国家强盛统一,否则国家就衰败分裂;其次颂扬太祖、太宗和真宗的功绩,再次强调"崇礼"、"修德"的重要性,"天子忧于大异,反己修德……夫政不变不足以日新,礼不修不足以化民"③,宋仁宗修"鸿庆宫三圣殿"正是"崇礼"、"修德"的表现;接着对宫殿进行描绘,再写天子前去祭祀时的场景;最后指出"崇礼"、"修德"是"圣王所以继统垂业,超商迈周,恤嗣锡羡,贻厥孙谋,使万有千岁,得以晞风而承流也"④的原因。刘敞有意不按常规宫殿赋的写法写作,他在篇首的小序中云:

> 臣伏见陛下追述祖考,崇奉明祀,新作三圣殿,以昭孝明功于天下。臣以文学,中第太常,试官秘书,目睹盛事,不敢以鄙薄自绌,辄作古赋一篇,以歌咏盛德。昔《灵光》《景福》之作,世称其美丽,然其

---

① 《宋文鉴》,第 2 页。
② (元)脱脱等:《宋史》,北京:中华书局 1977 年版,第 13003 页。有云:"五代以来,文体卑弱,周翰与高锡、柳开、范杲习尚淳古,齐名友善,当时有'高梁柳范'之称"。
③ 《宋文鉴》,第 59 页。
④ 《宋文鉴》,第 60 页。

所谓壮大,不出乎雕刻画缋、文采之煌煌而已。又盛道工人之巧,民力之众,材木之多,金玉之伟。臣以谓,圣王有作,则必智者献其巧,壮者输其力,山林不敢爱其材,府库之聚,皆所供亿也。是物理之常,不足以夸大。臣愚窃陋之。若夫天命废兴之际,圣王授受之符,非敏智通达,未有能究知其始终者,固难为寡见浅闻者道也。臣窃大之,是以略所陋而张所大。不敢仰希风人《雅》《颂》之列,庶几有其志云尔。①

刘敞认为盛世之美丽不必夸耀,因为这是很正常的事情,只有"天命废兴之际,圣王授受之符"才值得探究,因此在赋中以议论为主,论述"崇礼"、"修德"的重要性。清人陆葇《历朝赋格·上集·文赋格》选入了刘敞《鸿庆宫三圣殿赋》,评道:"推本祖德,颂扬神休,可与《厥初》《生民》《天命》《玄鸟》诸诗并读"②,也是强调《鸿庆宫三圣殿赋》的"崇礼"、"修德"意义。

《宋文鉴》还选了刘跂的《宣防宫赋》,不同于《五凤楼赋》和《鸿庆宫三圣殿赋》所描写的北宋宫殿,《宣防宫赋》描写的是西汉时期的宣防宫,其小序云:"余以事抵白马,客道瓠子事,感其语,故赋曰……"③"瓠子事"即汉武帝元光三年(前132),黄河瓠子决口,汉武帝率众堵住决口一事。据《史记·河渠书》:

> 自河决瓠子后二十余岁,岁因以数不登,而梁、楚之地尤甚。天子既封禅巡祭山川,其明年,旱,干封少雨,天子乃使汲仁、郭昌发卒数万人塞瓠子决。于是天子已用事万里沙,则还自临决河,沉白马玉璧于河,令群臣从官自将军以下皆负薪实决河。是时东郡烧草,以故薪柴少,而下淇园之竹以为楗。天子既临河决,悼功之不成,乃作歌曰:"瓠子决兮将奈何……"于是卒塞瓠子,筑宫其上,名曰"宣房

---

① 《宋文鉴》,第57—58页。

② (清)陆葇评选:《历朝赋格》,见郭英德、踪凡主编《历代赋学文献辑刊》第26册,北京:国家图书馆出版社2017年版,第167页。

③ 《宋文鉴》,第119页。

宫",而道河北行二渠,复禹旧迹,而梁、楚之地复宁,无水灾。①

汉武帝亲自指挥堵塞决口多年的瓠子,让梁、楚之地的百姓免受洪水之灾,本来是值得歌颂的事情。然而刘跂却假东方朔之口,认为"未可谓无忧矣",应该充满忧患意识,做好防范黄河再次泛滥的准备,假如等洪水到来才准备,则"炭乎喘牛,蹶若跂马。糇粮其山,徒庸成林。商羊鼓舞,泽门讴唫。析骸樵苏,惨于长平之祸;累块珠玉,浮乎水衡之藏"。② 在刘跂看来,汉武帝不应该修宫殿,因为这是"却四载之乘,劳负薪之臣"。《宣防宫赋》并没有对宣房宫进行描写,而是借瓠子决口之事,谈帝王应一直具备忧患意识,不可为所取得的成就沾沾自喜。

李调元《赋话》有云:

> 《学易集》,宋刘跂撰。《宣防宫赋》世尤传诵,然是迄年文体,犹是强追古躅者,若视当时《五凤楼》等作,则又反陋于此矣。③

此评价辑自陈振孙《直斋书录解题》和祝尧《古赋辩体》,《直斋书录解题·学易集》:"《学易集》二十卷,朝奉郎东官刘跂斯立撰……为文无所不长,《宣防宫赋》《学易堂记》世传诵之。"④《古赋辩体·宋体》评宋祁《圆丘赋》曰:"赋也,虽规规模效,然语极工丽,犹是强追古躅者,若视当时《五凤楼》等作,则又浅陋于此矣。"⑤《宣防宫赋》世尤传诵,李调元借祝尧的观点来说明《五凤楼赋》陋于《宣防宫赋》,可看出李调元"尊古"的赋学取向,但对《五凤楼赋》的贬低有待商榷。《宋文鉴》作为南宋官方编纂的总集,取《五凤楼赋》做"压卷"已经能证明其地位和价值。另外,经历"文体卑

① (汉)司马迁:《史记》,北京:中华书局2014年版,第1703—1704页。

② 《宋文鉴》,第120页。

③ (清)李调元:《赋话》,见王冠辑《赋话广聚》第3册,北京:北京图书馆出版社2006年版,第280页。

④ (宋)陈振孙著,徐小蛮、顾美华点校:《直斋书录解题》,上海:上海古籍出版社2015年版,第512—513页。

⑤ (元)祝尧:《古赋辩体》,见王冠辑《赋话广聚》第2册,北京:北京图书馆出版社2006年版,第424页。

弱"的五代时期,北宋初,梁周翰"习尚淳古"的创作倾向有利于提升文章的气格,其意义不容忽视。

二、歌颂北宋国家之强盛:都城类赋

《宋文鉴》共选了三篇描写都城的赋,分别是杨侃《皇畿赋》、周邦彦《汴都赋》和王仲勇《南都赋》。

杨侃《皇畿赋》通过描写京郊的繁荣,从而烘托东京汴梁的繁华。赋的开头交代了描写对象:

> 有赋家者流,欲驰名于当世,思著咏于神州。忽念前古,深怀景慕。诵《二京》于张衡,览《两都》于班固。于是辍卷意惭,阁笔心伏。让而谓臣,请书简牍。臣辞不获已,而谓之曰:子读二子之赋,而知两汉都邑之制,宫殿之丽,而未知大宋畿甸之美,政化之始也。予幸得职采风谣,官参儒雅。千里之郊圻是巡,八使之轺车斯假。若夫大邑名城,神皋沃野,画地可记,濡毫可写;至于宫禁之深严,予未闻也;都城之浩穰,众所睹也。是故彼述其内,予言其外。[①]

杨侃虽然景慕张衡、班固,但并不想按照《二京赋》和《两都赋》的写法去描写都城,因为宫禁深严,没有见过宫殿,都邑繁华大家又都能看到,所以决定写"畿甸"。杨侃不蹈故辙,正是宋人思辨精神的体现。《皇畿赋》中先写了京畿的军事防御,蔡、汴二河的航运之发达,京畿物产之丰盛,然后写京畿各地的风土人情和历史景观,如雍丘"民厚风俗,土繁货值"、"考城之人,旧俗刚毅。乡出勇夫,里多壮士"……又描绘东郊宜春院、太乙宫,写皇帝于东郊籍田,写讲武台;写南郊的南郊坛祭祀和玉津园名物、西郊金明池练水军和琼林苑宴集、北郊瑞圣园的鸟语花香……[②]《皇畿赋》是第一次对北宋京畿进行全景式展现,具有重要的价值。文末有云:"客

---

① 《宋文鉴》,第19页。
② 参见程秋云:《杨侃〈皇畿赋〉中对宋都京郊的描写》,《殷都学刊》2006年第4期。

既闻臣之说,而知汉宫室壮丽威四夷,宋以畿甸风化正万国"①,杨侃将北宋与最强盛时期的汉代相提并论,这种比较无论是否恰当,都表现了其对盛世理想的追求。

周邦彦《汴都赋》②则直接以东京汴梁为描写对象,与《皇畿赋》相参,构成北宋都城内外的整体描绘。《汴都赋》虚构了发微子和衍流先生两个人物,仿汉大赋"主客问答"的形式,先介绍汴都的历史沿革,然后由远及近,描写都城外貌和城市格局,继之写城内四通八达的交通,往来商客众多,物产丰富,贸易繁荣。接着描写皇宫、太一宫、明堂、太庙、灵台的外在形象,对"宝阁灵沼"的内部进行细致描写,涉及园子中的水、植物、鸟、鱼等诸多景物。此外,着力刻画汴都之富庶(粮食多)、民众之勤劳、军队之强大有秩,朝廷"崇善废丑"而使政治清明、皇帝崇礼修德而使国家强盛。接着阐述了君王"守此汴都"和"古昔之所以兴亡"的原因,即地势之险不如"恃德之险",强调"有德则昌",无德则亡。最后颂扬宋之昌盛,皇帝之盛德。

周邦彦在《汴都赋》篇首的小序中写道:

> 伊彼三国,割据方隅,区区之霸,言余事乏,而《三都》之赋,磊落可骇,人到与今称之。矧皇居天府,而有遗美,可不愧哉!谨拜手稽首,而献赋曰……③

言下之意,区区割据的三国尚且有左思《三都赋》歌颂,而大宋之强盛却无一赋颂之,故作《汴都赋》。笔者认为,周邦彦《汴都赋》受到左思《三都赋》"证实"的影响,即在赋中以事实为依据进行创作。《三都赋》序曰:

> 余既思摹《二京》而赋《三都》,其山川城邑,则稽之地图;其鸟兽草木,则验之方志;风谣歌舞,各附其俗;魁梧长者,莫非其旧,何则?

---

① 《宋文鉴》,第 25 页。

② 晁补之《鸡肋集》卷 34 有一篇《汴都赋序》,从序中可知,此《汴都赋》作者为"关景晖",然该文已佚,不知内容如何。

③ 《宋文鉴》,第 91 页。

发言为诗者,咏其所志也;升高能赋者,颂其所见也。美物者贵依其本,赞事者宜本其实。①

"证实"是《三都赋》创作的重要原则,周邦彦《汴都赋》正是受到《三都赋》"证实"的影响,赋中涉及的名物都是可见的,略写了不可见的,如:"若夫帝居宏丽,人所未闻。南有宣德,北有拱辰。延亘五里,百司云屯。两观门峙而竦立,罘罳遌望而相吞。"周邦彦没见过皇帝居住的宫殿,只描绘他能见的宫室的外部。楼钥《〈清真先生文集〉序》评价道:"钱唐周公,少负庠校隽声。未及三十作,为《汴都赋》,凡七千言,富哉!壮哉!极铺张扬厉之功。期月而成,无十稔之劳;指陈事实,无夸诩之过。"②"指陈事实"也正好说明《汴都赋》"证实"的原则。

《宋文鉴》收入《汴都赋》是出于"存史"的需要,或正是基于其"证实"原则。李长民曾仿周邦彦《汴都赋》写了《广汴赋》③,可见《汴都赋》在当时的影响。陆棻《历朝赋格·上集·文赋格》评《汴都赋》曰:"烹炼之力逊,于十年乃成。然其浩瀚滂溥不可涵际,作者亦欲以此标异于前人也。有一段平铺,即有一段反振,使读者意将倦而神复王。是以文字贵于用反,不反则不得势。"④《汴都赋》内容驳杂,采取"叙—论"结合的方式,"平铺"当指叙述,"反振"则指议论,这种方式有利于整合各部分内容,不至杂乱无章。

王仲旉的《南都赋》以北宋南京为描写对象,北宋南京即宋州(今河南商丘),是宋太祖赵匡胤任后周归德军节度使的治所,属于"龙潜"之地,具有特殊的历史意义。"景德三年二月甲申,宋州升应天府。祥符七年正月丙辰,升南京。"⑤早在咸平四年(1001)八月,直史馆刘蒙叟就上过《宋都

① (梁)萧统编,(唐)李善注:《文选》,上海:上海古籍出版社2019年版,第177页。
② (宋)楼钥:《攻媿集》,见《景印文渊阁四库全书》第1152册,台北:台湾商务印书馆1986年版,第799页。
③ 《广汴赋》见《历代赋汇》卷34"都邑",李长民认为《汴都赋》"率大略尔",故推而广之。
④ (清)陆棻评选:《历朝赋格》,见郭英德、踪凡主编《历代赋学文献辑刊》第25册,北京:国家图书馆出版社2017年版,第399—400页。
⑤ (宋)王应麟:《玉海》,江苏古籍出版社、上海书店1987年版,第315页。

赋》,王仲勇《南都赋》晚出。王应麟《玉海·艺文·赋·咸平宋都赋》曰:

> 咸平四年八月乙未,直史馆刘蒙叟上章献《宋都赋》,述皇宋由兹
> 地建号,宜升宋州为都,立祖宗庙。上嘉之,命史馆检故事以闻。王
> 仲勇作《南都赋》。[①]

刘蒙叟《宋都赋》已佚,不知其内容如何。王仲勇《南都赋》虚构了华阳先生和涣上公子两个人物,以问答的形式,涣上公子先叙述南京的历史沿革、地理方位,引出南都为梁旧都,转而叙述梁时宫殿之奢华、植物之繁盛,然后写都城内的蠡台、雁池风景之秀美,梁王猎于东苑、宴宾客于平台,歌颂梁时的繁华景象。华阳先生进行反驳:"噫!公子何谓兹邪?若公子所谓重耳而轻目,荣古而陋今;胶以人物之陈迹,炫以山川之旧经;又乌睹大宋之盛乎?"进而开始歌颂大宋的强盛:大宋"创洪图而遗仪代,一帝统而超邃古。万国被德泽,四裔畅皇武",明法度、修礼仪,贸易发达,驻守的军队强大而整饬,原野、亭馆、池沼皆风景如画。华阳先生自云:"若予之所举,仅知其髣髴,十分未得其一隅",大宋比梁更加强盛,最后涣上公子承认自己无知,在颂宋之辞中结束对话。涣上公子颂梁之美,是为华阳先生颂宋之盛作铺垫,全文层次分明,结构有序。《南都赋》与《皇畿赋》《汴都赋》并列收入《宋文鉴》,可见吕祖谦对此赋价值的认可和重视。

三、强调崇礼为治政之要:典礼类赋

《宋文鉴》赋收录典礼类作品,是为了强调崇礼为治政之要,王禹偁《籍田赋》、丁谓《大蒐赋》、张耒《大礼庆成赋》为其中的代表作。

王禹偁《籍田赋》是反映北宋"籍田礼"的作品,在篇首小序中,王禹偁详述了籍田的历史,李调元称其"考索既核,叙次亦工"。[②]序中有云:"皇家享国三十载,陛下嗣统十四年,武功已成,文理已定,乃下明诏,耕于东

---

① (宋)王应麟:《玉海》,江苏古籍出版社、上海书店 1987 年版,第 1131 页。

② (清)李调元撰:《赋话》,见王冠辑《赋话广聚》第 3 册,北京:北京图书馆 2006 年版,第
99 页。

郊."考《续资治通鉴长编》:"端拱元年春……乙亥,上于东郊亲飨先农,以后稷配,遂耕籍田。始三推,三司言礼毕。上曰:'朕志在劝农,恨不能终于千亩,岂止以三推为限?'耕数十步,侍臣固请,乃止。"①由此可知,此赋描写的是端拱元年(988)宋太宗东郊籍田事件,皇帝亲自耕种,以达到劝农目的。《籍田赋》对宋太宗籍田的整个过程有详细的描述,赋的开头先写籍田前的准备,有司准备好礼仪章程、构筑了祭祀的祭台,皇帝准备了得体的服装和饰品。然后"属车负播殖之器,后宫献穜稑之实","千官景从"来到东郊。籍田前先进行祭祀,接着奏"太簇之乐",皇帝"抚御耦以无怠",耕数步,在大臣们的相劝下,推迟三次才停下来。皇帝籍田是"自得训农之实,非贪慕古之名",因为"务农桑兮为政本,兴礼节兮崇教资"。《宋文鉴》收入《籍田赋》,表明对"以农为本"治政理念的认可。

丁谓《大蒐赋》则是反映"大蒐礼"的作品,"大蒐礼"是全国性的军事演习,附带田猎行动,起源于西周时期。②丁谓赋中先描写军队集结,继之赞美军容军貌,军队所到之处"烟霞错杂以垂驰,河汉颠倒而失源",气势雄伟,然后写打猎的场面:"熊罴之爪距摧折,虎豹之心肝分裂。射必三兽,发则五豝。雹逆毛羽,星飚角牙。肉堕庖丁之刃,血溅鲁阳之戈",表现军队的强大。赋的最后转向议论,先指出"大蒐礼"具有训练军队的重要意义,接着说汉武帝"穷田极猎,夸国耀兵",自魏晋至唐,历代皆不兴"大蒐礼",以此说明北宋"大蒐礼"是承继周公古制,是君主"至德"的表现,所以"赋《大蒐》而歌盛礼也,俾千古知至德之巍巍"。丁谓《大蒐赋》不再像汉代"畋猎赋"那样"先颂后讽",他在赋前小序中云:

> 司马相如、杨雄,以赋名汉朝。后之学者多规范焉,欲其克肖,以至等句读,袭征引,言语陈熟,无有己出。观《子虚》《长杨》之作,皆远取傍索灵奇瑰怪之物,以壮大其体势;撮其辞彩笔力,恢然飞动今古而出入天地者无几。然皆人君败度之事,又于典正颇远。今国家大

① (宋)李焘:《续资治通鉴长编》,北京:中华书局1992年版,第646页。
② 参见李亚农:《"大蒐"解》,《学术月刊》1957年第1期;杨宽:《"大蒐礼"新探》,《学术月刊》1963年第4期。

蒐,行旷古之礼,辞人文士不宜无歌咏,故作《大蒐赋》……奇言逸辞,皆得之于心;相如、子云之语,无一近似者。彼以好乐而讽之,此以劝礼而颂之,宜乎与二子不类。①

此序表明丁谓《大蒐赋》想要打破后世文人模仿司马相如赋和扬雄赋的写法,不与之"等句读",不"袭征引",不用陈词滥调,用得之于心的"奇言逸辞",不以"好乐而讽之"而以"劝礼而颂之"。体现在赋中,如其所言,未见有对《子虚赋》《长杨赋》的沿袭,可看出丁谓过人的独立意识。当然,丁谓批评司马相如和扬雄之赋"皆人君败度之事,又于典正颇远",未必符合实际,或是丁谓崇礼思想的反映。

除了描写"籍田礼"和"大蒐礼"的赋,《宋文鉴》还收录郊庙祭祀的赋,其中的代表作是张耒《大礼庆成赋》。此赋为张耒随皇帝祀于南郊归后作,赋中有"惟宋六世,皇帝践祚七年,所以和同天人……",又张耒《进〈大礼庆成赋〉表》:"臣伏见皇帝陛下即位以来……虽太母保宥,一尊圣训……"②可知此赋作于宋哲宗元祐七年(1092)。赋的开头先叙祀于南郊的意义,从太祖到神宗,六世都重视祭祀天地,他们取得的功绩,可谓"受天地之福",当今皇帝是对这种传统的承继。接着以虚实结合的手法,夸饰皇帝出行的盛势,"于是天子乃翳青云之屋,乘雕玉之舆。应龙受辔,招摇翼軨。建虹霓之修竿兮,颷彗星之飞旟……初海沸而云涌,忽山峙而川静。"然后写祭祀的宫殿煊赫,神明光大。接着集中大量笔墨写祭祀的场面,涉及参与人员的队列、仪仗和祭祀时的仪式,细节颇为生动,如写献祭品时,"执飞廉,围商羊,属之有司兮,羲和磨刮披拂,尽献其光明。盖倾都空闾,翘首跂足,俯窥履綦,傍睨佩玉者,忽焉不知手之加颡,口之成祝也",又如写皇帝祝拜的场景:"天子乃被衮执玉兮,齐明庄栗之诚,勤于进趋,表于形容。千燎具扬,万炬毕融。"赋的最后,礼成,"天子举酒,以属群公"。

---

① 《宋文鉴》,第5—6页。
② 《全宋文》第127册,第238页。

祝尧《古赋辩体·宋体》评《大礼庆成赋》有云：

> 赋虽杂出于《雅》《颂》，其间多步骤相如、子云、孟坚诸作，脱其意而易其辞，初不拘于架屋上之屋、楼上之楼者也。中间化腐为奇处正可学，后学知此，则谢朝华于已披，启夕秀于未振，何患语言之陈腐哉？若曰伤于精刻，则荀卿诸赋已然，此何必议？①

祝尧言外之意，张耒《大礼庆成赋》学"相如、子云、孟坚"之作学得恰到好处，化腐为奇，并引用陆机《文赋》"谢朝华于已披，启夕秀于未振"，说明张耒赋脱去他人语言陈腐之弊，斯为良言。张耒《进〈大礼庆成赋〉表》说："臣窃喜太平之必至……成《大礼庆成赋》一篇，随状上进。虽不足以追配《甘泉》《河东》之广大壮丽，然犬马之愚，庶已自竭。"②张耒或受扬雄影响较大，自言《大礼庆成赋》不足以与《甘泉赋》《河东赋》相媲美。陆葇《历朝赋格》评曰："文潜论文以理为主，《庆成》体制亦理，固如是耳。"③笔者以为，《大礼庆成赋》几乎通篇铺叙"大礼"的场面，文辞绚丽，以颂美为主，少讽谏之意，说理意味淡泊，陆葇所谓"《庆成》体制亦理"或有不当处。

四、重视个人情志的表达：抒情言志类赋

在《宋文鉴》选赋中，表达志向或志趣的代表作是种放《端居赋》、王曾《矮松赋》、钱惟演《春雪赋》、杨亿《君可思赋》、晏殊《中园赋》、梅尧臣《凌霄华赋》、刘敞《枬桐赋》、王安石《思归赋》、张耒《鸣鸡赋》、蔡确《送将归赋》，篇目较多，可见《宋文鉴》选赋重视个人情志的表达。

种放《端居赋》表达了隐居的志趣，在篇首小序中自言："予尝阖扉而居，不乐他游，未尝以一词辄干公侯，以借浮誉。"在赋中又云："故孟轲有言，虽有镃基，不如逢乎有年，颜氏几圣，乐在陋巷，亦将育乎令德。兹穷

---

① （元）祝尧：《古赋辩体》，见王冠辑《赋话广聚》第2册，北京：北京图书馆出版社2006年版，第471—472页。

② 《全宋文》第127册，第239页。

③ （清）陆葇评选：《历朝赋格》，见郭英德、踪凡主编《历代赋学文献辑刊》第26册，北京：国家图书馆出版社2017年版，第198页。

通之自信,匪古今之可尤。顾窃位而择肉兮,予诚自羞。宁守道而食芹兮,中心日休。予将息万竞,消百忧,养浩然之气于蓬茅之下,饮清泉于渊默之流。"①以上表明,种放以儒家固穷存志的准则为依托,以此来阐发隐居的意义。

王曾《矮松赋》借矮松臃肿支离,不为世用,因而得以顺性生长,来抒发自己保持真性的理想,赋中云:"信矣夫,卑以自牧,终然允臧。效先哲之俯偻,法幽径之伏藏。愿跼影于涧底,厌争荣于豫章。鄙直木兮先伐,惧秀林兮见伤……客有系而称曰:'材之良兮……俾其天性而称珍,曷若存身而受祉。纷异趣兮谁与归?当去彼而取此。'"②保持真性,不做违背自己内心的事情,是作者心灵的追求。

钱惟演《春雪赋》借春雪而悯农,篇首小序云:"癸亥岁二月,迄季春旦,雾。霰、雪杂下,平地二尺。"③陆葇《历朝赋格·骈赋格》:"按《宋史》,癸亥,仁宗初即位,天圣元年也。时希圣罢枢密,出知河阳,方抑郁不快意而留心民事,托诸赋咏,无一侘傺自伤之词,故有足取者焉。"④考《续资治通鉴长编》:"真宗乾兴元年……十一月丁卯,朔,枢密使钱惟演罢为保大节度使,知河阳。"⑤陆葇所考甚确。但钱惟演先依附丁谓而排斥寇准,后丁谓失势,又排挤丁谓以自解,"冯拯恶其为人,因言惟演以妹妻刘美实太后姻家,不可预政,请出之。"⑥钱惟演因此而出知河阳,似有"侘傺自伤之词",赋中有云:"我有爰田,既锄既耰。我有条桑,且梗且柔。岂灭裂而是取,顾沃若之待收。罹此暴珍,予心则忧。"下雪后天寒地冻,可能影响农民的收成,农民因此面临困境:"东郭叹不完之衣,梁山作思妇之曲。岂由汉女之冤,遂至卫民之哭。"⑦农民的困境或就是钱惟演的困境,此赋表面

---

① 《宋文鉴》,第5页。
② 《宋文鉴》,第11页。
③ 《宋文鉴》,第13页。
④ (清)陆葇评选:《历朝赋格》,见郭英德、踪凡主编《历代赋学文献辑刊》第27册,北京:国家图书馆出版社2017年版,第453页。
⑤ (宋)李焘:《续资治通鉴长编》,北京:中华书局1992年版,第2299页。
⑥ (宋)李焘:《续资治通鉴长编》,北京:中华书局1992年版,第2300页。
⑦ 《宋文鉴》,第14页。

悯农,实际上是自我幽怨的抒发。

杨亿《君可思赋》"以抒忠愤"①,先写忠君之情,然后写自己具有高洁独立的品质:"夫何直谅不回,孤坚寡偶。贯岁寒而勿改兮,濯江汉而无垢。中履絜以好修兮,外葆光而虚受……志本勿矜,言乎有凭……岂望夫连城之报,岂爱乎画饼之名……庶克终于雅尚,聊有裨于素风。"②但是作者的忠君之情和高洁品质,却招来了小人的嫉妒:"奈何虺心昌炽,锦言萋斐。蝇薨薨以交乱,犬猜猜而迎吠。贤登朝而共嫉,女入门而各媚……幸大度之不校,专巧言而纵毁。"③在痛斥小人之后,转向对君王的赞美:"耿求贤兮不及,慎乃宪而惟康。延登体貌,义同覃详。伊蓬心之受惠,怜橘性之有常。实之近署,采其寸长。遇忠见察,浸润无伤。犯四禁而多恕,缓千编而不遑。"④赋的末尾云:"感骚人之遗韵,聊抒意于斯文。"通览全赋,杨亿明显受到《离骚》的影响,但与《离骚》相比,杨亿的忠愤之情趋于平和,更多的是苦闷和忧虑。

晏殊《中园赋》表现了太平时代的闲适情调,对园中景象的描写较为生动,如:"幼子蓬发,孺人布衣。啸傲蘅畹,留连渚湄。或捕雀以承蜩,或摘芳而甑蕤。食周粟以勿践,咏尧年而不知。琴风飒以解愠,田雨滂兮及私。而乃坛杏蒙金,蹊桃衔碧。李杂红缥,柰分丹白。梨夸大谷之种,梅骋含章之势……"⑤在赋的最后,表达了对隐居和闲适生活的向往:"却园夫之利兮,取彼闲适;荷王国之宠兮,遂夫游咏。禽托薮以思鸷,兽安林而获骋。倡伴乎大小之隐,放旷乎遭随之命。"⑥赋的整体体现出了治平心态和闲适情调。

梅尧臣《凌霄华赋》批判凌霄花"缘根附带",赞美萍藻自洁、蕙兰自

---

① (元)脱脱等:《宋史》,北京:中华书局 1977 年版,第 10083 页。云:"尝作《君可思赋》,以抒忠愤。"

② 《宋文鉴》,第 14—15 页。

③ 《宋文鉴》,第 15 页。

④ 《宋文鉴》,第 15 页。

⑤ 《宋文鉴》,第 29 页。

⑥ 《宋文鉴》,第 30 页。

芳，"芙蓉出污而自丽，芝菌不根而自长"，无附者亦以名扬。用凌霄花比喻攀附他人的小人，用萍藻、蕙兰、芙蓉、芝菌的高洁品质自喻，表明自己不愿趋炎附势，甘守操节。赋的最后写道："吾谓木老多枯，风高必折。当是时将恐摧为朽荄，不复萌蘖，岂得与百卉并列耶？"用最直接的语言，表达了对依附他人的小人之憎恶。

刘敞《栟榈赋》先赞扬了栟榈刚健专直、中立不倚、外无附枝、有锋芒但温润可亲、不畏霜雪、有承天之材、无花不尚色等高贵品质，最后说"明告君子，吾将以为则"，表明自己想做一个具有栟榈品质的人。清人浦铣《复小斋赋话》："刘贡父《栟榈赋》是学《橘颂》文字"。① 屈原《橘颂》正是借"橘"来表达自己高洁的人格理想，刘敞《栟榈赋》或正受此影响。

王安石《思归赋》仅89个字，表现了对亲人和故乡的无限思念之情，开头写道："蹇吾南兮安之，莽吾北兮亲之思"，先叙述怅然若失的心境和刻骨铭心的思亲之情。接着写自己奔波忙碌："朝吾舟兮水波，暮吾马兮山阿。亡济兮维夷，夫孰趋兮亡巇。"然后写寒风萧萧，细雨濛濛，又当岁暮之时，升级了对亲人和故乡的思念之情。

张耒《鸣鸡赋》借老雄鸡来抒发自己年纪虽老，但壮心不已的奋进精神。赋中对老雄鸡形象的刻画极为生动："畜之既老，语默有程。意气武毅，被服鲜明。崽崽朱冠，丹颈玄膺。苍距矫攫，秀尾翘腾。奉戢有恪，徐步我庭。啄粟饮水，孔肃弥争。"老雄鸡形象勇武刚毅，俨然有长者姿态，似作者自画像。接着写雄鸡晨鸣，在万里沉寂的环境中，"开振衣之膈膊，忽孤奏而泠泠。委更筹之杂乱，和城角之凄清。应云外之鸣鸿，吊山巅之落星。歌三终而复寂，夜五分而既更。"雄鸡的鸣叫划破长空，迎接黎明的到来，洋溢着积极向上的情怀。翟汝文有《次韵张文潜龙图〈鸣鸡赋〉》（见《忠惠集》卷5）。元人王义山有《鸡鸣赋》（《稼村类稿》卷9），其小序曰："余尝读张宛丘《鸣鸡赋》，惜其未尽勉学者进道之意，因赋《鸡鸣》。"可见《鸣鸡赋》体现出的奋进精神影响深远。

---

① （清）浦铣：《复小斋赋话》，见王冠辑《赋话广聚》第4册，北京：北京图书馆出版社2006年版，第754页。

蔡确《送将归赋》写了对父母的思念之情,开头云:"昔人之言秋意也,曰:'若在远行,登山临水送将归。'此其平日游子之所悲,怨慕凄怆尚不能自支,而况于予乎?""若在远行,登山临水送将归",出自宋玉《九辩》,加之以秋天的凄凉衬托离别的意绪,化用而不袭旧。这种凄凉的意绪,平日游子尚不能自持,何况是我呢? 接着写对父母思念之情:"恋高堂之慈爱,积三岁之远离……出门踟蹰以将别,仰天涕泣之交颐……予方省愆念咎,藿食布衣。鬓如秋霜,形如槁枝。子见吾亲,勿以告之……"作者不是因离别而伤心,而是因思念父母而伤情,真情流露极为深沉。崔敦礼《跋蔡确帖》:"忠怀公墨帖及《送将归赋》,其死生祸福之说,读之使人叹息。"[1]王应麟《困学纪闻》:"《文鉴》取蔡确《送将归赋》,犹楚辞后语之,取息夫穷也。"[2]可见《送将归赋》具有极高的艺术感染力。

陆游《跋蔡忠襄〈送将归赋〉》云:

> 予读《送将归》之赋,为之流涕,不为蔡氏也。宋兴百余年,累圣政治之美,庶几三代。熙宁、元祐所任大臣,盖有孟杨之学、稷高之忠,而朋党反因之以起,至不可复解。一家之祸福曲直,不足言也,为之子孙者,能力学进德不为偏颇,则承家报国皆在其中矣。嘉泰二年五月十五日山阴陆某书于浙江亭。[3]

陆游从更宏大的家国情怀着眼,被《送将归赋》感动,不是因为蔡确本人,而是惋惜因党争而报国无门的人们,可备一说。

五、寓情于景书写治道之理和个人心境:记行游览类赋

《宋文鉴》所收记行游览类赋,寓情于景书写治道之理和个人心境,其

---

[1]　(宋)崔敦礼:《宫教集》,见《景印文渊阁四库全书》第 1151 册,台北:台湾商务印书馆 1986 年版,第 877 页。

[2]　(宋)王应麟撰,栾保群、田松青校点:《困学纪闻》,上海:上海古籍出版社 2015 年版,第 368 页。

[3]　(宋)陆游著,马亚中、涂小马校注:《渭南文集校注》,杭州:浙江古籍出版社 2015 年版,第 269 页。

中的代表作品有夏侯嘉正《洞庭赋》、叶清臣《松江秋泛赋》、晁补之《北渚亭赋》、刑居实《南征赋》。

夏侯嘉正①《洞庭赋》是一篇特别的游览赋,篇首写道:"楚之南有水曰洞庭,环带五郡,渺不知其几百里。臣乙酉夏使岳阳,抵湖上,思作赋。"但是,作者在赋中没有对洞庭物产进行描绘,而是集中笔力以洞庭之水势来比喻现实之人,如赋中云:"若今所谓洞庭者,杰立而孤,廓然如无区,其大无徒。含阳字阴,元神之都。暧暧昧昧,百川不敢逾。有若臣者,有若宾者,有若仆者,有若子者,有若附庸者,有若娣姒者。有若禹会涂山,武巡牧野,千出百会,咸处麾下……纵之不踰,躝之不卑,乍若贤人,以重自持。诱之不前,犯之愈坚,又若良将,以谋守边……"②在赋的最后,作者将洞庭之水势比喻治道之理,有云:"天道以顺不以逆,地道以谦不以盈。故治理之世,建仁为旌,聚心为诚,而弧不暇弦,矛不暇锋,四海以之而大同。何必恃险阻,何必据要冲?"③

夏侯嘉正因《洞庭赋》而扬名,据《续资治通鉴长编》:"端拱元年……五月……丙申……夏侯嘉正尝为《洞庭赋》,右散骑常侍徐铉见之曰:木玄虚之流也,词采又过焉。上闻其名,召试禁中,擢右正言直史馆兼直秘阁。"④按,木玄虚即西晋辞赋家木华(字玄虚),《文选》收录其《海赋》1篇。徐铉认为夏侯嘉正是木华一类的人物,甚至词采比木华还要好,这是极高的赞扬。但是,也有人对《洞庭赋》提出过批评,钱大昕《廿二史考异·宋史·儒林传·王向传》曰:"戏作《公默先生传》。列传所载文,如王向之《公默先生传》、夏侯嘉正之《洞庭赋》、朱昂之《广闲情赋》、路振之《祭战马文》、罗处约之《黄老先六经论》,词既不工,亦无关于劝诫,皆可删。"⑤钱

① 夏侯嘉正,钱若水《宋太宗实录》卷四十四、李焘《续资治通鉴长编》卷二十九作"夏侯嘉贞",疑"夏侯嘉贞"为其本名,因避仁宗"赵祯"讳,改为"夏侯嘉正"。

② 《宋文鉴》,第8页。

③ 《宋文鉴》,第8—9页。

④ (宋)李焘:《续资治通鉴长编》,北京:中华书局1992年版,第655页。

⑤ (清)钱大昕著,方诗铭、周殿杰校证:《廿二史考异》,上海:上海古籍出版社2014年版,第1118页。

大昕认为《洞庭赋》"词既不工,亦无关劝诫",其论文主张"文以贯道"、"反对绮丽之文",[①]带有明显的偏见。刘培在《两宋辞赋史》中言:"夏侯嘉正的《洞庭赋》即是'破题为文'的成功之作……将水之性与自然、人事之道巧妙地结合起来,寓物理于水形之中,极富理趣。赋的结尾,引出治道的陈述……以水形寓仁义,以仁义统摄万物以及于治乱,通篇境界开阔,韵味深长,完全突破了山川风物赋的体制,变颂美为说理。"[②]此言甚是。

叶清臣《松江秋泛赋》整体结构较为单纯,先写泛舟松江所见之景:"东瞰沧海,西瞻洞庭,槁叶微下,斜阳半明。樵风归兮自朝暮,汐溜满兮谁送迎。浩霜空兮一色,横霁色兮千名。于是积潦未收,长干无际,澄澜万顷,扁舟独诣……"[③]虽是秋景,却无悲秋之感,反让人心旷神怡。然后由眼前之景联想到与松江有关的人物:范蠡、张翰和陆龟蒙。作者同情并理解他们,敬重他们避世隐居、淡泊名利的人格。最后自抒胸臆,自己"思勤官而裕民,乃善利之远猷。彼全身以远害,盖孔臧于自谋。"既体现其淑世情怀,又表现其也是淡泊名利之人。赋的末尾云:"少回俗士之驾,亦未可为兹江之羞。"在与古人的对比下,自己是"俗士",但不至于让松江蒙羞,自负却不卑不亢,耐人寻味。

在《宋文鉴》所选的游览赋中,苏轼《屈原庙赋》《赤壁赋》《后赤壁赋》堪为其中精品。前人多有论者,此不再赘述。

晁补之《北渚亭赋》篇前小序云:"《北渚亭》,熙宁五年,集贤校理、南丰曾侯巩守齐之所作也。盖取杜甫《宴历下亭诗》以名之,所谓'东藩驻皂盖,北渚凌清河'者也。风雨废久,州人思侯,犹能道之。二十一年,而秘阁校理、南阳晁补之来承守之。侯与补之丈人行,辱出其后,访其遗文故事,仅有存者,而圃多大木,历下亭又其最高处也。举首南望,不知其有山,尝登所谓北渚之址,则群峰屹然,列于林上,城郭井间皆在其下。陂湖逶迤,川原极望,因太息语客,想见侯经始之意,旷然可喜,非特登东山小

---

① 参见郭园兰:《钱大昕文学研究》,湖南大学 2007 年硕士论文,第 11—12 页。

② 刘培:《两宋辞赋史》,济南:山东人民出版社 2012 年版,第 25—26 页。

③ 《宋文鉴》,第 36 页。

鲁而已。乃撤池南苇间坏亭,徒而复之,请记其事。"按,曾巩知齐州时,有《北渚亭》《北渚亭雨中》诗,见《元丰类稿》卷七。

《北渚亭赋》先对北渚亭对周围环境进行描绘,如"跐琅琊与巨野兮,梁清济而北出。前淡漫而将屯兮,后崔巍其相袭。坏者阤者,嶧者垣者,礜者碛者,障鲁屏齐,曰惟历山。"然后写北渚亭的山山水水,如"尝观夫其园,千章之萩,合抱之杨,立而成阴。跻历下之岩峣,望南山之孱颜……其下陂湖汗漫,葭芦无畔。菱荷荇藻,蘅荃杜茝,众物居之,浩若烟海……"接着由写景转为对齐国由盛而衰历史的叙述,进而在对历史的感叹中认为历史在不断前进,没有永远存在的事物,所以不必感伤。"夸夺势穷,虽强安在?事以日迁,而山不改。则物之可乐,固不可得而留也。认而有之,来不可持;所玩无固,去何必悲?"可见其通达而洒脱。

周密《齐东野语》云:

> 曾子固熙宁间守济州,作北渚亭,盖取杜陵《宴历下亭》诗"东蕃驻皂盖,北渚凌清河"之句,至元祐间,晁无咎补之继来为守,则亭已颓废久矣。补之因重作亭且为之记。记成,疑其步骤开阖类子固《拟岘台记》,于是易而为赋,且自序云:"或请为记",答曰"赋可也"。盖寓述作之初意云。然所序晋齐攻战,三周华不注之事,虽极雄赡,而或者乃谓与坡翁赤壁所赋孟德、周郎之事略同。补之岂蹈袭者哉?大抵作文欲自出机杼者极难,而古赋为尤难,惟陈言之务去。戛戛乎其难哉,虽昌黎亦以为然也。①

晁补之是否先作有《北渚亭记》已不可考,但从《北渚亭赋》的结构看,与苏轼《赤壁赋》确有相似之处,《赤壁赋》由写景然后转而对三国历史的叙述,接着进行变与不变的思考,进而借助自然得到人生境界的超脱。《北渚亭赋》先写景,次叙述历史,最后认为不必为历史而感伤,与《赤壁赋》的结构几乎一致。另外,《赤壁赋》有"而今安在哉?"句,《北渚亭赋》有"夸夺势穷,虽强安在?"等句,亦十分相似,晁补之或是在模仿苏轼《赤壁

---

① (宋)周密著,高心露、高虎子校点:《齐东野语》,济南:齐鲁书社 2007 年版,第 50 页。

赋》创作。

王士禛评价《北渚亭赋》："吾郡遗文,惟晁无咎《北渚亭赋》最为瑰丽,有淮南小山之遗风。"①《北渚亭赋》与淮南小山《招隐士》都侧重景物的铺陈,但主题不同,王世禛当是指景物描写方面"有淮南小山之遗风"。

刑居实《南征赋》是《宋文鉴》所收记行类题材的代表作,该赋作于宋哲宗元祐年间,邢居实时年 20 岁,与因党争被贬谪的父亲刑恕同行。赋的开头先写南征之因是由于小人的陷害,并表达了对小人的憎恶："哀众人之梦梦兮,乘巇危以射利。骛精神于末流兮,固廉士之所耻……彼世论之纠缠兮,谓白圭为多疵。何我公之洁清兮,亦见尤于盛时。"接着写亲朋的送别场景:"宾朋肃驾而来饯兮,班豆觞于水湄。执余手以踟蹰兮,不觉涕下而沾衣。辀轧轧而不能前兮,马萧萧而反顾……"然后铺叙路上的经历和见闻,除了对自然景物的描写,每到一处,作者都要结合当地的历史抒发感慨,如到尉氏怀念阮籍的风流,到颍考凭吊颍考叔荒坟,到昆阳遗墟颂扬汉光武帝的功绩等等。赋的最后写道,"历崎岖之九邑兮,涉川路之千里。心澹澹而忘食兮,筋骨疲乎鞭箠。唯君子之无累兮,虽九夷其可居。矧神农之所宅兮,土深厚而无虞。诵孔氏之法言兮,疾没世而无名。就寂寞以闲处兮,非予心之所凭。植木兰以为篱兮,涂申椒以为堂。荃蕙披靡而盛茂兮,众香郁其芬芳。优游偃息静以索志兮,又何必归夫故乡。"②尽管经历险阻才到达贬所,但作者却没有抱怨,而是以随意而安的积极态度面对一切。

苏轼《跋刑敦夫〈南征赋〉》云:"刑敦夫自为童子,所与游皆诸公长者。其志岂独蕲以文称而已哉? 一日不见,遂与草木俱尽,故鲁直、无咎诸人哭之,皆过时而哀。今观此文,亦足少慰。旧尝见江南李泰伯,自述其文曰:'天将寿我欤? 所为固未足也;不然,斯亦足以籍手见古人矣。'吾于敦

---

① (清)王士禛撰,湛之点校:《香祖笔记》,上海:上海古籍出版社 1982 年版,第 242 页。
② 《宋文鉴》,第 119 页。

夫亦云。"①黄庭坚《书刑居实〈南征赋〉后》："阳夏谢师复景回,年未二十,文章绝不类少年书生语。予尝序其遗稿云:'方行万里,出门而车轴折,可为陨涕。'今观刑敦夫诗赋,笔墨山立,自为一家,其似吾师复也。"②苏轼、黄庭坚高度评价《南征赋》,赞其文采斐然,更为邢居实的英年早逝而悲伤不已。

六、说做人之理、久安之理、人事之理、事物之理:说理类赋

《宋文鉴》说理类赋包含说做人之理、久安之理、人事之理、事物之理等内容,代表作品有王回《驷不及舌赋》、周敦颐《拙赋》、邵雍《洛阳怀古赋》、司马光《交趾献奇兽赋》、黄庭坚《煎茶赋》、张耒《鸣蛙赋》、苏过《飓风赋》。

王回《驷不及舌赋》从驷能行万里,人言仅及人耳说起,驷行万里仍有止境,耳能听见甚少,舌头能说出来的话又没有准则,因此"一出诸口,死传吾志,善恶吉凶,孰追孰避"? 以"驷不及舌"来说明要谨言慎行的道理。

周敦颐《拙赋》将"巧"和"拙"进行对比:"巧者言,拙者默;巧者劳,拙者逸;巧者贼,拙者德;巧者凶,拙者吉",以此来告诫世人守"拙"道,可致天下太平,"天下拙,刑政彻;上安下顺,风清弊绝"。

邵雍《洛阳怀古赋》以怀古之名纵论治乱之道。赋的开头先写洛阳作为旧都已经破败,皇帝不到洛阳已三十年,洛阳徒有古都之名,直言作赋的目的:"我所以作赋者,阅古今变易之时,述兴亡异同之迹,追既失之君王,存后来之国家也。"接着述春秋、战国、汉、魏晋六朝、唐、五代以来洛阳的兴衰更替,引出将要陈述的"六事",关乎治乱之道:"其一曰:大哉德之为大也,能润天下……其二曰:至哉政之为大也,能公天下……其三曰:壮哉力之大也,能治天下……其四曰:时若伤之于随,失之于宽,始则废事,久则生奸……其五曰:时若任之以民,专之以察,始则烈烈,终焉缺缺……

---

① (宋)苏轼著,李之亮笺注:《苏轼文集编年笺注》,成都:巴蜀书社2011年版,第90—91页。

② 《全宋文》,第106册,第189页。

其六曰:水旱为沴,年岁丰虚,此天之常理,虽圣人而不能无,盖有备而无患……天下有成败六焉,此之谓也。"赋的末尾云:"君上必欲上为帝事,则请执天道焉;中为王事,则请执人道焉;下为霸事,则请执地道焉。"天道指以德治天下,人道之以法治天下,地道指以力治天下。三道能举其一,国家可兴。邵雍从理论上总结了国家长治久安的道理。

司马光《交趾献奇兽赋》由交趾所献奇兽引出进贤求治的议论,赋的开篇称颂皇帝"化洽于人,德通于神",然后转向对交趾所献神兽的描绘:"其为状也,能颈而鸟喙,豨首而牛身。犀则无角,象则有鳞。其力甚武,其心则驯。"当费尽力气将奇兽运到宫中后,群臣称颂,在他们看来,奇兽因皇帝德被天下才能到来。但是,皇帝清醒地认识到:"吾闻古圣人之治天下也,正心以为本,修身以为基。闺门睦而四海率服,朝众和而群生悦随。故务其近不务其远,急其大不急其微。今邦虽康,未能复汉唐之宇;俗虽阜,未能追尧舜之时……不若以迎兽之劳,为迎士之用;养兽之费,为养贤之资。使功烈煊赫,声明葳蕤。废耳目一日之玩,为子孙万世之规,岂不美欤?"皇帝的言论,批驳了群臣的称颂。司马光借皇帝之口,说明了进献奇兽是无用的,迎士养贤对国家有重要意义。赋的最后部分,写皇帝选贤举能,开张圣听,于是天下大治,创造了太平盛世。在结尾处,再次将笔锋转回到奇兽,指出奇兽皆"皮不足以备车甲,肉不足以登俎豆",养奇兽除了浪费资源,别无益处。

黄庭坚《煎茶赋》开头先描绘了烹茶时水沸的情形:"汹汹乎,如涧松之发清吹;皓皓乎,如春空之行白云。"然后谈茶之功效,有"涤烦破睡之功",涉及建溪、双井、日铸、罗山、蒙顶、都濡高株、纳溪梅岭、压砖、火井等诸多茶类。接着谈烹茶的方法:"去蒉而用盐,去橘而用姜,不夺茗味,而佐以草石之良。所以固太仓而坚作疆。于是有胡桃松实,菴摩鸭脚,勃贺靡芜,水苏甘菊,既加臭味,亦厚宾客。前四后四,各用其一。少则美,多则恶。发挥其精神,又益于咀嚼。"美味的茶需要各种茶料之间的组合烹制,作者又由此联想到国之人事:"盖大匠无可弃之材,太平非一士之略。"人事之理与烹茶相同。

张耒《鸣蛙赋》写了由鸣蛙而引起的思考。夏夜雨后,蛙声四起,作者先对蛙声进行描写:"于时蛙鸣,若啸若啼,若诉若歌,若欢若悲,若喜而语,若怒而诟,若哕而呕,若咽而嗽;瘖者之乎,吃者之鬭;或急或缓,或清或浊;若羌丝野鼓,杂乱无节兮,又似夫蛮歌獠语,诡怪之迭作也。"生动地描绘了人对于蛙声的种种感受。面对蛙声,有人主张投药杀之,但作者认为蛙声与人类的笑声、哭声一样,应尊重自然,万物平等,"蛙不嫌汝,汝奚诛蛙。万物一府,谁好谁恶"?在赋的最后,作者进一步申说蛙鸣乃是自然之理,不能违背,"蛙于此时,生养蕃息,跳梁号乎,噫气横逸。子如之何?时不可逆。时乎!时乎!美恶皆然"。表明应尊重万物自然规律。结尾处,作者写到,到了冬天,蛙"敛吻收足,尪然土中,一声不出","盛不可常,与衰迭来"。或有党争的映射。浦铣《复小斋赋话》说:"张文潜《鸣蛙赋》熟读之使人矜平躁释,此宋人之胜唐人处也。"[①]"读之使人矜平躁释",正是《鸣蛙赋》说理透彻,才能让人读后豁然开朗,心境平和。

苏过《飓风赋》则以飓风为引,探讨万物存在的相对性。赋的开头营造了飓风到来之前的景象:"庭户肃然,槁叶簌簌,惊鸟疾呼,怖兽辟易。忽野马之决骤,矫退飞之六鹢。"在营造一种恐怖氛围之后,写飓风到来时的场景:"少焉,排户破牗,殒瓦擗屋。礌击巨石,揉拔乔木。势翻渤澥,响振坤轴。疑屏翳之赫怒,执阳侯而将戮。鼓千尺之涛澜,襄百仞之陵谷。吞泥沙于一卷,落崩崖于再触。列万马而并骛,会千车而争逐。虎豹奢骇,鲸鲵犇蹙。类巨鹿之战,殷声呼之动地;似昆阳之战,举百万于一覆。"生动展示了飓风袭来的全过程,语言夸饰,气脉宏大。当飓风过去,一切又归于平静之后,作者思考到:"呜呼!小大出于相形,忧喜因于所遇。昔之飘然,若为巨耶?吹万不足,果足怖耶?蚁之缘也,嘘则坠;蚋之集也,呵则举。夫嘘呵不足以振物,而施之二虫则甚惧……且夫万象起灭,众怪耀眩,求髣髴于过目,视空中之飞电。则向之所谓可惧者,实耶?虚耶?惜吾知之晚也。"事物具有相对性,因不同的情形而有不同的意义。

---

① (清)浦铣:《复小斋赋话》,见王冠辑《赋话广聚》第4册,北京:北京图书馆出版社2006年版,第762页。

综上所述,《宋文鉴》赋题材多样,各题材赋之间相互交错,同类题材赋所选篇目也具有一定的内容"互补"性。对《宋文鉴》赋进行分类探究,能使《宋文鉴》各类型赋的创作面貌更加直观。

第三节　从《宋文鉴》赋看吕祖谦的北宋赋史建构及其"文道并重"学术思想

吕祖谦通过《宋文鉴》选赋粗略建构了北宋赋史,主要表现在用《宋文鉴》选赋勾勒出北宋赋发展脉络,并确立了北宋赋代表作家和代表作品,《宋文鉴》赋也体现出吕祖谦"文道并重"的学术思想。

一、《宋文鉴》赋勾勒出北宋赋的发展脉络

《宋文鉴》选赋基本勾勒出北宋赋的发展脉络,按刘培先生《两宋辞赋史》对北宋的分期:"宋初是指 960 年北宋建立到仁宗亲政的明道元年(1032)"[1],"本书所指的北宋中期即是仁宗明道二年(1033)到熙宁九年(1076)这段时间,共约 40 年"[2],北宋后期指熙宁九年(1076)逮靖康元年(1126)。但笔者认为,北宋中期的划分应自仁宗明道二年(1033)至元祐元年(1086),因为元丰八年(1085)宋神宗去世,以司马光为代表的旧党上台,苏轼还朝,王安石于元祐元年(1086)去世,张耒、黄庭坚、晁补之也于元祐元年(1086)参加太学学士院考试而拔擢,北宋文坛由此进入新的阶段。本书将北宋中期由仁宗明道二年(1033)至元祐元年(1086),元祐元年(1086)至靖康元年(1126)为北宋后期。由于《宋文鉴》选赋是按照时间顺序排列,可截取两个重要时间点作为分期的依据,刘筠卒于天圣九年(1031),王安石卒于元祐元年(1086),自刘筠以前的作家作品归入北宋初期,刘筠后为晏殊,自晏殊至王安石的作家归入北宋中期,王安石后的作

---

① 刘培:《两宋辞赋史》,济南:山东人民出版社 2012 年版,第 13 页。

② 刘培:《两宋辞赋史》,济南:山东人民出版社 2012 年版,第 75 页。

家入北宋晚期,详见下表:

北宋初期	梁周翰1篇、王禹偁1篇、种放1篇、丁谓1篇、夏侯嘉正1篇、王曾1篇、张咏1篇、钱惟演1篇、杨亿1篇、杨侃1篇、刘筠1篇	共11篇
北宋中期	晏殊1篇、范仲淹1篇、叶清臣1篇、欧阳修2篇、宋祁4篇、梅尧臣2篇、刘敞2篇、狄遵度2篇、司马光1篇、王安石2篇	共18篇
北宋后期	王回5篇、范镇1篇、刘攽3篇、周敦颐1篇、邵雍1篇、苏轼7篇、沈括1篇、苏辙1篇、崔伯易2篇、黄庭坚2篇、周邦彦1篇、张耒6篇、晁补之2篇、秦观1篇、蔡确1篇、吕大均1篇、刑居实1篇、刘跂1篇、王仲勇1篇、苏过2篇、米芾1篇	共42篇

从表中可以看出:宋初,赋的创作较为消沉,入选的作家作品相对较少;北宋中期,赋的创作逐渐繁荣,入选的作家作品多于宋初;北宋后期,入选的作家作品最多,表明宋赋的发展已经成熟。

以上是从北宋赋发展的整体着眼。再从赋文体的变化过程看,《宋文鉴》所选宋初赋作多是骈赋,如种放《端居赋》、王曾《矮松赋》、杨亿《君可思赋》、杨侃《皇畿赋》等皆通篇对仗,北宋中期除去骈赋(如叶清臣《松江秋泛赋》等),以欧阳修为代表的作家创作的文赋开始出现,如《鸣蝉赋》骈散结合,《秋声赋》几乎通篇散体。北宋后期,文赋作品数量增多,如邵雍《洛阳怀古赋》,夹叙夹议,类似于散文;苏轼《赤壁赋》《后赤壁赋》更是将北宋文赋创作推向顶峰。苏辙、黄庭坚、张耒、苏过亦有成就较高的文赋作品。

最后,从作家的体物方式看,《宋文鉴》所选宋初赋体物较为"外化",较少由物而及人的内心,只有王曾《矮松赋》借矮松来抒发自己保持真性情的理想。北宋中期赋,体物"内化"趋势加强,代表作如欧阳修《秋声赋》、梅尧臣《凌霄华赋》、刘敞《栟榈赋》、王安石《思归赋》等,皆侧重内心情思的表达。北宋后期,作家体物"内化"达到顶峰,注重在赋中书写个人心绪,此类作品数量较多,如苏轼《赤壁赋》《后赤壁赋》《秋阳赋》《中山松醪赋》、黄庭坚《煎茶赋》《别友赋送李次翁》、张耒《鸣鸡赋》《雨望赋》《鸣蛙赋》等。

二、确立北宋赋代表作家和代表作品

第一,精准优选代表作家,北宋大家的文学地位得以凸显。《宋文鉴》选赋,入选篇数最多的是苏轼7篇,其次张耒6篇,王回5篇,宋祁4篇,刘敞3篇,欧阳修2篇,梅尧臣2篇。从《宋文鉴》选赋来看,在北宋赋的创作中,苏轼的成就最高。

第二,赋作体式多样。从体式上来说,《宋文鉴》赋中既有骈赋,如宋祁《右史院蒲桃赋》、苏轼《中山松醪赋》等,也有文赋,如欧阳修《秋声赋》、苏轼《赤壁赋》、张耒《鸣蛙赋》等。既有长篇大赋,如周邦彦《汴都赋》、丁谓《大蒐赋》、杨侃《皇畿赋》等,也有短篇小赋,如种放《端居赋》、宋祁《悯独赋》、梅尧臣《灵乌赋》、王安石《思归赋》《历山赋》等。《宋文鉴》赋基本上囊括了北宋赋的各种体式。

第三,赋作风格多样。《宋文鉴》赋包括宫殿类、都城类、典礼类、志类、说理类、记行游览类等六类,从整体上看,大致有两种主要风格。与国家相关的宫殿类、都城类、典礼类赋,大多写得"典雅",如梁周翰《五凤楼赋》、杨侃《皇畿赋》、王禹偁《籍田赋》等。志类、说理类、记行游览类相对写得比较"清新",如晏殊《中园赋》、叶清臣《松江秋泛赋》、黄庭坚《煎茶赋》等。此外,《宋文鉴》赋同类题材作品各个作家之间风格不同,如说理类,同是向皇帝说理进谏,司马光《交趾献奇兽赋》"委婉曲折",王回《事君赋》则"直言直笔";又如记行游览类,同是泛舟游玩,叶清臣《松江秋泛赋》"淡泊深远",苏轼《赤壁赋》则"旷达超脱";再如都是表达隐居志向,种放《端居赋》"洒脱自适",晏殊《中园赋》则"雅致安逸"。此外,风格多样还表现在同一个作家不同题材作品风格不同,如张耒《大礼庆成赋》"华美绚丽",《鸣鸡赋》则较为"朴实无华"。《宋文鉴》赋展示了北宋赋的各类风格。

需要补充的是,《宋文鉴》对北宋赋代表作家和作品的确立,也推动或加速了北宋赋的经典化。从赋的经典化来说,《宋文鉴》选赋第一次将诸多北宋赋收入,成为其经典化的开端,如王安石《思归赋》、周敦颐《拙赋》、苏过《飓风赋》等,均是《宋文鉴》第一次收录的作品,开启了其经典化的进程。① 此外,《宋文鉴》还加速了某些北宋经典赋形成的进程。以欧阳修《秋声赋》为例,最先收录《秋声赋》的是林之奇《观澜文集》,然后是作为南宋官方总集的《宋文鉴》收录,之后刊布于南宋理宗宝庆三年(1227)的楼昉《崇古文诀》卷十八中,后元人祝尧《古赋辨体》卷八、明人茅坤《唐宋八大家文钞·庐陵文钞》收录,其后清人陈元龙辑《历代赋汇》亦收录。《秋声赋》最早虽由林之奇《观澜文集》收录,此书经过吕祖谦《宋文鉴》收录后才流传稍广,②由此可见,《宋文鉴》对《秋声赋》加速其经典化进程有推动作用。

三、吕祖谦“文道并重”的学术思想在《宋文鉴》赋中的体现

“文”与“道”的关系一直宋人讨论的重点,在古文家们看来,“文章为道之荃也”、③“道胜者文不难而自至”④,在理学家眼里,甚至认为“作文害道”⑤,“重道轻文”的思想普遍存在。张栻在评价《宋文鉴》时说:“伯恭好弊精神于闲文字中,徒自损何益? 如编《文海》,何补于治道? 何补于后学? 徒使精神困于翻阅,亦可怜耳。”⑥由此可见张栻“重道轻文”的思想。但是,吕祖谦在编纂《宋文鉴》时,重视文,也不废道,即“文道并重”。叶适评价《宋文鉴》道:“此书二千五百余篇,网条大者十数,义类百数,其因文

---

① 其后收录王安石《思归赋》、周敦颐《拙赋》的选本主要是清人陈元龙《历代赋汇》,收录苏过《飓风赋》的有元人祝尧《古赋辨体》、清人陈元龙《历代赋汇》。

② 参见祝尚书:《宋人总集叙录》,第145—147页。

③ (宋)柳开著,李可风点校:《柳开集》,北京:中华书局2015年版,第58页。

④ (宋)欧阳修著,洪本健校笺:《欧阳修诗文集校笺》,上海:上海古籍出版社2009年版,第1177页。

⑤ (宋)程颐、程颢著,潘富恩导读:《二程遗书》,上海:上海古籍出版社2000年版,第290页。

⑥ (宋)李心传:《建炎以来朝野杂记》,见朱易安等编《全宋笔记》第6编第8册,郑州:大象出版社2013年版,第97页。

示义,不徒以文,余所谓必约而归于正道者千余数,盖一代统纪略具焉"①,就是对《宋文鉴》"文道并重"的说明。

所谓"文道并重","文"指文章,包括诗、赋、散文等文学作品,强调文学性。"道"的概念较为广泛,"可以说举凡儒家关于天地山川的自然物理,正心诚意的心性学说,格物致知的修养方法,修齐治平的政治理想,以及忠孝节义、师友爱悌、宽厚仁慈、谦恭退让等方面的伦理道德和行为规范,俱在其中"。②"道"要求承载儒家的思想与观念,强调实用性。

在《宋文鉴》选赋中,体现了吕祖谦"文道并重"的学术思想。首先,从选赋来看,兼顾了实用性和文学性。实用性主要表现在"资政"性,赋作能为治理国家提供借鉴,如上文所述的宫殿类赋以讽颂、祖德、史鉴为主,典礼赋强调崇礼为国家治政之要,说理类赋说国家久安之理、人事之理,皆是选赋实用性的体现。文学性则表现在赋的文辞、立意、情致皆有可取处,如上文所列抒情言志类赋。叶适《习学记言序目》评论《五凤楼赋》说:

> 《五凤楼赋》,是时大梁宫室始与西京比,而梁周翰历陈前代亡国之君淫于土木者为戒,何止讽也。盖显刺必出于明时,"无若丹朱傲",信其为舜、禹之盛矣。③

又评论张咏《声赋》:

> 张咏《声赋》,词近指远,异乎《鸣蝉》《秋声》之为,盖古今奇作,文人不能进也。④

评论《五凤楼赋》重视其"讽"、"刺"的作用,评论《声赋》"词近指远",这也说明《宋文鉴》选赋"文道并重"。另外,从《宋文鉴》所选作家个体的赋作来看,也体现"文道并重"思想。以苏轼为例,《宋文鉴》选赋收苏轼 7 篇作品,为入选数量最多的作家。苏轼的 7 篇赋为《滟滪堆赋》《屈原庙

---

① 《宋文鉴》附录《习学记言序目》,第 2167 页。
② 巩本栋:《论〈宋文鉴〉》,《中国文化研究》2012 年春之卷,第 47 页。
③ 《宋文鉴》附录《习学记言序目》,第 2126 页。
④ 《宋文鉴》附录《习学记言序目》,第 2126 页。

赋》《昆阳城赋》《赤壁赋》《后赤壁赋》《秋阳赋》《中山松醪赋》,《滟滪堆赋》议论"安而生变,以危求安"之理,《屈原庙赋》颂扬屈原的高风亮节,《昆阳城赋》反思盛衰之道,以上三篇都是重"道"的体现。《赤壁赋》《后赤壁赋》《秋阳赋》《中山松醪赋》则更多体现出对人生的思考,文辞通达、立意高远,是重"文"的体现。

吕祖谦"文道并重"的思想来源于其"多识前言往行以蓄德"的家学理念,如本书第一章所述,"多识前言往行以蓄德"即是强调包容诸家而兼采众长的学术思想,加上吕祖谦本人师从多人,又交游较广,这造就了吕祖谦包容的学术胸襟,故有"文道并重"的学术思想。

吕祖谦"文道并重"的学术思想,使《宋文鉴》选赋兼采众家,选赋数量远比之后的其他选本多。《古文关键》《文章正宗》《妙绝古今》《古文集成》未收赋,《崇古文诀》收入的宋赋仅有欧阳修《秋声赋》,《文章轨范》宋赋部分仅收苏轼《赤壁赋》《后赤壁赋》。将《宋文鉴》与《圣宋文海》相比较,也可说明这一问题。宋刊残本《圣宋文海》卷四至卷六为赋,篇目排列如下:欧阳修《憎苍蝇赋》、王令《藏芝赋》《思归赋》《竹赋》、王禹偁《籍田赋》《怪竹赋》《花灌赋》、崔伯易《珠赋》、王子韶《六圣原庙赋》、周邦彦《续秋兴赋》、黄庭坚《太玄赋》《江西道院赋》《东坡居士墨戏赋》《苏李画枯木道士赋》、秦观《黄楼赋》、崔伯易《感山赋》。未知《圣宋文海》前三卷是否有赋,据吕祖谦《奉旨铨次札子》:"祖谦窃见《文海》元系书坊一时刊行,去取未精,名贤高文大册,尚多遗落,遂具札子,乞一就增损,仍断自中兴以前铨次,庶几可以行远。"①《圣宋文海》"去取未精",对"名贤高文,尚多遗落",且从宋刊残本《圣宋文海》的选赋篇目看,其文学眼光远逊于《宋文鉴》赋,选赋数量也有不足。可以说,从选赋数量和文学眼光上说,《宋文鉴》无疑为后世提供了经典的宋赋选本,这是与吕祖谦"文道并重"的学术思想分不开的。

---

① 《宋文鉴》,第 2120 页。

第四节　《宋文鉴》赋"杂唐宋人新体"辨

元末陈绎曾《文筌·汉赋格·汉赋体》曰：

> 宋玉、景差、司马相如、枚乘、扬雄、班固之作为汉赋祖，见《文选》者，篇篇精粹可法，变化备矣。《文鉴》诸赋，多杂唐宋人新体，少合古制，未宜轻览。①

陈绎曾推崇古赋，说《宋文鉴》赋"杂唐宋人新体"，不符合古赋的体制。所谓"杂唐宋人新体"，当是指北宋赋的散文化倾向。元代科举考试用的是古赋，所以推崇学习古赋，元人不接受北宋赋出现的文体变化。实际上，祝尧在《古赋辨体》中就对唐宋赋作过批评，他评价杜牧《阿房宫赋》：

> 杜牧之《阿房宫赋》古今脍炙，但大半是论体，不复可专目为赋矣。②

又云：

> 赋也，前半篇造句犹是，赋后半篇议论，发醒人心目，自是一段好文字。赋之本体，恐不如此，以至宋朝诸家之赋，大抵皆用此格。③

祝尧认为《阿房宫赋》"大半是论体"，即是认为《阿房宫赋》具有散文化倾向，宋朝作家的赋也像这样好议论，但这不是赋的本体。在《古赋辨体·宋体》中，祝尧进一步对宋赋的散文化倾向进行批评，有云：

---

① （元）陈绎曾：《文筌》，见王冠辑《赋话广聚》第 1 册，北京：北京图书馆出版社 2006 年版，第 365 页。

② （元）祝尧：《古赋辨体》，见王冠辑《赋话广聚》第 2 册，北京：北京图书馆出版社 2006 年版，第 357 页。

③ （元）祝尧：《古赋辨体》，见王冠辑《赋话广聚》第 2 册，北京：北京图书馆出版社 2006 年版，第 411—412 页。

宋时名公于文章必辨体,此诚古今的论,然宋之古赋往往以文为体,未见其有辨其失者。①

祝尧所谓"宋之古赋以文为体",就是指赋的散文化倾向,后世通常把这类赋称为"文赋"。所谓"文赋",其实就是"以文为赋"。"文赋"的形成,与赋行文较自由,容易受到骈文或散文的影响有关。六朝骈文兴盛,骈赋创作多。中唐古文运动之后,赋的创作吸收了散文的创作方式,到晚唐杜牧《阿房宫赋》,多有散句单行。及至北宋,在诗文革新运动的影响下,散文行时,赋的创作吸收散文创作的手法,呈现出"文"的部分特征。郭建勋、黄小玲概括"文赋"文体特征为:其一,多用散文句法、句势参差不齐;其二,押韵更自由,甚至可以不押韵;其三,以才学议论为赋。② 从形制上看,"文赋"确实与汉赋等古赋差别较大。"文赋"自北宋起,就不断遭到批评,据唐顺之《荆川稗编》:

> 祝氏曰:宋人作赋,其体有二,曰俳体,曰文体。后山谓:"欧公以文体为四六,夫四六者,属对之文也,可以文体为之。至于赋,若以文体为之,则是一片之文押几个韵尔,而于风之俊游,比兴之假托,雅颂之形容,皆不兼之矣。"晦翁云:"宋朝文明之盛,前世莫及。自欧阳文忠公、南丰曾公与眉山苏公相继迭起,各以其文擅名一世,杰然自为一代之文,独于楚人之赋有未数数然者。"观于此言,则宋赋可知矣。③

陈师道批评欧阳修"至于赋若以文为体为之,则是一片之文押几个韵尔",没有古赋之比兴雅颂。朱熹也认为虽然欧、曾、苏等大家名擅一世,但没有追求像楚人之赋那样的古赋创作。元人以祝尧和陈绎曾为代表,批评宋赋的散文化倾向,离古赋甚远,上文已述。无论他们的批评立场是

---

① (元)祝尧:《古赋辨体》,见王冠辑《赋话广聚》第2册,北京:北京图书馆出版社2006年版,第417—418页。
② 郭建勋、黄小玲:《宋文赋的形成及文体特征》,《中国文学研究》2007年第3期。
③ (明)唐顺之:《荆川稗编》,见《景印文渊阁四库全书》第954册,台北:台湾商务印书馆1986年版,第605页。

什么,都不禁让人思考,宋赋因散文化倾向而形成的"文赋"真的无可取之处吗?其实不然。

其一,宋赋的散文化倾向正是其价值所在,宋赋不一定要非得写成古赋的样子,这种倾向恰恰发展了赋体的语言艺术。从《宋文鉴》选赋可以看出北宋赋的散文化倾向,如:张咏《声赋》议论大于铺排,欧阳修《秋声赋》抒发个人情感意绪,邵雍《洛阳怀古赋》议论治乱和心性……其他如苏轼《赤壁赋》《后赤壁赋》、崔伯易《感山赋》、秦观《黄楼赋》等皆是北宋赋散文化倾向的代表。北宋赋有其自身的艺术特点和价值,不能轻易否定。①

其二,宋赋散文化倾向是北宋人独创精神的体现,不是对古赋的模仿。宋赋多有体现北宋人独创精神之处,如刘敞《鸿庆宫三圣殿赋》,一反宫殿赋先铺叙宫殿豪华,次颂扬圣功,最后进行以"讽"结尾的写法,他以"崇礼"、"修德"为核心贯穿全文议论,体现行文独创性。杨侃《皇畿赋》不再像张衡《二京赋》《两都赋》去写都城,而是转为写"畿甸",这体现其题材独创性。再从北宋文赋看,散文句法,押韵自由,议论和展示才学多,体现写法的独创性,是宋人具有独创精神的体现。

古代论者以古赋为标准来评价"文赋",或与其复古文学思想有关,不能因此而完全否定"文赋"的成就。

再回到陈绎曾"《文鉴》诸赋,多杂唐宋人新体,少合古制,未宜轻览"的论断,此语意为《宋文鉴》所选"文赋"较多,与古赋体制不合。从《宋文鉴》收录的 71 篇赋来看,文赋只占很少的数量,符合上述文赋三个文体特征的有张咏《声赋》、范仲淹《明堂赋》、欧阳修《鸣蝉赋》《秋声赋》、梅尧臣《灵乌赋》《凌霄华赋》、邵雍《洛阳怀古赋》、苏轼《赤壁赋》《后赤壁赋》《滟滪堆赋》、张耒《鸣鸡赋》《雨望赋》《鸣蛙赋》、蔡确《送将归赋》、吕大均《天下为一家赋》、苏过《飓风赋》,共 16 篇,约占《宋文鉴》赋总数的四分之一。

---

① 关于宋赋的艺术特点及价值,可参见许结:《中国辞赋流变全程考察》,《学术月刊》1994年第 6 期,该文第四部分探讨了宋赋的源流及特点;尹占华:《唐宋赋的诗化与散文化》,《西北师大学报》1999 年第 1 期,对宋赋散文化有详细探讨;曾枣庄:《论宋代文赋》,《四川大学学报》2004 年第 1 期,对宋代文赋艺术特点有详细说明;胡建升、文师华:《宋人以文为赋论》,《江西社会科学》2010 年第 4 期,驳斥了元人对"以文为赋"的批评。

《宋文鉴》文赋只占很少的数量,因此说"《文鉴》诸赋"云云,显然是不可取的。这是出于对古赋的推崇,而忽略掉其他《宋文鉴》赋。明末艾南英《答陈中人论文书》针对陈子龙"以赋病宋人"反驳道:

> 宋之记诚有如赋如文者,然亦其一二尔。以此而病全宋,是犹见燕赵之丑妇,而遂谓北方无美女;见吴之粗缯败絮,而遂谓江南无美锦,等尔。如是而以变乱古法罪宋人,宋人不受也。①

陈子龙坚持前七子"文必秦汉"的主张,以文章产生时代的早晚来区分优劣,诚然有其认识的局限性。艾南英的反驳,正好说明不可因己意而以偏概全。陈绎曾所论,也是以偏概全的看法,可借用艾氏反驳陈子龙的话而反驳之。

又明人孙鑛《居业次编·与余君房论今文选书》有云:

> 或即足下任选赋,何如? 伯恭未脱道学气,其《文鉴》又系应制,大约如张沙老《文范》一体必一篇,一人必一篇,用以合时眼、平众心耳。若自所辑《古文关键》,固无诗赋也。②

《宋文鉴》虽是奉敕编纂,但在"以文为鉴"的编纂宗旨下,选赋具有"资政"、"资文"或"存史"的作用,并非"一体必一篇"或"一人必一篇",更没有为"合时眼"、"平众心"而选文。《宋文鉴》成书后引起争议而未刊行,正好说明吕祖谦对"以文为鉴"编纂宗旨的坚持,孙鑛对《宋文鉴》选赋的概括不合实际。

此篇文后附余寅《答论今文选书》云:

> 吕伯恭辑《文鉴》亦采赋与诗,宋赋若《赤壁赋》诸篇,特有韵之绪

---

① (明)贺复徵:《文章辨体汇选》,见《景印文渊阁四库全书》第 1405 册,台北:台湾商务印书馆 1986 年版,第 168 页。

② (明)孙鑛:《居业次编》卷三,明万历四十年吕胤筠刻本,中国国家图书馆藏,索书号:02057。

论耳。①

余寅称宋赋为"有韵之绪论",来源于陈师道"押几个韵耳"之说,实质也是反对宋赋的散文化倾向,与陈绎曾、祝尧一样,余寅的看法否定了宋赋散文化的价值和艺术特征,不可不辨。

第五节 《宋文鉴》赋与《历代赋汇》的宋赋编纂

《历代赋汇》成书于清康熙四十五年,由陈元龙奉敕编纂,用以"黼黻太平、润色鸿业、和声鸣盛"。② 收录战国至明代赋共 3834 篇,基本承袭《文苑英华》赋分类编纂的方式,"正集"分"天象""岁时""地理""治道"等30类,"外集"分"言志""怀思""行旅"等 8 类。另有"逸句"2 卷,"补遗"22卷。此书是我国第一部收集历代赋的大型总集,"正变兼陈,洪纤毕具,信为赋家之大观"。③ 陈元龙编纂此书,材料采集颇勤,他在《上表》中说:"今从个人文集及别种书广加搜罗。就臣见闻所及,诚恐缺漏正多。至所采之原本,每有缺字误字,若有他本可校,从其善者从之。其他无本可校者,不敢以臆见增损改易,谨遵古人缺疑之义,仍依原文誊写,以俟参考。"④《宋文鉴》赋正是《历代赋汇》宋赋编纂的材料来源之一,具体表现在:《历代赋汇》与《宋文鉴》赋有 69 篇相同,且《历代赋汇》收录的多位北宋作家名下的赋作篇目与《宋文鉴》收录的篇目相同。

笔者将《宋文鉴》赋和《历代赋汇》共同篇目统计如下表:

---

① (明)孙鑛:《居业次编》,卷三,明万历四十年吕胤筠筜刻本,中国国家图书馆藏,索书号:02057。

② (清)永瑢等:《四库全书总目》,北京:中华书局 1963 年版,第 1227 页。

③ (清)永瑢等:《四库简明目录》,上海:华东师范大学出版社 2012 年版,第 864 页。

④ (清)陈元龙编:《历代赋汇》,《景印文渊阁四库全书》第 1419 册,台北:台湾商务印书馆1986 年版,第 3 页。

《历代赋汇》收《宋文鉴》赋分类统计	对应在《宋文鉴》中的卷次
宫殿类:《五凤楼赋》《明堂赋》《鸿庆宫三圣殿赋》	卷一、卷二、卷四
典礼类:《籍田赋》《大酺赋》《圆丘赋》《大报天赋》《大礼庆成赋》	卷一、卷二、卷三、卷四、卷八
旷达类:《端居赋》	卷一
蒐狩类:《大蒐赋》	卷一
地理类:《洞庭赋》《松江秋泛赋》《鏊二江赋》《滟滪堆赋》《赤壁赋》《后赤壁赋》《感山赋》	卷一、卷三、卷三、卷五、卷五、卷五、卷六、
草木类:《矮松赋》《枏桐赋》	卷一、卷三
音乐类:《声赋》	卷一
天象类:《春雪赋》《秋阳赋》《雨望赋》《飓风赋》《参赋》	卷一、卷五、卷八、卷十、卷十
性道类:《君可思赋》《事君赋》《驷不及舌赋》《责难赋》《爱人赋》《齐居赋》	卷一、卷三、卷四、卷四、卷四、卷八
室宇类:《中园赋》《黄楼赋》(苏辙)、《北渚亭赋》	卷二、卷五、卷九
鳞虫类:《鸣蝉赋》《鸣蛙赋》	卷三、卷八
岁时类:《秋声赋》	卷三
花果类:《右院蒲桃赋》《凌霄华赋》	卷三、卷三、
仙释类:《诋仙赋》	卷三
言志类:《悯独赋》《抱关赋》《秋怀赋》《求志赋》	卷三、卷四、卷四、卷八
鸟兽类:《灵乌赋》《鸣鸡赋》	卷三、卷八
祯祥类:《交趾献奇兽赋》	卷三
怀思类:《思归赋》《怀归赋》《别友赋送李次翁》	卷三、卷五、卷七
情感类:《离忧赋》《不寐赋》	卷三、卷五
人物类:《拙赋》	卷五
都邑类:《皇畿赋》《洛阳怀古赋》《昆阳城赋》《汴都赋》《南都赋》	卷二、卷五、卷五、卷七、卷十
览故类:《屈原庙赋》《宣防宫赋》《思子台赋》	卷五、卷九、卷十
饮食类:《中山松醪赋》《煎茶赋》	卷五、卷七
讽喻类:《哀伯牙赋》	卷八
行旅类:《送将归赋》《南征赋》	卷九、卷九

续表

《历代赋汇》收《宋文鉴》赋分类统计	对应在《宋文鉴》中的卷次
治道类:《天下为一家赋》	卷九
补遗:《历山赋》《珠赋》	卷三、卷七

从上表可以看出,《历代赋汇》与《宋文鉴》赋的 69 篇相同赋作分散在其 27 个类别当中。从《历代赋汇》收录的北宋作家赋作篇目看,多有与《宋文鉴》收录篇目相同之处。如《宋文鉴》收王回 5 篇作品,分别为《事君赋》《抱关赋》《驷不及舌赋》《责难赋》《爱人赋》,《历代赋汇》收录王回作品也只有上述 5 篇。又如《宋文鉴》收刘攽《鸿庆宫三圣殿赋》《秋怀赋》《不寐赋》3 篇,《历代赋汇》收录刘攽的作品也仅有此 3 篇。再如《宋文鉴》收录 1 篇的作家作品有周敦颐《拙赋》、邵雍《洛阳怀古赋》、沈括《思归赋》、周邦彦《汴都赋》、蔡确《送将归赋》、吕大均《天下为一家赋》,《历代赋汇》在收录上述作家作品与《宋文鉴》相同,也仅收录 1 篇。综上所述,《宋文鉴》赋当是《历代赋汇》宋赋编纂的材料来源之一。

《宋文鉴》共计 71 篇作品,只有卷五狄遵度《石室赋》和卷九苏辙《黄楼赋》未被《历代赋汇》收录,或为漏收。有 2 篇误署作者名,《离忧赋》作者为刘敞,《历代赋汇》误作"梅尧臣",《飓风赋》作者为苏过,《历代赋汇》误作"苏轼"。有 1 篇误署作者时代,《珠赋》为宋崔伯易作,《历代赋汇》误作"唐崔伯易"。

第三章 《宋文鉴》选诗研究

《宋文鉴》选诗数量众多,共 27 卷 960 首,涉及 172 家作品①,内容约占全书的百分之二十。选诗分四言、乐府歌行、五言古诗、七言古诗、五言律诗、七言律诗、五言绝句、六言、七言绝句、杂体共 10 种体裁,时间上贯穿北宋,从文学史角度看,《宋文鉴》诗有总结北宋诗歌发展情况和创作成就的意义。因此,通过对《宋文鉴》选诗的研究,能了解吕祖谦对北宋诗人的接受情况,进而透视其背后的诗歌审美观念和诗体观念,从而更全面了解北宋诗学发展状况。

第一节 选源:吕祖谦对《丽泽集诗》的删减

一、《宋文鉴》选诗的篇目出自《丽泽集诗》

在受命编书之后,吕祖谦"即关秘书集库所藏,及因昔所记忆,访求于外,所得文集凡八百家,搜捡编集,手不停披"②,"尽取秘府及士大夫所藏本朝诸家文集,旁采传记他书,悉行编类,凡六十一门,为百五十卷"。③吕祖谦编纂《宋文鉴》主要是利用秘府藏书、士大夫家藏书,并旁采他书。

---

① 此统计包含"四言""乐府歌行""五言古诗""七言古诗""五言律诗""七言律诗""五言绝句""六言""七言绝句",不包含"杂体"诗,"杂体"中有联句,不便区分作者。

② 《宋文鉴》附录一吕乔年《太史公编成〈皇朝文鉴〉始末》,第 2117 页。

③ (宋)李心传:《建炎以来朝野杂记》,见朱易安等编《全宋笔记》第 6 编第 8 册,上海:大象出版社 2013 年版,第 97 页。

在编选《宋文鉴》诗歌部分的时侯,吕祖谦并非直接从北宋诸家诗文集进行挑选,而是"旁采他书",直接采自他所编的另一部诗歌选集《丽泽集诗》中的宋诗部分。

《丽泽集诗》是否为吕祖谦所编?祝尚书先生对此存疑,他在《宋人总集叙录》中引方回《跋刘光诗》说:"回最爱《丽泽诗选》,或云东莱吕成公(祖谦)所选也。"接着分析:"是书编者,宋末元初人已不能言定,方回仅谓'或云'为吕祖谦所选,虽当有所据,但南宋书坊及丽泽书院托名吕氏之书甚夥,似又不可深信。"①冯春生先生在《吕祖谦全集·丽泽集诗·点校说明》中引《朱子语类》卷八十一说:"'向见伯恭《丽泽诗》,有唐人女言兄嫂不以嫁之诗,亦自鄙俚可恶。后来思之,亦自是见得人之情处。为父母者能于是而察之,则必使之及时矣。此所谓《诗》可以观。'子升问:'《丽泽诗》编得如何?'曰:'大纲亦好,但自据他之意拣择,大率多喜深巧有意者,若平淡底诗,则多不取。'问:'此亦有接续《三百篇》之意否?'曰:'不知。他亦须有此意。'据此,可信吕祖谦确为此书之编者,后世或疑托名者,误也。"②

今按,叶适《习学记言序目·皇朝文鉴》论及"诗"时有云:

> 按,吕氏有《家塾读诗记》《丽泽集诗》行于世,本朝诗与今篇目不同无几,乃其素所诠次云尔。③

为防止文献在流传过程中存在讹误的情况,笔者翻检了目前可见的《习学记言》最早版本,南宋嘉定十六年刻本,书中所记与上文无异。叶适为吕祖谦门人,亲承诲论,所记当不误,《丽泽集诗》为吕祖谦所编无疑。《丽泽集诗》是汉到北宋的诗歌选集,共计三十五卷,其中卷十六至卷三十五为北宋诗歌。上述叶适的话同时透露出一个讯息,"本朝诗与今篇目不

---

① 祝尚书:《宋人总集叙录》,北京:中华书局 2004 年版,第 143 页。

② 黄灵庚、吴战垒主编:《吕祖谦全集》第 15 册《丽泽集诗·点校说明》,杭州:浙江古籍出版社 2008 年版,第 1—2 页。

③ (宋)吕祖谦编,齐治平点校:《宋文鉴》附录《习学记言序目》,北京:中华书局 1992 年版,第 2129 页。

同无几",说明《丽泽集诗》中的宋诗篇目与《宋文鉴》诗大致相同,"乃其素所诠次",说明《丽泽集诗》编得较早,《宋文鉴》诗的编纂以《丽泽集诗》中的宋诗篇目为基础。将《丽泽集诗》中的宋诗篇目与《宋文鉴》选诗对比,可以发现《宋文鉴》选诗的篇目采自《丽泽集诗》中的宋诗部分。

二、删选:从《丽泽集诗》到《宋文鉴》选诗

从《丽泽集诗》到《宋文鉴》选诗,吕祖谦主要是通过删选来完成。"去尾"是其主要的方式,即删去尾部的诗。以"四言"为例,《丽泽集诗》"四言"篇目为:《皇雅十首》《定州阅古堂》《祫礼颂圣德》《魏京》《古风》《闵雨》《新田》《潭州新学》《明堂乐章二首》《颜乐亭》《何公桥》《观棋》《和陶渊明时运》《和陶渊明劝农》《江郊》《诇酌亭》《力外吟》《安乐》《瓮牖》《盆池》《小车》《大笔》《君子饮酒》《人事》《有时》《善人》《不同》。

《宋文鉴》"四言"的篇目为:《皇雅十首》《定州阅古堂》《祫礼颂圣德》《魏京》《古风》《闵雨》《新田》《潭州新学》《明堂乐章二首》《颜乐亭》《何公桥》《观棋》《和陶渊明时运》《和陶渊明劝农》《江郊》《诇酌亭》。

《丽泽集诗》排列在《诇酌亭》之后的诗,《宋文鉴》不录,为吕祖谦所删。"去尾"在其他各处的情况如下:

七言古诗:

苏轼:《宋文鉴》只录到《郭熙画秋山平远路公为跋尾》,《丽泽集诗》在《郭熙画秋山平远路公为跋尾》后还有《和蔡准郎中见邀游西湖》《夜过舒尧戏作》《自兴国往筠宿石田驿南二十五里野人舍》《游博罗香积寺》《吾谪海南子由雷州被命即行了不相知至梧乃闻其尚在藤也旦夕当追及作此诗示之》,《宋文鉴》不录。

苏辙:《宋文鉴》只录《任氏阅世堂前大桧》一首,《丽泽集诗》在此诗后还有《林笋复生》一首。

张耒:《宋文鉴》只录至《美哉》,其后有《闻子瞻岭外归赠邠老》《迎客》《田家》《再和马图》,《宋文鉴》不录,为吕祖谦所删。

五言律诗:

梅尧臣:《和谢仲弓廷评栽竹》后,《丽泽集诗》还有《腊日雪》《田家》《泊下黄溪》《闲居》,《宋文鉴》不录。

王安石:《自白土村入北寺》后,《丽泽集诗》还有《东皋》,《宋文鉴》不录。

邵雍:《悟人一言》后,《丽泽集诗》还有《小圃睡起》《放言》《晨起》《盆池》《逍遥吟》《偶得》《每度过东街》《再和王不疑少卿见赠》《林下》《天道吟》《半醉二首》《何处是仙乡》《瓮牖》《晚步洛河滩》《代书答朝中旧友》《闲步》《浩歌》《演绎四首》《无行》,《宋文鉴》不录。

陈师道:《怀远》后,《丽泽集诗》有《次韵夏日江村》《览胜亭》《黄楼》《住雁》《颜市阻风》,《宋文鉴》不录。

张耒:《舟中晓思》后,《丽泽集诗》有《春寒》《岁暮书事》《村晚》《夏日五言》,《宋文鉴》不录。

七言律诗:

欧阳修:《青州书事》后,《丽泽集诗》还有《县舍不种花惟栽楠木冬青茶竹之类》《景灵宫致斋》《初夏西湖》《夜宿中书东阁》《读易》《次韵和吴长文舍人即事见寄》,《宋文鉴》不录。

王安石:《葛溪驿》后,《丽泽集诗》还有《晚岁怀古》《呈陈和叔》《送陈瞬俞制科东归》,《宋文鉴》不录。

邵雍:《自和打乖吟》后,《丽泽集诗》还有《题留侯庙》《秋游二首》《游山》《答人放言》《龙门道中作》《答客》《后院即事》《代书寄友人》《偶书》《留题龙门》《和魏教授见赠》《和夔峡张宪白帝城怀古》《闲适二首》《桃李吟》《思山吟》《初夏闲吟》《代书答开封府推官姚辅周郎中》《诏三下答乡人不起之意》《崇德阁下答诸公不语禅》《天宫小阁倚栏》《天津闲步》《读陶渊明归去来》《独赏牡丹》《安乐窝中自贻》《安乐窝中自讼吟》《岁暮自贻》《天津弊居蒙诸公共为成买作诗以谢》《六十二吟》《谢宁寺丞惠希夷樽》《秋日登石阁》《弄笔吟》《永熟乡》《闻少华崩》《年老逢春四首》《天意吟》《楼上寄友人》《依韵和张子坚》《和王中美大卿致政》《大字吟》《逸书吟》《旋风吟三首》《头风吟》《小车吟》《人生长有两般愁》《试笔》《试砚》《学佛》《观易》《观春秋》《喜老》《观物》《感事》《书事》《诗酒》《和人语道》《六十岁》《过眼》《登山临水》《毛头吟》《天地吟》《为人吟》,《宋文鉴》不录,为吕祖谦所删。

程颐:《秋日偶成》后,《丽泽集诗》还有《桃李菊》《新晴野步二首》《盆荷》《和尧夫打乖吟二首》《和尧夫首尾吟》,《宋文鉴》不录,为吕祖谦所删。

苏轼:《六月十二日夜渡海》后,《丽泽集诗》还有《病中游祖塔院》《次韵江晦叔兼呈器之》,《宋文鉴》不录。

黄庭坚:《壶中九华》后,《丽泽集诗》还有《登快阁》《和答刘太傅携家游庐山见寄》《次韵德孺五丈惠况秋字之句》,《宋文鉴》不录。

陈师道:《寄泰州曾侍郎》后,《丽泽集诗》还有《隐者郊居》,《宋文鉴》不录。

张耒:《夏日二首》后,《丽泽集诗》还有《题洪泽亭》,《宋文鉴》不录。

吕大临:《丽泽集诗》收《效邵尧夫体偶成寄仲兄》一首,《宋文鉴》不录。

五言绝句:

王安石:《梅花》后,《丽泽集诗》还有《午睡》《钟山即事减二字再成一首》,《宋文鉴》不录。

邵雍:《岁寒》后,《丽泽集诗》还有《思患吟》《事急吟》《盗伯吟二首》《清夜吟》《知识吟》《责己》《人事》《人情》《窥开四首》,《宋文鉴》不录。

陈师道:《雁》后,《丽泽集诗》还有《绝句》,《宋文鉴》不录。

汪革:《岁暮书堂》后,《丽泽集诗》还有《晚晴二首》,《宋文鉴》不录,

六言:

邵雍:《四贤吟》后,《丽泽集诗》有《小车六言》,《宋文鉴》不录。

七言绝句:

欧阳修:《谢判官幽谷种花》后,还有《画眉鸟》《钓者》《集禧谢雨》《夏享太庙摄事斋宫闻莺戏呈原父舍人》《斋宫尚有残雪思作学士时摄事于此尝有闻莺诗寄原父因而有感》,《宋文鉴》不录。

王安石:《孟子》后,还有《杨柳》《出定力院作》《歌元丰三首》《春郊》《杖藜》《竹里》《陂麦》《出郊》《书湖阴先生壁二首》《金陵郡斋》《示永庆院

秀老》《金陵》《九日赐宴琼林苑作》《壬子偶题》《钟山即事》《雨晴》《与北山道人》《松间被召行作》《题张司业诗》《春日》《访隐者》《独卧》《韩信》《读蜀志》《舒州被召试不赴偶书》《戏赠育王虚白长老》《竹窗》《鱼儿》,《宋文鉴》不录。

邵雍:《懒起》后,还有《题四皓庙二首》《天津感事六首》《天宫小阁纳凉》《缘饰吟》《自况》《和张子望洛城观花》《寄亳州秦伯镇兵部二首》《别寄》《戏谢富相公惠班笋》《感事吟》《答李希淳屯田》《恍惚吟》《忠信吟》《三皇吟》《五帝》《三王》《五伯》《七国》《扫地吟》《小车吟》《道装二首》《观物》《小车初出》《量力》《观事》《吾庐》《路径》《何如》《先天》,《宋文鉴》不录。

张栽:《题解诗后》后,还有《题北村》《元日醉酒十咏醉傅在席甲寅作》《八翁吟十首》《秦市》《习不》《留逋》《学道》《学易》《陋巷》《莫将》《保甲》《我欲》《久病》《萱草》《近思》《乐处》《葛覃》《卷耳》《扬之水》《伐檀》《儋人》《鹤鸣》《卷阿》《寸心》,《宋文鉴》不录。

程颢:《赠司马君实》后,还有《下山偶成》《是游也得小松黄杨各四本植于公署之西窗戏作呈令》《戏题》《题淮南寺》《汧亭》《酬韩资政湖上独酌见赠》,《宋文鉴》不录。

苏轼:《望湖楼醉书五首》,只留前二首。《题澄迈驿通潮阁》后,还有《山村》《佛日山荣长老方丈》《李行中秀才醉眠亭》《东坡》《题西林壁》《归宜兴留题竹西寺》《元祐六年六月自杭州召还汶公馆我于东堂阅旧诗卷次诸公韵》《慈湖夹阻风》《被酒独行遍至子云威徽先觉四黎之舍》《芍药》,《宋文鉴》不录。

苏辙:《秋祀高禖》后,《丽泽集诗》还有《唐相》《闰九月重九与父老小饮》《南斋竹》《同外孙文九新春》,《宋文鉴》不录。

黄庭坚:《病起荆江亭即事》后,《丽泽集诗》还有《题归去来图》《次韵答少章闻雁听鸡》《杂诗》《姪櫺随知命舟行》《同元明过洪福寺戏题》《答李任道谢分豆粥》《戏答荆州王充道烹茶》《宁子兴追和予岳阳楼诗复次韵》《戏咏零陵李宗古居士家训鹨鸪》,《宋文鉴》不录。

陈师道:《绝句》后,《丽泽集诗》还有《八月十日》《迎新将至漕城暮归遇雨》《绝句》(昏昏嗜睡元非病)《三月二十二日榴花盛开戏作绝句》《放歌行》《泗州东城晚望》《秋日》,《宋文鉴》不录。

张耒:《题宣州后堂壁二首》,《宋文鉴》存第一首。《漫成》后,《丽泽集诗》还有《感春》《昏昏》《怀金陵二首》《题水阁》《慈湖中遇大风舟危甚食时风止游灵岩》《题周文翰郭熙山上》《夜坐》《福昌官舍后绝句》《清明日舟中书事》《正月十八日》《读秦记》《绝句》《发金陵折柳亭》,《宋文鉴》不录。

吕大临:《送刘户曹》后,《丽泽集诗》还有《探春》《蓝田》《舍策》《过司天台》《寒食中道》《南溪谈真阁闲望》《答谢君况见问》,《宋文鉴》不录。

崔鶠:《春日村居》后,《丽泽集诗》还有《出京道上二首》《绝句》,《宋文鉴》不录。

除去"去尾",还有"掐头",就是把排在前面的诗删掉。如七言绝句中,苏轼《南堂二首》,只留第二首。黄庭坚《病起荆江亭即事》,《丽泽集诗》有二首,《宋文鉴》只留第二首。陈师道《赠吴氏兄弟》有两首,《宋文鉴》只留第二首。七言律诗中,邵雍《安乐窝八首》,删掉前七首,只留最后一首。吕大临《北郊二首》,只留第二首。

还有"掐头"、"去尾"同时存在的情况,如七言律诗中,邵雍《林下三首》留其二,删其一、三。此外,"全删"是另一种方式,如七言古诗中,《丽泽集诗》收陈师道《送黄生兼寄二谢》《招黄魏二友》《答黄生》,三首诗《宋文鉴》不录,为吕祖谦全删。七言律诗中,《丽泽集诗》有张载《题集义斋》《后十年再题义斋》《我诗不出》《我坐不为》《野老入门》《憔悴寻医》《孤官》《契重》,《宋文鉴》不录,为吕祖谦全删。七言绝句中,《丽泽集诗》收晁补之《约李令》《东皋》《得隐于此》《题庐山》《遇赦北归》《松菊堂读史》《东坡公以种松法授都梁杜子师并为作诗求予同赋》,吕祖谦全删,《宋文鉴》不录。"全删"还有与"去尾"相关的情况,如七言绝句中,陈莹中《了齐自警》《赠农夫凌大伯》《退耕牛》《杨中立先生以论语义二十段见示有见教之意作此诗谢之》《杂诗》《为山》,吕祖谦全删,《宋文鉴》不录。汪革《春怀二首》,吕祖谦全删,《宋文鉴》不录。陈莹中、汪革是排在卷末的诗人,既是"全删",也是"去尾"。

还有"挑选"的情况,就是在一题多首诗中,挑选了其中几首,这种情况比较少见。如七言律诗中,邵雍《首尾吟》四十二首,删剩七首。

《宋文鉴》未录《丽泽集诗》诗人诗作数量如下表:

	四言	乐府歌行	五古	七古	五律	七律	五绝	六言	七绝	杂体	总数
邵雍	11		21	3	23	103	15	1	6		183
苏轼			33	5		2			13		53
王安石		2	8	1	1	3	2		31		48
张载						8			39		47
张耒		1	8	4	4	1			14		32
黄庭坚			13			3			10		26
陈师道		1	4	3	5	1	1		5		20
欧阳修	1			2		5			5		13
梅尧臣		1	6	1	4	1					13
程颢						7			6		13
陈瓘			4		1		1		6		12
晁补之		1	1						7		9
苏辙			3	1					4		8
吕大临						1			7		8
汪革			2				2		2		5
崔鶠			1						3		4
林逋					1				3		4
秦观									2		2

从上表可知,《宋文鉴》未录《丽泽集诗》中的北宋诗人诗作集中在三类群体:第一,理学家之诗,包括邵雍、张载、程颢、吕大临;第二,文学大家之诗,有苏轼、王安石、张耒、黄庭坚、陈师道、欧阳修、梅尧臣、晁补之、苏辙、秦观;第三,有文名而官位不显的诗人作品,如林逋、陈瓘、汪革、崔鶠。

吕祖谦编纂《宋文鉴》时为什么会删减《丽泽集诗》的宋诗篇目?其原

因当是为求精简,《宋文鉴》为奉敕编纂的北宋一代之文,他在《奉旨铨次札子》中说:"本朝文字之盛,众作相望,诚宜采掇菁华,仰副圣意。"①自然是优中选优,故对《丽泽集诗》中的宋诗篇目进行删减。《丽泽集诗》中的宋诗篇目数量甚夥,所选同一诗人、同一体裁、同一题材的作品冗杂而拖沓,以邵雍为例,"七言律诗"全录《首尾吟》42首,反复冗杂,《宋文鉴》仅留7首。此外,邵雍各诗虽体裁不同,但往往在题材上有重复之处,如"四言"写《盆池》,"五言律诗"又写《盆池》,内容都是表达欣赏小池(盆池)带来的快乐,"七言绝句"有《小车吟》,又有《小车初出》,都是写乘车出游之思,以上诗歌《宋文鉴》均不录。出于精简的考量,理学家、文学大家、有文名的诗人作品数量最多最杂,同一诗人不能过多收录。

从删减的方式看,"去尾"是最主要的方式,吕祖谦是否为了编纂方便而直接采取"去尾"?笔者以为,或有出于编纂方便的考量,但不完全只是出于这种考量。如果从编纂方便的角度看,吕祖谦可以完全不用删,直接附上《丽泽集诗》就行。因为《丽泽集诗》所反映出的也是儒家"治道"思想,符合《宋文鉴》"以文为鉴"的编纂宗旨。《宋文鉴》存在《丽泽集诗》未录之诗,如七言律诗,邵雍《首尾吟》四十二首,删剩七首。七首中,《宋文鉴》收"尧夫非是爱吟诗,诗是精神未耗时。水竹清闲先据了,莺花富贵又兼之。梧桐月向怀中照,杨柳风来面上吹。被有许多闲捧拥,尧夫非是爱吟诗"。此诗《丽泽集诗》未录。七言绝句中,黄庭坚《答闻善二兄》,此诗共有九首,《豫章黄先生文集》作《答闻善二兄九绝句》,《宋文鉴》所选为第六、第八首,《丽泽集诗》所选为第五、第六、第七首。由此可以看出,《宋文鉴》选诗有精心挑选的痕迹,如果仅是考虑编纂方便,当不用费此功夫。

吕祖谦只是为求精简,不得不删。至于删减的标准,很难确定,因为从被删减的诗歌看,被删减之诗与留存之诗在艺术手法、思想内容等方面均难分伯仲,尤其是文学大家之诗,如王安石"七言绝句",多是以写景为主,格调清新淡远,《悟真院》诗云:"野水纵横漱屋除,午窗残梦鸟相呼。

---

① 《宋文鉴》附录《吕祖谦奉旨铨次札子》,第2121页。

春风日日吹香草,山北山南路欲无。"《杨柳》云:"杨柳杏花何处好,石梁茅屋雨初干。绿垂静路要深驻,红写清陂得细看。"《宋文鉴》收《悟真院》而不收《杨柳》,难以区分二诗孰优孰劣。大约每个人心中都有自己所爱之诗,去留原因旁人难以知晓。当然,吕祖谦的删减也删掉了一些被后世奉为宋诗经典的作品,如王安石《书湖阴先生壁二首》、苏轼《东坡》《题西林壁》等。笔者做一推测:吕祖谦认为被删之诗和留存之诗并无多大区别,为求精简,"去尾"是较为便捷的方式。

从选诗的整体着眼,《宋文鉴》诗确实比《丽泽集诗》中的宋诗部分更为精审,也更能代表北宋诗歌的面貌。例如从选录诗人诗歌数量上看,《宋文鉴》收苏轼诗歌 140 首,为入选诗人数量之最,苏轼当为北宋诗歌第一大家;《丽泽集诗》则收录邵雍诗歌最多,共 234 首,苏轼只有 193 首,无论从艺术成就还是思想内容看,邵雍或不及苏轼。究其原因,《丽泽集诗》属个人编纂,不用考虑官方意旨,去取但凭己意,故较为驳杂。《宋文鉴》属"官修",存一代之文之书不能纯以个人好恶去取,需要更多去反映北宋诗歌创作的实际情况,故比《丽泽集诗》精审。

第二节 《宋文鉴》选录诗人述论

一、诗人的时代构成

从诗歌总数上看,《宋文鉴》囊括北宋 172 家 960 首作品。因北宋诗歌各阶段发展情况不同,为便于考察诗人的时代构成,笔者将《宋文鉴》选诗进行分期,并归纳入选数量较多的诗人情况如下。

第一阶段,北宋初期,960 年北宋建立到仁宗亲政的明道元年(1032)。

宋仁宗明道元年(1032)亲政,北宋开始了新的时代。宋初较为重要的诗人约在 1032 年前后全部去世,王禹偁卒于真宗咸平四年(1001),杨

亿、魏野卒于真宗天禧四年(1020),寇准卒于仁宗天圣元年(1023),林逋
卒于仁宗天圣六年(1028),刘筠卒于仁宗天圣九年(1031),钱惟演卒于景
祐元年(1034)。宋初重要诗人于宋仁宗亲政前后全部去世,新的文坛领
袖欧阳修于仁宗天圣八年(1030)进士及第,也是在 1032 年左右。故以
960 年北宋建立到仁宗亲政的明道元年(1032)为北宋初期。

《宋文鉴》共选录宋初诗歌 74 首,"四言"、"五言绝句"和"六言"均未
选入初期诗人诗作。"乐府歌行"中,选李至 1 首、寇准 1 首、钱易 1 首、路
振 1 首;"五言古诗"中,选范质 1 首、王禹偁 9 首、张咏 2 首、刘筠 1 首、韩
丕 1 首、钱易 1 首、种放 2 首;"七言古诗"只选了杨忆 1 首;"五言律诗"选
王禹偁 1 首、郑文宝 2 首、寇准 3 首、罗处约 2 首、杨亿 3 首、钱惟演 1 首、
赵湘 2 首、王操 2 首、钱易 1 首、魏野 4 首、潘阆 3 首、张齐贤 1 首、种放 1
首、孙仅 1 首;"七言律诗"选徐铉 1 首、曹翰 1 首、张齐贤 1 首、寇准 1 首、
赵湘 1 首、王操 1 首、郑文宝 2 首、林逋 2 首、魏野 1 首、丁谓 1 首、杨亿 2
首、杨朴 1 首;"七言绝句"选寇准 3 首、张咏 1 首、郑文宝 1 首、韩丕 1 首、
李迪 1 首、林逋 2 首、魏野 1 首。

宋初入选篇目相对较多的诗人有王禹偁(10 首)、寇准(8 首)、杨亿(6
首)、魏野(6 首)、郑文宝(5 首)、林逋(4 首)、种放(3 首)、潘阆(3 首)、赵
湘(3 首)。

第二阶段,北宋中期,仁宗明道二年(1033)至元祐元年(1086)。

元丰八年(1085)宋神宗去世,以司马光为代表的旧党上台,苏轼还
朝,王安石于元祐元年(1086)去世,张耒、黄庭坚、晁补之也于元祐元年
(1086)参加太学学士院考试而拔擢,北宋文坛由此进入新的阶段,故以此
期间为北宋中期。

北宋中期是宋诗定型的时期,《宋文鉴》选录北宋中期诗歌 281 首,共
44 位诗人。多数诗人入选篇目为零星几篇甚至一篇,艺术成就较低。其
中,入选篇数在 10 首以上的,有尹洙(10 首)、苏舜钦(14 首)、刘敞(13
首)、范仲淹(22 首)、梅尧臣(21 首)、欧阳修(37 首)、王安石(89 首)。

第三阶段,北宋后期,元祐二年(1087)至靖康元年(1126)北宋灭亡。

因《宋文鉴》入选诗人基本按照时间顺序排列,故可截取两个时间点作为分期的依据,卒于明道元年(1032)之前的诗人为初期,明道二年(1033)至元祐元年(1086)王安石卒为中期,卒于王安石之后的诗人为后期。

《宋文鉴》选录的北宋后期诗歌,主要集中在苏轼及苏门文人的作品上,其中选录苏轼作品数量最多,共 140 首;其次为黄庭坚 93 首、张耒 33 首、陈师道 28 首。

综上所述,通过对《宋文鉴》选诗的分期及选诗数量统计,入选诗人的时代构成大致如下:

北宋后期诗人诗作最多(102 家 605 首作品),其次为北宋中期(44 家 281 首作品),选录宋初诗人诗作最少(26 家 74 首作品)。究其原因,宋初天下初定,始兴文治,故诗人诗作较少;经过六十余年的文治,北宋中期诗人增多,作品数量也增多;北宋晚期,宋诗发展已经成熟,故诗人诗作数量最多。这一过程与赋的发展相似。

二、题材广泛:对诗歌大家作品的选录

吕祖谦在从《丽泽集诗》删选诗歌时,虽然删除了很多诗歌大家的作品,但也收录许多作品,这些作品题材较为广泛。下面以欧阳修、梅尧臣、苏舜钦作品为例。

欧阳修是北宋诗文革新运动的领袖,《宋文鉴》选录欧阳修诗 34 首,其中"乐府歌行"4 首、"五言古诗"11 首、"七言古诗"3 首、"五言律诗"4 首、"七言律诗"6 首、"五言绝句"1 首、"七言绝句"5 首。从题材内容上看,《宋文鉴》选录欧阳修诗较为丰富,多方面展示了欧阳修作为北宋诗歌大家的创作成就,其中有两类作品数量较多:

其一,表露归隐情绪的作品。如《鹁鸪词》《庐山高赠同年刘中允归南康》《下直呈同行三公》《秋怀》《下直》《早朝感事》《青州书事》,多言"稻粱虽可恋,吾志在冥鸿"(《下直呈同行三公》)、"鹿车终自驾,归去颍东田"(《秋怀》)、"终当自驾柴车去,独结茅庐颍水西"(《下直》)、"君恩天地不违

物,归去行歌颍水傍"(《青州书事》),均是归隐情绪的表露。

其二,怀人之作。如《水谷夜行寄子美圣俞》,书写了和苏舜钦、梅尧臣之间深厚的友情,其间对两人的诗歌评价道:"子美气尤雄,万窍号一噫。有时肆颠狂,醉墨洒滂沛。譬如千里马,已发不可杀。盈前尽珠玑,一一难束汰。梅公事清切,石齿漱寒濑。作诗三十年,视我犹后辈。文词愈清新,心意难老大。譬如妖韶女,老自有余态。近诗尤古硬,咀嚼苦难嚼。初如食橄榄,真味久愈在。苏豪以气轹,举世徒惊骇。梅穷独我知,古货今难卖。二子双凤凰,百鸟之嘉瑞"①,是为评价苏、梅二人诗歌风格的确论。《哭梅圣俞》回忆了与梅尧臣生前的交谊,对梅尧臣更是有"文章落笔动九州"的评价,感情真挚。《读徂徕集》《重读徂徕集》表达对石介的深切怀念,是对石介一生成就的总结和赞扬,细节描写尤其感人,如《重读徂徕集》云:"我欲哭石子,夜开《徂徕集》。开编未及读,涕泗已涟涟。勉尽三四章,收泪辄忻欢。切切善恶戒,丁宁仁义言。如闻子谈论,疑子立我前。乃知长在世,谁谓已沉泉。昔也人事乖,相从常苦难。今而每思子,开卷子在颜。"②以散文化的笔法描写重读《徂徕集》的经过,将叙事与抒情融为一体,睹物思人,亲切感动。《书王元之画像侧》表达了对王禹偁的思慕,对王禹偁政绩的赞美,希望天下"诸县丰登,苦无差事"。

除以上两类外,其他题材内容的诗歌较为零散,谈治政的如《奉答子华学士安抚江南见寄之作》,以治病喻治国,指出"疾小不加理,浸淫将遍身",应该采取"猛宽相济"的方式治理国家存在的弊病;《端午帖子词》二首,其一提醒皇帝以屈原为鉴,勿惑巧言;其二则是渴望朝廷拥有皋陶、夔那样的贤臣,天下可大治。表现文人雅趣如《紫石屏歌寄苏子美》;表现闲逸之趣的如《沧浪亭》《谢判官幽谷种花》。谈读书治学之理如《获麟赠姚闢先辈》,指出读书应该去伪存真,要"超然出众见,不为俗牵卑",《读书》则说明要享受读书的快乐,"至哉天下乐,终日在几案"。写景诗如《飞盖桥玩月》,展现了月色下的清旷之境,《东阁雨中》描绘了清新雅致之雨景,

---

① 《宋文鉴》,第 204 页。
② 《宋文鉴》,第 205 页。

《内直对月》则描写了清冷月色。其他如《感兴二首》谈做人当有所作为；《感事》批判长生修仙的行为，指出生死乃自然规律；《希真堂东手种菊花十月始开》抒发不随流俗之情；《上致政太保杜相公》抒发退隐而不忘国之情；《群玉殿赐宴》描写宴会盛况，充满对皇帝文治的赞美；《温成皇后阁春帖子词》则是对皇后的赞美；其他如《远山》"山色无远近，看山终日行。峰峦随处改，行客不知名"，融合了自然之趣和哲理意蕴，类似后来苏轼的《题西林壁》。

《宋文鉴》选录欧阳修诗歌呈现出题材内容丰富的特征，凸显了欧阳修诗歌大家地位。

梅尧臣被称为宋诗的"开山祖师"①，《宋文鉴》选录其诗歌 23 首，基本上涵盖各类题材，《祫礼颂圣德》为歌颂皇帝之作，写景诗如《县斋对雪》写大雪过后的景象，"山川忽改色，草木一以新"；《川上田家》描绘了美丽的田园风光，其他如《泛溪》《发匀陵》《夏夜小亭有怀》，借景抒发闲愁。送别诗如《郭子美忽过云往河北谒欧阳永叔沈子山》《送王判官之江阴军幕》，情感真挚；《送葛都官南归》抒发了心向自然之情，《送薛氏妇归绛州》则是对女儿出嫁时的训诫，《送王介甫知毗陵》表达对王安石的期许，语言质朴。说理诗如《范饶州坐中客语食河豚鱼》，以河豚鱼虽美味，但有毒，说明了"甚美恶亦称"的道理，构思奇特，议论纵横；《寒草》借冬天小草到春天由枯黄开始变绿，说明乐观进取精神不可磨灭，语意精工。此外，表现民间疾苦的作品有《悯农》，写内心感受的作品《秋思》表现了随意而安心境，《闻雁》借雁叙写离别之悲。从题材方面看，《宋文鉴》选诗也体现了梅尧臣的宋诗大家地位。

苏舜钦是与欧阳修、梅尧臣共同革新诗风的重要诗人，《宋文鉴》选录其 14 首诗歌，《永叔月石砚屏歌》为答欧阳修《紫石屏歌寄苏子美》而作，以说理为主，篇末云"有如君上明，下烛万类无遁形，光艳百世无亏盈"，由

① 参见程千帆、吴新雷：《两宋文学史》，上海：上海古籍出版社 1991 年版，第 65 页。引刘克庄《后村诗话前集》，云："本朝诗惟宛陵为开山祖师。宛陵出，然后桑濮之哇淫稍熄，风雅之气脉复续，其功不在欧、尹下。"

"月石砚屏"的光泽类比皇帝要圣明,可造福百世;《检书》主要表达思虑烦苦,由检书而引起对世事变迁的感慨;《感兴》表达了对宋仁宗礼仪形式与辽国为伍的不满,具有维护华夏文化的忧患意识;《哭尹师鲁》叙述了和尹洙的深厚友谊,表达了对尹洙逝去的无奈和伤心;《望太湖》《中秋松江新桥对月和柳令之什》《淮中晚泊犊头》《夏意》属于写景诗的佳作,意境开扩;《春睡》《暑中闲咏》则表现了闲情雅致。《宋文鉴》收录苏舜钦的诗歌题材内容丰富,也体现了苏舜钦的北宋诗歌大家地位。

三、文学眼光独到:对理学家和小诗人作品的收录

吕祖谦文学眼光独到,在从《丽泽集诗》删选诗歌而成《宋文鉴》选诗时,保留了理学家和小诗人的优秀作品。理学家向来被认为是"不能文词者",《四库全书总目》对《宋文鉴》选取"不能文词者"之文论述道:

> 《朝野杂记》又引《孝宗实录》,称祖谦编《文鉴》,有通经而不能文词者,亦表奏厕其间,以自矜党同伐异之功,缙绅公论皆嫉之……所谓通经而不能文章者,盖指伊川,然伊川亦非不能文。[1]

"通经而不能文词者"即是指理学家们,然而并非只指伊川先生程颐一人,应包括周敦颐、张载、邵雍、程颢、程颐等人。"伊川亦非不能文",其他理学家也并非不能文。从《宋文鉴》选诗看,理学家的作品各有特色,不乏精彩之作,如周敦颐《同宋复古游大林寺》:"三月山方暖,林花互照明。路盘层顶上,人在半空行。水色云含白,禽声谷应清。天风拂巾袂,缥缈觉身轻。"写景明快,诗境清新。又如"七律"选入邵雍诗最多,"快乐"是邵雍诗学思想的主要表现,他用"乐天下"去概括诗歌对于历史、社会、人生等方面的价值功能。[2] 如《安乐窝》:"安乐窝中三月期,老来总会惜芳菲。自知一赏有分付,谁让万金无子遗。美酒饮教微醉后,好花看到半开时。这般意思难名状,只恐人间都未知。"以浅易的笔法描写安贫乐道的心态。

---

① (清)永瑢等:《四库全书总目》,北京:中华书局 1965 年版,第 1698 页。

② 参见张海鸥:《北宋诗学》,开封:河南大学出版社 2007 年版,第 249 页。

此外,《自咏》《安乐四吟》《自和打乖吟》等诗皆是邵雍"快乐"诗学思想的展现,邵雍的"快乐"诗学影响流及宋末元初"击壤派"的创作。再如"七律"有程颢《秋日偶成》一首:"闲来无事不从容,睡觉东窗日已红。万物静观皆自得,四时佳兴与人同。道通天地有形外,思入云烟变态中。富贵不淫贫贱乐,男儿到此是豪雄",展现了磊落的胸襟和旷达的气度,并非不能文词。吕祖谦保留能代表理学家创作水准的诗,正是其文学眼光"独到"所在。

在理学家之外,吕祖谦对"小"诗人诗作的保留也体现其文学眼光之独到。所谓"小"诗人,主要是指传世作品不多的诗人。这些诗人的作品第一次被《丽泽集诗》选入,且作品呈现出较高的艺术水准,《宋文鉴》全部保留。如司马池《行色》:"冷于陂水淡于秋,远陌初穷见渡头。赖得丹青无画处,画成应遣一生愁。"张耒《记行色诗》云:"'冷于陂水淡于秋……'右《行色》诗,故待制司马公所作也。公讳池,以某年中尝监安丰酒税,实作此诗,距今若干年。其孙宏知县事,刻此诗于石,属予记之。惟公以文学风节为时名臣,是生丞相温公,以盛德名世……尝评古今诗句,著《诗话》一卷,亦载此诗,以其甚工,不敢以父子之嫌废也。梅圣俞以诗名一时,尝言'诗之工者,写难状之景如在目前,含不尽之意见于言外',此诗有焉。"[1]司马池《行色》诗正是"写难状之景如在目前,含不尽之意见于言外",具有较高的艺术水准。又如晁端友《宿济州西门外旅馆》:"寒林残日欲栖乌,壁里青灯乍有无。小雨愔愔人假寐,卧听疲马齿残刍。"苏轼谓"清厚静深,如其为人"。[2] 再如张在《题兴龙寺老柏院》:"南邻北舍牡丹开,年少寻芳日几回。惟有君家老柏树,春风来似不曾来。"此诗也是为人传诵一时的佳作,文彦博便十分偏爱此诗。何溪汶《竹庄诗话》引《湘山野录》云:"青州布衣张在,少能文,尤精于诗,《题兴龙寺老柏院》诗云云,为人所传诵。皇祐中,文潞公镇青州谒老柏院,访在所题处,字已漫灭,公惜

---

① (宋)张耒:《张耒集》,北京:中华书局1990年版,第822页。

② 参见厉鹗:《宋诗纪事》卷二十五。云:"叶石林云:外祖晁君成善诗,苏子瞻所谓'清厚静深,如其为人'者也。"

其不传,为大字书于西庑之壁。后三十年,东平毕仲甫见公于洛下,公诵其诗,嘱毕往观。至青,访其故处,壁已圮毁,不可复得,为刻于天宫石柱。"①因此,吕祖谦对"小"诗人的保留也体现出其"独到"的文学眼光。

四、选诗的"资政"倾向

所谓"资政",即"以文为鉴"编纂宗旨中的"资政"含义,要以文章来作为治政的参照。在《宋文鉴》选诗中,即有"资政"倾向,为起到"资政"作用,《宋文鉴》保留了《丽泽集诗》中大量具有现实意义诗歌,包括颂圣、书写民生疾苦、说教等内容。兹举数例说明。

如选录北宋初期诗歌中,保留"西昆体"诗人诗作中具有现实意义的作品,正好说明选诗"资政"的倾向。宋初"西昆体"诗人,以李商隐为学习对象,要使诗歌呈现富丽、华美、渊博、深隐等审美特征,诗作的现实意义相对较弱。但在《宋文鉴》所选的"西昆体"诗人诗作中,具有现实意义的作品较多。如张咏《勤学篇》劝人努力向学,"玄门非有闭,苦学当自开"、"晨鸡固自勉,男子胡为哉"。《悼蜀诗四十韵》哀悼西蜀富庶之时不知节俭,终于"侈极祸必至"、"不能宣淳化,移风复俭约",又经历了军队的烧杀掠夺,已是破败不堪之象,以此来提醒统治者,应该尚俭约而去奢侈,淳教化而移风俗。"西昆体"代表诗人杨亿具有现实意义的作品亦值得关注,如《狱多重囚》:

> 铁锁银铛众,金科伏念频。绝闻空狱奏,深愧片言人。清颍黄公接,甘棠召伯邻。怀贤不能继,多辟岂由民?②

此诗"清颍黄公接"句下有小注:"黄霸为颍川守八年,狱无重罪囚。"黄霸为西汉名臣,生平事迹见《汉书》卷八十九《循吏传》第五十九。黄霸治理颍川时既明察秋毫又宽大仁慈,故颍川八年无重罪。"甘棠召伯邻"则是用《诗经·召南·甘棠》的典故,召伯治理西方得当,深受人们爱戴。

---

① （宋）何溪汶撰,常振国、绛云点校:《竹庄诗话》,北京:中华书局1984年版,第18页。
② 《宋文鉴》,第320页。

借用黄霸和召伯的事迹,批评了当今狱中重囚多,乃是治法者无能,"怀贤不能继,多辟岂由民"? 其他如《民牛多疫死》描写人民遭受旱灾的痛苦;《汉武》有"讥武帝求仙,徒费心力,用兵不胜其骄,于人才之地不加意也"[①],有讽刺宋真宗求仙而不重视人才的用意。

又如对刘敞诗歌的选录,《魏京》《闵雨》歌颂天子"圣德",《小孤山》借小孤山"流俗失其真,传闻莫开释",引申到现实中君主或多被谄媚之人迷惑,必须要保持正直之心,认真事实。《朱云》借西汉朱云大胆直谏斩奸臣的故事,来说明直言进谏对一个国家辨别邪正有重要意义,诗的末尾有现实的针对性,云:"我愿乘云宽天阁,巫阳掌梦招其魂。立朝謇謇辨邪正,无复奸谀开幸门。"《示张直温》《朝乘》则属于说理性作品,《示张直温》说明了"隘在容不足,弱在力不任"的道理,古今皆是,应不断努力增强自己的实力。《朝乘》则说明了不可求快贪图小利,大节上不能超过应有的界限。《荒田行》《渔翁》等诗反映了底层劳动人民遭受的苦难。以上诗歌皆具有"资政"的性质。

再看对范仲淹诗歌的收录,在《宋文鉴》选录的范仲淹诗中,多有表现其忧国忧民情怀的诗作,如《鄱阳酬泉州曹使君见寄》作于被贬饶州期间,诗的前半部分先述志,"志意苟天命,富贵非我望……意君成大舜,千古闻羶香。寸怀如春风,思与天下劳……"可见其忧国忧民的情怀。诗的后半部分写自己贬谪的生活,与诸多文士往来,充满乐观精神。范仲淹忧国忧民的情怀,正是官员们的学习楷模,这是"资政"性的体现。又《四民诗》四首,分别为士、民、工、商,四首诗揭露腐败的政治对士人的毒害,农、工、商各阶层也因此而痛苦。规劝士人要尊儒重教,复兴修"德"的古训,统治者要以治国安民为出发点,不能骄奢淫逸,要抑除弊病。其他如《江上渔者》:"江上往来人,但爱鲈鱼美。君看一叶舟,出没风波里",体现了范仲淹对底层劳动人民的同情。

《宋文鉴》对王安石诗歌的选录,也体现了"资政"性。如《日出堂上

---

①　(元)方回选评,李庆甲集评校点:《瀛奎律髓汇评》,上海:上海古籍出版社1986年版,第127页。

饮》利用借喻的手法,说明国已坏,皇帝居安忘危,为臣子应该为国而谋。李壁注云:"此诗主以喻君,客以喻臣,堂以喻君,柱以喻臣。堂上主人居安而忘危,为客者视其堂坏已甚,将有镇压之忧,为主人图,所以弥患此而不忘君,卷卷之意、更张之念疑始于此。"①《我欲往沧海》说明正本清源才是革除国家弊病的方法,并表明了自己坚定救国的决心。《田漏》写农民耕种的艰辛,流露出同情劳动人民的赤诚之情。《同昌奴赋雁奴》用"雁奴"警示雁群比喻忧国忧民的忠臣,忠臣为国家计,却反遭小人的嫉妒,只有忧国忧民的忠臣存在,国家才能无忧,提醒皇帝应善待忠臣。《送望之赴临江》写黄雀有头脑,相随吕望之飞行万里赴任,是为了避免贪官污吏的盘剥侵害,以此来赞扬吕望之有清廉的品格,并含勉励之意,气辞委婉。《诗林广记》云:"荆公此诗才二十字耳,崇仁爱,抑奔竟,皆具焉。"②此诗体现了王安石济世救民的胸怀。

五、典范的确立:苏轼、黄庭坚、王安石

在《宋文鉴》"以文为鉴"的编纂宗旨作用下,选诗还有"资文"的意义,即要确立北宋诗歌(文章)以及诗人的典范。根据吕祖谦删选后的诗人作品数量,苏轼(140 首)、黄庭坚(93 首)、王安石(79 首)为入选数量前三位,第四位是邵雍(51 首),远低于苏、黄、王的入选数量,因此,《宋文鉴》确立了苏轼、黄庭坚、王安石北宋诗歌典范的地位。以下分而论之。

(一)苏轼以情感为导向的性情诗作典范

苏轼在北宋诗坛独树一帜,无论创作数量(现存 2700 多首)还是艺术成就,堪称北宋第一大家。即使经过元祐党禁,苏轼诗文依旧流传甚广。南渡后,党禁得以彻底解除,苏轼得以"平反",《宋史·苏轼传》云:"高宗即位,赠资政殿学士,以其孙符为礼部尚书。又以其文实左右,读之终日

---

① (宋)王安石著,(宋)李壁笺注,高克勤点校:《王荆公诗笺注》,上海:上海古籍出版社 2010 年版,第 289 页。

② (宋)蔡振孙撰,常振国、绛云点校:《诗林广记》,北京:中华书局 1982 年版,第 225 页。

忘倦,谓为文章之宗,亲制集赞,赐其曾孙峤。遂崇赠太师,谥文忠。"①

宋高宗热爱苏轼之文,追赠苏轼为"太师",谥"文忠"。宋孝宗更是喜爱苏轼,其《苏轼文集赞》有云:

> 故赠太师、谥文忠苏轼忠言谠论,立朝大节,一时廷臣无出其右。负其豪气,志在行其所学,放浪岭海,文不少衰。力斡造化,元气淋漓,穷理尽性,贯通天人……雄视百代,自作一家,混涵光芒,至是而大成矣。②

《宋文鉴》的编纂者吕祖谦也是苏轼的推崇者,曾辑有《东莱标注三苏文集》五十九卷,其中苏轼占二十六卷,苏辙二十二卷,苏洵十一卷,③苏轼部分数量最多。又吕祖谦编《古文关键》二十卷,苏轼独占五卷,为选入之人之最。此外,当时之人有"苏文熟,吃羊肉。苏文生,吃菜羹"之语,可见苏轼影响力之大。在皇帝和编纂者吕祖谦均推崇苏轼的情况下,加上苏轼在当时的影响力,《宋文鉴》选录苏诗数量最多,从而从官方确立了苏轼北宋诗歌第一大家的地位,是无可争议的事情。

从《宋文鉴》选录苏诗的情况看,主要有以下特点。

其一,多收录表现亲情和友情的诗歌。亲情和友情是诗歌创作的永恒主题之二,苏诗中的相关内容更是其中的代表。《宋文鉴》收录的苏轼表现亲情的诗,多是其写给苏辙的,如《初秋寄子由》《东府雨中别子由》《与子由别于郑州西门之外马上赋诗一篇寄之》《和子由初到陈州》《夜坐达晓寄子由》等,思念兄弟之情溢于言表。表现友情的诗歌,有《京师哭任遵圣》《送李公择》《陈季常见过二首》《过建昌李野夫公择故居》等。

其二,重视"和陶诗"。苏轼晚年作有"和陶诗"百余首,在精神上期盼与陶渊明相通。《宋文鉴》共收录9首,主要以书写厌倦仕宦,向往陶渊明那样归隐田园、安贫乐道的生活为主。有感叹仕宦艰辛,因此想归隐田园

---

① 参见《宋史·苏轼传》卷三百三十八《列传》九十七。
② 《全宋文》,第236册,第299页。
③ 参见祝尚书:《宋人总集叙录》,第139页。

的,如"人间少宜适,惟有归耘田"(《和陶渊明怨诗楚调示庞主簿及邓治中》)、"哀哉亦可羞,世路皆羊肠"(《和陶渊明杂诗》)等。也有直接赞扬陶渊明来表达归隐田园之情的,如"渊明独清真,谈笑得此生"(《和陶渊明饮酒》)、"渊明初亦仕,弦歌本诚言。不乐乃径归,视世差独贤"(《和陶渊明咏贫士》)等。此外,还有日常生活题材之诗,如《和陶渊明时运》写迁居新居,亲人远来探望的喜悦,《和陶渊明劝农》劝不能饱食之农民要勤劳耕种,《和陶渊明庚戌岁九月中于西田获早稻》写自己耕种的不易。

其三,重视描写个人心态的诗。可以分为两类:一是展现快乐的心态及乐观旷达人生态度的诗。如《观棋》《江郊》《泂酌亭》,表达"悠哉游哉"的心态;《西斋》写万物各得其所,体现出旷达闲淡的审美意味;再如《与王郎中昆仲及儿迈绕城观荷花二首》《栖贤三峡桥》《次韵王觌正言喜雪》《江月五首》《定慧院寓居月夜偶出》《新城道中》《望湖楼醉书二首》《春日》等,描写自然之趣,体现怡然自得的心情,皆精爽入神;又如《豆粥》《乘舟过贾收水阁二首》《新酿桂酒》《冬至日游吉祥寺》等,抒发了乐观旷达的人生态度。二是描写苦闷心态和郁结的情怀之诗。如《法惠寺横翠阁》,见吴山而引发思乡之情,"春来故国归无期,人言悲秋春更悲。已泛平湖思濯锦,更看横翠忆峨眉。"进而表达了对人生世事无常的慨叹:"雕栏能得几时好,不独凭栏人易老。百年兴衰更堪哀,悬知草莽化池台。"又如《鹤叹》借对病鹤的描写,来说明"难进易退我不如","我"与鹤的关系即是君臣关系的比喻,《唐宋诗醇》云:"'难进易退我不如',此《鹤叹》之所作也,却只于结处一句收住,中云'岂欲臆对封如鹏乎?'乃疑而问鹤之词,'我生如寄'四句,便直代鹤作臆对语,章法奇绝,是为善学贾赋者。"[1]托物喻志,值得玩味。再如《除夜病中赠段屯田》写病中落寞,处境艰难,表达想要归田的心愿;《冬至日赠安节》感叹世事变迁,亲人凋零,自己也一天天老去,"少小如昨日",如今"老泪不成滴";《倦夜》感叹"衰鬓久已白,旅怀空自清",不禁悲从中来;其他如《侄安节远来夜坐》抒发亲人远来相聚的喜悦,感慨

---

① (清)爱新觉罗·弘历选,孙民、王继范等注:《御选唐宋诗醇》,沈阳:春风文艺出版社1995年版,第314页。

"嗟予潦倒无归日,今汝蹉跎已半生"等,皆书写了苦闷心态和郁结情怀。

其四,重视题画诗。如《书王定国所藏烟江叠嶂图》,先进行整体描写,写江、山、烟等远景,继而由远及近,写山崖、峡谷、泉水、石等近景,接着顺着江水的流向,描绘周边的景物,"萦林络石隐复见,下赴谷口为奔川。川平山开林麓断,小桥野店依山前。行人稍度乔木外,渔舟一叶江吞天"。最后说自己欲求这样美丽的地方"往置二顷田",书写想要归隐田园的心态。胡仔《苕溪渔隐丛话》曰:"《许彦周诗话》云:'画山水诗,少陵数首,无人可继者,惟荆公《观燕公山水》诗前六句,东坡《烟江叠嶂图》一诗亦差近之。'苕溪渔隐曰:'少陵题画山水数诗,其间《古风》二诗尤为超绝,荆公东坡二诗悉录于左,时时哦之,以快滞滞。'"①可见此诗之畅达明快。《宋文鉴》所收另一首题画诗《书晁说之考牧图后》,亦表达对归隐田园的向往。其他如《高邮陈直躬处士画雁》《韩幹马十四匹》《虢国夫人夜游图》《郭熙画秋山平远》《广爱寺朱瑶画》《画李世南所画秋景》等,皆可称为苏轼题画诗的代表作。

其五,选录批评现实的诗歌较少。面对现实,苏轼有一肚子"不和时宜"的态度,作有很多批判现实的诗歌,如《除夜大雪留潍州元日早晴遂雪复作》《送黄师是赴两浙宪》《吴中田妇叹》等。但《宋文鉴》在此类题材上收录较少,仅有《禽言二首》其一和《荔枝叹》。

《宋文鉴》并不倾向于收录苏轼批评现实题材的诗歌,而是倾向于其以情感为导向的性情诗作,可见是要确立苏轼以情感为导向的性情诗作典范。

(二)黄庭坚的唱和、赠答诗典范

黄庭坚诗歌创作题材广泛,没有明显的题材倾向。但《宋文鉴》选录黄庭坚诗86首,唱和、赠答题材占57首,呈现以唱和、赠答题材为主的现象。按照唱和、赠答的对象,可分为三类。

其一,与苏轼及苏门文人的唱和、赠答。表达赞美之情的如《和子瞻

---

① (宋)胡仔纂集,廖德明校点:《苕溪渔隐丛话后集》,北京:人民文学出版社1981年版,第37页。

粲字韵二首》"公材如洪河,灌注天下半"、"只令文字垂,万世星斗粲",《次韵子瞻延英入侍》"公有胸中五色线,平生补衮用功深"等句,即是对苏轼才情的赞美。又如《以团茶洮洲绿石研赠无咎文潜》:"晁子智囊可以括四海,张子笔端可以回万牛。自我得二士,意气倾九州。"对晁补之和张耒极尽赞美。体现高雅情趣的如《子瞻继和复答》:"迎燕温风旖旎,润花小雨斑斑。一炷烟中得意,九衢尘里偷闲。"黄庭坚先作有《有惠江南帐中香者戏答六言二首》,苏轼答有《和鲁直烧香二首》,黄庭坚再以此诗相和,既含机锋,又富谐趣。其他如《和张文潜赠晁无咎二首》为劝勉之作,《和文潜舟中所题》则抒发"士不遇"的不平之鸣。

其二,与晚辈的唱和、赠答,多含勉励之意。如《次韵答刑惇夫》鼓励邢居实发奋读书,学海无涯应不断向前,励志笃行才能取得更大成就。又如《次韵杨明叔见饯十首》为勉励其学生杨皓而作,原诗有小序,《宋文鉴》未收,序云:"杨明叔从予学问,甚有成,当路无知音,求为泸州从事而不能得。予蒙恩东归,用'蛟龙得云雨,鹓鹬在秋天'作十诗见饯,因用其韵以别。"① 杨皓仕途坎坷,黄庭坚深表同情,他在诗中赞赏了杨皓的品质才华,云"豪气似元龙"、"杨君为己学,度越流百辈"等,勉励其要立志高远,不慕虚名,踏实向学。此十首诗豪气苍郁,饱含激励之情。另一首《赠杨明叔》与此十首诗相似,有"道应无芥蒂,学要尽工夫"等句,也是对杨皓的勉励。

其三,与其他友人唱和、赠答,友人多名位不显,体现出"以诗存人"的用意。其中,写给谢公定的诗多与"治政"相关,如《和谢公定征南谣》先追溯历史,对北宋朝廷出兵交趾表示异议,谴责战争给人民带来的苦难。又如《谢公定和二范秋怀》写对皇帝进谏要掌握尺度,"所要功补衮,不言能犯颜"。《次韵公定世弼登北都东楼二首》批评北宋朝廷对辽国的政策狭隘,不应只要眼前安宁而无长远战略,"欲断匈奴臂,不如留此心",居安思危才能获得真正的安宁。再如《送谢公定作竟陵主簿》则是对谢公定文才

---

① (宋)黄庭坚著,(宋)任渊、史容、史季温注,黄宝华点校:《山谷诗集注》,上海:上海古籍出版社 2003 年版,第 342 页。

和吏才赞扬:"谢公文章如虎豹,至今斑斑在儿孙……落笔尘沙百马奔,剧谈风霆九河翻……胸中恢疏无怨恩,当官持廉且不烦。吏民欺公亦可忍,慎无惊鱼使水混……"含有对谢公定的期待。谢公定即谢慥,是黄庭坚夫人的兄弟,谢景初之子。谢公定名位不显,生平事迹不详,《宋文鉴》收黄庭坚多首与谢公定相关的诗,有"以诗存人"的用意。其他诗如《赠送张叔和》《寄师载》《留王郎》《赠秦少仪觌》《题宛陵张侍举曲肱亭》《次谢与迪所作竹》《送蒋彦回玉芝园》《次韵秦少章晁适道赠答诗》《和高子勉》《答闻善二首》等,唱和、赠答的对象多名位不显,或赞扬其才学,或抒发感触,《宋文鉴》一并收录,皆有"以诗存人"的用意。

《宋文鉴》选录黄庭坚诗以唱和、赠答题材为主,也体现出吕祖谦对儒家"诗可以群"美学观念的认同和发扬。

(三)王安石的写景诗和咏史诗典范

《宋文鉴》共选录王安石诗79首,为北宋中期诗人之最,其中,存录的咏史诗(20首)和写景诗(21首)数量较多,这两类题材的诗歌正是王安石诗歌最为出色的部分,亦可见吕祖谦对王安石诗歌艺术成就的把握十分到位。

在所录咏史诗中,又以咏历史人物居多,如《杜甫画像》先对杜甫诗歌做出高度评价,然后集中笔力写杜甫一生的遭遇,虽然颠沛流离,但是始终心怀天下,忧国忧民,表达了对杜甫的崇敬之情,寄托个人心怀天下的抱负;《司马迁》赞颂司马迁取得的史学成就,认为他发愤著书所取得的成就超过很多自欺欺人的宰相;《扬雄》中有云:"扬子出其后,仰攀忘贱贫。衣冠眇尘土,文字烂星辰。"可见王安石十分推崇扬雄。王书华认为王安石推崇扬雄有三个原因:第一,扬雄是汉代以来尊孟第一人,王安石也尊崇孟子;第二,扬雄"由道入儒"的治学途径与王安石早年酷爱老子,其后援道入儒相似;第三,王安石赞成以扬雄为代表的"天人相分"说。① 是为

---

① 参见姜锡东主编:《漆侠与历史学·纪念漆侠先生逝世十周年文集》,"学术研究"板块收录王书华《荆公新学与先秦汉唐儒学渊源考论》,保定:河北大学出版社2002年版,第369—370页。

确论。又如《杨刘》借汉杨恽和唐刘禹锡因言获罪，批判了"末俗忌讳紧"的现象；《谢公墩》借对谢安的缅怀，来书写自己壮志未酬的遗憾；《张良》写了张良智勇双全、运筹帷幄、决胜千里的壮阔人生，并赞扬其功成身退的做法，艳羡之情溢于言表。其他咏历史人物诗如《曹参》《诸葛武侯》《韩子》《孟子》等，皆表达对他们功绩的仰慕，又如《汉武》《范曾》等，以讽刺的手法别出新见，汉武帝穷兵黩武导致"中原萧瑟半无人"，好奇谋的范曾竟比不过十三岁的小儿。除去咏历史人物外，还有读史之诗和咏历史遗迹的诗。读史之诗如《读史》，指出史书纷纭复杂地记载历史人物事迹，多有脱去其真实性的地方，"丹青难写是精神"，历史真实如同在绘画中画"精神"一样难，诗的末尾批判了死守典籍而不肯醒悟之人；《读唐书》属于"翻案诗"，认为初唐之人只是中才，是时代让其时来运转，才能"坐与文皇立太平"，建立功业；《读汉书》则是对天人感应说的反驳。咏历史遗迹的如《书汜水关壁》《光宅寺》等，也皆为王安石咏史诗的代表作。

在所选写景诗中，《独卧有怀》写雨后之景，"微云过一雨，淅沥生晚听。红绿纷在眼，流芳与时竞"。但却有闲愁，具体是什么愁，并未明言，故"有怀无与言，伫立钟山暝"。《即事》写山中即目之景，诗云："径暖草如积，山晴花更繁。纵横一川水，高下数家村。静谑鸡鸣午，荒寻犬吠昏。归来向人说，疑是武陵源"，清丽脱俗。《半山春晚即事》《定林》《自白土村入北寺》也是此类清丽脱俗的写景诗。《芳草》充满哲理，写小草既然不想与世俗同，何苦努力让人注意？具有说理意味。《沟港》《梅花》营造了富含生命力的清幽之境，《题舒州山谷寺石牛洞》用简练的笔法勾勒出山谷寺的山水景致，语调平淡而有余味，有楚辞风韵。《题西太一宫》写重游西太一宫时所见之景，"柳叶""荷花""烟水"让人惆怅万分，说不清是什么滋味。《归庵》《金陵即事》则描写了田园风光，取景别致，叙事简约。

王安石的写景诗以语意精工而为后世所称道，《宋文鉴》所收的王安石写景诗多体现其语意精工的特点，如《南浦》写春景，"含风鸭绿鳞鳞起，弄日鹅黄袅袅垂"二句尤其精炼，体现出一种闲适的意味。《北山》"细数落花因坐久，缓寻芳草得归迟"也是表现闲适的名句，极其精工。《石林诗话》云:"荆公晚年诗律尤精严,造语用字,间不容发,然意兴言会,言随意遣,浑然天成,殆不见有牵率。排比处如'含风鸭绿鳞鳞起,弄日鹅黄袅袅垂',读之初不觉有对偶,至'细数落花因坐久,缓寻芳草得归迟',但见舒闲容与之态耳,而字字细考之,皆经櫽栝权衡者,其用意亦深刻矣。"① 又如"晴日暖风生麦气,绿阴芳草胜花时"(《初夏即事》),刘克庄称为"天语"②,即是赞扬其语意精工。其他如"春风日日吹香草,山北山南路欲无"(《悟真院》)、"鸟石岗头踯躅红,东江柳色涨春风"(《杂咏》)、"独有杏花如唤客,倚墙斜日数枝红"(《杏花》)等,亦可称为语意精工的代表作。

六、其他重要诗人举隅

(一)王禹偁

《宋文鉴》选录王禹偁诗 9 首,入选数量为宋初诗人中之最。其中《怀贤诗》三首作于贬谪商州之时,有序云:"仆直东观时,阅《五代史》,见近朝名贤,立功立事者,耸慕不已,思欲形于歌咏而未遑。今待罪上雒,不与郡政,专以吟讽为事业,因赋《怀贤诗》三首,仍以官氏列于篇首。"③ 通过对五代时期桑维翰、李涛、王朴事迹的歌咏,表达了思慕之情,更是自己在贬谪之时,渴望像三位前贤那样建功立业的理想的写照。《五哀诗》则是仿杜甫《八哀诗》所作,序称:"予读杜工部《八哀诗》,唯郑广文、苏司业名位仅不显者,余多将相大臣,立功垂裕,无所哀矣。噫!子美之诗,盖取'人之云亡,邦国殄瘁'而已,非哀乎时也。有未列于此者,待同志而嗣云之。"④ 通过对宋初王祐、高锡、郑起、郭忠恕、颍贽五人事迹的吟咏,哀叹五人负才而未能成就功名大业,有怀贤之意。王禹偁是宋初"白体"诗人

---

① (宋)叶梦得:《石林诗话》,见(清)何文焕辑《历代诗话》上册,北京:中华书局 1981 年版,第 406 页。

② 参见刘克庄:《后村集·陈丞相家所藏御书二》卷一百四,有云:"臣按,故相王文公绝句尤多而工……'晴日暖风生麦气,绿阴芳草胜花时'之联亦为天语。"

③ 《宋文鉴》,第 189 页。

④ 《宋文鉴》,第 191 页。

的代表,早年写过许多唱和诗,他"效仿白居易与朋友作唱和诗,以此怡情遣兴、竞较诗艺、促进诗歌创作、提高艺术水平"。[①] 但王禹偁并没有囿于唱和诗的创作,他也重视白居易的讽喻诗,通过作诗来强调政治教化。《宋文鉴》并未收录王禹偁的唱和诗,收录了具有讽喻意味的《橄榄》,诗以橄榄苦涩,但"良久有回味,始觉甘如饴"来比喻忠言逆耳,"我今何所喻,喻彼忠臣辞。直道逆君耳,斥退投天涯",希望皇帝能尽听忠臣良言。《宋文鉴》还收录了王禹偁《中秋月》一首,全诗格调清远,"莫辞终夕看,动是隔年期"为一时名句,"天下之所共知"。[②]

(二)尹洙

《宋文鉴》选录尹洙诗 10 首,是北宋中期除欧阳修、梅尧臣、苏舜钦、刘敞、王安石外,收录数量最多的诗人。尹洙为古文大家,是学习韩愈古文的代表。相较于古文创作,尹洙在诗歌创作上的成就多有不及,《宋文鉴》选录尹洙的诗歌,实际上是一题十首,即《皇雅》十首,包括《天监》《西师》《耆武》《宪古》《大卤》《帝籍》《庶工》《帝制》《皇治》《太平》,用四言诗的形式,歌颂宋初皇帝的文治武功。如《天监》云:

> 天监下民,乱靡有定。甚武且仁,祚厥真圣。仁实怀徕,武以执竞。匪虔匪刘,拯我大命。自昔外禅,月经日营。令以挟制,政以阴倾。帝初治兵,志勤于征。奋受神器,匪谋而成。淮潞弗虔,卒污判迹。戎辂戒严,皇威有赫。彼寇讵民,吾勇其百。殄厥渠魁,贷其反侧。帝朝法官,左右宗公。恔夫悍士,以雍以容。尔居尔室,尔工尔农。既息既养,惟天子功。[③]

此诗颂扬了宋太祖赵匡胤建立北宋,并安定天下之功,有《诗经》雅、颂风味。

---

① 参见张海鸥:《北宋诗学》,第一章"宋初三体及其诗学思想",开封:河南大学出版社 2007 年版,第 10 页。

② (元)方回选评,李庆甲集评校点:《瀛奎律髓汇评》,上海:上海古籍出版社 1986 年版,第 917 页。

③ 《宋文鉴》,第 149 页。

其他如《西师》《耆武》分别歌颂宋初伐西蜀和平南唐的功绩,《宪古》赞扬削去将领兵权以强帝室的做法……十首诗均风格古雅。

钱基博《中国文学史》有云:"尹洙,字师鲁……集中诗五七言朴率无味,惟四言《皇雅》十首,叙次昭代之文治武烈,体峻而辞简……模雅范颂而语能朴老,笔臻遒变,足以追配韩愈之《元和圣德诗》《平淮西碑》,而别出一格。"①《宋文鉴》在尹洙诗中独选入《皇雅》十首,是对其古朴典雅艺术风格的肯定。

(三)张耒

《宋文鉴》选录张耒诗歌 33 首,数量位列同时代苏轼、黄庭坚、邵雍之后,以书写内心情思为主,如《旦起》前半部分先写早起时候的所见所闻,继而由早起而引发感慨,人们都在忙碌地追求想追求的一切,"人生但如此,勤苦亦可伤",故有"永怀中林士,栖志烟霞乡"的想法,表露出归隐之心。又如《夏日杂感》表达了对成就一番功业的向往,大丈夫应为贤臣,有所作为,"安能守槽枥,长伴儿曹嬉"? 再如《寓陈诗》《种圃》《晨兴》等,皆表现了怡然自适的心境。其他如"人事剧翻手,生涯真转蓬"(《都梁亭下》)、"漂泊年来甚,羁游情易伤"(《舟中晓思》)等,皆感慨人生境遇。

《宋文鉴》选录张耒反映社会现实的诗较少,但亦可看出张耒忧国忧民的意识,如《春日杂书》由自然风雨而联想到治理国家,有坚固的房屋才能抵御风雨,国家强大才能立于不败之地。《劳歌》《籴官粟有感》表达对农民的同情,"哀哉天地间,生民常苦辛"(《籴官粟有感》)。《贺拜雨表》则是对皇帝的期许,"愿君爱物心,从此至尧舜"。此外,《宋文鉴》选录了张耒部分表现日常生活的诗歌,生活色彩浓烈,如《牧牛儿》:

> 牧牛儿,远陂牧。远陂牧牛芳草绿,儿怒掉鞭牛不触。涧边柳古南风清,麦深蔽日田野平。乌犍砺角逐草行,老牸卧嚼饥不鸣。犊儿跳梁没草去,隔林应母时一声。老翁念儿自携饷,出门先上冈头望。

---

① 钱基博:《中国文学史》,上海:东方出版中心 2008 年版,第 400 页。

日斜风雨湿蓑衣,拍手唱歌寻伴归。远村放牧风日薄,近村牧牛泥水恶。珠玑燕赵儿不知,儿生但知牛背乐。[①]

此诗生动刻画了牧童形象,展现了田家生活的乐趣;又如《北邻卖饼儿每五更未旦即绕街呼卖虽大寒烈风不废而时略不少差因为作诗且有所警示秬秸》描写邻居不畏严寒,努力卖饼,歌颂了邻居吃苦耐劳的精神,以此告诫其子张秬、张秸:"业无高卑志高卑,男儿有求安得闲。"职业没有贵贱,最重要是要自强自立。

宋人善于思辨,《宋文鉴》选录张耒《于湖曲》体现了这一点。《于湖曲》是为辨析地名而作,诗歌涉及巴蜀流民之乱、永嘉之乱、东晋建立、王敦谋反等历史事件,具有咏史诗的特质。另如《斑竹》驳斥了娥皇、女英洒泪于竹而竹生斑的说法,"重瞳陟方时,二妃盖老人。安肯泣路旁,泪洒留丛筠"。

张耒诗歌被认为"粗疏草率"之作,[②]但《宋文鉴》所选张耒诗歌体现出了平易畅达的特点。如《夏日二首》:

长夏村墟风日清,檐牙燕雀已生成。蝶衣晒粉花枝舞,蛛网添丝屋角晴。落落疏帘邀月影,嘈嘈虚枕纳溪声。久判两鬓如霜雪,直欲樵渔过此生。

枣径瓜畦过雨香,白衫乌帽野人装。幽花避日房房敛,翠树含风叶叶凉。养拙久判藏姓字,致身安事巧文章。汉庭卿相皆豪杰,不遇何妨白发郎。

二诗描写夏日景致,平易畅达,精致优美。方回评论云:"每诗三四绝佳,能言长夏,景致精美。"[③]其余如《题宣州后堂壁》"过雨山亭暑气微,老人犹未试生衣。满园闲绿无人到,春日南风燕子飞",又如《漫成》"闭门春

---

① 《宋文鉴》,第183页。

② 如朱熹认为:"张文潜诗有好底多,但颇率尔,多用重字。"参见《朱子语类》卷140,北京:中华书局1983年版,第3330页。

③ (元)方回选评,李庆甲集评校点:《瀛奎律髓汇评》,上海:上海古籍出版社1986年版,第413页。

风作往还,谁家有花堪醉眠。柳腰榆荚争入眼,江梅一枝远若天",都表现出平易畅达的风格特点。

（四）陈师道

《宋文鉴》选录陈师道诗 28 首,入选数量在北宋后期诗人中排在张耒之后,以抒发人生感慨为主。陈师道身为寒士,对下层生活有深刻的体验,如《别三子》《示三子》《田家》等,感慨生活的辛酸。其他诗歌,也多有抒发人生感慨的诗句,如"一代不数人,百年能几见"(《送苏公知杭州》)、"十年宁有此,一寒可无命"(《次韵答晁无斁》)、"生前只为累,身后更须名"(《怀远》)、"百年变白鬓,万里一秋风"(《送吴先生谒惠州苏运使》)、"少日拊头期类我,莫年垂泪向西风"(《东山谒外大父墓》)、"八年门第故违离,千里河山费梦思"(《寄泰州曾侍郎》)等。

语言质朴,是陈师道诗歌的艺术特征之一,《宋文鉴》所选录的陈师道诗有所体现,如《送李奉议亳州判官》为劝学之作,"为学虽日益,受益不受诬。正须高著眼,濠梁有游鱼",用质朴的语言说明学习要注意细节。又如《咸平读书堂》批判读书人得官后,以奉行法令、对权贵阿谀奉承为事,贬损道德,荒废学问,"昔人三百篇,善世已有余。后生守章句,不足供嚘嚘。一登吏部选,笔砚随扫除。闭阁画眉妩,隔屋闻歌乎。奉公用汉律,宁复要诗书",语言简练质朴。此外,《宋文鉴》选录的陈师道诗在整体风格上呈现"瘦硬苍劲"的特点,其中的代表作是《次韵春怀》,诗云:

> 老形已具臂膝痛,春事无多樱笋来。败絮不温生虮虱,大杯覆酒着尘埃。衰年此日仍为客,旧国当时只废台。河岭尚堪供极目,少年为句未须哀。

方回《瀛奎律髓》评:"后山诗瘦铁屈蟠,海底珊瑚枝,不足以喻其深劲。'老形已具臂膝痛',身欲老也。'春事无多樱笋来',春欲尽也。前辈诗中千百人无后山此二句。以一句情对一句景,轻重彼我,沉着深郁,中有无穷之味,是为变体。至如'虮虱尘埃'一联,所用字有前例亦佳。"①是为的论。

《宋文鉴》选录上述四位诗人的作品比他们同时代的诗人多,故可视为其他重要诗人。

第三节 从《宋文鉴》选诗看吕祖谦的诗歌审美观念及诗体观念

一、"雅正润泽"的四言及其辨体

"四言"诗起源于何时,不可确考。可以确定的是,《诗经》确立了"四言"诗体之典范。"四言正体,雅润为本",②四言诗的正规体制,以雅正润泽为本,汉魏六朝文人四言诗基本上承续了这一《诗经》确立的典范,但是又有新的变化。胡应麟《诗薮》论及"四言"说:

> 汉四言自有二派,《安世》《讽谏》《自劾》等篇则淳深,商周之遗轨也。《黄鹄》《紫之》《八公》等篇瑰琦风藻,魏晋之前驱也。③

这里的"淳深"即是指"雅正润泽"之四言正体,"瑰琦风藻"则是四言诗新的变化。又:

> 四言汉多主格,魏多主词,虽体有古近,各有所长。晋诸作者,浮慕三百,欲去文存质,而繁靡板垛,无论古调,并工语失之。④

汉、魏四言诗的区别在于"主格"和"主词",二者均取得一定的成就,

---

① (元)方回选评,李庆甲集评校点:《瀛奎律髓汇评》,上海:上海古籍出版社1986年版,第1143页。
② (梁)刘勰:《文心雕龙》,上海:上海古籍出版社2016年版,第50页。
③ (明)胡应麟:《诗薮》,北京:中华书局1962年版,第8页。
④ (明)胡应麟:《诗薮》,北京:中华书局1962年版,第9页。

但晋以后的作品,盲目地追模《诗经》,导致"繁靡板垛",古调尽失,反而失去了"雅正润泽"之体。四言诗发展到南朝,一度衰落,钟嵘《诗品》说:"夫四言文约易广,取效风骚,便可多得,每苦文繁而意少,故世罕习焉。"①"世罕习焉"已是事实。到了唐代,李白曾说"兴寄深微,五言不如四言",但他的四言作品却不及五言多,杜甫也没有四言作品,可见四言诗的创作依然处于衰落中。中唐时期,韩愈《元和圣德诗》、柳宗元《平淮西夷雅》复归了四言诗"雅正润泽"的传统。胡震亨《唐音癸签·评汇》称:

> 柳州之《平淮西》,最章句之合调;昌黎之《元和圣德》,亦长篇之伟观。一代四言有此,未觉风雅坠绪。②

这一评价肯定了韩愈和柳宗元的作品有续"风雅"之意,这两首诗在风格上有四言正体"雅正润泽"之风。

《宋文鉴》所选录的北宋四言诗,大体上承续了汉魏六朝四言诗抒写个人情怀和唐人描写时事的特点,写个人情怀的诗作朴实清新,描写时事的作品则类韩、柳之作,追求"雅正",具体如下。

其一,描写时事的作品承续了韩、柳四言诗的时事写作风格。《宋文鉴》的"四言"诗中,写时事的作品有两类:一是述德,赞扬功绩。例如尹洙《皇雅十首》,述北宋自开国到定鼎天下的重大事件,赞扬宋初皇帝的历史功绩;富弼《定州阅古堂》述韩琦治理定州之事,赞扬其定边之功;刘敞《闵雨》述皇帝为求雨而劳心焦虑之事,颂扬其圣德;王安石《新田》述尚书比部郎中赵尚宽治理唐州之功,《潭州新学》述天章阁待制吴中复在潭州兴学而嘉惠士子。以上诗歌类似韩愈《元和圣德诗》。二是写宗庙典礼,以颂圣为主,例如梅尧臣《祫礼颂圣德》、王安石《明堂乐章二首》,这些作品在内容上与《诗经》中的"颂"类似,总体呈现"雅正"的风格特征。

其二,抒写个人情怀的作品承续了陶渊明清新自然的风格。

《宋文鉴》"四言"诗中有苏轼《观棋》《和陶渊明时运》《和陶渊明劝农》

---

① (梁)钟嵘著,曹旭集注:《诗品集注》,上海:上海古籍出版社2011年版,第43页。
② (明)胡震亨:《唐音癸签》,上海:上海古籍出版社1981年版,第85页。

《江郊》《诇酌亭》五首作品,题材和风格异于他人写时事的作品。从题材上看,均属于抒写个人情怀之作,风格清新自然,近似陶渊明。例如《观棋》:

> 五老峰前,白鹤遗址。长松荫庭,风日清美。我时独游,不逢一士。谁与棋者,户外履二。不闻人声,时闻落子。纹枰坐对,谁究此味?空钩意钓,岂在鲂鲤。小儿近道,剥啄信指。胜固欣然,败亦可喜。优哉游哉,聊复尔耳。[①]

此诗作于苏轼居儋时期,有小序:"予素不解棋。尝独游庐山白鹤观,观中人皆阖户画寝,独闻棋声于古松流水之间,意欣然喜之。自尔欲学,然终不解也。儿子过乃粗能者,儋守张中日从之戏,予亦隅坐,竟日不以为厌也。"[②]他将下棋看作是一种消遣,更是在下棋中悟到"胜固欣然,败亦可喜"的人生道理,表现了苏轼"优哉游哉"的淡定与自适,与陶渊明四言诗"清醇淡远"风格近似。[③]

《宋文鉴》"四言"诗中有三首作品被后人认为是"铭文":王安石《新田》,贺复徵《文章辨体汇选》卷四百五十三作《新田铭》;程颢《颜乐亭》,王霆震《古文集成全集》卷五十二、谢维新《事类备要》别集卷十九均作《颜乐亭铭》;苏轼《何公桥》,《苏文忠公全集》卷十作《何公桥铭》。[④]

从体式上看,四言诗和四言铭文都属于四言韵文,并无明显区别,正因如此,相关编者才把四言诗和四言铭文混淆在一起。但是,诗与铭文本就分属不同文体,在体式相同的情况下,可以有三种方法区别。

第一,题为"……铭"的为铭文。"铭文的标题通常都是'……铭',如

---

① 《宋文鉴》,第 161 页。

② 《宋文鉴》,第 161 页。

③ 关于陶渊明"四言"诗风格的研究,可参见农作丰《陶渊明四言诗的特色及晋宋四言诗的衰微》(《广西师范大学学报》1994 年第 3 期)、朴三洙《陶渊明四言诗探论》(《人文杂志》2000 年第 1 期)等成果。

④ 同集卷八作《何公桥》,又视为诗,与卷十《何公桥铭》重出。

《王良翰行庵铭》《洪鸿父翛然堂铭》《正平堂铭》",①即使是通篇四言的作品,如在《宋文鉴》收录的"铭"中,胡旦《五关铭》、吕夷简《门铭》、晏殊《几铭》、吕诲《医铭》等等,这些以"……铭"为题的都是铭文。四言诗不以"……铭"为题。

第二,遵循作者本集定篇原则。如王安石《新田》,《临川集》卷三十八收录在"四言诗"中。程颢《颜乐亭》,《二程文集》卷一"铭诗"收录,题下有小注"铭为孔周翰作",《二程文集》卷一全是"诗",实际上也是把《颜乐亭》当作"四言"诗,而卷九"杂著"收有《印铭》一篇,该文全为四言,不入卷一"铭诗",可见编者对四言诗和四言铭文有清晰的文体界限。从作者本集看,王安石《新田》和程颢《颜乐亭》当归于"四言诗"。

第三,遵循相关典籍的记载判断。《苏文忠公全集》卷八将《何公桥》视为"诗",卷十又作"铭"收入,题为《何公桥铭》,不能从本集定篇的原则去判断,但可根据相关典籍的记载判断。洪迈《容斋随笔·三笔》记载《何公桥》的写作背景:

> 英州小市,江水贯其中,旧架木作桥,每不过数年,辄为湍潦所坏。郡守建安何智甫,始叠石为之,方成,而东坡还自海外,何求文以纪。坡作四言诗一首,凡五十六句。今载于后集第八卷,所谓"天壤之间,水居其多。人之往来,如鹈在河"是也。②

可见,《何公桥》是"四言诗"而非"四言铭文"。此外,除了《宋文鉴》,《施注苏诗》《补注东坡编年诗》、祝穆《事文类聚续集·居处部·古诗》、厉鹗《宋诗纪事》、张豫章《四朝诗》皆收录《何公桥》,《何公桥》属于"四言诗"无疑。

二、对"乐府歌行"概念的折衷及误入他类的"乐府歌行"

"乐府"本是官署的名称,后来演变成诗体之名,源自对"乐府诗"或

---

① 参见张海鸥:《宋代文章学与文体形态研究》,广州:中山大学出版社 2018 年版,第 263 页。

② 洪迈:《容斋随笔·三笔》,北京:中国世界语出版社 1995 年版,第 359 页。

"乐府歌"的简称。"歌""行"是乐府诗中较为常见的标题,也有直接以"歌行"为题的诗,如曹操《短歌行》等。"乐府"与"歌行"既相互关联,又有所区分,但相关概念较为模糊,吴相洲《乐府相关概念辨析》概括为:

> 歌行出自乐府,但又不等同于乐府;本来带有音乐性质,但又偏重体裁而言;既有乐府体裁特点,但又七言非乐府长歌。在古人那里概念就已众说纷纭,莫衷一是,从文学角度研究诗歌或可用之,治乐府者应慎重这一概念。①

由于"乐府""歌行"概念边界的模糊,是将二者分开还是合二为一?吴承学、刘湘兰《乐府诗的演进与分类》说:

> 乐府确与歌行等体的关系很密切,往往难以断然分开。乐府与拟乐府古题的作品中,确实有歌、行、吟、谣、篇、引诸体,文体学上有些学者也将之称为乐府。如《续后汉书文艺列传》谈乐府时说:"其后杂体、歌、行、吟、谣,皆为乐府,新声别调,不可胜穷矣。"而宋代郭茂倩《乐府诗集》也收入许多歌行作品。所以,乐府与歌行的关系,是分是合,这在理论上可谓是见仁见智的选择题。关于乐府的许多问题,要放到具体的历史语境中去理解和分析。②

"乐府"与"歌行"是分是合,没有定论。在《宋文鉴》中,吕祖谦列"乐府歌行"一类,沿袭自《丽泽集诗》,把二者合在一起是折衷的做法。罗旻在《宋集中的乐府诗编纂研究》中说:

> 《宋文鉴》这种将乐府、歌行混同的编纂方式,上承唐代新题乐府的传统,体现了关注乐府的歌行特质。③

诚然,吕祖谦折衷将"乐府歌行"合二为一,确实表明他"关注乐府的歌行特质"。所谓"乐府的歌行特质",是侧重从"体"而言,乐府诗中歌行

---

① 吴相洲:《乐府相关概念辨析》,《首都师范大学学报》2015年第2期,第83页。
② 吴承学、刘湘兰:《乐府诗的演进与分类》,《古典文学知识》2018年第4期,第135页。
③ 罗旻:《宋集中的乐府诗编纂研究》,《东岳论丛》2013年第2期,第167页。

体占大多数,以七言居多。《宋文鉴》选录的58首"乐府歌行"全部来自《丽泽集诗》,以七言古体为主,共21首。其他有七言为主的杂言古体18首,五言古体5首,杂言15首。但是,吕祖谦折衷"乐府歌行"概念的做法还与《宋文鉴》编纂实际有关。从《宋文鉴》的编纂实际看,诗列四言、五言古诗、七言古诗、五言律诗、七言律诗、五言绝句、六言、七言绝句、杂体,有明晰的辨体意识,这种分体的编纂方法全部承袭自《丽泽集诗》。吕祖谦并没有进行新的编排,如果将"乐府歌行"拆开,则有"乐府""歌行""杂言"三类,不仅使诗体分类复杂化,还会导致辨体不明,因为"乐府"中有"歌行"和"杂言","歌行"里也包含"乐府"和"杂言",它们之间的边界并不明显。

吕祖谦对"乐府歌行"的概念,多被后世沿用,别集中如元人陈宜甫《秋岩诗集》卷上、马祖常《石田文集》卷五,明人童轩《清风亭稿》卷一、唐肃《丹崖集》卷三、张羽《静居集》卷二,清人卢绰《四照堂诗集》卷二等均有"乐府歌行"类。总集中如元人苏天爵编《元文类》卷四、明人刘昌《中州名贤文表》卷十六、清人张豫章辑《四朝诗》卷四到卷十二等均为"乐府歌行"类。可见,吕祖谦折衷"乐府歌行"概念,具有一定的影响力。

《宋文鉴》有归入其他诗类的"乐府歌行","七言古诗"有许彦国《紫骝马》一首,从诗题上看,应归入"乐府歌行"。《乐府诗集·横吹曲辞》收录有《紫骝马》15首,解题云:

> 《古今乐录》曰:"《紫骝马》古辞云:'十五从军征,八十始得归。道逢乡里人,家中有阿谁?'又梁曲曰:'独柯不成树,独树不成林。念郎锦柄裌,恒长不忘心。'盖从军久戍,怀归而作也。"[1]

由此可知,《紫骝马》属于乐府旧题,应归入"乐府歌行"类。又《宋文鉴》"七言绝句"有黄庭坚《竹枝歌二首》,原题为"《予既作〈竹枝词〉夜宿歌罗驿梦李白相见于山间曰予往谪夜郎于此闻杜鹃作〈竹枝词〉三叠世传之

---

① (宋)郭茂倩:《乐府诗集》,北京:中华书局2017年版,第514页。

不予细忆集中无有请三诵乃得之》",①共有三首,吕祖谦选录了第二首和第三首,题作《竹枝歌二首》。"竹枝歌"又称"竹枝词""竹枝",《乐府诗集·近代曲辞》收录《竹枝》22首,解题曰:

> 《竹枝》本出于巴渝。唐贞元中,刘禹锡在沅湘,以俚歌鄙陋,乃依骚人《九歌》作《竹枝》新辞九章,教里中儿歌之,由是盛于贞元、元和之间。禹锡曰:"竹枝,巴歈也。巴儿联歌,吹短笛、击鼓以赴节。歌者扬袂睢舞,其音协黄钟羽。末如吴声,含思宛转,有淇濮之艳焉。"②

《竹枝》为唐人歌辞,黄庭坚《竹枝歌》③也应归入"乐府歌行"类。

三、收录"古诗"的文学取向与精神特质

《宋文鉴》共选录五言古诗293首,其中苏轼59首、黄庭坚35首、王安石21首,为选录诗人数量前三。《宋文鉴》选录七言古诗57首,存录数量最多的前三位诗人是苏轼11首、黄庭坚8首、张耒6首。《宋文鉴》五言古诗、七言古诗共计350首,约占《宋文鉴》诗总数的36%。④ 五言古诗、七言古诗总量在《宋文鉴》选诗总数中占比较高,反映出吕祖谦在选录五言古诗、七言古诗时的文学取向——"以文为诗"。

"以文为诗"一般认为是将散文的章法、结构、字句等运用到诗歌创作中,进而扩大诗歌的容量和表现手法,加强诗歌的"载道"功能,代表诗人

---

① (宋)黄庭坚著,(宋)任渊、史容、史季温注,黄宝华点校:《山谷诗集注》,上海:上海古籍出版社2003年版,第290页。

② (宋)郭茂倩:《乐府诗集》,北京:中华书局2017年版,第1659页。

③ 按,《豫章黄先生文集》卷五"古诗"和《山谷内集诗注》卷十二收此诗,但无文体区分。

④ 笔者统计《宋文鉴》"四言""乐府歌行""五言古诗""七言古诗""五言律诗""七言律诗""五言绝句""六言""七言绝句",共960首,不包含"杂体"诗,"杂体"中有联句,不便区分作者。

为韩愈。^① 五言古诗和七言古诗最能体现"以文为诗"的特征,从形式和内容上看,五言古诗、七言古诗形式灵活,篇幅长短不限,杂言、齐言不拘,与散文最为相似。由于形式灵活多变,使得五言古诗和七言古诗的内容可容纳议论、叙事、说理等多方面内容,诗歌容量扩大,近似于散文。例如《宋文鉴》选录的苏轼《甘露寺》:

> 欲游甘露寺,有二客相过,遂与偕行。寺有石如羊,相传谓之"很石",云:诸葛孔明坐其上,与孙仲谋论曹公也。大铁镬二,案铭梁武帝所铸。画石狮子一,菩萨二,陆探微笔。李卫公所留祠在寺,手植柏合抱矣。近寺僧发古殿基,得舍利七粒,并石记,乃卫公为穆宗皇帝追福所葬者也。

> 江山岂不好,独游情易阑。但有相携人,何必素所欢。我欲访甘露,当途无闲官。二子旧不识,欣然肯联鞍。古郡山为城,层梯转朱栏。楼台断崖上,地窄天水宽。一览吞数州,山长江漫漫。却望大明寺,惟见烟中竿。很石卧庭下,穿窪如伏鼋。缅怀卧龙公,挟策事雕钻。一谈收狲子,再说走老瞒。名高有余想,事往无留观。萧公古铁镬,相对空团团。陂陀受百斛,积雨生微澜。泗水逸周鼎,渭城辞汉盘。山川失故态,怪此能独完。僧踪六化人,霓衣挂冰纨。隐见十二叠,观者疑夸谩。破板陆生画,青猊戏盘跚。上有二天人,挥手如翔鸾。笔墨虽欲尽,典型垂不刊。赫赫赞皇公,英姿凛以寒。古柏手亲种,挺然谁敢干。枝撑云峰裂,根入石窟蟠。蕹草得断碑,斩崖出金棺。瘗藏岂不牢,见伏理可叹。四雄皆龙虎,遗迹俨未刊。方其盛壮时,争夺肯少安。废兴属造物,迁逝谁控抟。况彼妄庸子,而欲事所难。古今共一轨,后世徒辛酸。聊兴广武叹,不待雍门弹。^②

① 关于"以文为诗"的研究,可参看王守国《即开风气又为师——韩愈与北宋诗》(《中州学刊》1993年第4期)、郭鹏《"以文为诗"辨——关于唐宋诗变中一个文学观念的检讨》(《北京大学学报》1999年第1期)郝润华《韩愈"以文为诗"与唐代古文运动》(《首都师范大学学报》2006年第5期)、蒋丽《韩愈"以文为诗"批评研究》(扬州大学2018年硕士论文)等。

② 《宋文鉴》,第247页。

此诗作于熙宁四年(1071),苏轼任杭州通判。诗先写游寺缘起,次写游寺见闻,最后由所见景物抒发对历史兴亡的慨叹"古今共一轨,后世徒辛酸"。此诗像一篇游记,可谓"以文为诗"的典范之作。其他如范质《诫儿侄八百字》、王禹偁《怀贤诗》、张咏《悼蜀诗四十韵》、范仲淹《鄱阳酬泉州曹使君见寄》、欧阳修《读〈祖徕集〉》、苏舜钦《哭尹师鲁》、颜太初《许希》、司马光《今古路》、王安石《游土山示蔡天启》等《宋文鉴》选录的作品,也都能体现"以文为诗"的特点。

吕祖谦"以文为诗"的文学取向与其个人文学兴趣有关,从吕祖谦的个人文学兴趣看,他的兴趣不在诗,而在散文。吕祖谦现存诗歌 111 首,①与同为"东南三贤"的朱熹、张栻相比,②吕祖谦诗歌数量较少。吕祖谦是不善为诗还是不愿为诗? 杜海军《吕祖谦文学研究》对此的解释是:"吕祖谦自认为是不善为诗的",③"仅说能不能为诗都失之于片面",④"总的来看,诗歌创作不是吕祖谦的强项,但也不能因此就否定吕祖谦的诗歌成就"。⑤ 此说有一定的道理。但"不善为诗"可能是吕祖谦的谦辞,他一生著述颇多,"其编纂、撰述、整理的著作有近六十种",⑥其才识非不善为诗之人。又从其诗歌作品看,不乏高水平作品,如"棋声传下界,雁影没长空"、"岛屿秋江里,楼台海气中"之句,写得空灵生动。所以,吕祖谦应是不愿为诗,诗歌不是他的文学兴趣所在。与诗歌相比,吕祖谦散文数量巨大,仅《东莱博议》就有 168 篇,吕祖谦著述又涉及经、史、子、集诸方面,属广义的散文范畴。由此观之,吕祖谦的兴趣在文。经吕祖谦曾编纂、注释的文章总集很多,如《东莱标注三苏文集》《东莱集注观澜文集》《古文关键》等,也可作为吕祖谦兴趣在散文的佐证。

---

① 此数据为笔者据浙江古籍出版社 2008 年出版的《吕祖谦全集》统计。

② 《全宋诗》第 44 册共收录朱熹诗歌九卷,第 45 册收张栻诗歌八卷,第 47 册将吕祖谦和许由的诗歌编为一卷,可见吕祖谦诗歌数量之少。

③ 杜海军:《吕祖谦文学研究》第二章《文学创作》,北京:学苑出版社 2003 年版,第 45 页。

④ 杜海军:《吕祖谦文学研究》第二章《文学创作》,北京:学苑出版社 2003 年版,第 46 页。

⑤ 杜海军:《吕祖谦文学研究》第二章《文学创作》,北京:学苑出版社 2003 年版,第 55 页。

⑥ 《吕祖谦全集·前言》,第一册,杭州:浙江古籍出版社 2008 年版,第 28 页。

吕祖谦文学兴趣在散文,五言古诗、七言古诗是最近似散文的诗歌体裁。因为无论五言古诗还是七言古诗,均不受格律的限制,篇幅长短不拘,杂言、齐言并用,形式较为灵活,与散文最为接近。那么,吕祖谦诗歌创作实际情况是否也最重视五言古诗和七言古诗呢?

笔者据《吕祖谦全集》,以《宋文鉴》诗歌分体方式,统计吕祖谦诗歌创作数量如下:乐府歌行 1 首、五言古诗 10 首、七言古诗 3 首、五言律诗 44 首、七言律诗 19 首、五言绝句 2 首、七言绝句 35 首,无四言、六言、杂体。他创作的 111 首诗中,体裁最多的是五言律诗,其次是七言绝句。五言古诗和七言古诗数量较少,这与《宋文鉴》重视五言古诗、七言古诗的情况存在差异。

造成这种差异的原因,与吕祖谦作诗的题材有关。无论吕祖谦是不愿为诗还是不善为诗,导致的结果都是他作诗较少。在吕祖谦诗歌中,以应酬题材居多,包括"挽章""次韵""分韵"等等,其中"挽章"共有 42 首,几乎占据吕祖谦诗歌总数的一半。"挽章"之中,属于五言律诗的有 33 首,其他属于七言律诗。也就是说,吕祖谦所创作的五言律诗中,有三分之二为应酬所作的"挽章"。"挽章"即哀悼死去的人所写的诗,多用五律来写就,艺术上平仄对仗,内容上言简意赅,整体较为典正。南宋曹勋《松隐集》卷二十五、曹彦约《昌谷集》卷一、晁公遡《嵩山集》卷十、陈东《少阳集》卷五、陈普《石堂先生遗集》卷十七等所收"挽章"皆为五言律诗,吕祖谦用五言律诗写"挽章",符合当时的时代风气。在作诗较少的情况下,为应酬而不得不写,所以五言律诗居多。这种差异的存在表明,《宋文鉴》所反映出的吕祖谦的文学取向与他的实际创作情况不完全一致,需要视具体情况而分析,不能一概而论。

《宋文鉴》选录的五言古诗、七言古诗基数最大,集中体现出的精神特质包括修身的严于律己、读书治学的勤奋励志、矢志不渝的忠君爱国之心、以民为本的淑世情怀、独善其身的超脱自适。当然,《宋文鉴》其他体裁的部分诗歌也有体现相同精神特质的作品,但较为分散不利于整体观照,五言古诗和七言古诗是考察《宋文鉴》选诗精神特质的最佳视域。

第一,修身的严于律己。最有代表性的作品的范质《诫儿侄八百字》,诗为告诫后辈如何立身处世而作,有云:

> 戒尔学立身,莫若先孝悌。怡怡奉亲长,不敢生骄易。战战复兢兢,造次必于是。戒尔学干禄,莫若勤道艺。尝闻诸格言,学而优则仕。不患人不知,惟患学不至。戒尔远耻辱,恭则近乎礼。自卑而尊人,先彼而后己。《相鼠》与《茅鸱》,宜鉴诗人刺。戒尔勿放旷,放旷非端士。周孔垂名教,齐梁尚清议。南朝称八达,千载秽青史。戒尔勿嗜酒,狂药非佳味。能移谨厚性,化为凶险类。古今倾败者,历历皆可记。戒尔勿多言,多言者众忌。苟不慎枢机,灾危从此始。是非毁誉间,适足为身累……①

范质告诫后辈,做人要"先孝悌""勤道艺""远耻辱""勿放旷""勿嗜酒""勿多言"。其他如刘敞《朝乘》、章望之《夏画》等诗也体现修身要严于律己。

第二,读书治学的勤奋励志。读书治学,首先要立勤奋好学之志,如张咏《劝学篇》有云:"大化不自言,委之在英才。玄门非有闭,苦学当自开。世上百代名,莫遣寒如灰。晨鸡固自勉,男子胡为哉!胸中一片地,无使容纤埃"②,强调勤学励志的意义。又如孙复《论学》:"人生在学勤始至,不勤求至无由期"、"既学便当穷远大,勿使声病淫哇辞",强调勤奋好学、立志高远的重要性。再如欧阳修《获麟解赠姚辟先辈》:"著述须待老,积勤宜少时"③,这不仅说少年时代要勤奋学习,还提出老来方可著书立说的著述之要。除了勤奋好学之外,还要知道读书之乐,如欧阳修《读书》:"至哉天下乐,终日在几案"、"乃知读书勤,其乐固无限",欧阳修认为读书是天下最快乐的事情。读书之时更要专注,傅尧俞《读书》写道:"吾屋虽喧卑,颇不甚芜秽。置席屋中间,坐卧群书内。横风吹急雨,入屋洒

---

① 《宋文鉴》,第 188 页。
② 《宋文鉴》,第 194 页。
③ 《宋文鉴》,第 206 页。

我背。展卷殊未知，心与昔人会"①，身居"芜秽"之室，置席屋中读书，雨被风吹进屋里，洒湿后背而浑然不知，可见读书之专注。

第三，矢志不渝的忠君爱国之心。主要体现在给皇帝提建议，使皇帝能关注到问题的本质，从而更好地治国。例如王禹偁《橄榄》，用橄榄比喻忠臣的言论，"我今何所喻，喻比忠臣辞"，忠言如橄榄，入口苦，良久甘，实际上是建议皇帝要多听逆耳忠言。又如陶弼《兵器》分析北宋败给西夏的原因，认为"是知用兵者，在人不在器"，北宋兵败是由于将不能领兵，建议皇帝要"愿采谋略长，勿倚干戈锐"。再如王安石《日出堂上饮》将主人喻君，客人喻臣，堂喻君，堂中之柱喻臣，堂上主人应该居安思危，客人应视堂上之不足，为主人谋略，诗有王安石不忘变法的意味，也是其忠君之心的体现。其他诗作中，有部分诗句体现忠君之心，如任伯雨《述怀》中"不是忧不合，致君忧失职"、"哀哉爱君心，不能当众嫉"等句。

第四，以民为本的淑世情怀。体现在关注各类人群的生存状态，诗作既是对现实的批评，也包含对劳动人民的同情。如李觏《哀老妇》写老妇年轻丧夫，独自抚养儿子长大，暮年为躲避徭役才嫁二夫，朝廷一直在寻找"节妇"以表彰，但却忽略了老妇。该诗一是抨击赋役之重；二是抨击朝廷"诏旨成徒虚"，国家政策无法得到施行。又如王令《呼鸡》写赋役严重，人如鸡犬一般被驱使，命运不由自己掌握。再如郑獬《采凫茈》：

> 朝携一筐出，暮携一筐归。十指欲流血，且急眼前饥。官仓岂无粟，粒粒藏珠玑。一粒不出仓，仓中群鼠肥。②

官府宁愿将官仓的粮食喂老鼠，也不愿拿出来赈济饥民，饥民只能采凫茈充饥。其他如刘敞《渔翁》、司马光《道傍田家》、苏辙《买炭》、陈师道《田家》、张耒《有感》等皆能体现以民为本的淑世情怀。

第五，独善其身的超脱自适。在《宋文鉴》五言古诗、七言古诗中，多有表现诗人超脱自适精神特质的诗作，有以下几种类型：其一，隐居而怡

---

① 《宋文鉴》，第 235 页。
② 《宋文鉴》，第 239 页。

然自得,例如种放《夏日山居》:

> 阴阴林木静,寂寂无人境。红绽紫葳香,岚沈玉膏冷。看云时独坐,慎事常中省。何客驭风来,新篁动疏影。①

种放是北宋著名隐士,此诗可见其怡然自得的心态。其二,告别仕途后,在田园生活中感到自适。如杜衍《幽居即事》:

> 寂寂复寂寂,告老闲居日。径草高于人,林鸟熟如客。黄卷不释手,清风常满室。内愿平生心,无过此时适。②

又如王安国《夏日独居二首》一有云:"人生适意难,聊各安所乡",二有云:"无材助太平,得地幸闲旷。稍披千古书,日觉神明王。乘闲盼物情,自适忘外奖……"③在告别仕途生涯后,诗人在田园生活中找到心灵慰藉。其三,在羁旅中寄情山水,在山水中感到自适,例如江休复《秋怀》云:"穷年倦羁窘,江湖思旧游","肆情云水间,意适何所求"。其四,渴望归隐后的自适。如倪涛《次韵毛达可给事秋怀念归》:

> 结茅远人村,破屋水半扉。凉叶坠清响,空山转斜晖。微官卧江汉,素心久依依。十年天涯秋,摇落几芳菲。马蹄岁月去,蝶梦东南飞。平生丘壑志,有言辄乖违。不如孤征鸿,春风自知归。④

归而未归,隐而未隐,渴望归隐后的自适已显露无疑。

《宋文鉴》五言古诗、七言古诗中所体现出的精神特质与儒家传统修身、读书、做官、忠君、爱民、独善其身等观念是一致的,从中可以看出《宋文鉴》选诗的政治教化色彩具有体系性。

四、对《宋文鉴》与《瀛奎律髓》共选"律诗"篇目的分析

《宋文鉴》选录五言律诗 146 首,七言律诗 147 首,共计 293 首,全部

① 《宋文鉴》,第 197 页。
② 《宋文鉴》,第 199 页。
③ 《宋文鉴》,第 237 页。
④ 《宋文鉴》,第 293 页。

删自《丽泽集诗》,其比《丽泽集诗》所收的北宋律诗部分更加精审,故可视为南宋人关于北宋律诗的精华选本。在《宋文鉴》之后,最有影响力的律诗选本是宋末元初方回编纂的《瀛奎律髓》,其目的可以概括为:为革除江湖诗人、江西诗派、理学诗人等存在的创作流弊,反对当时诗坛贵古贱今、不重视律诗之论的状况,力在振兴诗道。[①]《瀛奎律髓》选录规模大,共收录唐宋律诗2992首,其中宋代律诗共计1765,收录北宋诗人作品在20首以上的有梅尧臣127首、陈师道111首、王安石81首、张耒79首、苏轼41首、宋祁36首、黄庭坚35首、王安国25首、林逋23首、赵藩23首。[②]《宋文鉴》与《瀛奎律髓》有共选诗篇45首,如下:

五言律诗:王禹偁《中秋月》、寇准《春日登楼怀归》、魏野《书友人屋壁》、潘阆《夏日宿西禅》、欧阳修《秋怀》、王安石《即事》、王安石《半山春晚即事》、黄庭坚《和答钱穆父咏猩猩毛笔》、黄庭坚《汉阳亲旧携酒追送聊为短句》、陈师道《曾子固挽词二首》、陈师道《司马温公挽词二首》、陈师道《送吴先生谒惠州苏运使》、陈师道《怀远》。

七言律诗:王操《上李昉相公二首》其一、林逋《梅花》、林逋《小园梅花》、杨亿《汉武》、杨朴《莎衣》、宋庠《寄子京》、苏舜钦《春睡》、苏舜钦《中秋松江新桥对月和柳令之什》、王安石《示长安君》、王安石《和金陵怀古》、王安石《思王逢原》、王安石《次韵元厚之平戎庆捷》、王安石《葛溪驿》、王圭《恭和御制上元观灯》、张先《题华下无相院西溪》、程颢《郊行即事》、苏轼《新城道中》、苏轼《和王巩》、苏轼《卧病逾月请郡不许复直玉堂十一月一日锁院是日苦寒诏赐官烛法酒书呈同院》、苏轼《雪后书北台壁二首》、苏轼《往岐亭郡人潘古郭三人送余于女王城东禅庄院》、苏轼《六月二十日渡海》、黄庭坚《咏雪》、陈师道《次韵春怀》、陈师道《东山谒外大父墓》、陈师道《寄泰州曾侍郎》、张耒《夏日二首》、刘季孙《寄苏内翰》。

---

① 参见田金霞:《方回〈瀛奎律髓〉研究》第一章"《瀛奎律髓》编纂研究"第三节"编纂目的",浙江大学2013年博士论文,第30页。

② 以上数据据莫砺锋对《瀛奎律髓》选录20首以上的唐宋诗人统计图转录,见莫砺锋:《从〈瀛奎律髓〉看方回的宋诗观》,《文艺理论研究》1995年第3期,第71页。

从以上共选篇目看,吕祖谦与方回有共同的诗歌审美观念:

第一,对陈师道五言律诗、苏轼七言律诗成就的肯定。无论《宋文鉴》与《瀛奎律髓》的编纂宗旨有何不同,其共选诗篇都是北宋律诗的经典篇目。在以上45首共选篇目中,陈师道诗歌入选9首、王安石诗歌入选7首、苏轼诗歌入选7首、黄庭坚诗歌入选3首、张耒诗歌入选2首,其他人诗歌均入选1首。陈师道诗歌入选最多,其次为王安石、苏轼。陈师道入选诗歌中,五言律诗有6首,3首七言律诗,五言律诗所占比重最大;苏轼7首全为七言律诗;由此可见,《宋文鉴》与《瀛奎律髓》共选篇目中,五言律诗集中在陈师道,七言律诗集中在苏轼,可看出二人分别在五言律诗和七言律诗创作中所取得的成就。

第二,重视自然景色的展现。自然景色是诗人描写的主要方面之一,好的自然景色描写能让人身临其境,如"冷湿流萤草,光凝睡鹤枝"(王禹偁《中秋月》),方回评:"天下之所共知";"野水无人渡,孤舟尽日横"(寇准《春日登楼怀归》),方回评:"尤流丽";"西风酒旗市、细雨菊花天"(欧阳修《秋怀》),方回评:"欧公于自然之中或壮健、或流丽、或全淡雅,有德者之言,自不同也。"类似这样展现自然景色的诗句还有"疏影横斜水清浅,暗香浮动月黄昏"(林逋《小园梅花》)、"蒹葭影里和烟卧,菡萏香中带雨披"(杨朴《莎衣》)、"一鸟带烟来别渚、数帆和雨下归舟"(王安石《和金陵怀古》)等,皆能让人体会到诗歌作品的文字美和意境美。

第三,重视个人主观情感的表达。这里的主观情感主要是表达人生的惆怅和感伤,例如"车中顾马空能数,海上逢鸥想见亲"(宋庠《寄子京》),表达思归之心;"少年离别意非轻,老去相逢亦怆情"(王安石《示长安君》),表达对岁月流逝的感伤;"醉眼有花书自大,老人无睡漏声长"(苏轼《卧病逾月请郡不许复直玉堂十一月一日锁院是日苦寒诏赐官烛法酒书呈同院》),表达自身老去的无奈;"少日拊头期类我,莫年垂泪向西风"(陈师道《东山谒外大父墓》),表达对外祖父最深沉的怀念;不同于应制、唱和等类型作品,这类作品是发自诗人内心深处的表达。

从《宋文鉴》与《瀛奎律髓》共选诗篇可看出《宋文鉴》所选五言律诗和

七言律诗具有重要的文学价值，当作律诗选本而言，亦值得关注。

五、五言绝句对范仲淹贤臣形象的展现

《宋文鉴》选录五言绝句55首，黄庭坚15首，范仲淹12首，王安石4首，苏轼、苏辙各3首，鲍当、梅尧臣、崔鸥、贺铸入选2首，王琪、欧阳修、邵雍、张俞、杨蟠、张舜民、陈师道、汪革各入选1首。其中黄庭坚的15首诗中，《陪谢师厚游百花洲槃礴范文正公祠下道羊昙哭谢安因读生存华屋处零落归山丘为韵》为一题十首的组诗，皆与范仲淹有关。加上范仲淹的12首诗，《宋文鉴》五言绝句中与范仲淹有关的共有22首，占《宋文鉴》五言绝句总数的40%，细审与范仲淹相关的22首诗，可以发现《宋文鉴》五言绝句展现了范仲淹的贤臣形象。

第一，从范仲淹的作品中看，多体现其忠君爱民之心。例如《江上渔者》："江上往来人，但爱鲈鱼美。君看一叶舟，出没风波里。"[①]一般人都爱鲈鱼味道的鲜美，但却是辛勤的渔民冒着生命危险捕回来的，诗歌反映了渔民的艰险生活，体现出对劳动人民的同情，是范仲淹爱民之心的体现。又如《出守桐庐道中十首》，十首诗作于宋仁宗景祐元年（1034），范仲淹因反对仁宗废郭皇后而力谏，被贬守睦州，十首诗作于赴睦州的途中。[②] 其一："陇上带经人，金门齿谏臣。雷霆日有犯，始可报君亲。"其二："君恩泰山重，尔命鸿毛轻。一意惧千古，敢怀妻子荣。"表明作为谏臣，力谏是报答君恩的唯一方式，可见其忠君之心。其三："妻子屡牵衣，出门投祸机。宁知白日照，犹得虎符归。"这是对当时舍命劝谏的生动写照，明知会惹祸上身也无怨无悔。面对被贬的无奈，只有宽慰自己"不道鲈鱼美，还堪养病身"（其四）。其五："有病甘长废，无机苦直言。江山藏拙好，何敢望天阍？"就是被贬谪，也怀着忠君之心，只是苦于没有机会再次直言进谏。其六、其七、其八皆是表明自己所做的一切不为功名利禄，

---

① 《宋文鉴》，第395页。

② 范仲淹力谏而被贬之事，见《续资治通鉴长编》卷一百三、《宋史·范仲淹传》卷三百一十四、列传第七十三、《范文正公年谱》"景祐元年"条。

只求保持一颗忠君之心，其七："万钟谁不慕？意气满金堂。必若枉此道，伤哉非素心。"其八："素心爱云水，此日东南行。笑解尘缨处，沧浪无限清。"保持忠君之心，不为名利所动，才能坦然面对贬谪。其九、其十写的是坦然的状态，如"沧浪清可爱，白鸟鉴中飞"、"始见神龟乐，优优在尾在泥"。《出守桐庐道中十首》是范仲淹贤臣形象的集中展现。

第二，从黄庭坚的诗中看，多有对范仲淹功业的赞美，表达其敬仰之情。《陪谢师厚游百花洲槃礴范文正公祠下道羊昙哭谢安因读生存华屋处零落归山丘为韵》十首诗中，前三首是歌颂范仲淹在仁宗朝的功绩，如其一："忆在昭陵日，倾心用老成。功归仁祖庙，政得一书生。"其三："庆州自不恶，藉甚载声华。忠义可无憾，公今有世家。"第四到第八首是对范仲淹的缅怀，表达敬仰之情。例如其四："公归未百年，鹳巢荒古屋。我吟疹瘁诗，悲风韵乔木。"其五："伤心祠下亭，在时公燕处。临水不相猜，江鸥会人语。"其六是对范仲淹深受邓州民众爱戴的描写："公有一杯酒，与人同醉醒。遗民能记忆，欲语涕飘零。"只有深受民众的爱戴，才会"遗民能记忆，欲语涕飘零"。其七亦是缅怀，有云："昔游非苟然，今花几开落"。其八称赞范仲淹为"圆机之士"，"在昔实方枘，成功见圆机"。史容注："文正平生龃龉不合多矣。参知政事亦以不合出，而其临边随宜制变，未始不圆也。《文中子》曰：'安得圆机之士，与之言九流哉。'"①实际上是对范仲淹治政能力的赞美。其九、其十转为写景和对游范仲淹祠堂的交代，其十最后一句"悲来惜酒少，安得董槽丘"，升华对范仲淹的怀念。总之，黄庭坚的十首五言绝句，通过对范仲淹功绩的赞美，表达他对范仲淹的敬仰之情，从侧面展现了范仲淹作为一代贤臣所具有的魅力和影响力。

《宋文鉴》五言绝句通过选入范仲淹诗和黄庭坚表达对范仲淹敬仰之情的诗，展现了范仲淹的贤臣形象，这与《宋文鉴》"以文为鉴"编纂宗旨中的"资政"含义有关，范仲淹是值得官员们学习的楷模。

---

① （宋）黄庭坚著，（宋）任渊、史容、史季温注，黄宝华点校：《山谷诗集注》，上海：上海古籍出版社2003年版，第585页。

六、七言绝句"清新雅致"特征与吕祖谦的审美追求

《宋文鉴》选录七言绝句 175 首，选录 10 首以上的诗人有王安石 32 首、苏轼 21 首、张载 12 首、黄庭坚 11 首。从选录诗人上看，《宋文鉴》七言绝句偏重王安石，以咏史和写景题材为主，咏史题材以咏历史人物为主，既有借对历史人物功业的赞美来抒发自己的壮志，如《张良》《扬子》《孟子》等，也有对历史人物的评论，如《汉武》《范曾》。最值得注意的是写景一类的作品，尤其是王安石晚年的绝句，如《南浦》《杏花》《金陵即事三首》《定林》等作品，清丽脱俗，语意精工，为"王荆公体"的代表作。

从内容上看，《宋文鉴》七言绝句涉及自然景物描写的有 82 首，咏史类有 27 首，题画、非以写景为主的咏怀、酬答等类别诗共计 66 首。由此可见，《宋文鉴》七言绝句偏重书写自然景物的作品。这类作品体现出"清新雅致"的特征，首先是所写自然景物具有清新的特点，以雨和春景居多，如写雨："寂寂官槐雨乍晴，高枝微带夕阳明"（寇准《新蝉》）、"班班疏雨寒无定，皎皎圆蟾望欲阑"（王琪《答永叔问客》）、"井底微阳回未回，萧萧寒雨湿枯荄"（苏轼《冬至日游吉祥寺》）、"风掉浮烟匝地回，雨江浓翠扑山来"（张耒《绝句》）、"晚雨墙东暗绿槐，清阴庭院锁莓苔"（谢逸《暮雨》）。或是雨后之清爽景象，或是雨后之清寒之感，或是雨后之清丽颜色，均能体现出雨的清新特征。

又如写春景："春阴垂野草青青，时有幽花一树明"（苏舜钦《淮中晚泊犊头》）、"含风鸭绿鳞鳞起，弄日鹅黄袅袅垂"（王安石《南浦》）、"乌石岗头踯躅红，东江柳色涨春风"（王安石《杂咏》）、"三月宫桃满上林，一花千萼费春心"（陶弼《途次叶县睹千叶桃花》）、"鸣鸠乳燕寂无声，日射西窗泼眼明"（苏轼《春日》）、"新晴渡口百花香，石子池头鸭弄黄"（沈括《姑熟》）。春天的花、草、水、鸟等景物营造出春意盎然的景象，这些景象也具有清新的特征。

再如写月："秋霁露华清带水，月明天色白连河"（石延年《秋夕北楼》）、"暮云收尽溢清寒，银汉无声传玉盘"（苏轼《中秋月》）。写秋景："巾子峰头乌白树,微霜未落已先红"(林逋《水亭秋日偶书》)、"平波渺渺烟苍苍,菰蒲才熟杨柳黄"(陈尧佐《松江》)。无论是月,还是秋天的"微霜"、"黄柳",都属于清新的景物。

除所写景物具有清新的特征外,诗中还表现出诗人的雅致情调,这类诗作较多,兹举数例:

欧阳修《谢判官幽谷种花》:浅深红白宜相间,先后仍须次第栽。我欲四时携酒去,莫教一日不花开。①

苏舜钦《夏意》:别院深深夏簟清,石榴开遍透帘明。树荫满地日当午,梦觉流莺时一声。②

王安石《初夏即事》:石梁茅屋有弯碕,流水溅溅度两陂。晴日暖风生麦气,绿阴芳草胜花时。③

苏轼《春日》:鸣鸠乳燕寂无声,日射西窗泼眼明。午醉醒来无一事,只将春睡赏春晴。④

沈括《姑熟》:新晴渡口百花香,石子池头鸭弄黄。卷幔夕阳留不住,好风将雨过梅塘。⑤

黄庭坚《北窗》:生物趋功日夜流,园林才夏麦先秋。绿阴黄鸟北窗簟,付与来禽安石榴。⑥

张耒《漫成》:闭门春风作往还,谁家有花堪醉眠。柳腰榆荚争入眼,江梅一枝还若天。⑦

张公庠《途中》:一年春事又成空,拥鼻微吟半醉中。夹路桃花风雨遇,马蹄无处避残红。⑧

---

① 《宋文鉴》,第411页。
② 《宋文鉴》,第412页。
③ 《宋文鉴》,第414页。
④ 《宋文鉴》,第425页。
⑤ 《宋文鉴》,第428页。
⑥ 《宋文鉴》,第429页。
⑦ 《宋文鉴》,第434页。
⑧ 《宋文鉴》,第435页。

崔鶠《春日村居》：春草门前已没靴，更无人过野人家。离离细竹时闻雨，淡淡疏帘不隔花。①

以上诗歌，诗人在自然景物的欣赏中怡然自得，皆表现出诗人的雅致情调。与《宋文鉴》选录的其他诗歌体裁比，七言绝句呈现"清新雅致"的特征，因为这一类将描写清新自然景物与诗人雅致情调结合的诗作，在七言绝句中数量最多，最为密集，这也体现出吕祖谦对七言绝句"清新雅致"的审美追求。

吕祖谦对七言绝句"清新雅致"的审美追求还体现在吕祖谦自己的七绝创作上。前文已述，吕祖谦作诗较少，仅存 111 首，其中五言律诗 44 首，多为挽章等应制之作，七言绝句 35 首，为吕祖谦诗作第二多的体裁。不同于五言律诗的应制，吕祖谦的七言绝句有 22 首（其余 13 首为怀人之作）以书写自然景物为主，体现出"清新雅致"的特点，是吕祖谦诗歌中艺术成就较高的部分。如《春日七首》描写的是初春之景，景物清新，格调雅致：

其一：江梅已过杏花初，尚怯春寒着萼疏。待得重来几枝在，半随蝶翅半蜂须。

其二：短短菰蒲绿未齐，汀洲水暖雁行低。柳阴小艇无人管，自送流花下别溪。

其三：岸容山意两溶溶，便是东皇第一功。春色平铺人不见，却将醉眼认繁红。

其四：春波无力未胜鸥，夹岸山光翠欲流。若使画成惊顾陆，更教吟出压曹刘。

其五：络石寒毛涧底明，春来绿遍小峥嵘。凭谁再续平泉记，为定芸兰孰弟兄。

其六：一川晓色鹭分去，两岸烟光莺带来。径欲卜居从钓叟，绿杨缺处竹门开。

---

① 《宋文鉴》，第 436 页。

其七：檐铎无声鸟语稀,径深钟梵出花迟。日长遍绕溪南寺,未信东风属酒旗。①

此类诗歌还有《西兴道中二首》《富阳舟中夜雨》《晚春二首》《游丝》《题刘氏绿映亭二首》等等。《宋文鉴》七言绝句呈现出的"清新雅致"特征与吕祖谦的七言绝句所体现出的"清新雅致"审美追求大体相同。

七、"杂体"的分类不全及误入他类的"杂体"

"杂体"之名最早见于梁代江淹《杂体三十首》,《杂体三十首》是江淹模拟汉、魏、晋、刘宋诸家三十篇优秀诗作创作而成,所谓"杂体",其实是指对前人的模拟。晚唐皮日休、陆龟蒙唱和有《杂体诗》八十六首,见《松陵集》卷十。皮日休《杂体诗序》称："近代作杂体,唯《刘宾客集》中有回文、离合、双声、叠韵。如联句则莫若孟东野与韩文公之多,他集罕见,足知为之之难也。"②可见"杂体诗"的概念在唐代已发生变化,皮日休把回文、离合、双声、叠韵、联句等文人游戏之作统称为"杂体诗"。皮、陆《松陵集·杂体诗》有回文、四声诗、叠韵、双声、杂题、药名、离合、县名、人名、联句等类。宋代"杂体诗"的概念与皮日休所说的"杂体诗"相似,北宋孔平仲有《诗戏》三卷,包括人名、集句、四声、离合、药名等二十余类,见《清江三孔集》卷二六到卷二八。《宋文鉴》"杂体"的概念与唐代以来"杂体"概念一致,《宋文鉴》"杂体"分星名、人名、郡名、药名、建除、八音、四声、藏头、离合、回纹、一字至十字、两头织织、五杂俎、了语不了语、难易言、联句、集句,共17类42首诗,其分类袭自《丽泽集诗》。

从《宋文鉴》"杂体"的分类看,也袭自《丽泽集诗》,存在两个问题:其一,分类不全。以孔平仲《诗戏》为参照,《诗戏》中有风人、卦名、十画、七字至一字等类,《宋文鉴》"杂体"中无,原因不详。其二,本属"杂体",误入他类。《宋文鉴》"五言古诗"有苏轼《禽言二首》,"禽言"应属"杂体"。胡

---

① 《吕祖谦全集》,第1册,第3页。

② (唐)皮日休、陆龟蒙等撰,王锡九校注:《松陵集校注》,北京:中华书局2018年版,第2181页。

仔《苕溪渔隐丛话》：

> 禽言诗当如药名诗，用其名字隐入诗句中，造语稳贴，无异寻常
> 诗，乃为造微入妙。如药名诗云："四海无远志，一溪甘遂心"，"远
> 志"、"甘遂"二药名也。禽言诗云："唤起窗全曙，催归日未西"，"唤
> 起"、"催归"二禽名也。梅圣俞禽言诗如'泥滑滑，若竹图'之句，皆善
> 造语者也。①

禽言诗与药名诗一样，都是将名字隐入诗句中。苏轼《禽言二首》中，其一"不辞脱袴溪水寒"，小注"土人谓布谷为脱却破袴"；②其二"姑恶故恶，姑不恶，妾命薄"，小注"姑恶，水鸟也。俗云妇以姑虐死，故其声云"。③苏轼将布谷、姑恶之名都隐入诗句中，属"杂体"无疑。《宋文鉴》"杂体"既分药名一类，不知为何将苏轼《禽言二首》归入七言古诗，或是吕祖谦只注意到苏轼《禽言二首》的内容（其一表现民生疾苦，其二为颂扬孝道）"有补治道"，未注意到其内部体制。

---

① （宋）胡仔纂集，廖德明校点：《苕溪渔隐丛话前集》，北京：人民文学出版社1981年版，第190页。

② 《宋文鉴》，第175页。

③ 《宋文鉴》，第175页。

第四章 《宋文鉴》选奏疏研究

　　《宋文鉴》共收录 22 卷"奏疏",包含 67 家 162 篇作品,内容约占全书的五分之一,是除诗以外最多的文类。本章将在文本细读的基础上,重点探讨《宋文鉴》奏疏的认识价值、文章范式等。

第一节　选、编倾向

一、裁选倾向

　　《宋文鉴》奏疏的裁选有三个倾向:第一,名臣倾向。《宋文鉴》奏疏总体上倾向选择北宋名臣作品,如赵普、张齐贤、寇准、范仲淹、贾昌朝、王安石、司马光、文彦博、富弼、韩琦、吕公著、吕大防、范纯仁、刘挚、苏颂等,皆为一时名臣。他们的奏疏,均反映北宋某一时期的时事,如赵普《雍熙三年请班师疏》涉及北宋初期对辽之军事策略,寇准《论澶渊事宜》涉及澶渊之战的军事部署,范仲淹《答手诏条陈十事》为"庆历新政"之纲领。倾向选择北宋名臣作品,实际上与《宋文鉴》"以文为鉴"编纂宗旨中"资政"有关,名臣的奏疏本身就是最好历史借鉴。

　　第二,名家倾向。《宋文鉴》奏疏倾向选择司马光、欧阳修等文章大家作品居多。《宋文鉴》奏疏收录 5 篇以上的作家有:韩琦(6 篇)、欧阳修(9篇)、司马光(11 篇)、吕公著(6 篇)、苏轼(5 篇)、刘挚(6 篇)、程颐(6 篇)、范祖禹(5 篇)、王岩叟(7 篇),9 家共计 61 篇,约占《宋文鉴》奏疏总数的四成。是否存在因当时这些大家文集流传多,所以选录篇数多,其他人文集流传少,所以选录篇数少的情况呢? 这种情况可能性不大。按陈振孙《直斋书录解题·章奏类》著录:"《范文正公奏议》二卷,范仲淹撰;《谏垣存稿》三卷,韩琦撰;《富文忠札子》十六卷,富弼撰,平生历官、辞免、陈情之文也……《包孝肃奏议》十卷,枢密副使、合肥包拯希仁撰;《吕献可奏章》十六卷,御史中丞吕诲献可撰……"[①]陈振孙所处时代距吕祖谦不远,韩琦流传的奏疏数量远不及富弼、包拯、吕诲,但是《宋文鉴》奏疏中只选录了富弼3篇、包拯1篇、吕诲4篇,数量上不及韩琦6篇,可见,《宋文鉴》奏疏实有明显的去取倾向,即在个人选择上以司马光、欧阳修等文章大家作品居多。

第三,类群倾向。《宋文鉴》奏疏在类群倾向上选择以司马光为代表的旧党士人作品居多。考察《宋文鉴》所选奏疏,可以发现吕祖谦在群体上倾向选择司马光等旧党士人的作品,选择以王安石为首的新党士人作品较少。《宋文鉴》奏疏收录的主要旧党士人作品数量如下:司马光11篇、吕诲4篇、富弼3篇、吕公著6篇、范纯仁4篇、程颢4篇、苏轼5篇、苏辙3篇、刘挚6篇、范祖禹5篇、王岩叟7篇,共计11家58篇。收录新党士人作者仅有王安石2篇,吕惠卿、曾布、章惇、韩绛等其他新党士人的奏疏一篇未收。由此可见,吕祖谦在群体上选择以司马光为代表的旧党士人作品居多。究其原因,"吕祖谦在思想和学术上都是不赞成王安石的观点的","对王安石变法的一系列政治施为,吕氏也是反对的"。[②] 因此,吕祖谦选文会倾向旧党。

二、编排体例:析"奏疏"里的"弹文"

吴讷《文章辨体序说·弹文》有云:"梁昭明辑《文选》特立其目,名曰'弹事',若《文粹》《文鉴》则载'奏疏'之中而已。迨后,王尚书应麟有曰:

---

① (宋)陈振孙著,徐小蛮、顾美华点校:《直斋书录解题》,上海:上海古籍出版社2015年版,第635页。

② 参见巩本栋:《论宋文鉴》,《中国文化研究》2012年春之卷,第53页。

'奏以明允诚笃为本,若弹文,则必理由典宪,辞有风轨,使气流墨中,声动简外,斯称绝席之雄也。'是则奏疏、弹文其辞气亦异焉。"①《宋文鉴》"奏疏"所收吕海《请罢韩琦等转官》、孙沔《请罢不管兵节使公用》、王岩叟《请罢试中断案人入寺》、吕陶《请罢国子司业黄隐职任》等,根据内容来看,应属于"弹文"。那么"弹文"是何时被归入"奏疏"的呢?

弹文的分类起源于《文选》"弹事",《文选》卷四十收录三篇"弹事",分别是任昉《奏弹曹景宗》《奏弹刘整》、沈约《奏弹王源》。"弹事",实际上就是弹劾他人之文,所以也称"弹文"。将"弹文"列为一种独立的文体,始于《文苑英华》。《文苑英华》卷六百四十九"弹文"收有刘孝仪《弹贾执传湛文》、杜正伦《弹张瑾将军等文》《弹李子和将军文》、陈子良《为奚御史弹尚书某人入朝不敬文》、许敬宗《代御史王师旦弹莒国公唐俭文》、元稹《弹剑南东川节度观察处置等使严砺文》。《唐文粹》卷二十八"表奏疏书"类收有王义方《弹李义府疏》、周太玄《弹义陈军节度使李听书》、柳亢《请诛程元振疏》,实际上为"弹文"归入"奏疏"之始。《宋文鉴》始列"奏疏"一类,也将"弹文"性质的"奏疏"收入。

徐师曾说:"按奏疏者,群臣论谏之总名也。奏御之文,其名不一,故以奏疏括之也。"②言下之意,奏疏应包含奏、疏、对、启、状等文体,《宋文鉴》将"弹文"归入"奏疏"之中,为何又将"启"列为一类? 实际上,这与文章的名称有关。《宋文鉴》所收"启"类,其文章名称多为"《……启》"或"《……书》"、"《……状》","弹文"自《唐文粹》已归入"奏疏",《宋文鉴》中的"弹文"多名以"《请罢……》"或"《论……》",与"启"类文章的名称已有明显区别,故将"启"单列。

综上所述,《宋文鉴》将"弹文"纳入"奏疏",实际上是沿袭了《唐文粹》的做法,《宋文鉴》"奏疏"中的"弹文"与"启"在名称上已有明显区别,故将

---

① (明)吴讷:《文章辨体序说》,见王水照编《历代文话》第 2 册,上海:复旦大学出版社2007 年版,第 1620 页。

② (明)徐师曾:《文体明辨序说》,见王水照编《历代文话》第 2 册,上海:复旦大学出版社2007 年版,第 2093 页。

"启"单列,"启"不纳入"奏疏"。

第二节　存史之鉴:《宋文鉴》奏疏的认识价值

《宋文鉴》奏疏收录的篇目论及北宋边事、人事、财政、礼仪、制度等多方面内容,可视为北宋政治史的一面镜子。

一、边事之鉴

边事问题一直是北宋面临的重要政治问题,《宋文鉴》收录的奏疏主要是谈论与辽国、西夏的战与和。雍熙三年(986),宋太宗发动对辽的战争,准备夺回被辽国占据的幽、蓟等州,战争由最初的胜利而转为失败,赵普《雍熙三年请班师疏》以劳师远征而获利少为由,请班师回朝,云:

> 伏睹今春出师,将以收复幽、蓟,屡闻克捷,深快舆情。然晦朔荐更,已及初夏,尚稽克复。属在炎蒸,飞挽甚烦,战斗未息,王师渐老,吾民亦疲。夙夜思之,颇增疑虑……臣窃念大发骁雄,往歼凶丑。百余万之生众,飞挽而供;数十州之土田,耕桑半失。兹所谓以明珠而弹雀,因鼹鼠而发机。所失者多,所得者少。况得少之中,既难为益;失多之外,复有他虞。又闻战者危事,难保其万全;兵者凶器,深戒于不戢。所系甚大,不可不思。臣又闻上圣之人,不凝滞于物,事无固必,理贵变通。前书有兵久生变之言,此可以深虑也。苟更图淹缓,转失机宜。旬朔之闻,便涉秋序。臣又虑内地先困,边境早凉。虏则弓劲马肥,我则人疲师老。恐于此际,或误指踪。臣方冒宠以守藩,独献言而阻众,盖以暮景残光,所余无几;酬恩报国,正在此时。伏望速诏班师,无容玩寇……①

此文亦见于《宋史·赵普传》:"雍熙三年春,大军出讨幽、蓟,久未班

---

① 《宋文鉴》,第617—618页。

师,普手疏谏曰:'伏睹今春出师……'"与《宋文鉴》有少量异文,但大旨相同。《宋史·赵普传》在此文后有云:"帝手诏曰:'朕昨者兴师选将,止令曹彬、米信等顿于雄霸,里粮坐甲,以振军声。俟一两月间山后平定,潘美、田重进等会兵以进,直抵幽州,然后控扼险固,恢复旧疆,此朕之志也。奈何将帅等不遵成算,各骋所见,领十万甲士出塞远门,速取其郡县,更还师以援辎重,往复劳弊,为辽人所袭,此责任主将也。况朕踵百王之末,粗致承平,盖念彼民陷于边患,将救而拯溺,匪黩武穷兵,以佳兵卿,当悉之也。疆场之事,已为之备,卿勿为忧。卿社稷元臣,忠言苦口,三复来奏,嘉愧实深。'普表谢曰:'昨以天兵久驻,未克恢复,渐及炎蒸,事危势迫,辄陈狂狷,甘俟宪章。陛下特鉴衷诚,亲纡宸翰,密谕圣谋,臣窃审命师讨罪,信为上策,将帅能遵其成算,必可平定。惟其不副天心,由兹败事,今既边鄙有备,更复何虞?况陛下登极十年,坐隆大业,无一物之失,所见万国之咸宁,所宜端拱穆清,蓄神和志,自可远继九皇,俯观五帝,岂必穷边极武,与契丹较胜负哉?臣素亏壮志,矧在衰龄,虽无功伐,愿竭忠纯。'观者咸嘉其忠。"①由此我们可以知道,宋太宗赵光义志在收复幽、蓟等州,以长久解决辽国寇边之患,但因用人不当,久战未克,导致兵疲民乏,着实埋下隐患。赵普在《雍熙三年请班师疏》中从现实利益出发,认为班师回朝对国家最有利,言辞恳切。虽然与宋太宗的想法不合,但太宗下诏陈之以实情,实际上是赞扬了赵普直言进谏之举。赵普再上表,多有谀美之词,却依然坚持班师的主张。此战过后,北宋对辽由主动进攻转为战略防御,《雍熙三年请班师疏》对认识这一历史转变有不可替代的价值。

　　"雍熙北伐"失败后,宋太宗并未停止征辽,《宋文鉴》奏疏收录的张齐贤《论北征》、田锡《论边事》就是对宋太宗征辽提出的一系列建议。张齐贤《论北征》作于太平兴国五年(980),《续资治通鉴长编》载:"太平兴国五年……十二月……辛卯,交州行营言破贼万余众,斩首二千三百四十五级,上既还京,议者皆言,宜速取幽、蓟,左拾遗直使馆张齐贤上疏

---

① 　(元)脱脱等:《宋史》,北京:中华书局1977年版,第8935—8936页。

曰……"①《续资治通鉴长编》所载之奏疏即是《宋文鉴》收录的《论北征》，
有云：

> 圣人举事，动在万全。百战百胜，不若不战而胜。若缘边诸寨，
> 抚御得人，但使峻垒深沟，蓄力养锐，以逸自处，宁我致人。此李牧所
> 以称良将于赵，用此术也。所谓择卒未如择将，任力不及任人。如是
> 则边鄙宁。边鄙宁，则辇运减；辇运减，则河北之民获休息矣。民获
> 休息，则田业增而蚕织广，务农积谷，以实边用。且戎狄之心，固亦择
> 利避害，安肯投诸死地而为寇哉？臣又闻，家六合者，以天下为心，岂
> 止乎争尺寸之事，角夷狄之势而已。是故圣人先本而后末，安内以养
> 外。人民本也，夷狄末也；中夏内也，夷狄外也……民既安利，则戎狄
> 敛衽而至矣……伏望谨择通儒，分路采访。两浙、江南、荆湖、西川、
> 河东，有伪命日，赋敛苛重者，改而正之，因而利之……②

张齐贤认为，对外择良将，并坚固边防壁垒，以换取和平的环境来休
养生息；对内发展生产，革除各种弊病，民众富裕即能使国家富裕，这样可
以"安内以养外"。张齐贤的想法透露着儒家的民本思想，将民众利益与
国家利益结合在一起考虑，民众是国家的根本，坚固根本才能不战而胜。
田锡《论边事》亦见于《续资政通鉴长编》："太平兴国六年……九月乙
未……锡曰：'事君之诚，惟恐不竭，且天植其性，岂一赏可夺耶？至河北，
复驿书言边事曰……'"③此疏作于太平兴国六年（981），疏云：

> 臣闻动静之机，不可妄举；安危之理，不可轻言。利害相生，变易
> 不定，用舍无惑，思虑必精。夫动静之机，不可妄举者，动谓用兵，静
> 谓持重。应动而静，则养寇以生奸；应静而动，则失时以败事。动静
> 中节，乃得其宜。今北鄙绎骚，盖亦有以居边任者，规羊马细利为捷，
> 矜捕斩小胜为功。贾怨结仇，乘秋致寇，召戎起兵，职此之由。伏愿

---

① （宋）李焘：《续资政通鉴长编》，北京：中华书局1992年版，第484页。
② 《宋文鉴》，第627—628页。
③ （宋）李焘：《续资政通鉴长编》，北京：中华书局1992年版，第498页。

申饬将帅,审固封守。勿尚小功,许通互市。素获番口,抚而还之。如此不出五载,河朔之民,得务三农之业;亭障之地,可积数十年之储……臣又谓安危之理,不可轻言者,国家务大体,求至理,则安;舍近谋远,劳而无功,则危。为君有常道,为臣有常职,是为大体也。上不拒谏,下不隐情,是求至理也……臣又谓利害相生,变易不定者,兵书曰:"不能尽知用兵之害者,则不能尽知用兵之利。"盖事有可进而退,则害成之事至焉;可退而进,则利用之事去焉……能审利害,则为聪明。以天下之耳听之则聪,以天下之目视之则明……自国家图燕以来,连兵未解,财用不得不耗,人臣不得不忧……①

田锡针对宋辽之争,审时度势,提出了三方面建议:第一,整饬将帅,巩固边防,通市互易,此为安境富民的举措;第二,皇帝要识政务之大体,要求治国之至理,此为整顿内政之需;第三,万事皆要多听、多察,审其利害才能决断,此为国家政策之关键。总之,在田锡看来,从现实出发,宋辽之争对国家无利,只有内外并举,才能使国家获得长治久安。

除了宋辽之争,《宋文鉴》还收录了反映宋夏之争的奏疏。如韩琦《论西夏靖和》:

> 臣闻赵元昊将纳和,来人已称六宅使、伊州刺史,命官之意,欲与朝廷抗礼。臣等谓元昊如大言过望,不改僭号之请,则不可许;卑辞厚礼,从兀率之称,亦有大可防者。臣等观朝廷信赏必罚,今已明白,帅臣奉诏,已得便宜。又旧将渐去,新将渐升,前弊稍除,将责实效,约束将佐,不令轻出,训练军马,率多变法。但今极塞城寨,或未坚牢,新集之兵,未可大战。若贼今春便来,以臣等计之,尚可优虞;然大军持重,奇兵夜击,宜无定川之负也。如俟秋而来,则城寨多固,军马已练,或坚壁而守,或据险而战,无足畏矣。臣等已议于一二年间,训兵三四万,使号令齐一,阵伍精熟,又使熟户番兵,与正军参用,则横山一带族帐,可以图之。降我者,使之纳质而厚其官赏,各令安居,

---

① 《宋文鉴》,第 625—626 页。

籍为熟户；拒我者，以精兵加之，不从则戮。我军鼓行山界，不为朝去暮还之计。元昊闻之，若举国而来，我则退守边寨，足以困彼之众；若遣偏师而来，我则据险以待之。番兵无粮，不能久聚，退散之后，我兵复进，使彼复业，每岁三五出。元昊诸厢之兵，多在河外，频来应敌，疲于奔命，则山界番部势穷援弱，且近于我，自来内附，因选酋豪以镇之，足以断元昊之手足矣……①

宋仁宗庆历三年(1043)，在与西夏打了四年的战争之后，宋夏和谈开始，据《皇朝朝编年纲目备要》："元昊遣伪官贺从勖、文贵俱来，称'男邦泥定国兀卒朗宵上书父大宋皇帝'，籍不敢以闻，从勖曰：'子事父，犹臣事君也，若得至京师，天子不许，则更归议之。'籍上书言：'虏今辞礼浸顺，必有改事中国之心，请遣使者同往申论之。'于是命梁适往延州与定议。范仲淹、韩琦言：'元昊如大言过望，为不改僭号之请，则有不可许者三，如卑辞厚礼，从兀卒之称，亦有大可防者三。'朝廷以其名分未正，遣著作佐郎邵两佐与从勖至其国更议之。"②在和谈中，西夏提出向北宋称"儿"不称"臣"，这是北宋方面所不能接受的，假如承认其称"儿"，实际上表示并不臣服于北宋。韩琦奏疏中所谓"不改僭号之请，则不可许"，表明强硬的态度，接着分析了北宋不从西夏之请后可能出现的各种情况，给出对策：第一，若西夏春天来进攻，则可以与之一战，采取奇兵夜袭的策略，可以取胜；第二，若西夏秋后来犯，则北宋堡垒坚固，已兵强马壮，以逸待劳，更有胜算；第三，会继续增加兵士，并招降北方其他部族的人马，可退可进。《论西夏靖和》是对当时形势分析透彻，是反映宋夏外交关系的重要材料。

《宋文鉴》所收奏疏中，韩琦《论时事》综论当时北宋与辽、夏之形势，深怀忧国之思，提出了具体策略。"切以契丹，宅大漠，跨辽东，据全燕数十郡之雄，东服高丽，西臣元昊，自五代迄今，垂百余年，与中原抗衡，日益昌炽；至于典章文物饮食服玩之盛，尽习汉风，故虏气愈骄，自以为昔时元

---

① 《宋文鉴》，第 670—671 页。
② (宋)陈均编：《皇朝编年纲目备要》，北京：中华书局 2006 年版，第 260 页。

魏之不若也……至元昊则好乱逞志，西并甘凉诸藩，以拓境土，自度种落强盛，故僭越背恩，北连契丹，欲成鼎峙之势，非如继迁昔年跳梁于银夏之间耳……"①在韩琦看来，契丹和西夏均兵强马壮，恐其"有合纵之策，夹困中原"，深怀忧国之思，提出七个策略：一为"清政本"，让朝廷机关各司其职；二为"念边事"，不要随意调动更换边防将领，以便整军备战；三为"擢贤才"，选拔遗留在民间的人才，让其进入文武官员的行列，为国家效力；四为"备河北"，重新整顿河北边防以备辽国进攻；五为"固河东"，坚固河东防线，以备西夏来犯；六为"收民心"，拿出朝廷的金银以充军用，减少农民负担，使其安心，避免内乱；七为"营洛邑"，经营洛阳，以防东京陷落，洛阳可作为陪都。此文可窥见北宋当时所面临形势之恶劣，论证细密，一语中的。

此外，《宋文鉴》奏疏中还有直陈北宋军事弊端，并提出解决策略的篇目，如贾昌朝《论边事》："近岁恩幸子弟，饰厨传，治名誉，多非勤劳，坐取武爵。其志不过利转迁之速，俸赐之厚；御侮平患，何患于兹？然乘边鄙无事，尚得以自容。自西羌之叛，骤择将领，纠集士众，士不素练，固难指踪，将未得人，岂免屡易？以屡易之将，驭不练之士，故战则必败。此削方镇兵权太甚之弊也。且亲旧恩幸，任军职者，出即为将帅，素不晓兵，一旦付以千万卒之命，为庸人驱之死地，此用亲旧恩幸之弊也。"②贾昌朝指出北宋军事上的弊端：削方镇兵权太甚，导致所用边将多是不晓兵事的权贵子弟，将不能练兵，更不能领兵，导致常常战败。于是提出解决方案：在军事上"驭将帅""复士兵""训营卒"，外交上"制戎狄""绥番部"，并要"明探候"，派出间谍收集情报。此文分析鞭辟入里，直击要害。

二、人事之鉴

《宋文鉴》论及人事的奏疏，其内容或为他人辩解求情，或弹劾他人，或表达对官员任免的意见，其核心都是对相关人物的臧否，从中可窥见北

---

① 《宋文鉴》，第 672 页。
② 《宋文鉴》，第 690—691 页。

宋政治生态之一隅。

第一,为他人辩解。此类奏疏最有代表性的是范仲淹《辨滕宗谅张亢》,庆历四年,时任刑部员外郎、天章阁待制、权知凤翔府滕宗谅被监察御史梁坚弹劾,理由是滕宗谅在庆州"用过官钱十六万贯,有数贯不明,必是侵欺入己;及邠州宴会,并泾州犒设诸军,乘越不公"。宋仁宗因此大怒,滕宗谅被降职。张亢的情况和滕宗谅相似,也是被弹劾隐私谋利,"骄僭不公",亦被降职。范仲淹在奏疏中,首先以自己前途为二人做保,乞求朝廷派人详查,若真是二人欺满朝廷,中饱私囊,"甘同受贬黜"。接着,范仲淹从国家需要爱惜边将人才的角度为二人辩解,二人都是边将中立过大功且可以服众之人,很难被代替,若处理不当,则会失去难得的人才,"自去爪牙"会带来边关之危。最后,范仲淹反复陈述,强调滕宗谅、张亢的罪名多不能坐实,不能盲目定罪,否则会让边军将士认为"朝廷待将帅少恩,于支过公用钱内,搜求罪戾,欲陷边臣",希望皇帝可以派自己去重新调查,然后再做定夺。此疏陈之以情,娓娓动说。欧阳修《论燕度勘滕宗谅事张皇太过》也是为滕宗谅说情的奏疏,欧阳修认为:当今正是用人之际,朝廷大肆查办滕宗谅案,牵连太多无罪之人,在还没查清事实的情况下,查办此案的官员张皇过度,"边上军民将吏,见其如此张皇,人人嗟怨",此必然动摇人心,导致边军将士人人自危,不肯用力,若西夏趁机用兵,"谁肯为朝廷用死命向前"? 希望皇帝以边关大局为重,从轻处理此事,以安边军将士之心。欧阳修的奏疏以边关大事为着眼点,议论切直,符合实际。此类奏疏还有范镇《论陈执中》、蔡襄《请叙用孙沔》、王觌《请留安焘》等,亦多议论恳切。

第二,弹劾他人。如包拯《论宋庠》:"臣等昨于二月二十三日具札子,论列宋庠自再秉衡轴,首尾七年,殊无建明,少效补报,而但阴拱持禄,窃位素飧,安处洋洋,以为得策;且复求解之际,陛下降诏,未及断章,庠乃从容,遂止其请,足见其固位无耻之甚也。"①此类奏疏言辞犀利。由熙宁变

---

① 《宋文鉴》,第 697 页。

法引起的党争一直延续到北宋末,新旧党争成为北宋中后期重要的政治问题,在《宋文鉴》所收弹劾他人的奏疏中,收录旧党弹劾新党的奏疏较多。如吕海《论王安石》:"臣窃以大奸似忠,大诈似信,惟其用舍,系时之休否也……臣伏睹参知政事王安石,外示朴野,中藏巧诈,骄蹇慢上,斯众所共知也。"接着细数王安石十大罪:其一,慢上无礼;其二,好名欲进;其三,要君取名;其四,用情罔公;其五,徇私抱怨;其六,怙势招权;其七,专威害政;其八,党同伐异;其九,朋比为奸;其十,新法未见其利,先见其害。最后断言:"误天下苍生,必斯人也"。全文言辞极其犀利,有剑拔弩张之感。此种犀利的笔法,又如苏辙《论吕惠卿》:"臣伏见前参知政事吕惠卿,怀张汤之辩诈,兼卢杞之奸凶,诡辩多端,敢行非度,见利忘义,黩货无厌。"①再如任伯雨《论章惇蔡卞》:"臣先累有奏状,言章惇、蔡卞迷国罔上……挟天子贼害忠良,肆谗说机危神器。自古奸臣为害,无甚于此。"②可窥见当时党争之激烈。

第三,表达对官员任免的意见。如范仲淹《议许怀德等差遣》认为许怀德、郭承祐"一面责降,一面迁转",实际上降而未降,使得"朝廷赏罚颠倒,取笑四方","何以激励勋臣? 何以鉴戒惰将"? 另外,国家法令规定都虞侯不能迁转,只能因军功授受,许、郭二人迁转之事,与国家法令不和,这样做或失信于民,希望皇帝三思而后行,建议赏罚之事应谨慎施行,不可招致旁议。又如欧阳修《论包拯除三司使》,可谓此类作品中的典范之作,文章开头先论用人之法:"臣闻治天下者,在知用人之先后而已。用人之法,各有所宜;军旅之事先材能,朝廷之士先名节。"围绕"朝廷之士先名节",引出对任命包拯为三司使的意见:

> 伏见陛下近除前御史中丞包拯为三司使。命下之日,中外喧然,以谓朝廷贪拯之材,而不为拯惜名节;然犹冀拯能执节守义,坚让嫌疑,而为朝廷惜事体;数日之间,遽闻拯已受命,是可惜也,亦可嗟也。

① 《宋文鉴》,第 847 页。
② 《宋文鉴》,第 913 页。

拯性好刚，天资峭直，然素少学问，朝廷事体，或有不思；至如逐其人而代其位，虽初无是心，然见得不能思义，此皆不足怪；若乃嫌疑之迹，常人皆知可避，而拯岂独不思哉？昨闻拯在台日，常自至中书，诟责宰相，指陈前三司使张方平过失，怒宰相不早罢之。既而台中寮属，相继论列，方平由此罢去，而以宋祁代之。又闻拯亦曾弹奏宋祁过失，自其命出，台中寮属又交章力言，而祁亦因此而罢，而拯遂代其任。此所谓蹊田夺牛，岂得无过？而整冠纳履，当避可疑者也。如拯材能资望，虽别加进用，人岂为嫌？其不可为者，为三使司耳……夫言人之过，似于激讦；逐人之位，似于倾陷；而言事之臣得以自明者，惟无所利于其间尔；而天下之人所以为信者，亦以其无所利焉。今拯并逐二臣，自居其位，使将来奸佞之人，得以为说，而惑乱主听……使拯于此时，有所不取而不为，可以风天下以廉耻之节，而拯取其所不宜取，为其所不宜为，岂惟自薄其身，亦所以开诱它时言事之臣，倾人以觊得，相习而成风。此之为患，岂谓小哉？然拯所恃者，惟以本无心尔……此臣所谓嫌疑之不可不避也。况如拯者，少有孝行，闻于乡里；晚彰直节，著在朝廷，但其学问不深，思虑不熟，而处之乖当，其人亦可惜也。伏望陛下别选材臣为三司使，而处拯他职，置之京师，使拯得避嫌疑之迹，以解天下之惑，而全拯之名节，不胜幸甚！①

欧阳修一方面认为包拯性格刚直，少学问，"朝廷事体，或有不思"；另一方面重点论述包拯若授三司使，会使其名节败坏，天下人会以为是包拯觊觎他人位置才行弹劾之事，继而导致别有用心之人"倾人以觊得，相习而成风"，由此既坏了包拯刚直的名节，又可能招来朝廷官员为上位而相互攻讦的祸患，所以为了避嫌，不能授其三司使，反复申说、论证细密。再如赵抃《请留欧阳修等供职》，以欧阳修为代表的朝廷贤士纷纷外任，"朝廷万一有急事，则陛下何从询访也"？皇帝只有把贤哲之士留在身边（朝中）供职，才能"居尊而安宁"，故建议"勿使修等去职，留为羽翼，以自辅

---

① 《宋文鉴》，第709—710页。

助"。此文平实而切直。

三、治政之鉴

(一)民政:恤民为先

《宋文鉴》收录的与民政相关的奏疏,多体现出恤民为先的思想。如富弼《论河北流民》针对朝廷安置流民不力提出严厉批评,并提出解决方案:"伏望圣慈,早赐指挥,京西一路,如流民到处,且将系官荒闲田土及见佃人占剩无税地土,差有心力向公官员,四散分俵,各令住佃,更不得逼逐发遣,却归河北;其余或与人家作客,或自能樵渔采捕,或支官粟计口养饲之类,更令中书检详前后条约,疾速严行指挥约束。所贵趁此日月尚浅,未有大段死损之人,可以救恤得及。"①流民应就地安置,不应四处驱赶。《文献通考·国用考·振恤》:"庆历八年,河北京东西大水,大饥,人相食。诏出,二司钱帛振之,流民入京东者不可胜数。知青州富弼择所部丰稔者,五州勤民出粟得十五万斛……及流民将复其又业,各以远近受粮,凡活五十余万人,募而为兵者又万余人。"②富弼恤民为先的措施,取得了很好的效果。与大臣相比,君主更应恤民为先,范祖禹《论农事》就是提醒皇帝勿忘恤民之心:"天子者,合天下之力而共尊养之,凡宫室、车马、服食、器用,无非取于天下,皆百姓之膏血也。其作之也甚劳,其成之也甚难。安而享之,不可不思其所从来;思其所从来,则爱之而有不忍费财之心,忧之而有不忍劳民之心。以此之心,行此之政,而天下不安者,未之有也……臣愿陛下,当食则思天下有饥而不得食者,当衣则思天下有寒而不得衣者,凡于每事,莫不皆然。"③天子万民供养,只有常怀恤民之心,天下才能长治久安。

(二)吏治:指陈弊端,以期改进

《宋文鉴》涉及吏治的奏疏,多指陈当时吏治存在的弊端,以期改进。

---

① 《宋文鉴》,第685页。

② (元)马端临:《文献通考》,北京:中华书局1986年版,第252页。

③ 《宋文鉴》,第879—880页。

如谢泌《论宰执不许结客》:"若政在大夫,禄去公室,国祚衰季,强臣擅权,当此之时,乃可无虑"①,指出宰相若代替皇帝接见宾客,或导致强臣擅权,国家混乱,所以必须禁止。又如蔡襄《请增置谏官》,先肯定皇帝增置谏官的意义,可以广言路、正得失,但是指出谏官存在的问题:"任谏非难,唯用谏之难"。皇帝要学会区分好名、好进、彰君过的谏官,要纳忠臣之谏,去巧者之言,既要有好谏之名,又要有好谏之实。再如吕公著《请令文武致仕官依外任官给俸钱》,朝廷官员年老而不致仕,其精神和身体状态不佳,继续为官可能会"蠹政害民",吕公著指出朝廷官员致仕少的原因:"古之为仕者,终身食其地;今之致政者,即日夺其廪。古之仕者不出乡里,今则有奔走南北之劳;古之为仕者,常处其职;今则有罢官待次之费;故自非贪吏,及素有经产,则其禄已常苦不足,一日归老,则妻子不免于冻馁,是以虽廉洁之士,犹或隐忍而不能去。"②官员担心致仕后原有待遇不在,无法保障基本生活,所以"隐忍而不能去",希望朝廷可以改善致仕官员的待遇:"臣愚欲乞应文武官致仕,非因过犯及因体量者,并依外任官制,与给四分俸钱,岁时州郡量致酒粟之问,如此则自非无耻之甚者,莫不感抱恩德,争自引去矣。"③其他如吕大防《请置经略副使判官参谋》,指出缘边经略使只独任一人,若战略失误则风险太高,应该增加一个副使或判官,一个参谋,以达到对经略使的"僚佐谋议之助",降低风险。

(三)人才:选贤举能,以资国用

人才问题关系整个国家的统治,《宋文鉴》关于人才问题的奏疏中,多有"选贤举能,以为国用"的思想。有指出选才弊端的,如欧阳修《请补馆职》指出国家不能只重视知钱谷、晓刑狱、熟民事、精吏干的材能之士,还要重视明仁义礼乐、通古今治乱、可以为谋虑天下决疑断策、可以论道经邦的儒学之臣。当时取士之失"患在先材能而后儒学,贵吏事而贱文章",应重视儒学之臣的选拔、擢用。又如司马光《贡院乞逐路取人》,贡院试卷

---

① 《宋文鉴》,第 636 页。
② 《宋文鉴》,第 777 页。
③ 《宋文鉴》,第 777—778 页。

虽已"糊名",但封弥官在试卷上题"在京"、"逐路"字样,考官偏好"在京"考生,导致诸路无人及第,遗失贤才甚多。所以提出"题逐路字号",即每一路的试卷都应有一个字为代号,令封弥官题于卷上,这样可以防止考官徇私,增加诸路人才的发掘。有建议扩大人才选拔途径的,如吕诲《请诸路安抚举辟士人》:"臣欲乞今后藩镇带安抚使处,许于本路举人内,选有行实曾得文解者,岁辟一人,权本州司士参军,且令差使,观其能效,可以远用,候满三考,保荐闻上。或赐以本科出身,然后随其器使,必能适用。与夫科场较艺,取其一日之长,其效远矣。朝廷久而行之,士皆修饬风俗,才无遗矣。"① 又如吕公著《请广收人才》扩大取才途径:"惟陛下更任之事,以观其能;或予之对,以考其言,兼收博纳,使各得自尽,则盛明之世,无滞才之叹。"② 还有建议调整人才选拔考试方式的,如朱光庭《请用经术取士》,主张用六经取士,反对用诗赋取士,认为:"六经之文,可谓纯粹浑厚,经纬天地,辉光日新者也。今使学者不学纯粹浑厚辉光六经之文,而反学雕虫篆刻童子之技,岂不陋哉?"③

(四)法度:慎刑守法

慎刑守法是《宋文鉴》法度类奏疏的核心,如钱易《请除非法之刑》,认为刑只是国家不得以才用之,不能滥用刑,不能越过法而施刑,更不能用酷刑等"非法之刑",治国应慎刑守法。所以,施行仁政,必除非法之刑。此文论及刑与法的关系尤其精彩:"贵刑逾法,法有所据。不本于法,则刑黩,刑黩,则法无据;法无据,则国政暴;国政暴,则臣不敢言;臣不敢言,则一人专善恶之心独理天下;独理不及,则几于乱矣。"④ 刑不逾法,可谓至理。又如吴育《论诏狱》,以三司判官杨仪因朝廷出特旨而入罪,属于"刑狱司状外求罪",不符合朝廷的法治规范,引起士大夫人人自危,民众议论纷纷,故建议皇帝"毋轻置诏狱,具案之上,自非情涉巨蠹,且从有司论狱,

---

① 《宋文鉴》,第 763—764 页。

② 《宋文鉴》,第 779 页。

③ 《宋文鉴》,第 920 页。

④ 《宋文鉴》,第 629 页。

不必法外重行"。① 实际上是让皇帝守法而行,不必法外定罪。再如苏颂《论省曹寺监法令繁密》,朝廷法令繁密,导致可行之法少,守法难,行政效率低。所以建议"特诏近臣,遍行取索应省曹、寺、监见用条制格式,仍召集诸司官吏,使之反复诘难,看详定夺,可删者删之,可改者改之,择其要切者,著为新令,务从简易,使便于实施"。② 法令上化繁就简,有利于守法,贯彻法令的实施。

(五)礼制:遵礼守规

《宋文鉴》收录的讨论礼制的奏疏中,有对当时皇室封赠问题的讨论。如欧阳修《中书请议濮安懿王典礼》:"伏以出于天性之谓亲,因于人情之谓礼。虽以礼制事,因时适宜,而亲必主于恩,礼不忘其本,此古今不易之常道也。伏惟皇帝陛下……即位以来,仁施泽浃,九族既睦,万国交欢;而濮安懿王德盛位隆,宜有尊礼……臣等忝备宰弼,实闻国论,谓当考古约礼,因宜称情,使有以隆恩而广爱,庶几上以彰孝治,下以厚民风。臣等伏请下有司议,濮安懿王及谯国太夫人王氏、襄国太夫人韩氏、仙游县君任氏合行典礼,详处其当,以时施行。"③宋仁宗无嗣,过继了濮安懿王赵允让之子赵曙为皇子,赵曙即英宗。英宗治平二年,朝廷议论给皇室诸王的封赠,濮安懿王赵允让为英宗生父,应该追赠其什么尊号? 制书上称"皇考"还是"皇伯"? 成为敏感的话题,由此引发了著名的"濮议之争"。④ 欧阳修的奏疏,就是赞同英宗称濮安懿王为父,认为人情乃古今常道,应因时制宜,皇帝称濮安懿王为父,还能向天下彰显孝道,教化民众。《宋文鉴》所收程颐《代彭思永论濮王典礼》,则是持反对观点:"窃以濮王之生陛下,而仁宗皇帝以陛下为嗣,承祖宗大统,则仁庙陛下之皇考,陛下仁庙之适子。濮王陛下所生之父,于属为伯;陛下濮王出继之子,于属为侄。此

---

① 《宋文鉴》,第 774 页。

② 《宋文鉴》,第 852 页。

③ 《宋文鉴》,第 712 页。

④ 相关研究,参见郭艳丽:《从濮议之争看北宋对传统礼制的继承与变通》,《绵阳师范学院学报》2012 年第 9 期,第 95—97 页。

天地大义，生人大伦，如乾坤定位，不可得而变易者也；固非人意所能推移，苟乱大伦，人理灭矣……设如仁皇在位，濮王居藩，陛下既为冢嗣，复以亲称濮王，则仁皇岂不震怒？濮王岂不侧惧？"①程颐认为，英宗既已过继给宋仁宗，应称其生父为"伯"，否则就是坏人伦、灭人理。"濮议之争"以曹太后下手书而结束，赞同英宗称濮安懿王为"皇考"。《宋文鉴》收录的以上两篇奏疏，正是对"濮议之争"的反映，无论是赞成还是反对，其实出发点都是"遵礼"，只是遵变通之礼和遵古礼的区别。其他讨论礼制的奏疏，也多表现"遵礼守规"，如刘敞《论温成立忌》，文章反对为温成皇后立祭，认为宋仁宗不能因为宠爱温成皇后，就"变古越礼"，以皇后之礼为其发丧。当时曹皇后尚在，文成皇后实际是"贵妃"而追封"皇后"，这样做"则是贵妾于姒，尊嬖于嫡，上无以事宗庙，下无以教后嗣"，与礼不合。又如范祖禹《论明堂》建议恭虔祀事，皇帝祭祀之前，应斋戒三日，恭敬肃穆，才与礼相合，也是遵礼的表现。

（六）论整体策略和建议

《宋文鉴》所收奏疏中，多有针对北宋朝廷的军事、经济、吏治等各方面问题，提出整体策略的篇章。如王禹偁《应诏言事》，针对边鄙未宁、人民未泰、设官太多提出五条建议：其一曰：谨边防，通盟好，使辇运之民，有所休息；其二曰：减冗兵，并冗吏，使山泽之饶，稍流于下；其三曰：艰难选举，使入官不滥；其四曰：沙汰僧尼，使疲民无耗；其五曰：亲大臣，远小人，使忠良謇谔之士，知进而不疑，奸织倾巧之徒，知退而有惧。从其中可以看出，裁汰冗兵冗官，使民休养生息，成为主要要求。又如范仲淹《答手诏条陈十事》，此文被当作"庆历新政"的纲领，针对北宋"纲纪制度，日削月侵，官壅于下，民困于外，夷狄骄盛，寇盗横炽"②的问题，范仲淹提出十条改革建议：一曰：明黜陟；二曰：抑侥幸；三曰：精贡举；四曰：择官长；五曰：均公田；六曰：厚农桑；七曰：修武备；八曰：减徭役；九曰：覃恩信；十曰：重命令。从建议中可知，改革主要是为解决冗官问题，以节省开支，同时重

---

① 《宋文鉴》，第 868—870 页。

② 《宋文鉴》，第 653 页。

视农业生产、军队建设,加上薄赋广恩,并重视法令的执行,以此来解决积贫积弱的问题。除去为朝廷施政规划的整体策略外,还有为皇帝建议的整体策略,即如何当一个好皇帝? 如司马光《进五规状》,规劝皇帝应重视五件事情:保业、惜时、远谋、重微、务实。又如吕公著《进十事》,建议皇帝要畏天、爱民、修身、讲学、任贤、纳谏、薄敛、省刑、去奢、无逸。对皇帝的建议均非常务实,都有具体的针对性。

总之,《宋文鉴》中可窥见北宋政治史的奏疏非常多,涉及的问题极为广泛,上自军国大事,下至百姓事务均有讨论,兹不作过多阐述,尝一脔而知味。

第三节 《宋文鉴》奏疏的文章范式

《宋文鉴》所选录的奏疏,可视为北宋奏疏的精华,呈现出务实、典雅、严谨、简洁的文章范式。

一、务实

奏疏属实用性文体,是大臣参政议政而作,所陈之事情,多是现实中的问题,奏疏中的见解,都具有针对性,以解决实际问题为旨归。因此,要说服皇帝采纳自己的意见,必须要实事求是的分析问题,不得作空言。务实总共有两层内容:第一,勇于面对现实问题。《宋文鉴》奏疏中提到的问题,都是北宋朝廷所要面对最现实的问题,涉及边事、人事、民政、吏治、人才、法度、礼制等各方面,前文已述。奏疏写作的基础,是勇于面对这些现实问题,而不是粉饰太平,避而不谈。针对问题分析可能产生的影响和后果,强调解决问题的必要性。第二,切实可行地给出建议。无论是哪一类问题,奏疏中基本都会给出可行性意见,除前文所述,再略举几例,如夏竦《洪州请断妖巫》针对洪州"左道乱俗,妖言惑众",提出了"宜颁峻典,以革妖风";又韩琦《论骄卒诬告将校乞严军律》针对"兵卒骄纵",提出了"凡百军旅之事,常以训戢为意,有违犯者,时以重法行之";又欧阳修《论修河》,针对"开修六塔河口,回水入横垅故道"可能导致更大的水患,提出了"速罢六塔河之役"。务实,是奏疏创作的基础。

二、典雅

《宋文鉴》奏疏用汉唐故事、用本朝事、用儒家经典三种类型的典故,使其呈现出典雅的文章范式,奏疏的内容也因此更具说服力。

(一)用汉唐故事

用汉唐故事来佐证自己提出建议的合理性,为《宋文鉴》奏疏中的常见手法,因用汉唐故事的篇目太夥,兹略举数列以说明。如田锡《论边事》引班彪事:"光武时,西戎犯边。班彪请置护羌校尉,通其货之有无,治其人之冤枉,塞垣遂安。"用以说明互通市利对守境安民的重要性。又引汉武帝、唐太宗事:"汉武帝躬秉武节,遂登单于之台;唐太宗手结雨衣,往伐辽东之国。率义动之众,徇无厌之求,输常赋之财,奉不急之役,是舍近谋远也。"[1]说明不可兴舍近求远、劳而无功之役。又王禹偁《应诏言事》引唐裴垍事:"臣读元和贤相《裴垍传》,宪宗尝命垍铨品庶官,垍奏曰:'天子择宰相,宰相择诸司长官,诸司长官自择僚属,则上下不疑而政成矣。以陛下之明,择数十人诸司长官,常恐不逮;若更令臣择庶官,恐非致治之要。'"[2]以此来说明用人不疑,各级长官可以选择自己的僚属,不能跨级别插手官员的任免。又孙奭《论天书》引唐明皇事:

> 唐明皇得《灵宝符》《上清护国经》《宝券》等,皆王鉷、田同秀等所为;明皇不能显戮,怵于邪说,自谓德实动天,神必福我。夫老君圣人也,倘宝降语,固宜不妄;而唐自安史乱离,乘舆播越,两都荡覆,四海沸腾,岂天下太平乎?明皇虽仅得归阙,复为李辅国劫迁,卒以馁终,岂圣寿无疆,长生久视乎?[3]

---

① 《宋文鉴》,第626页。
② 《宋文鉴》,第635页。
③ 《宋文鉴》,第646页。

天禧三年夏四月辛卯,朱能献《天书》,宋真宗迎拜入宫,以此引发朝臣不满。孙奭以唐明皇崇奉迷信而不理政务,终招致国家祸患的事实,来奉劝宋真宗不要崇拜妖妄,而要实事求是理政。又司马光《应诏论体要》用汉文、陈平事:"昔汉文帝问陈平天下一岁决狱及钱谷出入几何?平曰:'陛下即问决狱,责廷尉;问钱谷,责治粟内史;必也使卿大夫各得任其职,此乃宰相事也。'若平者,可谓能知治体矣。"以此说明国家治体的关键,是使各级官员各司其职。

汉唐是中国封建王朝最强盛时期,奏疏中用汉唐故事,有较强的"史鉴"功能,以此来增加奏疏的说服力。

(二)用本朝事

《宋文鉴》奏疏中,亦多用本朝事。如贾昌朝《论边事》"驭将帅"的建议下,用宋太祖事:

> 古之帝王,以恩威驭将帅,以赏罚驭士卒,故军政行而战功集。乾德中,诏王全斌等伐蜀,是冬大雪,太祖御讲武殿氇幄,顾左右曰:"今日居此幄,尚寒不可御,况伐蜀将士乎?"即脱所服貂裘暖帽,遣中使驰赐全斌,此御之恩也。又曹彬、李汉琼、田钦祚讨江南,召彬至前,立汉琼等于后,授匣剑曰:"自副将而下,不用命者,得专戮之。"汉琼等股栗而退,此御之威也。[①]

宋太祖恩威并施驾驭将帅的事情,正是"驭将帅"可资借鉴的例子。又如司马光《进五规状》"重微"建议下,用太宗、真宗事:

> 太宗皇帝命昭宣使、河州团练使王继恩讨蜀,平之,宰相请除继恩宣徽使,太宗不许,曰:"宣徽使位亚两府,若使继恩为之,是宦官执政之渐也。"宰相固请,以继恩功大,佗官不足以赏之。太宗怒,切责宰相,特置宣政使以授之。真宗皇帝欲与章穆王皇后及后宫游内库,后辞曰:"妇人之性,见珍宝财货,不能无求;夫府库者,国家所以养六

① 《宋文鉴》,第691页。

军,备非常也,今耗之于妇人,非所以重社稷也。"真宗深以为然,遂止。①

司马光用太宗、真宗事,来说明洞察细微、防微杜渐的必要性。再如孙沔《请罢不管兵节使公用》:"今范仲淹孤寒出身,忠诚报国,统兵边鄙,终岁勤苦,未尝有臣僚乞赐千百缗,令助清贫之节一。刘涣仗义入夷狄,去不顾妻子,非慷慨感于君亲,岂能身奋死地?亦未尝有臣僚乞赐与千百缗,今资其家,二也。田况召自江外,受命陕西,委参使幕,合得赐赍一二百贯,此亦微事,须合自陈,况既耻言,赐以弗及,三也。"②用范仲淹、刘涣、田况三人待遇不好,但兢兢业业为朝廷办事为例,建议除统兵及任官陕西、河北的边臣外,罢除其他各地官员的随使公用钱,要增加边臣的待遇,突出国家对边防的重视。

奏疏中用本朝事,可增强现实感,有本朝实际情况摆在面前,皇帝更容易接受所提意见。

(三)用儒家经典

《宋文鉴》奏疏中,多引用儒家经典来佐证自己的意见。引《尚书》如范仲淹《答手诏条陈十事》"明黜降"下云:"臣观《书》曰:'三载考绩,三考,黜陟幽明。'"③用来说明考核官员的重要性,要增磨勘之例,以明黜降。又"重命令"下云:"臣闻《书》曰:'慎乃出令,令出惟行'。"④强调"重命令"的操作方式。引《诗经》如赵抃《请留欧阳修等供职》:"《诗》不云乎:'济济多士,文王以宁。'此谓文王虽大圣人,得居尊而安宁者,盖在朝多贤哲之士而致之然也。"⑤强调皇帝留欧阳修等贤哲之士在自己身边十分必要。引《礼记》如孙沔《论治本》:"《礼》云:'身修而家齐,家齐而国治,国治而天

---

① 《宋文鉴》,第739页。
② 《宋文鉴》,第772—773页。
③ 《宋文鉴》,第653页。
④ 《宋文鉴》,第663页。
⑤ 《宋文鉴》,第729页。

下平.'王政之本,基乎于此。"①强调王政之本是修身、齐家、治国、平天下。引《周易》如吕公著《论臧否人物宜谨密》:"臣闻《易》曰:'君不密则失臣,臣不密则失身,几事不密则害成。'夫人主延见群臣,与之讲天下之事,而论及人物之臧否,此所宜谨密者也。"②引用《周易》强调臧否人物宜谨密。综合引《左传》《尚书》《礼记》如刘挚《论人才》:"《传》曰:'为君子为能通天下之志。'《书》曰:'皇建其有极。'又曰:'无有作好,遵王之道;无有作恶,遵王之路。'《记》曰:'一道德以同俗'。又曰:'舜执其两端,用其中于民。'今天下风俗可谓不同,情志可谓未明矣。臣愿陛下虚心平听,默观万事之变,而有以一之,其要在乎慎好恶任用而已尔。"③强调持平的态度,不以好恶用人。

引用儒家经典,可以增加论证的权威性,从而增强说服力。

三、严谨

严谨的文章范式,主要体现在《宋文鉴》选录的中长篇奏疏上。中长篇奏疏开头往往先铺垫一番,或结合大臣自身的经历说明上奏疏的原由,或直接立论,抛出问题。长的铺垫甚至引入皇帝的诏书原文,如范仲淹《答手诏条陈十事》、司马光《应诏言朝政阙失》;短的铺垫则开门见山,直接说要给皇帝提问题,如富弼《论辨邪正》:"臣伏蒙圣造,擢冠宰司,虽步履尚艰,稍稽入觐,屡得宽告,跬蹰私门,然不敢安居,常思当今切务,欲伸报塞,而事颇纷综,固非笔墨可尽,今且以一事最大者,仰尘天听,伏惟圣慈,更赐裁察。"④总之,铺垫是第一层。在铺垫过后,开始陈述问题或针对问题提出建议。陈述问题型的如欧阳修《论修河》分析开修六塔河口存在的隐患,司马光《贡院乞逐路取人》分析试卷只分"在京"和"逐路"两类取士的弊端,苏辙《论吕惠卿》分析吕惠卿所作所为之"过",等等。针对问

---

① 《宋文鉴》,第 769 页。
② 《宋文鉴》,第 778 页。
③ 《宋文鉴》,第 854 页。
④ 《宋文鉴》,第 685 页。

题提出建议型,如王禹偁《应诏言事》、范仲淹《答手诏条陈十事》、韩琦《论时事》、贾昌朝《论边事》、司马光《进五规状》、吕公著《进十事》、苏轼《论治道二首》等等,都有"一二三四……"的具体意见。最后一个层次是大臣强调自己建议的重要性,往往以"伏惟陛下……"或"伏望陛下……"结尾,以期皇帝采纳自己的建议。三个层次较为清晰。

除层次清晰外,严谨还体现在论证有力。要想让皇帝采纳自己的建议,论证有力十分必要。第一,在论据的选择上,引经据典。如前文所述,用汉唐故事、用本朝事、用儒家经典来佐证自己的观点为常用手段。第二,在语言上,以切直居多。如欧阳修《论贾昌朝》:"盖由昌朝禀性回邪,执心危险,颇知经术,能缘饰奸言;善为阴谋,以陷害良士;小人朋附者众,皆乐为其用";又如吕海《论王安石》开头:"臣窃以大奸似忠,大诈似信,惟其用舍,系时之休否也";再如吕陶《请罢国子司业黄隐职任》:"臣伏见国子司业黄隐,素寡问学,薄于操行,久任言责,殊无献告;惟附会当时执政,苟安其位"。诸如此类语言切直的篇章甚多,不再赘述。

四、简洁

与中长篇奏疏不同,《宋文鉴》收录的百余字的短篇奏疏没有过多的铺垫,层次比较简单,有单刀直入,明白晓畅的特点,呈现出简洁范式。如王严叟《请广言路参用四方之士》:

> 臣以谓天下之事,度而知之,不如耳闻其说;耳闻其说,不如目睹其真。今四海之大,万里之远,民情之利害,不可以概言;风俗之美恶,不可以凡举;人材之贤不肖,不可以互知。窃以陛下所赖以察四方之事,达四方之情者,言路数人而已;而专用一方之人,非所以广聪明于天下也。臣愿陛下,常于言路参用四方之士。①

用简洁的语言,说明"言路参用四方之士"的必要性。又如丁隲《请禁绝登科进士论财娶妻》:

---

① 《宋文鉴》,第895页。

臣窃闻近年进士登科,娶妻论财,全乖礼义。衣冠之家,随所厚薄,则遣媒妁往返,甚于乞丐,小不如意,弃而之它。市井驵侩,出资千金,则贸贸而来,安以就之。名挂仕版,身被命服,不顾廉耻,自为得计,玷辱恩命,亏损名节,莫甚于此!陛下上法尧、舜,旁规汉、唐,开广庠序,遴择师儒,自京师以达天下,教育之法,远过前古。而此等天资卑陋,标置不高,筮仕之初,已为污行,推而从政,贪墨可知。臣欲乞下御史台严行觉察,如有似此之人,以典法从事,庶几惇厚风教,以惩曲士![①]

批判登科进士"娶妻论财"的现象,以女方财富多寡来作为娶不娶的标准,全然是违背礼义的做法,简洁有力。再如游酢《论士风》:

天下之患,莫大于士大夫无耻。士大夫至于无耻,则见利而已,不复知有他,如入市而攫金,不复见有人也。始则非笑之,少则人惑之,久则天下相率而效之,莫知以为非也。士风之坏,一至于此,则锥刀之末,将尽争之,虽杀人而谋其身,可为也;迷国以成其私,可为也;草穷奸究,夺攘矫虔,何所不至,而人君尚何所赖乎? 古人有言:礼、义、廉、耻,谓之四维,四维不张,国非其有也。今欲使士大夫人人自好,而相高以名节,则莫若朝廷之上,唱清议于天下。士有顽顿无耻,一不容于清议者,将不得齿于缙绅。亲戚以为羞,乡党以为辱。夫然,故土之有志义者,宁饥饿不能出门户,而不敢以丧节;宁阨穷终身,不得闻达,而不敢以败名。廉耻之俗成,而忠义之风起矣。人主何求而不得哉? 惟陛下留意![②]

开头指出"天下之患,莫大于士大夫无耻",可谓单刀直入的典范,然后接着论述最大的无耻是士大夫见利忘义,置礼义廉耻于不顾,必然导致士风败坏,有对重整士风的呼唤,全文篇制短小,简洁有力、明白晓畅。

当然,《宋文鉴》中的奏疏并非全是好作品,也有写的冗长而晦蚀本意

---

① 《宋文鉴》,第905页。
② 《宋文鉴》,第912页。

之作,如宇文之邵《上皇帝书》。只是这样的作品少之又少,不影响《宋文鉴》所选奏疏的整体范式。

第四节　叶适对《宋文鉴》奏疏的评论与吕祖谦的读史之法

叶适在《习学记言序目》中对《宋文鉴》部分奏疏进行评论,多侧重史实的考察,主要是对奏疏中提出的相关策略进行反思,或受到吕祖谦所提倡的读史之法影响。

《习学记言序目》共五十卷,其中十四卷论"经",二十五卷论"史",七卷论"子",四卷论《宋文鉴》。从该书的比重看,论"史"是其主要内容。叶适在《习学记言序目》中说:"此书二千五百余篇,纲条大者十数,义类百数,其因文示义,不徒以文,余所谓必约而归于正道者千余数,盖一代之统纪略具焉。"①叶适不仅把《宋文鉴》当作文学总集,更当作"因文示义"、"一代之统纪略具"的"史书"。《宋文鉴》奏疏涉及北宋史事较多,故叶适多以论史的方式评论《宋文鉴》奏疏。

叶适对《宋文鉴》奏疏的评论,其内容主要是针对奏疏中相关历史事件的反思,包含以下几点。

第一,对具体策略的批评。如评赵普《雍熙三年请班师疏》:"普《疏》云:'旬朔之间,便涉秋序',当在六月中,而曹彬等以五月败于岐沟,奏入适相先后。明年,虏求报复河北、山东。取幽州岂有秘计?而浪战亦安能有获?必尽择智勇廉仁者为将,尺寸守之,虏来使得气,去勿追逐,斗虏而无斗燕民,不计岁月,待其自溃,然后筑长城,实塞下,则夷夏分而汉虏安矣。普既不足以知此,王旦、寇准迄变为澶渊之和,韩琦、富弼一一承用;及国难梗棘,河东、河北尽委与之,未闻以为非者,尧、舜三代礼义之

---

① 《宋文鉴》附录《习学记言序目》,第 2167 页。

区,独江淮而已,其误皆出于普。"①叶适批评了赵普以劳师远征而获利少请求班师的策略,认为应该固守与辽国打持久战,不该因为战败而全部班师回朝,并认为这是导致北宋尽失旧地,对辽一直处于劣势的根源。又如评杨亿《论灵州事宜》:"亿乃远引汉武置朔方,公孙弘以为不便,又以贾捐之弃珠崖为比,又谓地不过数千里为尧舜三代之盛;而尤疏阔者,至言燕、蓟亦举而弃之。自是主议论之臣遂以弃地为常,而蹙国避寇外无余术矣……自古圣贤,虽曰尚德而不务广地,然亦未有以地不足而为德之有余者;况唐尝以灵武复兴矣。亿不此之思,独以公孙弘为辞,然则见利害不尽,设策画不精,泛滥缀缉,以空言误后人,乃今世儒生学士大病也。"②叶适批评了杨亿随意放弃灵州之地的策略,认为杨亿之策略实乃"以空言误后人"。

第二,对史事的发微。如评王禹偁《应诏言事》:"禹偁受知太宗,夫世有直道自有直气,而为真宗言此不疑,真宗亦未尝以为谤者,直道素明也。自庆历后,议论浮杂,直气空多,直道已散,至治平、熙宁,纷争于言语之末,而直道荡灭无余矣。观此两节,风俗之变可以考见;今人欲景行前辈,须是于明道、景祐以前,更接上去看方得。"③"直道"即直言进谏之道,叶适认为"直道"自明道、景祐后已不传,有提倡恢复"直道"之风的意思。又如评范仲淹《应诏十事》:"余尝疑儒者不得志于时,非特道之难行,盖其间亦自有考论不审处。如十事中自精贡举以下,其八皆国家所常行,人情所同愿,纵有排阻,易于消复,非利害之要也;惟明黜陟、抑侥幸,最为庸人重害,而仲淹先行之……若仲淹先国家之常行,后庸人之重害,庶几谗间不大作,而基本亦可立矣。"④叶适将"庆历新政"失败的原因归结于纲领有"考论不审处",应先行国家之常行,"明黜陟、抑侥幸"等得罪小人的措施应后施行,否则增加了改革的阻碍。再如评贾昌朝《论边事》:"贾昌朝《论

---

① 《宋文鉴》附录《习学记言序目》,第 2139 页。
② 《宋文鉴》附录《习学记言序目》,第 2140—2141 页。
③ 《宋文鉴》附录《习学记言序目》,第 2139 页。
④ 《宋文鉴》附录《习学记言序目》,第 2142 页。

边事》言太祖得御将之道,及善用将帅,精于觇候,人所共知;其言削方镇兵权太甚之弊,则人所不知;虽有知者,亦不敢言也。言训营卒,谓:'令诸军毋食肉衣帛,营门有鬻酒肴则逐去,士卒有服缯帛则笞之。'自古用士得死力,未有不先使之温衣饱食者。如后世养兵,衣食不足,怨嗟愤郁,何以效命? 恐此当别论也。"①叶适此言,不完全赞同贾昌朝夸赞宋太祖治军有方的说法。其他如评邹浩《谏立后》:"浩本常才而能为此者,积习见闻之久,源流有自而然也。庆历谏者祸福杂,元符谏者有祸无福,所遇之时殊也。"一是对邹浩直言的赞赏,二是感慨进谏是福是祸与其时事相依。

第三,对北宋人物的评价。如评寇准《论澶渊事宜》:"余旧闻长老重准力赞亲征,且言其凡所规虑皆已先定,非一时偶然而为者,即此疏也……况此疏正是擘移兵马,寇深则抽那大军护驾尔,了无奇计,未知诸公何以夸艳如此!"②叶适认为澶渊之战中,寇准实际上"了无奇计",只是调动大军护驾,对寇准功劳的赞美言过其实。又如评富弼《辞枢密》《论流民》《辨邪正》三疏:"古之贤相,因忧患而益明,周公是也;弼因忧患益昏,而犹欲自以为贤,非余所知也。"③认为富弼在面对忧患局面时变得愈加昏聩。再如评陈瓘《论蔡京》:"陈瓘力拄蔡氏,其言'绝灭史学,一似王衍;重南轻北,分裂有萌。'先见之明,一人而已"④,赞扬陈瓘看透蔡京即将带来祸患的远见。

需要说明的是,除针对奏疏中相关历史事件的反思外,有少量涉及奏疏艺术成就的点评,如评孙沔《论治本》:"其辞有进无退,似两汉,非后人语……其气刚大,其净的切如此。"⑤又如评苏轼《徐州上皇帝书》:"吕氏数语余,叹其抑扬驰骤开阖之妙,天下奇作也。"⑥再如评刘挚《请分析助役》:"吕氏言刘挚善为奏疏,其攻短安石,模写精妙,情态曲直,而无迫切

---

① 《宋文鉴》附录《习学记言序目》,第 2144 页。
② 《宋文鉴》附录《习学记言序目》,第 2141 页。
③ 《宋文鉴》附录《习学记言序目》,第 2143 页。
④ 《宋文鉴》附录《习学记言序目》,第 2151 页。
⑤ 《宋文鉴》附录《习学记言序目》,第 2147 页。
⑥ 《宋文鉴》附录《习学记言序目》,第 2148 页。

噪忿之气,一时莫能及。"①内容较少,叶适对《宋文鉴》奏疏的评论重在相关历史事件的反思,不在文学评点。

叶适评论《宋文鉴》奏疏的方式,与吕祖谦曾谈及的读史之法有相似之处,都重视对历史事件的反思。吕祖谦曾举读《通鉴》之法来说明读史之法:

> 昔陈莹中尝谓《通鉴》如药山,随取随得。然虽是有药山,又须是会采,若不能采,不过博闻强记而已。壶丘子问于列子曰:"子好游乎?"列子对曰:"人之所游,观其所见,我之所游,观其所变。"此可取以为看史之法。大抵看史见治则以为治,见乱则以为乱,见一事则止知一事,何取?观史当如身在其中,见事之利害,时之祸患,必掩卷自思,使我遇此等事,当作如何处之。如此观史,学问亦可以进,知识亦以可高,方为有益。②

吕祖谦引用列子"人之所游,观其所见,我之所游,观其所变",强调读史当观其"变",即是要思考历史事件前后之因果联系;还要置身其中,以我为"古人",看如何对待和处理历史事件;"通变"与"置身",是吕祖谦的读史之法。叶适在评论《宋文鉴》奏疏时,多采用和吕祖谦类似的方法,从上文所举之例已能窥见一二,再举一例补充说明,如评论张方平《论国计》和《论免役钱》:

> 张方平《论国计》在王安石未用前,《论免役钱》在为王安石所排后。神宗初始明锐,果于欲焉,而冗兵厚费一节,最为庆历以来大患。若当时大臣公共为上别白言之,图其至当而决于必行,事既广远,非十数年功绪不就,则人主之志已定,而其他纷纷妄言改作者不复用矣。惜乎韩、富、欧阳不能知,方平虽知而言之不切,就使切论而亦未有以处也。及安石既用,则纷更之祸已成,当时如方平言者甚众,安

---

① 《宋文鉴》附录《习学记言序目》,第 2149 页。

② 《吕祖谦全集》第二册《丽泽论说集录·门人辑录史说》,第 218 页。

能救乎！①

叶适所言"神宗初始明锐,果于欲焉,而冗兵厚费一节,最为庆历以来大患"实际上是"通变"之观,"若当时大臣公共为上别白言之"以下为"置身"之论,可见其与吕祖谦读史之法的相似处。作为吕氏门人,叶适曾亲承诲训,他从整体上评价《宋文鉴》时说:"大抵欲约一代治体归之于道,而不以区区虚文为主。余以旧所闻于吕氏又推言之,学者可以览焉。"②"旧所闻于吕氏",除闻《宋文鉴》的主旨外,或还闻其读史之法。

叶适《习学记言序目》成书后,曾有学子拿来作为学习的书籍。南宋陈耆卿《上水心先生书》有云:"窃闻先生之学千载一朝……闻所著述有曰《习学记言》者,天下学子争师诵之。"③叶适的门人孙之弘在为《习学记言序目》所作的《序》中说:"其致道成德之要,如渴饮饥食之切于日用也;指治摘乱之几,如刺腧中盲之速于起疾也;推迹世道之升降,品目人才之短长,皆若准绳而铢称之。"④就其对《宋文鉴》奏疏的评论来看,确实多见解犀利之处,不作妄言。叶适评论《宋文鉴》奏疏的方式,可看作是对吕祖谦"金华学派"读史之法的继承,对《宋文鉴》奏疏的史学解读有重要参考价值。

第五节　《宋朝诸臣奏议》对《宋文鉴》
奏疏的参考和借鉴

《宋朝诸臣奏议》(又名《皇朝名臣奏议》)一百五十卷,专收北宋一代奏议,赵汝愚孝宗淳熙十三年(1186)奉旨编成进献,他在《进〈皇朝名臣奏

---

① 《宋文鉴》附录《习学记言序目》,第2145—2146页。
② 《宋文鉴》附录《习学记言序目》,第2125页。
③ (宋)陈耆卿:《筼窗集》,见《景印文渊阁四库全书》第1178册,台北:台湾商务印书馆1986年版,第41页。
④ (宋)叶适:《习学记言序目》,北京:中华书局1977年版,第759—760页。

议〉序》中有云：

> 臣仰惟陛下天资睿明，圣学渊懿，顾非群臣所能仰望。而若稽古训，虚受直言，二纪于兹，积勤不倦。尝命馆阁儒臣类编《国朝文鉴》，奏疏百五十六篇，犹病其太略，兹不以臣既愚且陋，复许之尽献其书。万机余间，幸赐绅绎，推观庆历、元祐诸臣其词直，其计从而见效如此；熙宁、绍圣诸臣其言切，其人放逐而致祸如彼。然则国家之治乱，言路之通塞，盖可以鉴矣。①

从赵汝愚《序》可知，《宋朝诸臣奏议》的编纂是对《宋文鉴》奏疏的扩充，其编纂宗旨亦是"史鉴"作用，通过诸臣奏议明国家之治乱根源，这与《宋文鉴》奏疏"有补治道"的目的相似。陈智超先生在《宋朝诸臣奏议·序》中说：

> 《诸臣奏议》共收北宋臣僚奏疏 1630 篇，篇数为《宋文鉴》所收奏疏的十倍以上。《诸臣奏议》按内容分门，《宋文鉴》的奏疏则按作者的时代先后排列。《诸臣奏议》与《宋文鉴》同收的奏疏，许多篇文字多少有些差别。赵汝愚虽然见到了《宋文鉴》，但《诸臣奏议》之于《宋文鉴》，只是参考、借鉴的关系。②

陈先生之论甚是高见，笔者赞同此说。《诸臣奏议》所收奏议篇数是《宋文鉴》奏疏的 10 倍以上，可见其扩充数量之巨。但是，"许多篇文字多少有些差别"，进而推论《宋朝诸臣奏议》之于《宋文鉴》"只是参考、借鉴"的关系，言之不详，笔者拟作一申说。

第一，赵汝愚有参考、借鉴《宋文鉴》的可能。他在《进〈皇朝名臣奏议〉札子中》谈到《宋朝诸臣奏议》的编纂过程说：

> 臣学术浅陋，不足仰晞古人万一。然尝备数三馆，或观秘府四库

---

① 北京大学中国中古史研究中心校点：《宋朝诸臣奏议》附录《进〈皇朝名臣奏议〉序》，上海：上海古籍出版社 1999 年版，第 1724 页。
② 北京大学中国中古史研究中心校点：《宋朝诸臣奏议·序》，上海：上海古籍出版社 1999 年版，第 15 页。

所藏,及累朝史氏所载忠臣良士便宜章奏,论议明切,无愧汉儒。臣私窃忻慕,收拾编掇,历时寖久,箧中所藏殆千余卷。而臣性迟钝,不能强记,每究寻一事首尾,则患杂出于诸家,文字纷乱,疲于捡阅。自昨蒙恩,假守闽郡,辄因政事之暇,与数僚友因事为目,以类分次,而去其重复与不合者,犹余数百卷,厘为百余门。①

从《宋初诸臣奏议》的材料来源看,来自于馆阁秘府所藏之书,赵汝愚"私窃忻慕,收拾编掇",后来"因事为目""以类分次"编成《宋初诸臣奏议》。《宋文鉴》于孝宗淳熙六年(1179)进献,当藏于馆阁秘府之中,赵汝愚肯定能见到。另外,赵汝愚《序》中引用宋孝宗的话说"病其(《宋文鉴》奏疏)太略",也能说明赵汝愚见到《宋文鉴》无疑,否则如何扩充? 因此,从情理上分析,赵汝愚编纂《宋朝诸臣奏议》有参考、借鉴《宋文鉴》的可能。

第二,从《宋朝诸臣奏议》与《宋文鉴》奏疏篇目的对比可以看出《宋朝诸臣奏议》并未沿袭《宋文鉴》奏疏,最多仅是参考、借鉴。其一,从《宋朝诸臣奏议》选录奏疏篇目看,并未全选《宋文鉴》奏疏。如欧阳修《论燕度勘滕宗谅事张皇太过》《论修河》、司马光《论阶级》,《宋文鉴》奏疏载,而《宋朝诸臣奏议》未收。其二,《宋朝诸臣奏议》与《宋文鉴》奏疏共选篇目中,文章标题多有不同。以欧阳修为例,《宋文鉴》收欧阳修《论杜韩范富》,《宋朝诸臣奏议》题为《上仁宗论小人欲害忠贤必指为朋党》;《宋文鉴》收欧阳修《论狄青》,《宋朝诸臣奏议》题为《上仁宗乞罢狄青枢密之任》;《宋文鉴》收欧阳修《论贾昌朝》,《宋朝诸臣奏议》题为《上仁宗论用人之要在先察毁誉之人》。其三,"《诸臣奏议》与《宋文鉴》同收的奏疏,许多篇文字多少有些差别"。这是陈智超先生的观点,笔者举例补充说明,如欧阳修《论杜韩范富》:"敢冒一人之难犯之颜,惟懒圣慈",《宋朝诸臣奏议》"冒"作"干","慈"作"明";"臣职虽在外,事不审知",《宋朝诸臣奏议》

---

① 北京大学中国中古史研究中心校点:《宋朝诸臣奏议》附录《进〈皇朝名臣奏议〉劄子》,上海:上海古籍出版社 1999 年版,第 1724 页。

作"臣职虽供职在外,事不尽知"。又如司马光《论治身治国所先》:"乡时外间有议者曰",《宋朝诸臣奏议》作"乡时外间议者皆曰";"昔杨朱见衢途而泣"、"安危之衢途也",《宋朝诸臣奏议》"衢"皆作"歧"。

与《宋朝诸臣奏议》1630 篇相比,《宋文鉴》奏疏仅有 162 篇作品,[①]《宋朝诸臣奏议》即使参考、借鉴也只是很少的部分,并未完全沿袭《宋文鉴》奏疏。需要指出的是,明代永乐十四年(1416),黄淮、杨士奇奉敕编纂《历代名臣奏议》350 卷,收录商周至元代约 9000 余篇作品,其中北宋部分奏疏也有参考《宋文鉴》奏疏的迹象,还参考了《宋文鉴》"策"和"表"的部分。但《宋文鉴》奏疏较少,而《历代名臣奏议》收文繁杂,因此《历代名臣奏议》所录奏议来源于《宋文鉴》奏疏的数量很少。[②] 本书不再讨论《历代名臣奏议》所录奏议与《宋文鉴》奏疏的关系。

---

① 所谓"百五十六篇",实际上是 162 篇。

② 见王德颂:《〈历代名臣奏议〉(宋代部分)研究》,河北大学 2010 年硕士论文,第 22 页。

第五章　《宋文鉴》入选其他文类研究

除赋、诗、奏疏外,《宋文鉴》还有其他五十一类文类,篇目数量甚多,难以一一进行论述。笔者在研读《宋文鉴》的过程中,对"赦文""记""题跋""乐语"较有心得,下面将就上述四种文类涉及的相关问题进行探讨。

第一节　《宋文鉴》"赦文"略论

一、赦文的概念及分类

赦文属于"诏令类"文体,是朝廷下令大赦天下的文书,又称赦书。关于赦文的兴起,贺复徵《文章辨体汇选》云:

> 徐师曾曰:按字书云,赦者舍也,肆赦之语,始见《虞书》,而《周礼》司刺掌三赦之法。《吕刑》有疑赦之制,则或以其情之可矜,或以其事之可疑,或以其人在三赦、三宥、八议之列,是以赦之,非不问其情之浅深、罪之轻重而概赦之也。后世乃有大赦之法,于是为文以告四方而赦文兴焉,又谓之德音,盖以赦为天子布德之音也。然考之唐时,戒厉风俗,亦称德音,则德音之与赦文自是两事,不当强而合之也,今各仍其称以附赦文之后。①

---

① (明)贺复徵:《文章辨体汇选》,见《景印文渊阁四库全书》第1402册,台北:台湾商务印书馆1986年版,第155页。

皇帝为布德于天下,兴大赦之法,"为文以告四方",所以赦文兴起。按照约定俗成的看法,赦书和德音都指赦书,但贺复徵谓"德音与赦文自是两事,不当强而合之也",实际上德音是区别于赦文的另一类文体。《文苑英华》将"赦书"分为登极赦书、改元赦书、尊号赦书、禋祀赦书、平乱赦书、立太子赦书、杂赦书共 7 类,这是按照题材分类的一种分法,较为细致。清人王之绩《铁立文起》则论道:"赦文有二,或以开创反彼旧政而施恩,或以守成遇诸吉事而加惠。"①这是从作文的原因出发,将赦文分成了两种类型,此说亦颇有道理。《宋文鉴》所选"赦文"共有 6 篇,按照《文苑英华》的分类法,包含登极赦书、禋祀赦书、立太子赦书 3 类,囊括王之绩所列的两种类型。

二、《宋文鉴》选录赦文的形式及艺术特征

从《宋文鉴》选录的赦文来看,每篇由两个部分构成,以王圭《治平立皇太子赦文》为例,首先说大赦天下的原由:"王者承天立极,莫不思长世之图,为国建储,所以正万邦之本。故朕亲先父子,而天下不以为爱,命发朝廷,而天下不以为私。粤予上嗣之良,禀自日跻之圣。出而就传,寖穷学肆之闻;入则承颜,勤至寝门之问。比疏荣于王社,益侈德于天枝。顾荷丕基之艰,犹虚正体之二。矧汉文命嫡,著于即祚之初年;且夏后立子,期以传家于万世。维群元之所侯,维大器之所承。式符少海之祥,宜践东朝之位。肆显册之丕发,嘉金言之大同。爰契欢心,用覃旷泽。可大赦天下。"太子德行高尚,册立太子对朝廷意义重大,故推恩大赦。其次是对大赦原因的再强调:"於戏! 文昭武穆,夙诒燕后之谋;震长离明,本有承华之象。盖义重乎先者,礼必亟举;庆施乎上,则惠必遝流。咨尔庶方,当体朕意!"②册立太子,是为其谋划,使其将来能做出一番事业,重中之重是举行册封的礼仪,最好的庆祝方式就是让天下人受惠(大赦天下)。这就

① (清)王之绩:《铁立文起》,见王水照编《历代文话》第 4 册,上海:复旦大学出版社 2007 年版,第 3768 页。
② 《宋文鉴》,第 494 页。

是《宋文鉴》赦文的一般形式,王圭《嘉祐明堂赦文》、元绛《熙宁七年南郊大赦》、邓润甫《元丰立皇太子赦文》皆如是,但前述陶谷《建隆登极文》有大赦天下的内容,其他文章则没有。

　　《宋文鉴》所选赦文体现了典雅瑰丽的艺术特征,如王圭《嘉祐明堂文》:"朕承三圣之基,履四海之贵,深惟持国之日久,益念为君之道难。有临德之厓,庶以图天下之佚;无奉养之靡,庶以资天下之丰。兢兢万务之维微,勉勉前事之所戒……於戏!承神之胙,既均辉耀之微;荡俗之瑕,复若风霆之布。盖礼钜则泽之博,孝至则劝以遐。尚赖秉文之英,经武之杰,历同寅于王室,壮大治于邦国;共荷无疆之休,亦膺无穷之闻。"①全文语言工妙,呈现了典雅瑰丽的艺术特征。《四库全书总目·华阳集》提要亦云:"其文章则博赡瑰丽自成一家,计其登翰苑掌文诰者,几二十年,朝廷大典册皆出其手,故其多且工者以骈俪为最,揖让于二宋之间可无愧色。"②此语用来评价王圭的赦文也极为恰当。又如元绛《熙宁七年南郊大赦》:"王者钦崇神天,严奉宗祐。就郊以禋,所以诏天下之恭;假庙而烝,所以教天下之孝。洪惟五圣之烈,诞辑百王之文……是用朝荐殊庭,祼将太室。乃进登于阳晊,以衷对于皇穹。合法柔祇,陟配文祖。祝燧告洁,赞犠尚纯。六乐发音,舞奏而诸物至。二精扬燎,烟升而万灵交……"③用词极其讲究,对仗精工,也体现出典雅瑰丽的艺术特征。

三、《建隆登极(赦)文》的作者及文章残缺问题

　　《宋文鉴》赦文首篇《建隆登极文》不著作者,按祝尚书《〈建隆登极文〉作者辨》:"《古今图书集成·皇极典》卷二〇四载《建隆登极文》,署苏颂作。苏颂生于真宗天禧四年(1020),其不可能为太祖作《登极赦文》,不需置辨。今按:此赦文又见《宋会要辑稿·礼》五四之一、《宋朝事实》卷二、《皇朝文鉴》卷三二、《宋大诏令集》卷一等,并署陶谷作。陶氏在宋初官翰

---

①　《宋文鉴》,第494页。

②　(清)永瑢等:《四库全书总目》,北京:中华书局1965年版,第1314页。

③　《宋文鉴》,第494—495页。

林承旨、知制诰,草赦乃其职守,此文为其所作无疑。"①祝尚书先生所论可信,《建隆登极文》作者为陶谷。《宋朝事实》卷二载此文,文后有四库馆臣按语:

> 《永乐大典》所载《登极赦文》独佚此诏,今从赵普《龙飞记》所载补入,原注:"翰林学士承旨陶谷行",盖谷笔也。②

此或可作《建隆登极文》作者为陶谷的辅证。

对比《宋朝事实》之文,《宋文鉴》所载《建隆登极文》篇幅少近一半,是为残缺之文,今据《宋朝事实》补录如下:

> 可大赦天下! 应正月五日昧爽以前,天下罪人所犯罪,已结正、未结正,已发觉、未发觉,罪无轻重,常赦所不原者,咸赦除之。应贬降、责授及勒停官等,并与恩泽,诸配徒役男子女人等,并放逐便。其内外马步兵士,各与等第优给诸军,内有请分料钱者,特与加等添给。中外见任,前任职官,并与加恩。文武升朝官,内储司使、副使、禁军都指挥使以上,及诸道行军司马、节度副使、藩方马步军都指挥使,应父母妻未有官及未曾叙封者,并与恩泽;亡父母未曾封赠者,并与封赠。诸处逃亡军都限赦到百日内,仰于所在陈首,并与放罪,依旧军分收管;如此百日不来自首者,复罪如初。念彼愚民,或行奸盗,属兹解网,或许自新。诸军有草寇处,仰所在州府及巡检使臣晓谕召唤。若愿在军食粮者,并与食粮;如愿归农者,亦听取便。余戏……③

《宋文鉴》录文阙失的原因不明,有待进一步探究。

---

① 祝尚书:《〈建隆登极文〉作者辨》,《宋代文化研究》1994 年(第四辑),第 128 页。

② (宋)李攸:《宋朝事实》,见《景印文渊阁四库全书》第 608 册,台北:台湾商务印书馆 1986 年版,第 18 页。

③ (宋)李攸:《宋朝事实》,见《景印文渊阁四库全书》第 608 册,台北:台湾商务印书馆 1986 年版,第 17—18 页。

第二节 《宋文鉴》"记"书写"治道"的两种模式

　　《宋文鉴》"记"的类型多样,就文学成就来说,以书写文人怡然自适的心态的"记"成就最高,如王禹偁《竹楼记》、欧阳修《丰乐亭记》《醉翁亭记》、苏舜钦《沧浪亭记》、司马光《独乐园记》、苏轼《灵壁张氏园亭记》《放鹤亭记》等,以上诸篇皆为名作,前人多有论及,笔者不再赘述。但从数量上看,则是以体现"治道"思想的"记"最多,即谈论治理国家之道,共 45 篇作品(《宋文鉴》"记"共 88 篇)。有意识地凸显"治道"思想,与《宋文鉴》"以文为鉴"编纂宗旨中的"治政"相符合,这是《宋文鉴》"记"不同于南宋其他文章选本所收"记"的地方,那体现"治道"思想的"记"有怎样的书写模式呢?

　　《宋文鉴》所收"记"中,书写"治道"的篇章有两种模式,一是不涉及具体人物,只通过对某一事物的论述而生发。如王禹偁《待漏院记》①:"古之善相天下者,自咎、夔至房、魏数也。是不独有其德,亦皆务于勤尔。况夙兴夜寐,以事一人,卿大夫犹然,况宰相乎?……"先说宰相勤政是理所当然的事情,再说宰相应该考虑的国家大事:"待漏之际,相君其有思乎?其或兆民未安,思所泰之。四夷未附,思所来之。兵革未息,何以弭之?田畴多芜,何以辟之?贤人在野,我将进之;佞臣在朝,我将斥之……忧心忡忡,待旦而入。"宰相敬业,且忧国忧民,可以使"皇风于是乎清夷,苍生以之富庶"。接着说宰相不能做的事情:"其或私仇未复,思所逐之。旧恩未报,思所荣之。子女玉帛,何以致之?车马器玩,何以取之?奸人附势,我将陟之;直士抗言,我将黜之……"若宰相只为一己私欲,玩弄权术,贪污腐败,则"政柄于是乎堕哉,帝位以之而危矣"。文章最后云:"是知一国之政,万民之命,悬于宰相,可不慎与?"再次强调宰相对于朝廷的重要性。

　　① 《宋文鉴》,第 1112 页。

又如司马光《谏院题名记》：

> 古者谏无官，自公、卿、大夫至于工商，无不得谏者。汉兴以来始置官。夫以天下之政，四海之众，得失利病，萃于一官，使言之，其为任亦重矣。居是官者，当志其大，舍其细，先其急，后其缓，专利国家而不为身谋。彼汲汲于名者，犹汲汲于利也，其间相去何远哉？天禧初，真宗诏置谏官六员，责其职事。庆历中，钱君始书其名于版。光恐久而漫灭，嘉祐八年，刻著于石。后之人将历指其名而议之曰：某也忠，某也诈，某也直，某也回。呜呼，可不惧哉？①

通篇谈论谏官的重要性，言辞有力。再如邹浩《拱北轩记》，其居所之小轩在正北方，以"北辰居其所而众星拱之"为喻，以君为辰，以群臣为众星："拱于内者，辅弼尽辅弼之道，侍从尽侍从之宜，六曹寺监之属，尽所以为六曹寺监之职；拱于外者，监司尽监司之分，守令尽守令之才，诸路郡邑之属，尽所以为诸路郡邑之务；上下相承，如源流之一水，先后相应，如首尾之一形。自京师而环瞩之，虽远在蛮夷戎狄之外，犹且四序平，万物遂，重译效贡，拱我圣人，而况九州之内乎？"②群臣有忠君之心、各司其职，才能天下大治，威震四海。其他如蔡襄《万安渡石桥记》：

> 泉州万安渡石桥，始造于皇祐五年四月庚寅，以嘉祐四年二月辛未讫功。累趾于渊，酾水为四十七道，梁空以行。其长三千六百尺，广丈有五尺，翼以扶栏，如其长之数而两之。靡金钱一千四百万，求诸施者。渡宾支海，舍舟而徒，易危以安，民莫不利。职其事，卢锡、王宴、许忠、浮屠义波、宗善等，十有五人。既成，太守莆阳蔡襄为之合乐宴饮而落之。明年秋，蒙诏还京，道繇是出，因纪所作，勒于岸左。③

此文文学趣味一般，仅是简单的记叙说明，但表达了爱民之心，也是

① 《宋文鉴》，第 1137 页。
② 《宋文鉴》，第 1201 页。
③ 《宋文鉴》，第 1136 页。

"治道"思想的体现。

二是有具体人物,这些人往往贤臣能吏,通过对他们事迹的颂扬,夹叙夹议来体现"治道"思想。如关于范仲淹的篇章,钱君倚《义田记》写了范仲淹购置"义田"以养族群之人的事迹,虽然身居高位,但范仲淹"贫终其身","殁之日身无以为敛,子无以为丧。惟以施贫活族之义遗其子而已"。颂扬了范仲淹的仁义之举。张载《庆州大顺城记》则写了范仲淹兴建大顺城抵御西夏侵扰的历史事件:

> 皇皇范侯,开府于庆,北方之师,坐立以听。公曰彼羌,地武兵劲,我士未练,宜勿与竞,当避其强,徐以计胜。吾视塞口,有田其中,贼骑未迹,卯横午纵。余欲连壁,以御其冲,保兵储粮,以俟其穷。将吏掾曹,军师卒走,交口同辞,乐赞公命……胡虏之来,百十其至,自朝及辰,众积我倍。公曰无哗,是亦何害!彼奸我乘,及我未备,势虽不敌,吾有以恃。爰募强弩,其众累百,依城而阵,以坚以格……贼之逼城,伤死无数,莫不我加,因溃而去。公曰可矣,我功汝全,无怠无遽,城之惟坚!劳不累日,池障以完,深矣如泉,高焉如山,百万雄师,莫可以前。公曰济矣,吾议其旋,择土以守,择民而迁……①

文章以四言写成,生动展示了范仲淹知庆州时建造大顺城的经过,大顺城的修建使得当地军民拥有了抵御西夏侵扰的屏障,保境安民,功莫大焉。又如关于韩琦的篇章,欧阳修《相州画锦堂记》开篇说"仕宦而至将相,富贵而归故乡,此人情之所荣,而今昔之所同也",多数人做官以衣锦还乡、众人夸耀为荣,但是韩琦却不是这样,欧阳修认为韩琦"德被生民,而功施社稷,勒之金石,播之声诗,以耀后世而垂无穷,此公之志,而士亦以此望于公也,岂止夸一时而荣一乡哉……其丰功盛烈,所以铭彝鼎而被弦歌者,乃邦家之光,非闾里之荣也"。真正的荣耀是有功社稷,泽被后世,不以夸耀一时、荣耀一乡为荣。再如关于司马光的篇章,范祖禹《司马温公布衾铭记》:

---

① 《宋文鉴》,第 1159—1160 页。

公于物澹无所好,唯于德义若利欲。其清如水,而澄之不已;其直如失,而端之不止;故其居处必有法,动作必有礼。其被服如陋巷之士,一室萧然,图书盈几,经日静坐,泊如也。又以圆木为警枕,小睡则枕转而觉,乃起读书。盖恭俭勤礼,出于天性,自以为适,不勉而能。①

此文简朴流畅,赞扬了司马光淡泊名利、好学、恭俭勤礼,是士大夫的典范之一。其他涉及北宋能臣贤吏的"记"还有刘敞《王沂公祠堂记》、王安石《信州兴造记》《桂州新城记》、苏洵《张尚书画像记》、文同《成都府运判厅宴思堂记》、吕陶《蜀州重修大厅记》、王无咎《抚州新建使厅记》、张耒《双槐堂记》等,分别赞扬了王沂公、张衡、余靖、张方平、霍侯、游茂先、钱公暄、王君等人为政一方,造福一方的作为。

除了北宋之人,也有部分"记"追溯宋前先贤的功绩,如范仲淹《桐庐郡严先生祠堂记》歌颂严光摒弃功名富贵,赞扬汉光武帝礼贤下士,也表达了对严光的崇拜和景仰。文中有云:"盖先生之心,出乎日月之上;光武之器,包乎天地之外。微先生,不能成光武之大;微光武,岂能遂先生之高哉?而使贪夫廉,懦夫立,是有大功于名教也。"暗含范仲淹对君臣相得益彰的艳羡之情。又如曾巩《抚州颜鲁公祠堂记》写颜真卿一生屡遭贬斥,却誓死反对叛乱,最终死于叛军李希烈之手,赞扬了颜真卿的忠烈之举。"维历忤大奸,颠跌撼顿,至于七八,而始终不以死生祸福为秋毫顾虑,非笃于道者,不能如此,此足以观公之大也。"②颜真卿得罪奸臣,遭贬七八次,依然不考虑自己的生死祸福,却考虑着国家大事,这正是笃信大道之人才能做到的,这是颜真卿真正伟大之处。

从上述分析可以看出,以上两种类型的"记"侧重点不同,但他们所反映的"治道"思想相同,其核心是爱民、勤朴、尽忠。《宋文鉴》在"以文为鉴"编纂宗旨的作用下,收录这些"记"既有治政的作用,也在客观上具有

---

① 《宋文鉴》,第 1184 页。
② 《宋文鉴》,第 1150 页。

存史的意义。

第三节 《宋文鉴》题跋的六种类型及价值述略

北宋时期,"题跋"作为一种文体被确立,作家创作数量繁多。^①《宋文鉴》作为收录北宋文章的总集,第一次将"题跋"收入,共有 2 卷 22 家 46 首。从内容上看,可分为以下几类:

第一,以历史事件或历史人物为中心的评论。如欧阳修《跋景阳井铭》:"《景阳井铭》,不著撰人姓名。述隋灭陈,叔宝与张丽华等投井事,其后有铭以戒……然录之,以见炀帝躬自灭陈,目见叔宝事,又尝自铭以为戒如此,及身为淫乱,则又过之,岂所谓下愚之不移者哉?"^②以隋炀帝见陈后主因昏庸而亡国,本来作铭为戒,但隋炀帝后来比陈后主更甚,并没有引以为戒,既是对历史的慨叹,也暗含对君王劝勉。《读李翱文》则表达对李翱的钦慕,"恨翱不生于今,不得与之交;又恨予不得生翱时,与翱上下其论也。"欧阳修赞扬李翱心忧天下之举,进而批评时人没有忧患意识,"呜呼!使当时君子,皆易其叹老嗟卑之心,为翱所忧之心,则唐之天下岂有乱与亡哉?然翱幸不生今时,见今之事,则忧又甚矣;奈何今人之不忧也?余行天下,见人多矣,脱有一人能知翱忧者,又皆疏远,与翱无异;其余光荣而饱者,一闻忧世之言,不以狂人,则以病子,不怒则笑之矣。呜呼!在位而不肯自忧,又禁他人使皆不得忧,可叹也矣。"^③言辞有力,可谓一针见血。又如曾巩《书魏郑公传》:"予观太宗尝屈己以从群臣之议,

① 关于宋代题跋的相关研究,有朱迎平《宋代题跋文的勃兴及其文化意蕴》(《文学遗产》2000 年第 4 期)、毛雪《苏轼、黄庭坚题跋文研究》(郑州大学 2003 年硕士论文)、杨晓琳《苏轼题跋文研究》(江西师范大学 2012 年硕士论文)、王晓骊《论宋代记叙性题跋的文学特征和艺术技巧》(《南京师范大学文学院学报》2015 年第 3 期)等文章,对题跋的含义、宋代题跋的发展过程、文化特征、个别作家题跋的艺术特征等均有涉及。

② 《宋文鉴》,第 1810 页。

③ 《宋文鉴》,第 1811 页。

而魏郑公其徒喜遭其时，感知己之遇，事之大小，无不谏诤，虽其忠诚自至，亦得君以然也。则思唐之所以治，太宗之所以称贤主，而前世之君不及者，其渊源皆出于此也……夫君之使臣，与臣之事君者何？大公至正之道而已矣。大公至正之道，非灭人言以掩己过，取小亮以私其君，此其不可者也。又有甚不可者，夫以谏诤为当掩，是以谏诤为非美也，则后世谁复当谏诤乎？"说明谏诤的重要性。再如李格非《书洛阳名园记后》，叙述了洛阳在历代都具有重要的战略地位，洛阳园林的兴废正是王朝盛衰的反映，文末云："公卿大夫，方进于朝，放平一己之私欲以自为，而忘天下之治忽，欲退享此德乎？唐之末路是矣。"[①]批判公卿大夫兴修园林，只顾享乐，为一己之私而置天下于不顾，发人深思。以上以历史事件或历史人物为中心的评论，多体现治政之道。其他如刘敞《读封禅书》、徐积《书郑荣传》、张耒《书五代郭崇韬卷后》、张舜民《主父之事》等皆属于此类。

在以历史人物为中心的题跋中，有专为历史人物"翻案"的作品，以王安石作品居多。如《读〈江南录〉》："然吾闻国之将亡，必有大恶，恶者无大于杀忠臣。国君无道，不杀忠臣，虽不至于治，亦不至于亡。"南唐之亡，必有滥杀忠臣之举，如杀潘佑，徐铉《江南录》"言佑死颇以妖妄"，王安石分析道：

> 予自为儿童时，已闻金陵臣潘佑以直言见杀，当时京师因举兵来伐，数以杀忠臣之罪。及得佑所上谏李氏表观之，词意质直，忠臣之言。予诸父中旧多为江南官者，其言金陵事颇详，闻佑所以死，则信。然则李氏之亡，不徒然也。今观徐氏《录》，言佑死颇以妖妄，与予旧所闻者不类……吾知佑之死信为无罪，是乃徐氏匿之耳。何以知其然，吾以情得之。大凡毁生于嫉，嫉生于不胜，此人之情也。吾闻铉与佑皆李氏臣，而俱称有文学，十余年争名于朝廷。当李氏之危也，佑能切谏，铉独无一说。佑见诛，铉又不能力诤，卒使其君有杀忠臣之名，践亡国之祸，皆铉之由也。铉惧此过，而又耻其善及于佑，故匿

---

① 《宋文鉴》，第 1837 页。

其忠而污以它罪,此人情之常也。①

王安石认为徐铉"不惟厚诬忠臣",有欺君之疑,为潘佑翻案。其他著名的翻案作品如《读孟尝君传》,认为孟尝君并未真正得"士",实际上"特鸡鸣狗盗之雄";《书刺客传后》:"彼携道德以待世者,何如哉?"真正的国士应是有道德,能经国济世之人;皆为名篇,历代多有论析,不再赘述。另一篇值得注意的"翻案"文章是林希的《书郑玄传》,颂扬了郑玄在整理儒家典籍上的功绩,为郑玄遭世所讥讽而申辨:"然当大坏人之后,圣人不世,以一人之思虑,欲穷万世之文,岂不难哉? 世之人犹指郑为一家之小学,噫,意甚愚矣。"②

其他以历史人物为中心的题跋,还有以颂美历史人物为主的作品,如王回《书襄城公主事》、潘兴嗣《题张唐公香城记后》、王无咎《题崔圆传后》,此类作品充满说教意味,文学性不高。

第二,对当时某些社会现象的批判。如欧阳修《跋王献之法帖》:"余尝喜览魏晋以来笔墨遗迹,而想前人之高致也。所谓法帖者,其事率皆吊哀候病,叙睽离,通讯问,施于家人朋友之间,不过数行而已。盖其初非用意,而逸笔余兴,淋漓挥洒,或妍或丑,百态横生,披卷发函,烂然在目,使人骤见惊觉,徐而视之,其意态愈无穷尽,故使后世得之,以为奇玩,而想见其人也。于高文大册,何用当此。而今人不然,至或弃百事,滋弊精疲力,以学书为事业,用此终老而穷年者,是真可笑也。"③欧阳修认为法帖不过是前人"逸笔余兴",却有人以学习法帖为业,这种做法并不可取。又如傅尧俞《书贾伟节庙》,写新城乡民祭祀妖怪而不祭祀生前爱民如子的贾伟节,原因竟是乡民以为贾伟节不祭祀不会害人,妖怪不祭祀则要出来为祸,文章对此现象批判道:"活尔父母,奠报不举,实吾神之侮。为民祸尤,豆牢是求,则吾神之羞……嗟哉息民,忘公之仁。呜呼! 怪妖是趋,明

---

① 《宋文鉴》,第 1815 页。
② 《宋文鉴》,第 1828 页。
③ 《宋文鉴》,第 1810 页。

灵是诬,尔则无知,神不尔诛!"①

第三,评论诗文、书画等文艺作品。《宋文鉴》所收评论诗文的题跋以苏轼、黄庭坚作品居多,评论诗文有苏轼《书黄子思诗集后》、黄庭坚《书王知载朐山杂咏后》《书邢居实南征赋后》,评论书画的有苏轼《题唐氏六家书后》《题逸少帖》、黄庭坚《题济南伏胜图》《题摹燕郭尚父图》《题陈自然画》《题徐巨鱼》,以上诸篇较为著名,以往在讨论苏轼和黄庭坚的文学思想和艺术思想时多被引用,论者较多,不再重复。其他比较出色的文章有周行己《跋薛唐卿秦玺文》:

> 李斯篆,世传为第一,学者莫不爱之。吾每见其书,几不疾唾而却走者,何哉?谓夫人善成其君之过也。夫秦之君,其资亦未若桀、纣之恶之甚也,而二三臣酿其君于不善,则又有甚焉者。呜呼斯乎!是尝去诗书以愚百姓者乎!是尝听赵高以立胡亥者乎!是尝杀公子扶苏与蒙恬者乎!是尝教其君严督责而安恣睢者乎!使其玺不得传者,斯人也,而其刻画,吾忍观之哉!顾唐卿犹区区珍藏之者,岂不欲传百世以为监欤?吁,是何以监也。②

薛唐卿,生平不详。从上文可知,薛唐卿曾藏有李斯所篆秦国玉玺的拓本,李斯的篆文多为世人称道,但周行己从李斯的罪恶立论,不以其篆文为然。

第四,抒写性情之作。抒写性情的代表作品有苏轼《书东皋子传后》,表达其热爱生活、热爱他人之心③;黄庭坚《题自书卷后》书写闲适的心态;此外,秦观《龙井题名》和田画《书与贾明叔书后呈崔德符》亦值得注意。秦观《龙井题名》:

> 元丰二年中秋后一日,余自吴兴,道杭,东还会稽。龙井有辨才

---

① 《宋文鉴》,第 1818 页。

② 《宋文鉴》,第 1838 页。

③ 苏轼《书东皋子传后》,题目虽是评论历史人物的作品,但内容更多是体现自己热爱生活、热爱他人之心,与其他历史人物评论性质的题跋不同,故归入此类。

大师，以书邀余入山。比出郭，日已夕，航湖至普宁，遇道人参寥，问龙井所遣篮舆，则曰：以不时至，去矣。是夕天雨开霁，林间月明，可数毫发。遂弃舟，从参寥策杖，并湖而行。出雷锋，度南屏，濯足于惠，因涧入灵石坞，得支径，上凤凰岭，憩于龙井亭，酌泉据石而饮之。自普宁凡经佛寺十五，皆寂不闻人声。道旁庐舍，或灯火隐显，草木深郁，流水上激悲鸣，殆非人间之境。行二鼓矣，始至寿圣院，谒辨才于潮音堂，明日乃还。①

此文实际上是一篇游记，秦观《淮海集》作"《龙井题名记》"，收入"记"下。全文层次错落有致，格调清新，写出了夜景之清、静，表现出作者雅致的情趣。与秦观《龙井题名》不同，田画《书与贾明叔书后呈崔德符》则抒写了自己的艰难处境，云：

> 此书成，与诸弟读之，相对悲不自胜。嗟乎！身长七尺，气塞天地，不能饱一母。富家童仆，厌饫粱肉。吾道非耶，奚为而至此？然折节售文章，真鄙夫事，此书迟迟未投，尚惜此也。其势正如提孤军，搏坚敌，矢穷力尽，饷道不继，伏兵又从而乘之；当是时，不折北者鲜矣。公其筹之！②

该文先叙述作为七尺男儿的无奈，卖文为生更是无奈之举，文中用"孤军搏敌"来比喻自己的艰难处境，生动形象，凄不自胜。

第五，为他人作传。《宋文鉴》题跋中，有两篇为他人所作的"传记"，其一为王回《书种放事》，有云："初放养其母，隐终南山，讲经书，著《嗣禹》《表孟子文》，秦、蜀诸生多从之游。其母好道家言，修辟谷之术。放阿其好，终身不取妇。世以其能行人之所难，益高之，朝臣屡表荐闻。太宗召之，辞疾不出。上即位，张齐贤以旧相守京兆，又荐焉，乃遣内供奉官周班斋手诏召放。放应诏，既至，拜右司谏，直昭文馆，赐名第什器，御厨给膳，

四迁至工部侍郎，卒。放虽居官，屡请假还山，上辄为作诗置酒饯之……"①这是最早记载北宋著名隐士种放事迹的文章，具有重要的史料价值，或是《宋史·种放传》材料的来源之一。② 其二为晁咏之《书张主客遗事》，张主客名咸宁，字子安，华州人，不见史书记载。此文先叙述宋初朝廷封赏文官而不封赏武将的做法，张主客因是武将，所以虽战功赫赫，但"赏不加"，张主客却泰然处之，深藏功名，故而事迹不显。进而叙其生平有云："方其少时，以明经动场屋；其为吏，以治剧名一时。大臣多荐公者，寇莱公知公尤深，然则公之所养可知。盖公继其父光禄公起家，至公百有余年，传六世，世有人，其泽未艾。"③有补史的作用。

第六，著述动机的申明。此类题跋有两篇，一为王安石《书〈洪范传〉后》，有云："予悲夫《洪范》者，武王之所以虚心而问，与箕子之所以悉意而言，为传注者汩之，以至于今冥冥也。于是为作《传》以通其意。呜呼！学者不知古之所以教，而蔽于传注之学也久矣。当其时，欲其思之深、问之切而后复焉，则吾将孰待而言邪……夫予岂乐反古之所以教，而重为此诐诐哉？其亦不得已焉者也。"④王安石感于《洪范》之意不得其传，不得不做传而通其意，并非为了争辩而作。王安石另有《进〈洪范〉表》可互相参看："臣尝以荒废腐余之学，得备论思劝讲之官。擢与大政，又弥寒暑，勋绩不效，俯仰甚惭。谨取旧所著《洪范传》，删润缮写，辄以草芥之微，求裕天地。"⑤一为刘恕《书〈资治通鉴外纪〉后》，此文先概述历代修史书的源流，强调史书的重要性："夫今之所以知古，后之所以知今，因善恶以明褒贬，察政治以见兴衰，《春秋》之法也。"然后赞扬了司马光编《资治通鉴》的成就，接着着重说自己编《〈资治通鉴〉外纪》的原因及过程："尝思司马迁《史记》始于黄帝，而庖犠、神农阙漏不录；公为历代书，而不及周威王之

---

① 《宋文鉴》，第1812页。

② 参见(元)脱脱等：《宋史》，北京：中华书局1977年版，第13422—13426页。

③ 《宋文鉴》，第1839页。

④ 《宋文鉴》，第1814页。

⑤ 《全宋文》，第63册，第240页。

前;学者考古,当阅小说,取舍乖异,莫知适从。若鲁隐之后,止据《左氏》《国语》《史记》诸子而增损,不及《春秋》,则无异于圣人之经;庖犧至未命三晋为诸侯,比于后事,百无一二,可为《前纪》。本朝一祖四宗,一百八年,可请《实录》《国史》于朝廷,为《后纪》。昔何承天、乐资作《春秋前后传》,亦其比也。将俟书成,请于公而为之。熙宁九年,恕罹家祸,悲哀愤郁,遂中瘫痹。右肢既废,凡欲执笔,口授稚子羲仲书之。常自念平生事业,无一成就,史局十年,俯仰窃禄,因取诸书,以《国语》为本,编《通鉴前纪》。家贫,书籍不具,南徽僻陋,士人家不藏书,卧病六百日,无一人语及史。昏乱遗忘,烦简不当。远方不可得国书,绝意于《后纪》,乃更《前纪》曰《外纪》,如《国语》称《春秋外传》之义也。"①此文类似于后序,具有一定的历史研究价值。

从整体上看,《宋文鉴》所收题跋偏重历史评论类的作品,尤其偏重历史人物的评论,这些作品中可为"治政"提供借鉴,符合《宋文鉴》编纂宗旨中"资政"的特征。

第四节　程珌《宋文鉴》乐语"悉当删削"辨

《宋文鉴》收有 5 首乐语,包括宋祁《教坊致语》、王圭《教坊致语》、元绛《集英殿秋宴教坊致语》、苏轼《集英殿秋宴教坊致语》、欧阳修《会老堂致语》,程珌《书〈皇朝文鉴〉后》云:

> 文以鉴为言,非苟云尔也,上焉者取其可以明道,次则取其可以致治,又次则取其可以解经评史,又次则取其辞高义密而可以追古作者,以模楷后学。至若教坊乐语之俳谐,风云露月之绮组,悉当删削,乃成全书。盖草创于前者精择未遑,而讨论于后者所当加审。②

---

① 《宋文鉴》,第 1821 页。
② 《全宋文》,第 298 册,第 6 页。

在程珌看来,《宋文鉴》选文以"明道""致治""解经评史""辞高义密"为准则,可以"模楷后学",但是教坊乐语并不在此列,因为乐语"俳谐",又是"风云露月之绮组"。这里可以看出程珌比较注重文章的载道功能,乐语主要"用于朝廷大宴和吏民宴会"①,讲究对仗排比,祝颂得宜,文辞华美,载道功能弱,加之发展至南宋"俳谐化加重,文人因身份而产生的回避意识不断增强",②因此认为《宋文鉴》乐语"悉当删削"。程珌的看法固然是从儒家正统文以载道的角度出发,但若从《宋文鉴》选入乐语的原因及其所选乐语的文学性考量,程珌的看法亦值得商榷。

《宋文鉴》的编纂宗旨是"以文为鉴",包含资政、资文、存史三方面的内容,共收入了 54 类文体,几乎囊括北宋各文类,因此属于"一代之文",吕祖谦收入乐语,或是出于存史的考量,并不是出于载道的考虑。如果删去乐语,会造成"一代之文"略有阙失之憾。再从《宋文鉴》所选乐语看,其作者宋祁、王圭、元绛、苏轼、欧阳修皆为翰林学士、一时名家,乐语内容虽是歌功颂德,但却体现出典雅纯正的特点,不同于那些俳谐化重和程式化深的作品。如宋祁《教坊致语》:

> 臣闻璿杓东指,披宝典以开年;玉节南驰,重欢邻而讲好。国美春台之享,朝推宴俎之慈。用洽乐康,式昭熙盛……
>
> 勾合曲:玉色凝温,盛庆仪于瑞日;葵心委照,同华宴于需云。翙韵律以方融,顾群萌之将达。宜陈备奏,用洽太和。徐韵宫商,教坊合曲。
>
> 勾小儿队:彩岫岩峣,烂仙蕝于晓日;霞裾转炫,叠华鼓于春雷。乌漏未移,鸾觞在御。宜进游童之列,俾陈逸缀之妍。上奉宸欢,教坊小儿入队。

---

① 参见彭玉平:《宋代乐语作者及其创作心态初探》,《华南师范大学学报》2016 年第 5 期,第 134 页。

② 参见彭玉平:《宋代乐语作者及其创作心态初探》,《华南师范大学学报》2016 年第 5 期,第 134 页。

队名：紫殿开慈宴，青衿缀舞行……①

又如苏轼《集英殿秋宴教坊致语》有云：

臣闻：天无言而四时成，圣有作而万物睹。清净自化，虽仰则于帝心；恺悌不回，亦俯同于众乐。属此九秋之候，粲然万宝之成。吾王不游，何以劳农而休老……

勾合曲：西风入律，间歌秋报之诗；南箫在庭，备举德音之器。弦匏一倡，钟鼓毕陈。上奉宸严，教坊合曲……②

以上作品均体现出典雅纯正的特点。不同于其他朝廷宴会作品，欧阳修《会老堂致语》则属于私人宴会作品，文章写道：

某闻安车以适四方，礼典虽存于往制；命驾而之千里，交情罕见于今人。伏惟致政少师，一德元臣，三朝宿望。挺立始终之节，从容进退之宜。谓青衫早并于俊游，白首各谐于归老。已释轩裳之累，却寻鸡黍之期。远无惮于川涂，信不渝于风雨。幸会北堂之学士，方为东道之主人。遂令颍水之滨，复见德星之聚。里闾拭目，觉陋巷以生光；风义耸闻，为一时之盛事。敢进口号，上赞清欢。欲知盛集继荀、陈，请看当筵主与宾。金马玉堂三学士，清风明月两闲人。红芳已尽莺犹啭，青杏初尝酒正醇。美景难并良会少，乘欢举首莫辞频。③

此文题下原注云："熙宁壬子，赵康靖公自南京访公于颍，时吕正献公为守。"查慎行注苏轼《和欧阳少师会老堂次韵》引《蔡宽夫诗话》："欧阳文忠与赵康靖同在政府，相得甚欢，赵归老睢阳，欧相继谢事归汝阴。一日，康靖单车来访，踰月而返，年八十矣。文忠因榜其地，为《会老堂居士集》。"④赵康靖，即赵槩，字叔平，北宋南京虞城人，与欧阳修有深厚的友谊。在《会老堂致语》中，欧阳修称赞赵槩的人生成就，因赵槩来访，高兴

---

① 《宋文鉴》，第1841—1842页。
② 《宋文鉴》，第1852页。
③ 《宋文鉴》，第1855—1856页。
④ （清）苏轼著，孔凡礼点校：《苏轼诗集》，北京：中华书局1982年版，第364页。

之情溢于言表。文辞典雅纯正,并透着深情厚谊,根本不同于俳谐化和程
式化的作品。

　　笔者以为,程珌其人"立朝以经济自任,诗词皆不擅长",①他重视实
用的文章,不擅诗词,因此同样轻视辞采华美、典雅纯正的乐语,故认为
《宋文鉴》乐语"悉当删削"。

---

　　①　(清)永瑢等:《四库全书总目》,北京:中华书局年 1965 年版,第 1390 页。

第六章 后世对《宋文鉴》的选编述评

由于《宋文鉴》收录诗文数量巨大,后世曾有人对其进行选编,张溥《宋文鉴删》为其《古文五删》中的一种,共十二卷,中国国家图书馆藏。张相、周邦英《宋文鉴简编》六卷,中华书局 1918 年铅印本,中国国家图书馆、北京大学图书馆等图书馆均有藏。此二书对《宋文鉴》的选编情况尚未见批露,本章将结合相关资料,作一介绍和评述。

第一节 张溥《宋文鉴删》述评

晚明文学家张溥有《古文五删》五十二卷[①],其中《宋文鉴删》十二卷。是书《中国古籍总目》著录为"明刻本",仅藏于中国国家图书馆,但初刻于何时不详。据《张溥年谱》:"崇祯九年,丙子(1636)。三十五岁。六月,《七录斋诗文合集》刊布。"[②]《七录斋诗文合集》收有《〈古文五删〉总序》和《宋文鉴删序》,可以确定《宋文鉴删》刻于崇祯九年(1636)之前。除此"明刻本"外,尚未见其他版本信息。

一、《宋文鉴删》的版式及卷次

中国国家图书藏《宋文鉴删》十二卷,明刻本。扉页题"张天如太史手

---

① 黄虞稷《千倾堂书目》卷 31,《明史·艺文志》卷 99 均有著录。包括《文选删》《唐文粹删》《宋文鉴删》《元文类删》《广文选删》五种,合称《古文五删》。

② 蒋逸雪:《张溥年谱》,济南:齐鲁书社 1982 年版,第 35 页。

评"、"吴门段君定梓"。篇首依次为张溥序、周必大序（《皇朝文鉴序》）、吕祖谦《宋朝文鉴札子》《谢除直秘阁表》。正文部分每半页9行，行19字，白口左右双边，上鱼尾，鱼尾上刻书名，版心刻卷数，版心下刻页数。卷次如下。

卷一：王禹偁《籍田赋》、杨侃《皇畿赋》、范仲淹《明堂赋》、崔伯易《感山赋》。

卷二：卢多逊《幸西京诏》、胡宿《禁内降诏》、王圭《皇太后付中书门下还政书》《赐河阳三城节度使兼侍中曾公亮乞免册礼允诏》、张方平《条制资廕敕》、王圭《除郝质殿前都指挥使安武军节度使加勋食邑实封制》《贤妃苗氏进封德妃制》《皇长女德宁公主进封徐国公主制》、元绛《除皇弟頵保信保静军节度使进封嘉王制》《除韩琦京兆尹再任判大名府制》、刘敞《无为军录事参军马易简可太子中舍致仕》《宰相富弼奏试国子四门助教王渊宰相韩琦奏乡贡进士李常可试将作监主簿》。

卷三：孙奭《谏幸汾阳》、贾昌朝《论边事》、吴及《论宦官养子》、刘敞《论辅郡节制》、蔡襄《论增置谏官》、范镇《论陈执中》、司马光《应诏论体要》、程颢《论君道》《论王霸》《论十事》《论新法》、程颐《论经筵事》《又论经筵事》《上太皇太后书》、范祖禹《论立后上太皇太后》《论宦官》、陈瓘《论国是》、杨亿《汝州谢上表》《贺册皇太子表》、夏竦《谢直集贤院表》。

卷四：宋祁《贺南郊大赦表》《谢衣襖表》、刘敞《谢加学士表》、吕海《奏乞致仕表》、范镇《谢致仕表》、刘攽《知亳州谢上表》、曾肇《贺元祐四年明堂礼成肆赦表》、陈瓘《进四明尊尧集表》。

卷五：晏殊《几铭》、司马光《槃水铭》、张载《西铭》《东铭》、唐庚《家藏古砚铭》、王禹偁《籍田颂》、司马光《河间献王赞》、宋祁《成都府新建汉文翁祠堂碑》、司马光《文潞公家庙碑文》、刘敞《王沂公祠堂记》《东平乐郊池亭记》《先秦古器记》、司马光《谏院题名记》、王回《霍丘县驿记》、李觏《袁州学记》、沈括《邢州尧山县令厅壁记》、刘攽《七门庙记》、陈绎《新修东府记》《新修西府记》、曾肇《重修御史台记》、陈师道《汲水新渠记》、张耒《咸平县丞厅酴醾记》、晁补之《新城游北山记》、唐庚《颜鲁公祠堂记》。

卷六：陈抟《龙图序》、向敏中《留别知己序》、穆修《唐柳先生文集后序》、宋绶《景祐卤薄图记序》、刘颜《辅弼名对序》、刘牧《送张损之赴任定府幕职序》、宋祁《庆历兵录序》、李淑《邯郸图书十志序》、钱彦远《奉国军衙司都目序》、刘敞《送杨郁林序》《刘景烈字解》《送河①南某使君序》、蔡襄《送马承之通判仪州序》、孙甫《唐史论断序》、章望之《郑野甫字序》、王安国《后周书序》、沈括《良方序》、程颐《易传序》《春秋传序》、龚鼎臣《群居治五经序》、刘攽《送焦千之序》、范祖禹《仁皇训典序》、杨傑《熙宁太常祠祭总要序》、陈师道《仁宗御书后序》《茶经序》、晁补之《离骚新序》。

卷七：徐铉《君臣论》、贾同《原古》、刘敞《赏罚论》《患盗论》《叔辄论》《志戒上》《志戒下》《救日论》《贤论》②、郑獬《备乱》、潘兴嗣《通论》、秦观《右庆论》、张耒《李郭论》、何去非《秦论》《西晋论》、崔鶠《杨嗣复论》、刘敞《公食大夫义》。

卷八：尹洙《叙燕》《息戍》《兵制》、孙洙《资格》《宗庙》、王安国《举士》、李清臣《明责》、宋祁《祖宗配侑议》、刘敞《为兄后议》、韩维《庙议》、陈襄《南北郊议》、赵瞻《赏罚议》、沈括《浑仪议》。

卷九：尹源《唐说》、周敦颐《太极图说》、程颐《葬说》、吕大均《吊说》、宋祁《治戒》、张载《女戒》、孔文仲《制科策》。

卷十：刘敞《与吴九论武举书》、蔡襄《答赵内翰书》、司马光《与范景仁论乐书》《与王介甫书》、范镇《答司马君实论乐书》、刘攽《与王介甫书》、张载《与赵大观书》《与吕微仲书》、程颢《答横渠张子厚先生书》、程颐《答人示奏草书》《答朱长文书》、陈师道《上林秀才③书》《与秦少游书》、黄庭坚《与王观复书》、张耒《答李推官书》。

卷十一：刘筠《回颍州曾学士启》、夏竦《免奉使启》、强至《与孙观文启》、林希《谢馆阁校勘启》、陈师道《贺翰林曾学士启》、秦观《谢馆职启》、张耒《答林学士启》、晁补之《答贺李祥改宣德启》、李昭玘《永兴提刑谢到

---

① "河"，中华书局本《宋文鉴》作"湖"。

② 中华书局本《宋文鉴》将《贤论》列于《救日论》前。

③ 《上林秀才书》，中华书局本《宋文鉴》"才"作"州"。

任启》、刘跂《昭雪谢执政启》、孙何《碑解》、丁谓《书异》、刘敞《责和氏璧》《君临臣丧辨》、司马光《读玄》、王回《告友》、王向①《记客言》、余靖《丙为左仆射门立戟载其子封国公复请立戟仪曹不许》《丁去官而受旧属馈与或告其违法诉云家口已离本性》。

卷十二：刘敞《读封禅书》、王回《书种放事》、刘恕《书资治通鉴外纪后》、林希《书郑玄传》、黄庭坚《书赠韩琼秀才》《书刑居实文卷》《题济南伏胜图》《题摹燕郭尚父图》《题陈自然画》《题自书卷后》②、张耒《书五代郭崇韬卷后》、张舜民《主父之事》、李昭玘《记残经》、田画《书与贾明叔书后呈崔德符》、刘敞《祭梅圣俞文》《赵僖质谥议》、韩维《陈执中谥荣灵议》、柳开《穆夫人墓志铭》、程颐《程伯淳墓表》、司马光《文中子补传》、章望之《曹氏女传》。

《宋文鉴删》删去了《宋文鉴》中的全部律赋、诗、骚、赦文、册、御札、批答、笺、箴、说书、经义、策问、对问、移文、连珠、琴操、上梁文、乐语、哀辞、行状、神道碑表、神道碑铭、神道碑、露布，其他内容也进行大量删减，剩下赋 4 篇、诏 4 篇、敕 1 篇、制 6 篇、诰 2 篇、奏疏 16 篇、表 11 篇、铭 5 篇、颂 1 篇、赞 1 篇、碑文 2 篇、记 15 篇、序 27 篇、论 16 篇、义 1 篇、策 7 篇、议 6 篇、说 4 篇、戒 2 篇、制策 1 篇、书 15 篇、启 10 篇、杂著 7 篇、书判 2 篇、题跋 14 篇、祭文 1 篇、谥议 2 篇、墓志 1 篇、墓表 1 篇、传 2 篇，总计 187 篇，约为《宋文鉴》原书的百分之七。

二、《宋文鉴删》的选文特征

从《宋文鉴删》的内容上看，有两个特征。

第一，删掉了诗、骚等文体，剩余文体都是更为实用的文体，"重实用"的倾向明显，剩余篇目最多的文体是"序"，次为"奏疏"、"论"，再次是"记"、"疏"，复次是"题跋"，其他文体篇目都在 10 篇以下。张溥在《〈古文五删〉总序》中有云：

---

① "王向"，中华书局本《宋文鉴》作"王回"。
② 《题自书卷后》为黄庭坚作，《宋文鉴删》误为"张耒"，此径改。

文与史相经纬也，"十三经"而下，有"二十一史"，文斯具矣；然阙者什七，盖史书传记专为人设，不能兼其人之文而全有之也。

余窃有志，欲总括历代，为《文典》《文乘》二书。《文典》体仿编年，必关国家治乱、王朝掌故，文始采列。论政事，则如西汉议郊庙，议匈奴；论人物，则如赵宋弹王吕，弹京桧；上自天子，下逮布衣，诏表撰述，大事备存。其文详于温公《通鉴》、马氏《通考》，又微加折衷，志其短长。《文乘》体同《文选》，各以类从，神经怪牒，朽书断简，靡不征讨；琢磨淘汰，取于极精，不敢滥入。二书若成，识大识小，文或无憾。乃年来探览，功未及半，又代必搜人，人必搜集，十年聚书，犹惧不给，何容旁皇津梁，苟且问俗？则姑褒当代所通，点次流传，急资世用。若梁昭明《文选》、姚宝臣《唐文粹》、吕伯恭《宋文鉴》、苏伯修《元文类》四书，世代编次，号为楚楚；而两汉颇见阙略，则刘梅国《广文选》，庶附《文选》以行，遂并删正，名"五删"云。①

在张溥看来，经史中的文章远远不足，"阙者什七"，因此想编《文典》《文乘》二书。《文典》"体仿编年，必关国家治乱、王朝掌故，文始采列"，《文乘》"体同《文典》"，《文乘》《文典》的选文倾向就是"重实用"。但《文乘》《文典》尚未编成，只能"姑褒当代所通，点次流传，急资世用"，先成《古文五删》。《古文五删》是为了"急资世用"，实际上强调的也是"重实用"。《宋文鉴删》具有"重实用"的选文倾向，当源于此。

第二，没有欧、苏、曾、王等大家的文章，剩余篇目最多的作家是刘敞25篇，其他作家皆在10篇以下，有推重刘敞的用意。张溥《〈古文五删〉总序》云：

唐文最韩、柳，宋文最欧、苏、曾、王，八家盛行，家各有本。《粹》《鉴》所选，颇不当作者之意。余谓此八家必宜单行，单行必宜全集，无用选本。向为铅椠，欲每篇标别，任读者自得，其在两书者，皆可

---

① （明）张溥撰，曾肖点校：《七录斋合集》，济南：齐鲁书社2015年版，第373页。

去也。①

张溥《宋文鉴删》不选入欧、苏、曾、王的文章,并非不重视他们,而是觉得他们的文章"必宜单行,单行必宜全集,无用选本",所以不选入。推重刘敞,则是因为其在经学上的成就,《宋文鉴删序》云:

> 宋初尊尚杨、刘,声律未变;反古之力,断自柳、穆;继以欧、苏、曾、王,弘风益畅。然以经术湛深、文章尔雅如刘公,是其名竟不得黄、晁诸子并驱当世,岂群贤好文,尚随俗耳食耶?②

张溥对刘敞评价甚高,为他不能和黄、晁诸子并驱当世而抱不平,因此在《宋文鉴删》中选入其 25 篇文章,为入选作家最多。

三、《宋文鉴删》的阙失

吕祖谦编《宋文鉴》,其编纂宗旨是"以文为鉴",包含资文、资政的含义,并在客观上具有存史的作用,选文具有完整的体系。张溥将《宋文鉴》2500 余篇文章,删至 187 篇,成《宋文鉴删》十二卷,破坏了吕祖谦所构建的北宋文章风貌,使得"以文为鉴"的《宋文鉴》破碎而不可观。张溥论文,推崇汉代古文,以贾谊为尊,他在《〈古文五删〉总序》中说道:

> 汉文光岳气完,不得节录,降而唐宋,可节录者多矣;然碎金不贵,不如其已也。应制之文,宋不及唐;议事之文,唐不及宋,二代之优劣也。推而上之,先汉,次魏,再次则晋,又次则六朝。即言六朝,陈隋逊梁,梁逊齐,齐逊宋,风气使然,其权岂在文人哉?是故以元望汉,相去远矣,贾生所谓天冠地履也。繇汉渐降,至元终焉,则犹父有子,子有孙,孙有云来,系未中绝也。

在推崇汉代古文的情况下,认为唐宋文章可节录者多,这是其文学观念所决定的。就唐宋文章而言,张溥认为"应制文章,宋不及唐;议事之

---

① （明）张溥撰,曾肖点校:《七录斋合集》,济南:齐鲁书社 2015 年版,第 373 页。
② （明）张溥撰,曾肖点校:《七录斋合集》,济南:齐鲁书社 2015 年版,第 375 页。

文,唐不及宋,二代之优劣也",但从创作数量上看,清编《全唐文》收录文章约 20000 余篇,今人《全唐文补编》补入 6000 余篇,而《全宋文》收录文章约 170000 篇,不算补遗之作,宋文数量远远多于唐文,由此推断,应制文章数量肯定是宋文多。因此,"应制文章"应是"唐不及宋"。此外,从文学成就上看,唐宋"应制文章"、"议事文章"也应是并驱之势,安得有优劣之分? 张溥论宋文,肯定欧、苏、曾、王的地位,前文已述,认为他们的文章只能以全集单行,不用选本,在《宋文鉴删》中又推重刘敞,但对其他作家作品大量删减,偏颇之处甚多,如删除了《宋文鉴》为"以文存人"而选入的小作家,如李泰伯、孙莘老、李公择。① 破坏了《宋文鉴》原有体例,并没有取得好的效果,《宋文鉴删》显然无法像《宋文鉴》那样去构建的北宋文学整体风貌。张溥在《宋文鉴删序》中说:

> 昭明太子创新"选体",世便讽习,六臣衰注,攀附为荣;姚氏《文粹》,折衷《英华》,因人就功,以约见赏。《文鉴》本系江钿《文海》,益公奏其差谬,成公被旨诠次,损益之际,尽更故辙。又《选》《粹》短长,易代而议,怨怒不生;《文鉴》则以本代之人,选本代之文,好恶群分,侧目者众。程伊川先生,儒学之宗,表奏箴论,万世不易,议者犹谓其不能文辞,系此推观,宁有定论? 成公以《文鉴》编成,诏除秘阁,陈骙缴还,词头再命,草制语多诋薄。《奏议》之选,出自实录,近臣谲口,则云上毁祖德。前人之论文,公而疏;后人之论文,私而密;世弈下,则选弈难矣。②

张溥所言甚是,本代之人选本代之文难,难在"众口难调"。《宋文鉴》虽未真正"好恶群分",但选文确有偏重,如选神宗时期旧党之人的文章多于新党之人。程颐被认为"不能文辞",值得商榷。邹浩《谏立刘后疏》"语讦",即是"上毁祖德"的代表。因此,张溥又说:

---

① 吕乔年《太史公编成〈皇朝文鉴〉始末》总结《宋文鉴》体例有云:"或其人有闻于时,而其文不为后进所诵习,如李公择、孙莘老、李泰伯之类,亦搜求其文,以存其姓氏,使不湮没。"《宋文鉴》为"以文存人"而收入小作家作品。见中华书局本《宋文鉴》,第 2188 页。

② (明)张溥撰,曾肖点校:《七录斋合集》,济南:齐鲁书社 2015 年版,第 375 页。

夫欲选宋文，必先论世。神哲一时也，高孝一时也。二程之学，见讥于眉山，而忠爱则同；同甫之文，不合于考亭，而复仇则一。学者知其人，即可以相其文矣。倘必欲求至极，周秦两汉大文自在也，四家六子未离风会，岂人力哉！[①]

只是从《宋文鉴删》选文看，张溥也不能做到"知人论世"，《宋文鉴删》的文章无论文学性还是实用性，都无法与《宋文鉴》相媲美。《宋文鉴删》少有流传，由此可看出其受欢迎程度较差，后世亦或觉张溥对《宋文鉴》的删选并不恰当。

第二节　《宋文鉴简编》述评

一、成书及卷次

《宋文鉴简编》六卷，张相、周邦英选评，民国十一年（1922）由中华书局铅印，上栏为评点，24 行行 5 字，下栏为正文，12 行行 24 字，黑口，四周双边，单黑鱼尾。篇首有"丹徒庄启传[②]为之序"，《序》曰：

自明归安茅氏坤有《唐宋八大家文钞》之辑，举世奉为圭臬，几若学唐宋文者，舍韩柳欧苏曾王而外，别无可取裁。宜兴储氏欣，病其疏漏，益以唐李翱孙樵二家，于宋一无所增。清乾隆间，用其例以辑《文醇》，综两朝所录不过十家而止，则金捐于山珠遗于渊者不少矣，核其实未必凌驾于茅选也。夫有唐享祚三百年，诸家专集，炳然晔然，其为《文粹》所收录者，姑无论已。宋艺祖取五代分裂之天下，混而一之，迄乎徽钦，亦历百七十年之久，其间人才蔚起。相业，则有若吕端、李沆、文彦博、司马光；经济，则有若寇准、韩琦、富弼、范仲淹；

---

① （明）张溥撰，曾肖点校：《七录斋合集》，济南：齐鲁书社 2015 年版，第 375 页。
② 丹徒庄启传，为民国九年历史刻本《新式历史教科书》编者之一，生平不详。

道学,则有若周、张、程、邵;儒林,则有若聂、刑、孙、胡。有其质者鲜
不各有其文,即以文苑论,太宗时,柳开、王禹偁辈以古文名;真宗时
杨亿、刘筠辈以骈文鸣;欧、苏、曾、王,犹其后进焉。昔人谓北宋诸
家,建隆、雍熙之间,其文伟;咸平、景德之际,其文博;天圣、明道之辞
古;熙宁、元祐之辞达。然则博也,伟也,古也,达也,非一代文章之美
观,与作者之能事乎? 夫得凤片羽,而谓可以遗九苞;窥管一斑,而谓
可以笾全豹;徒形其所见之隘而已。此本局既辑《唐文粹简编》,故于
北宋更有兹编之辑也。民国六年二月,杭县张君献之、江山周君子奇
选评既成,丹徒庄启传为之序。①

　　庄启传的《序》,首先肯定茅坤所编《唐宋八大家文钞》的价值,认为无
论是储欣所编《唐宋十家文全集录》还是乾隆所选的《御选唐宋文醇》,选
文均有遗漏,"金捐于山珠遗于渊",其编选水准不比茅坤《唐宋八大家文
钞》高。其次,认为唐文多而盛,尽录在《唐文粹》中。北宋一代,人才辈
出,文章璀璨,则尽录《宋文鉴》中。又引用周必大《皇朝文鉴序》中所言:
"盖建隆、雍熙之间,其文伟;咸平、景德之际,其文博;天圣、明道之辞古;
熙宁、元祐之辞达。虽体制互兴,源流间出,而气全理正,其归则同。"②
《宋文鉴》中的文章可代表北宋"文章之美观,作者之能事",编《宋文鉴简
编》只能管中窥豹而已。此前,中华书局已在民国五年丙辰(1916)出版了
由姚汉章编选的《唐文粹简编》,③《宋文鉴简编》乃依其例而成。

　　《宋文鉴简编》卷次如下:

　　卷一:

　　骚:鲜于侁《九诵》、苏轼《上清辞》、文同《超然台词》、邢居实《秋风三
叠寄秦少游》。

---

①　张献之,周子奇选评:《宋文鉴删》,1921年中华书局本,卷首。

②　齐治平点校:《宋文鉴》,北京:中华书局1992年版,第2页。

③　参见申屠青松:《厉鹗年谱长编》,杭州:浙江工商大学出版社2016年版,第229页。有
云:"民国五年丙辰(1916),是年,中华书局出版姚汉章编选之《唐文粹简编》,书中过录先生和
谭献评语。"

诏:王圭《为雨灾许言时政阙失诏》《赐吴奎免恩命不允诏》《戒谕夏国主诏》。

赦文:王圭《嘉祐明堂赦文》。

册:韩琦《仁宗皇帝哀册文》。

批答:王圭《赐皇长子淮阳郡王免恩命不允批答》《赐宰臣韩琦已下尊号不允批答》《赐韩琦免明堂恩命不允批答》。

诰:刘敞《龙图阁直学士兵部郎中泾原路经略使王素可谏议大夫》《西京左藏库使忠州刺史高阳关路驻泊兵马钤辖时明可文思使》《翰林学士给事中知制诰欧阳修可礼部侍郎端明殿学士吏部侍郎宋祁可尚书左丞礼部郎中知制诰范镇可吏部郎中刑部郎中知制诰王畴可右司郎中三司度支判官太常博士集贤校理宋敏求可祠部员外郎并依旧职任》《礼部侍郎参知政事曾公亮可加正奉大夫进封开国公食邑五百户赐推忠佐理功臣》、王安石《起居舍人直秘阁同修起居注司马光改天章阁侍制》《范镇加修撰》《皇兄故保康军节度使观察留后承简可赠彰化军节度使进封安定郡王》、郑獬《户部副使太常少卿燕度可右谏议大夫知潭州》、钱勰《范育直龙图阁知秦州》。

奏疏:孙奭《谏幸汾阳》、包拯《论宋庠》、欧阳修《论包拯三司使》《论狄青》、司马光《论北边事宜》、吕诲《论王安石》、范纯仁《请放吕大防等逐便》、苏轼《上皇帝书》《徐州上皇帝书》、郑侠《论新法进流民图》。

表:欧阳修《乞罢政事表》、司马光《进资治通鉴表》、苏轼《谢侍制表》、张舜民《谢谏议大夫表》。

箴:孙何《文箴》、王随《省分箴》、程颐《视听言劝四箴》。

铭:李至《续座右铭》、胡旦《武关铭》、石介《击蛇笏铭》、张载《西铭》《东铭》、苏轼《徐州运华漏铭》《择胜亭铭》、陈师道《黄楼铭》。

卷二:

颂:宋祁《神武颂》、石介《庆历圣德颂》。

赞:狄遵度《杜甫赞》、司马光《河间献王赞》、王回《嵇绍赞》、苏轼《偃松屏赞》《王元之画像赞》、陈师道《孔北海赞》。

碑文：宋祁《成都府新建汉文翁祠堂碑》、司马光《文潞公家庙碑》、苏轼《表忠观碑》。

记（上）：王禹偁《竹楼记》、晏殊《庭莎记》、范仲淹《岳阳楼记》《桐庐郡严先生祠堂记》、韩琦《定州阅古堂记》、欧阳修《峡州至喜亭记》《襄州谷城县夫子庙记》《吉州新学记》《丰乐亭记》《醉翁亭记》《有美堂记》、苏舜钦《沧浪亭记》、刘敞《王沂公祠堂记》《东平乐郊池亭记》《先秦古器记》、王安石《信州兴造记》《扬州龙兴十方讲院记》《桂州新城记》、苏洵《张尚书画像记》《木山记》、曾巩《分宁县云峰院记》《拟岘台记》《抚州颜鲁公祠堂记》《筠州学记》《道山亭记》、李泰伯《袁州学记》、张载《庆州大顺城记》、赵瞻《渑池县新沟记》、王安国《清溪亭记》、沈括《邢州尧山县令厅堂记》、刘攽《七门庙记》、陈绎《新修东府记》《新修西府记》。

卷三：

记（下）：苏轼《李氏山房读书记》《眉州远景楼记》《庄子祠堂记》《文与可筼筜谷偃竹记》、苏辙《黄州快哉亭记》、曾巩《重修御史台记》、陆钿《适南亭记》、黄庭坚《大雅堂记》、晁补之《新城游北山记》、唐庚《易庵记》。

序：徐铉《重修说文序》、宋白《弈棋序》、穆修《唐柳先生文集后序》、宋绶《景祐卤薄图记序》、刘颜《辅弼名对序》、刘牧《送张损之赴任定武幕职序》、欧阳修《祕演诗集序》《集古录目序》《梅氏诗集序》《外制集序》、蔡襄《送马承之通判仪州序》、王安石《送陈升之序》、苏洵《送石昌言舍人北使引》《苏氏族谱引》《仲兄郎中字序》、曾巩《战国策目录序》《范贯之奏议集序》《送周屯田序》《送江任序》、苏轼《六一居士集序》、苏颂《华戎鲁卫信录总序》、王安国《后周书序》、潘兴嗣《送赵希道序》、秦观《进策序》《扬州集序》《集瑞图序》、张耒《送李端叔赴定州序》、晁补之《捕鱼图序》、黄伯思《新校楚辞序》。

论（上）：欧阳修《本论》《泰誓论》、石介《汉论上》《汉论中》《汉论下》、刘敞《患盗论》《叔辄论》、王安石《材论》《原过》《周公》、司马光《葬论》。

卷四：

论（下）：苏洵《心术》《辨奸》、郑獬《备乱》、苏轼《留侯论》《志林三首》、苏辙《三国论》《晋论》《汉昭帝论》、李清臣《隋论》、张耒《李郭论》、何去非《秦论》《西晋论》、唐庚《察言论》《悯俗论》。

策：尹洙《兵制》、苏轼《决壅蔽》、李清臣《明责》。

议：黄亢《请置廉察罢转运使议》、李清臣《议官》。

说：石介《怪说上》《怪说下》、刘敞《杂说》、王安石《进说》、苏轼《杂说送张琥》、王令《师说》。

书（上）：张咏《答王观察书》、晏殊《答枢密范给事书》、范仲淹《上吕相公书》、谢绛《游嵩山寄梅殿丞书》、欧阳修《上范司谏书》《与尹师鲁书》、石介《上孔中丞书》、苏舜钦《答韩持国书》、司马光《答刘蒙书》、王安石《答韶州张殿丞书》《答段缝书》。

卷五：

书（下）：苏洵《上欧阳内翰书》、刘敞《与王介甫书》、苏轼《黄州上文潞公书》、苏辙《上枢密韩太尉书》、王令《代韩愈答柳宗元示浩初序书》、陈师道《与秦少游书》、吴孝宗《与张江东论事书》、黄庭坚《与王观复书》、张耒《答李推官书》、宋祁《定州谢到任上两府启》、苏轼《谢应中制科启》《贺文太尉启》《谢中书舍人启》《谢贾朝奉启》。

杂著：孙何《碑解》、刘敞《责和氏璧》、王安石《许氏世谱》、司马光《读玄》、王向《记客言》、秦观《吊镈锺文》。

对问：柳开《应责》、刘敞《论客》。

移文：宋白《三山移文》、黄庭坚《跋溪移文》。

题跋：欧阳修《跋平泉草木记》《跋王献之法帖》、王安石《读孟尝君传》《书刺客传后》《读柳宗元传》、傅尧俞《书贾伟节庙》、曾巩《书魏郑公传后》、苏轼《书黄子思诗集后》《题唐氏六家书后》、黄庭坚《书赠韩琼秀才》、李觏《龙井题目》、李昭玘《记残经》、李格非《书洛阳名园记后》、田画《书与贾明叔书后呈崔德符》。

祭文：欧阳修《祭尹师鲁文》《祭石曼卿文》《祭丁学士文》、王安石《祭范颍州文》《祭曾博士文》、苏轼《祭欧阳文忠公文》《颍州祭欧阳文忠公文》、游酢《祭陈了翁文》、欧阳修《祈雨祭汉高皇帝文》、黄晞《祭左邱明文》、路振《祭战马文》。

卷六：

哀辞：曾巩《苏明允哀词并序》、苏轼《钟子翼哀词并序》、文同《哭李仲蒙辞》、刘跂《王升之诔并序》。

行状：宋祁《冯侍讲行状》。

墓志：徐铉《吴王李煜墓志铭》、富弼《范纯佑墓志铭》、欧阳修《黄梦昇墓志铭》《苏子美墓志铭》《石守道墓志铭》《苏明允墓志铭》、王安石《苏安世墓志铭》《许平墓志铭》《王深甫墓志铭》《赵师旦墓志铭》《孔宁极墓志铭》、曾巩《孙适墓志铭》、程颢《邵康节先生墓志铭》、张载《张天祺墓志铭》。

墓表：欧阳修《石曼卿墓表》《胡翼之墓表》《泷冈阡表》。

神道碑铭：欧阳修《资政殿学士礼部侍郎范文正公神道碑铭》《太尉王文正公神道碑铭》、王安石《梅侍读神道碑铭》、韩维《曾子固神道碑铭》。

传：欧阳修《六一居士传》、苏轼《方山子传》、程颐《上谷郡君家传》、刘跂《钱乙传》。

《宋文鉴简编》从《宋文鉴》中选编了 34 种文体，共 256 篇。原《宋文鉴》中的赋、律赋、诗、敕、御札、制、笺、义、戒、制策、说书、经义、策问、连珠、琴操、上梁文、书判、乐语、谥议、神道碑均未选入，启被归入书中。从选入的文章总数看，欧阳修 32 篇最多，其次为苏轼 28 篇，再次为王安石 25 篇、曾巩 13 篇、刘敞 12 篇，其余人入选不超过 10 篇。欧阳修、苏轼、王安石三人入选篇数共占全书总量的三分之一，远超他人，可见选者对三人的推重。此外，《宋文鉴简编》未选入赋、诗，选入的多是实用性古文，体现了选者提倡古文的思想。

二、评点特征

《宋文鉴简编》共有 640 余条评点，涉及文章的审美风格、章法结构、思想内容等方面。

第一，赏析内容。如苏轼《上清辞》开头："君胡为乎山之幽，故宫殿兮久淹留。又曷为一朝去此而不故兮,悲此空山之人也。来不可得而知兮,去固不可得而讯也。"评曰:"一气奔赴,辞亦可诵,特以劲快出之,终嫌思君悱恻之意未达一间。"又如评王安石《起居舍人直秘阁同修起居注司马光改天章阁待制》中"司马光文学行义,有称于时,故明试以言,使司告命,而乃固执辞让"曰:"体格亦佳,惟'而乃'二字有世俗气耳"。评晏殊《庭莎记》曰:"有中晚唐人笔意"。

第二,追溯源流。如评王圭《赐吴奎免恩命不允诏》:"诰命之体,首为尚书所载,次为汉诏,次为六朝诏衍其波者,宣公承其流者,宋四六大约三派而已,此文可谓取法乎上。"又如评韩琦《仁宗皇帝哀册文》:"词前有序,词先用四字句,后用长句、联句,自六朝以来哀册文往往如此。"

第三,分析章法。如评司马光《进资治通鉴表》"先奉敕编集《历代君臣事迹》……况于人主日有万机,何暇周览"曰:"只是寻常铺叙,并无惊人之语,然典重浑穆卓尔不群,大手笔之异人亦只在气度间而已。"又如评张舜民《谢谏议大夫表》"窃闻明主临政而愿治……今乃泛论天下之事"曰"转折分明,丝丝入扣,亦宋四六中佳构也。"再如评孙何《文箴》结尾"勿听淫哇,丧其雅音……贱臣司箴,敢告执策"曰:"收句古法,盖箴本诵于官也。"评陈师道《孔北海赞》"世以曹操为英雄,虽孙仲谋甘出其下……盖其高明下视之耳"曰:"起伏变化,操纵离合,极其能事。"评司马光《文潞公家庙碑》曰:"首段述家庙缘起,次段述文潞公世系,应有尽有,宏深肃括,自是碑文体格。末段以篇幅稍长,遂厌弃也。"评苏轼《表忠观碑》曰:"此文远法汉碑,近法柳子厚《丰孝门铭》,章实斋论之详矣。"评苏轼《眉州远景楼记》曰:"首段总击,次段分疏。"

第四,总结风格。如评王圭《赐皇长子淮阳郡王免恩命不允批答》:"神采古貌"。又如评王安石《安定郡王》:"简劲"。

第五,以文评人。如评司马光《论北边事宜》"臣闻明主谋事于始微,是以用力不劳而收功甚大。窃见国家所以御戎狄之道,似未尽其宜,当其安靖附顺之时则好与之计较"曰:"老成忧国,独持大体。"又如评吕海《论王安石》"臣窃以大奸似忠,大诈似信,惟其用舍系时之休否也"曰:"荆公刚愎自用,遭世攻击,要其根本,终未足摇撼也,存此以志当时攻击之一斑。"

　　总体来说,张相、周邦英的评点基本符合所选文章的实际,其中,对茅坤、唐顺之等人评点的引用,可见其受明代"唐宋派"散文观念的影响。但是,张、周二人的评点亦存在臆断之词,如评欧阳修《醉翁亭记》曰:"欧公此文,实仿《易》卦,惜为妄人套滥,遂成慵调矣。"又评沈括《邢州尧山县令厅壁记》曰:"亦是学昌黎。"皆无根据。

结　语

　　《宋文鉴》这部在"以文为鉴"编纂宗旨主导下所编成的大型总集,留存了北宋一代诗文。当今虽不乏对《宋文鉴》的研究,但鲜有在文本细读基础上,剖析具体诗文个案的研究,这导致在把握《宋文鉴》的经典意义上缺乏立体感和历史感。本书所努力之处,就是在细读文本的基础上,分析《宋文鉴》具体诗文个案的裁选标准、方式及其文学价值,进而观照吕祖谦的文学观念、审美趣味和批评视角,力求突破《宋文鉴》研究多停留在宏观视野的现状。因《宋文鉴》体量巨大,本书只能重点选取文学性最强的赋、诗和收录比重最大的奏疏为研究对象,得出结论如下。

　　一、《宋文鉴》赋篇目编排采取"别骚于赋"的做法是受到《文选》"别骚于赋"的影响,采取"别律赋于赋"则为吕祖谦独创,意在强调律赋对于北宋科举的重要意义;此外,《宋文鉴》沿袭了《文选》赋按照时间顺序排列和以篇首之赋为全书"压卷"的做法,并沿袭了江钿《圣宋文海》选赋将同一人作品集中排列的编排方式;《宋文鉴》赋的编排方式影响了后世如《元文类》《金文最》等诗文总集选赋的编排。《宋文鉴》赋题材丰富,可分为宫殿类、都城类、典礼类、抒情言志类、说理类、记行游览类,各种题材的写作重点和思想内涵不同。《宋文鉴》赋是吕祖谦有意建构北宋赋史的体现,也体现了他"文道并重"的思想。从《宋文鉴》赋观照整个北宋赋,"散文化"倾向正是北宋赋的价值所在,"散文化"体现了宋人在赋创作中的独创精神。《宋文鉴》赋是《历代赋汇》编纂的材料来源之一。

　　二、《宋文鉴》选诗来自于对《丽泽集诗》的删选,"去尾"是其主要方式,从选诗的整体着眼,《宋文鉴》诗比《丽泽集诗》中的宋诗部分更为精审,也更能代表北宋诗歌的面貌。从选录的诗人情况看,选录诗歌大家作品题材广泛,对理学家和"小"诗人作品的收录体现了吕祖谦独到的文学眼光,选诗具有"资政"倾向,并确立了苏轼、黄庭坚、王安石的诗人典范地位。《宋文鉴》各诗体在风格、题材、诗体概念区分、诗歌精神特质等方面各有不同,体现了吕祖谦独特的诗歌审美观念和诗体观念。四言诗承续了前代四言诗"雅正"、"清新"的风格;"乐府歌行"概念是吕祖谦折衷的做法,《宋文鉴》有归入其他诗类的"乐府歌行"。《宋文鉴》选录五言古诗和七言古诗有"以文为诗"的文学取向,与吕祖谦个人文学兴趣在散文有关;五言古诗、七言古诗集中体现出的精神特质与儒家传统修身、读书、做官、忠君、爱民、独善其身等观念一致。通过对《宋文鉴》与《瀛奎律髓》共选诗篇的对比分析,可以看出《宋文鉴》所选律诗具有重要的文学价值,值得关注;《宋文鉴》选录五言绝句集中展现了范仲淹的贤臣形象,这与"以文为鉴"编纂宗旨中"资政"作用有关;选录的七言绝句呈现"清新雅致"的特征,这与吕祖谦个人七绝的审美追求一致。《宋文鉴》杂体存在分类不全和本属"杂体"而误入他类的情况。

三、《宋文鉴》奏疏的裁选倾向主要体现在对名臣、名家、类群的选择上,"奏疏"里包含"弹文"实际上是继承《唐文粹》的做法。通过《宋文鉴》奏疏可以窥见北宋政治各方面内容,"存史之鉴"是其认识价值所在。《宋文鉴》奏疏构造了务实、典雅、严谨、简洁的文章范式。叶适对《宋文鉴》奏疏的评论,见解犀利,不作妄言,与吕祖谦所提倡的读史之法相似,对《宋文鉴》奏疏的史学解读有重要参考价值。赵汝愚编《宋朝诸臣奏议》参考、借鉴了《宋文鉴》奏疏。

此外,本书还论及《宋文鉴》赦文、记、题跋、乐语的部分问题,以期对相关研究有所推动。关于后世对《宋文鉴》的选编,张溥《宋文鉴删》有重实用和推重刘敞的用意,但删减过甚,无论其文学性和实用性都无法和《宋文鉴》相媲美;张相、周邦英《宋文鉴简编》编选受明代唐宋派影响较大,其评点基本符合所选文章的实际,颇具特色,但亦存在主观臆断等缺点。

　　《宋文鉴》收录文类众多,本书对其选文个案的研究只能以文学性和问题性为旨归。笔者设想,将来或可完成一部"《宋文鉴》分类研究",当然,该项研究涉及的文献数量非常庞杂,绝非朝夕之功,但这样一部学术著作无疑对宋代文学、文献和文化的研究有促进作用。本书一得之见,愿为引玉之砖。

附　录

一、《宋文鉴》选录北宋诗歌情况表

1.北宋初期（按收录诗歌总数降序排列）

姓名	四言	乐府歌行	五言古诗	七言古诗	五言律诗	七言律诗	五言绝句	六言	七言绝句	个人总计
王禹偁			9		1					10
寇准	1				3	1			3	8
杨亿				1	3	2				6
郑文宝					2	2	1			5
魏野					4	1				5
王操					2	2				4
林逋					2				2	4
钱易		1	1		1					3
张咏			2						1	3
种放			2		1					3
潘阆					3					3
韩丕			1						1	2
罗处约					2					2
赵湘					2					2
张齐贤					1	1				2
杨朴						1			1	2

续表

姓名	四言	乐府歌行	五言古诗	七言古诗	五言律诗	七言律诗	五言绝句	六言	七言绝句	个人总计
李至		1								1
路振		1								1
范质			1							1
刘筠			1							1
钱惟演					1					1
孙仅					1					1
徐铉						1				1
曹翰						1				1
丁谓						1				1
李迪									1	1
各类总和	0	4	17	1	27	15	1	0	9	74

2.北宋中期(按收录诗人的诗歌总数降序排列)

姓名	四言	乐府歌行	五言古诗	七言古诗	五言律诗	七言律诗	五言绝句	六言	七言绝句	个人总计
王安石	4	3	21	3	5	7	4	2	32	81
欧阳修		4	11	3	4	6	1		5	34
梅尧臣	1	2	8	3	4		2		3	23
范仲淹			5		5		3			13
刘敞	3		6	2						11
梅尧臣		2			4		2			11
苏舜钦		1	3		1	3			3	11
尹洙	10									10
石延年			1		3	3			1	8
司马光			2	1	5					8
晏殊			2			3			1	6

续表

姓名	四言	乐府歌行	五言古诗	七言古诗	五言律诗	七言律诗	五言绝句	六言	七言绝句	个人总计
宋庠		1			2	3				6
宋祁				1	5					6
王琪	2	1					1		1	5
韩琦		1			1	1				3
江休复		3								3
郭震									3	3
夏竦									3	3
杜衍		2								2
叶清臣		2								2
颜太初		2								2
张先		1				1				2
孙复			1						1	2
吕夷简					1				1	2
江为					2					2
鲁交					2					2
鲍当							2			2
陈尧佐									2	2
富弼	1									1
刘敞		1								1
石介			1							1
苏洵				1						1
钱昭度					1					1
唐异					1					1
燕肃					1					1
郎简					1					1
周敦颐					1					1

续表

姓名	四言	乐府歌行	五言古诗	七言古诗	五言律诗	七言律诗	五言绝句	六言	七言绝句	个人总计
蔡襄						1				1
龙昌期						1				1
谢伯初						1				1
唐介						1				1
司马池									1	1
谢涛									1	1
张在									1	1
各类总和	19	15	73	15	49	31	15	2	62	281

3.北宋后期(按收录诗人的诗歌总数降序排列)

姓名	四言	乐府歌行	五言古诗	七言古诗	五言律诗	七言律诗	五言绝句	六言	七言绝句	个人总计
苏轼	6	9	59	12	10	20	4		20	140
黄庭坚		3	35	8	17	5	6	7	12	93
邵雍			2		4	40	1	1	3	51
张耒		5	10	6	5	2			4	33
陈师道		2	8		8	4	1		5	28
张载		2							9	11
刘攽		3	4		1				1	9
文同		3	3					3		9
苏辙		1	1			1	4		2	9
秦观		1	6					1		8
韩维			6		1				1	8
王令			5			2			1	8
崔鶠			2	2	1		2		1	8
程颢	1				1	2			3	7

姓名	四言	乐府歌行	五言古诗	七言古诗	五言律诗	七言律诗	五言绝句	六言	七言绝句	个人总计
杨蟠		1	1		1	2	1			6
王安国			5		1					6
陶弼			1		2				3	6
潘大临				1	2	1			2	6
沈括		1	1			1			2	5
贺铸		1	1			1	1		1	5
任伯雨			1			1			3	5
张舜民	1			1	1		1			4
狄遵度			1	2					1	4
郑獬			1		1	1			1	4
黄庶			1	1					2	4
鲜于侁			4							4
洪朋			1		2	1				4
谢逸			2	2						4
李彭				2	1	1				4
郭祥正		2		1						3
田画		1							2	3
谢景初			3							3
沈辽			1	1					1	3
李宗易					1				2	3
刘季孙					1	1			1	3
陈烈		1	1							2
许彦国		1		1						2
晁补之		2								2
李廌		1	1							2
曾巩			2							2

续表

姓名	四言	乐府歌行	五言古诗	七言古诗	五言律诗	七言律诗	五言绝句	六言	七言绝句	个人总计
李觏			1						1	2
王陶			1	1						2
范纯仁			1			1				2
袁陟			2							2
潘兴嗣			2							2
彭汝砺			1			1				2
徐积			1			1				2
张商英			2							2
邢居实			2							2
晁咏之			1						1	2
鲍钦止			1						1	2
林敏功			1		1					2
方元修			2							2
曹纬			1						1	2
陈襄				1	1					2
俞紫芝					1	1				2
吴则礼					1	1				2
李师中						1			1	2
仲讷						1			1	2
刘跂						1			1	2
吕希哲									2	2
米芾									2	2
杨杰		1								1
吕公著			1							1
张瓌			1							1
王回			1							1

姓名	四言	乐府歌行	五言古诗	七言古诗	五言律诗	七言律诗	五言绝句	六言	七言绝句	个人总计
傅尧俞			1							1
孙觉			1							1
王畴			1							1
沈文通			1							1
章望之			1							1
王存			1							1
孔文仲			1							1
陈瓘			1							1
张绎			1							1
毛滂			1							1
倪涛			1							1
林敏修			1							1
崔子方					1					1
丰稷					1					1
毕仲游					1					1
孙处					1					1
李珌珛					1					1
高荷					1					1
杨偕						1				1
王圭						1				1
范雍						1				1
邹浩						1				1
叶涛						1				1
张俞							1			1
汪革							1			1
唐询									1	1

续表

姓名	四言	乐府歌行	五言古诗	七言古诗	五言律诗	七言律诗	五言绝句	六言	七言绝句	个人总计
晁端友									1	1
王钦臣									1	1
黄履									1	1
吕大均									1	1
卢秉									1	1
张举									1	1
蔡肇									1	1
张公庠									1	1
谢薖									1	1
马存									1	1
各类总和	7	42	203	42	71	99	23	13	105	605

二、《宋文鉴》的一首杨亿佚诗补正

《宋文鉴》"五言律诗"有《梁县界蚼蛴虫生》诗,题"罗处约"作,诗云:

> 方喜云油布,俄闻叶螣生。田神何纵虐,稼政自非明。颍凤那充
> 食,吴牛已绝耕。(牛多疫死。)黄堂厌梁肉,惕尔自心惊。(见齐治平
> 点校《宋文鉴》,中华书局 1992 年版,第 320 页)

《文学遗产》1988 年第 5 期发表了许振兴先生《辨〈宋文鉴〉的一首杨亿佚诗》,该文指出此诗为杨亿所作,《宋文鉴》"影宋本和四库本署名'罗处约',大抵只是传抄上的错误"。许文的考证总体可信,但"《宋文鉴》的编排,每将同一作者相同体裁的作品连置同一卷内,而此诗在《宋文鉴》卷二十二中恰被顺序置于罗处约《题太湖》、杨亿《受诏修书抒怀三十韵》《至郡累旬恶风》《狱多重囚》诸诗之后,故从《宋文鉴》的编排体例看,亦足使人相信它是杨亿的作品"(见《文学遗产》1988 年第 5 期,第 123—124页),此条对《宋文鉴》编排体例的总结不能作为证据。因为《宋文鉴》中多

有同一作者相同体裁作品在同一卷内不连置的情况,如卷三十一"诏",先排列欧阳修《赐中书门下诏》《皇太后还政议合行典礼诏》《通商茶法诏》,然后是韩维、张方平、胡宿、王珪、苏轼、范祖禹、曾肇、韩琦的"诏",接着又列欧阳修《赐观文殿学士礼部尚书王举正乞致仕不允诏》《赐夏国主诏》。又如卷三十八"诰",郑獬后排列的是韩维,然后又是郑獬。因此,从《宋文鉴》编排体例看,不足以说明《梁县界好蚜虫生》是杨亿的诗。

实际上,从《宋文鉴》选诗的源头出发,可以补证《梁县界好蚜虫生》为杨亿诗。《宋文鉴》选诗采自吕祖谦所编另一部诗歌总集《丽泽集诗》中的宋诗部分,叶适《习学记言序目·皇朝文鉴》论及"诗"时有云:"按,吕氏有《家塾读诗记》《丽泽集诗》行于世,本朝诗与今篇目不同无几,乃其素所诠次云尔。"(见齐治平点校《宋文鉴》附录《习学记言序目》,中华书局 1992 年版,第 2129 页)"本朝诗与今篇目不同无几"说明《丽泽集诗》中的宋诗篇目与《宋文鉴》诗大致相同,"乃其素所诠次"说明《丽泽集诗》编得较早,《宋文鉴》诗的编纂以《丽泽集诗》中的宋诗篇目为基础。《丽泽集诗》仅有中国国家图书馆所藏宋孝宗时的刊本流传,冯春生先生在《吕祖谦全集·丽泽集诗·点校前言》中从避讳的角度出发,对此本《丽泽集诗》的刊刻年代有过考证,并据之整理。(见黄灵庚、吴战垒主编《吕祖谦全集》第十五册,浙江古籍出版社 2008 年版,第 2 页)翻检《丽泽集诗》,《梁县界好蚜虫生》正好系于杨亿名下,此诗为杨亿所作无疑。

中华书局点校本《宋文鉴》,目录诗题下和书中正文诗题下均署"罗处约",《全宋诗》也署"罗处约",均未加考辨。

三、张相、周邦英评点《宋文鉴简编》辑录

卷一

骚

一、鲜于侁《九诵》

《尧祠》:

1. "虹霓为旌凤凰左右兮"句,评:东皇太一优乎如见。

《周公》:

2. "造作诡故而戕刘兮,亦亟殄宗而绝嗣"句,评:组以议论,绝似《离骚》后幅。

《箕子》:

3. "忠良屏远兮,谄谀寖昌……江蓠锄割兮,钩吻日滋"句,评:一意重叠言之,故能得纡轸往复之趣。

二、苏轼《上清辞》

1. "君胡为乎山之幽,顾宫殿兮久淹留,又曷为一朝去此而不顾兮,悲此空山之人也"句,评:一气奔赴,辞亦可诵,特以劲快出之,终嫌思君悱恻之意,未达一间。

三、文同《超然台词》

1. "曳采旒以役朱凤兮,驾琼齁而驱翠螭;涉横潢以出没兮,历大曜而蔽广亏"句,评:仿佛琼楼玉宇,高处不胜寒之意。

四、邢居实《秋风三叠寄秦少游》

1. "明月皎皎兮照空房,画日苦短兮夜未央,有美一人兮天一方"句,评:一往情深。

诏

一、王珪《为雨灾许言时政阙失诏》

1. "朕之不敏于德而不明于政……民有愁叹亡聊之声,以奸其顺气与"句,评:袭规蹈矩,汉诏之遗。

二、王圭《赐吴奎冤恩命不允诏》

1. 全文评:诰命之体,首为《尚书》所载,次为汉诏,次为六朝诏,衍其波者宣公,承其流者宋四六,大约三派而已,此文可谓取法乎上。

册

一、韩琦《仁宗皇帝哀册文》

1.全文评:词前有序,词先用四字句,后用长句、联句,自六朝以来哀册文往往如此。

2."呜呼哀哉! 大变之来,天倾地裂。四海之恸,风号雨血"句,评:此段接法有峰回路转之妙。

批答

一、王圭《赐皇长子淮阳郡王免恩命不允批答》

1.全文评:神采古茂。

二、王圭《赐韩琦免明堂恩命不允批答》

1."元宰之臣……非予之所敢专"句,评:老重。

诰

一、刘敞《龙图阁直学士兵部郎中泾原路经略使王素可谏议大夫》

1."不失朝贡,中国以安,朝廷益尊,此藩卫之动也"句,评:亦有汉气。

二、刘敞《思使》

1."尔亦勿谓易而得之,因易而守之。盖亦竭节顾义,思所以报国者乎"句,评:骀宕。

三、刘敞《博士集贤校理宋敏求可祠部员外郎并依旧职任》

1."宋敏求网罗遗逸……皆校雠有功",评:气体卓然。

四、刘敞《五百户赐推忠佐理功臣》

1."汝明予,欲谨于王事,极四海九州之美,以备物于大飨"句,评:追摹《商书》。

五、王安石《起居舍人直秘阁同修起居注司马光改天章阁待制》

1.“司马光文学行义,有称于时,故明试以言,使司告命,而乃固执辞让”句,评:体格亦佳,惟“而乃”二字有世俗气耳。

六、王安石《范镇加修撰》

1.“非夫通儒达才,有识足以知先王,不欺足以信后世,则孰能托《尚书》《春秋》之义”句,评:醇厚高华。

七、王安石《安定郡王》

1.“乐其生而哀其死,欲其富贵之无穷,仁人于亲戚莫不然”句,评:简劲。

八、郑獬《户部副使太常少卿燕度可右谏议大夫知潭州》

1.“朕方端扆面朝,以迟尔之奏课矣”句,评:有余韵。

九、钱勰《范育直龙图阁知秦州》

1.“夫新、秦奥区,控扼泾、陇……益思报称”,评:似出先梁。

奏疏

一、孙奭《谏幸汾阴》

1.全文评:盘折周旋,用笔雅有矩矱,不特言简意赅已也。

二、包拯《论宋庠》

1.全文评:包公以婞直名,然此事实不满人意,观欧公《论包拯除三司使》一疏可见。

2.“执政大臣,与国同体……乃为过也”,评:刻覆之论。

三、欧阳修《论包拯三司使》

1.“军旅之事先才能,朝廷之事先名节”句,评:名言。

2.“故为士者常贵名节以自重其身”句,评:镇锧之笔。

3."国家自数十年来,士君子务以恭谨静默为贤"句,评:力争上游,造成一段黄河天上奔流到海之势。

4."夫心者藏于中而人所不见,迹者示于外而天下所瞻"句,评:曲达。

四、欧阳修《论狄青》

1.全文评:以欧公之明达而无恕辞于武襄,以武襄之将才而不免被议于当时,可见北宋重文轻武之一斑矣。

2."须是我同类中人,乃能知我军情而已恩信抚我。青之恩信,亦岂能偏及于人"句,评:重峦叠嶂,使人目不暇接。

3."夫小人陷于大恶,未必皆其本心所为"句,评:紧。

五、司马光《论北边事宜》

1."臣闻明主谋事于始而虑患于微,是以用力不劳而收功甚大"句,评:老成忧国,独持大体。

2."伏望陛下敕戒北边将吏,若契丹不循常例小小相侵,如鱼船柳栽之类,止可以文牒整会"句,评:时其刚柔外交之道。

六、吕诲《论王安石》

1.全文评:荆公刚愎自用,遭世攻击,要其根本,终未足摇撼也,存此以志当时攻击之一斑。

七、范纯仁《请放吕大防等逐便》

1."以异己之人为怨仇,以疑似之言为谤讪"句,评:言外之意跃然纸上。

八、苏轼《上皇帝书》

1.全文评:茅鹿门云:指陈利害似贾谊,明切事情似陆贽。刘海峰云:虽自宣公奏议来,而笔力雄伟、抒词高朗,宣公不及也。

2."愿陛下结人心、厚风俗、存纪纲而已"句,评:曾涤生云:以上总起。

3."自古及今未有和亦同众而不安"句,评:又云以上总言结人心。

4."必若立法不免由中书,熟议不免使宰相。"句,评:又云以上论制三司条例司。

5."而富国之效茫如捕风,徒闻内帑出数百万缗"句,评:又云以上言谋事贵于无迹。

6."今朝廷之意,好动而恶静,好同而恶异,旨趣所在,谁敢不徙,臣恐陛下赤子,自此无宁岁矣"句,评:又云以上论遣使。

7."妄言某处可做陂渠,规坏所怨田产"句,评:又云以上论水利。

8."若假之数岁,则必成丁而就役"句,评:又云以上论雇役。

9."今虽未至于斯,亦望陛下审听而已"句,评:又云以上论青苗钱。

10."陛下以为坏常平而言青苗之功,亏商税而取均输之利,何以异此"句,评:又云以上论均输。

11."未及乐成而祸已起矣,臣之所愿结人心者,此之谓也"句,评:又云结人心止此。

12."伐真气而助强阳,根本已空,僵仆无日,天下之势与此无殊"评:又云以上言培养国脉不在富强。

13."以虚诞无实为能文,以矫激不仕为有德"句,评:又云以上言用老成忠厚,不取新锐刻深。

14."奏课者求为优等而速化"句,评:又云以上言不取骤进速化。

15."臣之所愿厚风俗者此之谓也"句,评:又云厚风俗止此。

16."臣之所谓愿存纪纲者此之谓也"句,评:又云以上存纪纲。

九、苏轼《徐州上皇帝书》

1.全文评:茅鹿门云:此等文字识见笔力,并入西汉。

2."察其风俗之所上而考之于载籍,然后又知徐州为南北之襟要"句,评:有一种雄浑精悍之气,令人不可逼视。

3."徐无事则京东无虞矣"句,评:应前京东安危未可知。

4."臣自至徐,即取不系省钱百余千别储之"句,评:苏公之文洋洋洒洒,言治理者多,言治具者少,此文多言治具是真实经济,故光价与策论诸作不同。

5."至于京东西河北河东陕西五路,盖自古豪杰之场"句,评:与论战国任侠之见地同。

6."故凡士之刑者不可用,用者不可刑"句,评:沙明水净。

十、郑侠《论新法进流民国》

1."臣闻士之行已……盖迫于此"句,评:欧公四六亦负大名,然平心论之,不及东坡之自然凑泊,盖明而未融者与。

表

一、司马光《进资治通鉴表》

1.全文评:只是寻常铺叙,并无惊人之语,然典重浑穆,卓尔不群,大手笔之异人亦只在气度间而已。

2."愿以驽蹇,无施而可,是以专事铅椠,用酬大恩"句,评:恳至语不让诸葛《出师表》。

二、苏轼《谢侍读表》

1."谓臣虽无大过人之才,知臣粗有不欺君之实,故使朝夕与于讨论"句评:宜僚弄丸,神乎其技。

三、张舜民《谢谏议大夫表》

1."地密而选清,秩卑而望重,其所以起居言动,则与史官相表里,其所以弹劾风察,则与台宪同戚休"句,评:转折分明,丝丝入扣,亦宋四六中佳构也。

箴

一、孙何《文箴》

1."奕奕李唐,木铎再阳;文之纪纲,而更张钜"句,评:顿挫清壮,深合陆士龙之旨。

2."思其工意,思其深恶,听淫哇丧,其雅音勿视……贱臣司箴,敢告执策"，评：收句古法，盖箴本诵于官也。

二、王随《省分箴》

1."轮曲辕直，或金或锡，或玉或石，荼苦荠甘"句，评：华词入箴，稍变古体。

四、程颐《视听言动四箴》

1.全文评：刘彦和云：箴全御过。此文自是箴之本，谊未可以恫冨无华，少之也。

铭

一、李至《续座右铭》

1."短不可护，护则终短；长不可矜，矜则不长"句，评：语无异箴，盖箴铭名目虽异，而警戒实同也。

二、胡旦《武关铭》

1."南条东走，自雍而荆"句，评：此文法皆是张载《剑阁铭》。

三、石介《击蛇笏铭》

1."少正卯戮，孔法举；罪赵盾，晋人惧"句，评：硬语盘空。

2."朝廷之内有谀容佞色附邪背正者，公以此笏击之"句，评：此文言外隐有所指。

四、张载《西铭》

1.全文评：《西铭》道理盛得水住。

五、苏轼《徐州莲华漏铭》

1."人之所信者手足耳目也，目识多寡，手知重轻，然人未有以手量而目计者"句，评：一气斡连，劲快之至。

六、苏轼《择胜亭铭》

1.“我所欲往,十夫可将;与水升降,除地不休”句,评:赏心乐事,前歌后舞,文之能移情者。

七、陈师道《黄楼铭》

1.全篇评:体格极似柳子厚《寿州安丰县孝门铭》。

2.“皇治惟戒,修明法度,协和阴阳”句,评:三句为韵文,亦合博约温润之旨。

卷二

颂

一、宋祁《神武颂》

1.“漏鲸彗于纲目,摧虎吻于市道,浴白日以升景”句,批:气流墨中,声动外简。

2.“恶未旋踵,事已绝矣”句,评:亦严重亦流动。

3.“真宗御天休息,君元委裘上仙”句,评:别调独弹。

二、石介《庆历圣德颂》

1.“一云气之祥,一草木之异,一蹄角之怪,一羽毛之瑞,当时君臣,犹且浓墨大字”句,评:一气奔赴,有长江千里之势。

2.全文评:浩浩落落九百六十四字,言到底而绝不受四言之束缚,读之但觉与散文无异,可称仅见之作。

3.“其志莫夺,惟仲淹、弼;一夔一契,天实资予;予其敢忽,并来弼予”句,评:惟有谟诰体制,故使气而不剽滑。

赞

一、狄遵度《杜甫赞》

1.“不图其赢,横放直出;诡色互端,排荡摧戛;措齿不安,鬼求于阴,神索于阳"句,评:诡色殊声,足与老杜匹敌。

二、司马光《河闲献王赞》

1．"周室衰,道德坏,五帝三王之文,飘沦散失"句,评:神理入古,在马史班书之间。

2．"三者不出,六艺不明。噫! 微献王六艺其遂曀乎"句,评:且夫一顿有云垂海立之观。

3．"嗟乎! 天实不欲礼乐复兴邪,抑四海自不幸而已矣"句,评:竟住有佳。

三、王回《嵇绍赞》

1．"力不能报,犹且避之天下,愿臣其子孙而为之死,岂不谬哉"句,评:拗折有力。

四、苏轼《偃松屏赞》

1．"予为中山守,始食北岳松膏,为天下冠,其木理坚密瘠而不瘁"句,评:一序独以疏落取胜。

五、苏轼《王元之画像赞》

1．"然公犹不容于中,耿然如秋霜夏日,不可亵玩,至于三黜以死"句,评:大海回澜。

六、陈师道《孔北海赞》

1．"世以曹操为英雄,虽孙仲谋甘出其下,而文举以犬豚视之"句,评:起伏变化,嘈杂离合,极其能事。

碑文

一、宋祁《成都府新建汉文翁祠堂碑》

1．"蜀之庙食千五百年不绝者,秦李公冰、汉文翁两祠而已"句,评:不作凡近语,雅称碑碣。

2."作堂三楹,张左右序及献庑;大抵若干间。"句,评:鸿文壮采。

3."揖而升……可以尽仪"句,评:渊古之气,可以镇纸。

二、司马光《文潞公家庙碑》

1.全文评:首段述家庙缘起,次段述文潞公世系,应有尽有,宏深肃括,自是碑文体格,末段以篇幅稍长,遂厌弃也。

2."郁彼乔木,茂于苞根,浩彼长川"句,评:铭祠亦雅颂之遗。

三、苏轼《表忠观碑》

1.全文评:此文远法汉碑,近法柳子厚《安丰孝门铭》,章实斋论之详矣。

记上

一、王禹偁《竹楼记》

1.全文评:此文气格本不甚高,然兴酬落笔亦不失为佳构。

二、晏殊《庭莎记》

1."于是傍西墉,画修径,布武之外,悉为莎场,分命趋入,散取增殖,凡三日乃备"句,评:有中晚唐人笔意。

2."嗟夫!万汇之多,万情之广,大含元气,细入无间"句,评:即小喻大,渐成滥调,后人可不必学。

三、范仲淹《岳阳楼记》

1."若夫淫雨霏霏,连日不开,阴风怒号,浊浪排空"句,评:以韵语出,生动舒朗,犹近唐贤。

四、范仲淹《桐庐郡严先生祠堂记》

1."微先生不能成光武之大,微光武岂能遂先生之高哉"句,评:折笔收住,厚重之至。

五、韩琦《定州阅古堂记》

1."其余风遗烈,可以被于旂常,传于简策"句,评:此一段文字无垂不缩,在宋人中为杰出。

六、欧阳修《峡州至喜亭记》

1."顺流之舟,顷刻数百里,不及顾视,一失毫厘,与崖石遇"句,评:加倍写去,此欧公学昌黎处。

七、欧阳修《襄州谷城县夫子庙记》

1."而释采无乐,则其又略也,故其体亡焉"句,评:遒紧得自史公。

2."而后之人不推所谓释奠者,徒见官谓立祠,而州县莫不祭之"句,评:畅朗郁茂,近世姚惜抱、曾涤生之流往往学之。

3.全文评:唐荆川曰:此文前段辨释奠释荣为祭之,略及其所以立庙之故,后段言古体之不行焉可惜,而狄君能复古体为可称也。

八、欧阳修《吉州新学记》

1."置学官之员,然后海隅激塞"句,评:笔法名贵。

2."幸予他日,因得归荣故乡,而谒于学门,将见吉之士,皆道德明秀而可为公卿"句,评:极意推波助澜,文情绚缛之至。

九、欧阳修《丰乐亭记》

1."修尝考其山川,按其图记,升高以望清流之关"句,评:超乎象外,感慨淋漓,此欧公绝调也。

2."以乐生送死,而孰知上之功德,休养生息,含煦百年之深也"句,评:毫不着力,如列子御风。

十、欧阳修《醉翁亭记》

1.全文评:欧公此文实仿《易·杂卦》,惜为妄人套滥,遂成庸调矣。

十一、欧阳修《有美堂记》

1.全文评:唐荆川云:如累九层之台,一层高一层,真是奇绝。茅鹿门云:胸次清广,洗绝古今。姚姜坞云:文虽宋世格调,然势随意变,风韵溢于行,布诵之铿然。

十二、刘敞《王沂公祠堂记》

1."始益知贵诗书之业,而安其兴之所乐,师宿儒,幼子童孙,粲然自以复见三代之美"句,评:得冲融澹泞之神。

2."乃敦诗书,翼翼齐鲁,若问之初,二公之位,文正履之"句,评:古意盎然。

十三、刘敞《东平乐郊池亭记》

1."古诸侯虽甚陋……而同吏民"句,评:造语似经。

2."三者皆大国也,其土沃衍,其民乐厚,其君子好礼,其小人趋本"句,评:急管繁弦,娱心快耳。

3."孟子曰:贤者而后乐。此不贤者虽有此不乐也"句,评:命意蹊径一新。

十四、刘敞《先秦古器记》

1."校其世,或出周文武时,于今盖二千有余岁矣"句,评:笔意轩昂,有振衣千仞之概。

十五、王安石《信州兴造记》

1.全文评:此文略依茅本。

2."则前此公所命,出粟以赒贫民者,三十三人自言曰:食新矣,赒可以已,愿输粟以佐材费"句,评:茅鹿门云:倒句。

3."吏而不知为政,其重困民多如此,此予所以哀民而闵吏之不学也"句,评:如此作法已近论体,然意在训戒后世,与无病而呻者不同。

十六、王安石《扬州龙兴十方讲院记》

1."吾记无难者,后四年来曰:昔之所欲为,凡百二十楹,赖州人蒋氏之力,即皆成"句,评:沈确士云:不记兴造是省笔。

2."以彼其材,由此之道,去至难而就至甚易,宜其能也。呜呼! 失之此而得彼焉"句,评:又云一顿一折,耐人领取。

十七、王安石《桂州新城记》

1."古者君臣、父子、夫妇、兄弟、朋友之礼,失则夷狄横而窥中国"句,评:唐荆川云:但为乐城作记,归之根本上说,此是大议论。茅鹿门云:荆公学本经术,多以经术为宗。

十八、苏洵《张尚书画像记》

1.全文评:茅鹿门云:词气严重,极有法度,益州常称老苏似司马子长,此记自子长之后殆不多得。

2."且公常谓我言:民无常性,惟上所待"句,评:储同人云:借张公口中发出所以安蜀之本,妙用"待"字,以破蜀人多变之见,此入水斩蛟伎俩也。

3."以度量雄天下,天下大事公可属"句,评:沈确士云:不多称,道极高。

4."禾黍与兴,仓庚崇崇,嗟我妇子,乐此岁丰"句,评:沈确士云:例说便有情。

十九、苏洵《木山记》

1."木之生或蘖而殇,或拱而夭,幸而至于任为栋梁则伐,不幸而风之所拔,水之所漂,或破折,或腐幸"句,评:沈确士云:如寻武夷九曲,一曲一胜。

2."以及于斧斤,出于湍沙之闲,而不为樵夫野人之所薪,而后得至于此,则其理似不偶然也"句,评:茅鹿门云:文凡六转入山末,又一转有百尺竿头之意。

二十、曾巩《分宁县云峰院记》

1．"分宁勤生而啬施，薄义而善争，其土俗然也"句，评：茅鹿门云：于云峰院无涉，而意甚奇。

2．"民虽动而习如是，渐涵入骨髓，故贤令长左吏比肩常病其未易，治教始移也"句，批：大抵宋人道学之见，横亘胸中为方外，作文最难着笔，故为题外渲染之法，至着笔时映带一二语矣，而后人以为取径阔大，遂竟为架空议论，抑亦失其旨矣。

二十一、曾巩《拟岘台记》

1．全文评：王遵岩云：繁弦急管，促节会音，喧动嘈杂。若不知其宫商之所存，而度数亦自皎辣，加以欢悦，此之谓矣。茅鹿门云：此记大略本柳宗元《訾家洲》、欧阳公《醉翁亭》等记来。

二十二、曾巩《抚州颜鲁公祠堂记》

1．"四方闻之争奋而起，唐卒以振者，公为之唱也"句，评：此文下两段称颂不躬，大抵论人之文，责备易而称颂难，玩此知称颂之法。

二十三、曾巩《筠州学记》

1．"犹低徊没世，不敢遂其篡夺。自此至于魏晋以来，其风俗之弊，人才之乏久矣"句，评：曾涤生云：以上汉之学者。

2．"其于贫富贵贱之地，则养廉远耻之意少，而偷合苟得之行多。此俗化之美，所以未及于汉也"句，评：曾涤生云：以上今之学者。

3．"夫所闻或浅……所以导之如何尔"，评：又云以上汉宋虽异，贵有化道之方。

4．"其贤者超然自信而独立，其中材勉于焉以待上之教化，则是宫之作"句，评：又云以上筠州文学请记。

二十四、曾巩《道山亭记》

1."闽故隶周者七……盖以其陋多阻,岂虚也哉",评:沈确士云:水陆二段,何减韩柳。

二十五、李泰伯《袁州学记》

1."皇帝二十有三年,制诏州县立学,惟时守令,有哲有愚,有屈力单虑"句,评:乔诘卓惊,自成一家。

2."旴江李觏念于众曰:惟四代之学,考诸经可见已,秦以山西鏖六国,欲帝万世"句,评:意亦犹人而文笔劲挺,遂觉不可逼视。

二十六、张载《庆州大顺城记》

1.全文评:古人作记,本以铭之石,即以铭体为之,直截了当,于古虽不多见,然其为可法无疑也。

二十七、赵瞻《渑池县新沟记》

1.全文评:古色古声,语语奇崛而字字妥帖,与樊宗师之怪涩不同。

二十八、王安国《清溪亭记》

1."夫吴、楚、荆、蜀、闽、越之徒……是可喜也",评:厚重排撰,神似子固。

2."若夫峙环阓之万家,于千峰之缭绕"句,评:千峰是倒句法。

二十九、沈括《邢州尧山县令听壁记》

1.全文评:亦是学昌黎。

2."吾王君圣美之为尧山……以县令之题名",评:雄迈之气,咄咄逼人。

三十、刘攽《七门庙记》

1."予曰:昔高帝之起,宗昆弟之有材能者,贾以征伐显交,以出入传命,谨言为功"句,评:一段议论按之沉实,扬之高华。

三十一、陈绎《新修东府记》

1."四方奏书,缓急报闻……其可逮呼"句,评:奥美盘折。

2."宋兴之初……民乐喜百年之间",评:藻耀高翔,有东汉人气息,雅与题称。

三十二、陈绎《新修西府记》

1."古之公卿,人之相与谋于朝,出则相与谋于家"句,评:数语能写出盛世治平气象。

2."夫善用兵者,使之至于无兵;善治兵者,治之于无事"句,评:宏丽称其体制。

卷三

记下

一、苏轼《李氏山房藏书记》

1."象犀、珠玉、怪珍之物,有悦于人之耳目而不适用"句,评:工于发端,如巴蜀雪消,春水骤涨。

2."然学者益以苟简,何哉"句,评:波折。

3."其文词学术当倍蓰于昔人,而后生科举之士皆束书不观"句,评:波折。

4."余文以为记……为可惜也",评:此文为不苟作。

二、苏轼《眉州远景楼记》

1."吾州之俗……而他郡之莫及也",评:首段总挈,次段分疏。

2."方是时,四方指以为迂阔,至于郡县胥吏,皆挟经载笔,应对进退"句,评:如风俗记,如地理志,此种平实之语言,非大手笔不办也。

3."今太守……而求文以为记",评:沈确士以此文比昌黎《新修滕王阁序》泂然。

4．"若夫登临览观之乐，山川风物之美，轼将归老于故丘"句，评：含毫邈然。

三、苏轼《庄子祠堂记》

1．全文评：绝不言祠堂之意，专重庄子，可谓蹊径独开，然古人为文集序，直同列传，则此记犹行古人道也。

四、苏轼《文与可书笂筜谷偃竹记》

1．全文评：此文不立简架，信手写去，盖心手相应之故也。

2．"料得清贫才太守，渭滨千亩在胸中，与可是日与其妻游谷中"句，评：孙月峰云：人谓此记类庄，余谓有类司马子长体。

五、苏辙《黄州快哉亭记》

1．"西望武昌诸山，岗陵起伏，草木行列，烟消日出，渔父樵夫之舍，皆可指数，此其所以快哉者也"句，评：凄戾雄快，自是小苏集中上乘文字。

六、曾肇《重修御史台记》

1．全文评：此文不愧大手笔。

2．"故其任视前世焉尤重，非但谨朝会听狱讼而已"句，评：谨严密栗，载笔之体。

3．"堂室渠渠，长二佐属，视事燕休，翼翼申申，各适所宜"句，评：极沉郁顿挫之致。

4．"居其位，有所不知，知之有所不言，言之有所不行，行之而君子病焉，小人幸焉"句，评：洞中七札。

七、陆佃《适南亭记》

1．"此山之佳处也，已而北顾，见其烟海杳冥，风帆隐映，有魁伟绝特之观"句，评：文虽宋调，要自绝工。

2．"海气浮楼台，野气坠宫阙，云霞无定，其彩五色"句，评：以诗意入文。

3."藏道蓄德,晦于耕陇、钓濑、屠市、卜肆、鱼监之间者乎"句,评:调仿昌黎《送董劭南》而意不同。

八、黄庭坚《大雅堂记》

1."非广之以《国风》《雅》《颂》,深之以《离骚》《九歌》,安能咀嚼其意味"句,评:非深于诗者,不能言诗也。

九、晁补之《新城游北山记》

1."去新城之北三十里……磔然有声"段,评:山水何幸得斯人一言。

2."窗间竹数十竿相摩,戛声切切不已,竹间梅棕森然,如鬼魅离立突鬓之状,二三子又相顾,魄动而不得寐,迟明皆去"句,评:用笔如徐夫人匕首,寸铁杀人。

十、唐庚《易庵记》

1."一物之误,犹不及其余,道术一误,则无复子遗矣"句,评:可谓风霜之气,廉锷之词。

序

一、徐铉《重修说文序》

1."至安帝十五年始奏上之,而隶书行之已久,习之益工,加以行草八分,粉然闲出,返以篆籀为奇怪"句,评:学有本渊源,如穆如可,与汶长原序颉颃。

2."其有义理乖舛,违戾六书者,并序列于后,俾夫学者无或致疑"句,评:二语精实,有清一代许学极盛,然诸名家终不敢踰此科律也。

二、宋白《弈棋序》

1."观夫散木一楄,小则小矣,于以见兴亡之基;枯棋三百,微则微矣,于以知成败之数"句,评:字字精炼,如《孙子兵法》。

2."引而伸之,可稽于古,彼简易而得之,宽裕而陈之,安徐而应之,舒缓而胜之,有若尧禅舜,舜禅禹乎"句,评:历引史事以壮其澜,然观其指归,可以喻大起处已揭之矣,非无的而发矢也。

三、穆修《唐柳先生文集序》

1.全文评:宋之古文自穆修柳开二人始,穆一传而为尹洙,再传而为欧阳修,读此可知宋人崇尚韩柳之始,亦可知宋之古文之渊源。

四、宋绶《景祐卤薄图记序》

1."天時报功,洛坛拜觊,遗老嗟睹,旧章顿还,二宗继猷,慎守丕则"句,评:博我鸿文,宏我汉京。

2."睿德天成而日跻,洪化火驰而风偃"句,评:严整古茂,一洗宋骈习气。

3."兕持虎以养其威,升龙左纛,洪副其德,天下尊之"句,评:造语如经如子。

五、刘颜《辅弼名对序》

1.全文评:按部就班,起讫分明,此种文字须玩其沉着处。

2."足以施诸廊庙,利于国家,经久可行,本末具述"句,评:不让唐贤气韵。

六、刘牧《送张损之赴任定武幕職序》

1."其民过邻里亲旧家,必带刀剑,霜降农闲,里胥鄮长,会民习古战阵之法"句评:历叙武备渐弛,情形言之慨然。

2."轻扬急进者,贪其阶缘知遇,其势易获,亦十倍内郡"句,评:沉郁。

七、欧阳修《秘演诗集序》

1.全文评:茅鹿门云:多慷慨呜咽之音,得司马子长之神髓。

2."曼卿已死,秘演亦老病"句,评:篇中以老、少、盛、衰等字为线索。

八、欧阳修《集古目录序》

1."物常聚于所好而常得之有力之强……而又多死祸常如此",评:文气厚奥,极似《汉书·西域传赞》。

九、欧阳修《梅氏诗集序》

1. "盖世所传诗者,多出于古穷人之辞也,凡士之蕴其所有而不得施于世者,多喜自放于山岭水涯之外"句,评:雄放宕折,兼而有之。

2. "虽知之深,亦不果荐也,若使其幸得用于朝廷,作为雅颂以歌咏大宋之功德,荐之清庙而追商周鲁颂"句,评:呜咽感欢,欧公擅场。

3. "圣俞诗既多……辙序而藏之",评:沈确士云:本文至序而藏之句止,以下十五年后书于诗序,后者不知何人,并而为一误矣。

十、欧阳修《外制集序》

1. "是时夏人虽数请命而西师尚未解严,京东累岁盗贼,最后王伦暴起沂州,转劫江淮之间"句,评:层累深厚,文之善蓄气者。

2. "然予方与修祖宗故事……此予所以常遗恨于斯文也",评:千曲百折,一唱三叹,文情斐□极矣。

十一、蔡襄《送马承之通判仪州序》

1. 全文评:气味声色,绝肖昌黎。

十二、王安石《送陈升之序》

1. "大任将有大此者……岂惟失望哉",评:如古藤异花,别作芳色。

十三、苏洵《送石昌言舍人北使引》

1. "今十余年又来京师……口舌之间足矣",评:茅鹿门云:文有声色,直当与韩昌黎《送殷员外》等序相伯仲。

十四、苏洵《苏氏族谱引》

1. 全文评:茅鹿门云:议论简严,情事曲折,其气格大略从《公》《谷》来。

2. "情见于亲……孝悌之心可以油然而生矣",评:老横轩豁,似《檀弓》之文。

十五、苏洵《仲兄郎中字序》

1."兄尝见夫水之与风乎……而水实形之",评:极似《庄子》"刁刁调调"一段。

2."无意乎相求,不期乎相遭而文生焉,是其为文也,非水之文也,非风之文也,二物者非能为文而不能为文也"句,评:沈确士云:无意为文而不能不为文,二语道尽文章妙理。

十六、曾巩《战国策目录序》

1."向叙此书……则可谓惑于流俗而不笃于自信也",评:王遵岩云:何等谨严,而雍容敦博之气又宛然。

2."惟先王之道,因时适变,为法不同,而考之无疵"句,评:子固文气深厚,此等转折不足为病,他人未许学他。

3."至于此书之作,则上继春秋,下至楚汉之起"句,评:此"至于"二字使后人用之,则易以况乎矣。

十七、曾巩《范贯之奏议集序》

1."盖自至和以后十余年间……卒皆听用",评:有群山万壑赴荆门之势。

2."其所引拔以言为职者,如公皆一时之选"句,评:如公句实软弱。

3."至于奇茂恣睢有为之者,亦辄败悔,故当此之时,常委事七八大臣,而朝政无大缺失"句,评:沉着顿挫,光彩自露。

十八、曾巩《送周屯田序》

1.全文评:茅鹿门云:议论似属典刑,而文章烟波驰骤不足,读昌黎《送杨少君致仕序》,天壤矣。

十九、曾巩《送江任序》

1.全文评:茅鹿门云:古来未有此调,子固自出机轴。

2."或中州之人用于荒边侧境、山区海聚之间……岂类夫孤客远寓之忧而以苟且决事哉",评:唐荆川云:一段言用于异乡之难为治,一段言于其土之易为治。

二十、苏轼《六一居士集序》

1.全文评:茅鹿门云:苏长公乃欧公极得意门生,此序不负欧公。

2."上之人侥幸一切之功,靡然从之,而世无大人先生如孔子孟子者,推其本末,权其祸福之轻重,以救其惑"句,评:文气沛然,不可遏抑。

3."欧阳子论大道似韩愈,论事似陆贽,记事似司马迁,诗赋似李白,此非余言也,天下之言也"句,评:四语确切不磨。

二十一、苏颂《华戎鲁卫心录总序》

1."陛下钦若成宪,羁縻要荒,乃命儒臣讨论故事"句,评:文特典重。

2."前诏断自通好以来,以迄乎今朝,明作书之繇,故以叙事冠于篇首"句,评:分事铨次,远法史公《自序》。

3."故次之以条例,凡此皆长使也,诞辰岁节致礼而已"句,评:中间亦作波折,化板为活之法也。

4."臣窃观前世制御戎狄之道……目具于左方",评:此前叙事,文易板重,结段以议论决荡之,此虚实相生法也。

二十二、王安国《后周书序》

1."唯府兵之设,敛千岁已散之民而系之于兵,庶几得三代之遗意,能不骇人视听"句,评:神采飞动,言下有新法在。

2."惟能自爱其身,则内不欺其心,外不蔽于物,然后好恶无所作"句,评:言之过深。

3."于是贤能任,使之尽其力……则小人忿欲之心已黜于冥冥之际",评:意态句调均与人不同,足为庸滥者之药。

4."苟未能此而徒欲法度之革者,是岂先王为治之序哉,彼区区之周,何足以议"句,评:全是借酒杯浇垒块。

二十三、潘兴嗣《送赵希道序》

1. 全文评：纵横万里，金铁飞鸣，神似昌黎。

二十四、秦观《进策序》

1. "其《目》曰：以意寓言，以言寓文，示变化之所终始，使天下晓然知之"句，评：简练错综，极似《道德经》。

二十五、秦观《扬州集序》

1. "东扬州者会稽也，隋以后皆治广陵"句，评：为考据语而不繁重，斯是雅才。

二十六、秦观《集瑞图序》

1. "余谓万物皆天地之委和，而瑞物者又至和之所委也"句，评：命意本庄子词，亦极连犿之致。

二十七、张耒《送李端叔赴定州序》

1. "庚午，耒卧病城南，门无犬鸡"句，评：善作真语。
2. "诚知骄虏之不能弃吾之重币也"句，评：善作刻语。
3. "然跬步强敌而人不惧者，诚信之也，枭鸱不鸣，要非祥也，财狼不噬，要非仁也"句，评：善作危语。

二十八、晁补之《捕鱼图序》

1. "水波渺渺，洲渚隐隐，见其背岸，木葭葵向摇落，草凄然始黄"句，评：数语精妙入神。
2. "人物衣裘有寒意，盖画江南初冬欲雪时也"句，评：此文自云仿韩退之序画，然此段叙写处实不逮。
3. "洞庭波兮木叶下，引物连类，谓便若湖湘在目前"句评：错落纷披，弥见高低。

二十九、黄伯思《新校楚辞序》

1．"楚辞虽肇于楚，而其目盖始于汉世"句，评：平允翔实。

2．"顿挫悲壮，或韵或否者，楚声也；沅湘江沣修门夏首者，楚地也；兰茝荃药蕙若蘅者，楚物也"句，评：彦和所谓"积学以储宝，酌理以富才"也。

论上

一、欧阳修《本论》

1．全文评：大旨发挥昌黎《原道》未尽之意。

2．"昔尧舜三代之为政……而不暇乎其他"，评：先王政教合一之理烂熟胸中，故言之有本。

3．"良民不见礼义则莫知所趋，佛于此时乘其隙，方鼓其雄诞之说而牵之，则民不得不从而归矣"句，评：此种议论传其衣钵者，苏氏也。

二、欧阳修《泰誓论》

1．"商人已疑其难制而恶之……孰视而无一言"，评：切实发挥，不作驰骤语，自是说经之体。

2．"西伯即位已改元矣……并其居丧称十一年"，评：明决圆美。

三、石介《汉论上》

1．全文评：上篇罪汉，中下两篇罪曹、贾、叔孙，只自一意，文多用排比，不为机至之作，然有开拓心胸，推倒豪杰之概存之。

2．《汉论下》："罢关市，开山泽，国其不乏乎？故晁错请削国地而被诛，仲舒请限民田而不用"句，评：读史得间。

四、刘敞《患盗论》

1．"衣食不足，盗之源也；政赋不均，盗之源也；教化不修，盗之源也"句，评：纯是子部之语。

2．"其恩深矣而盗不应募，非不愿生也，念无以乐生，以谓为民乃甚苦，为盗乃甚逸也"句，评：所谓哀矜勿喜也，我闻此语心骨为悲。

3."禁盗吾犹人也,必也使无盗乎,盍亦反其本而已矣"句,评:劲快。

五、刘敞《叔辄论》

1."是以叔辄知日食之忧必将及君,欲陈则不见信,欲嘿则不能已,欲谋则逼于祸"句,评:一往而深,纤轸之情毕达。

六、王安石《材论》

1."是有三弊焉……而卒入于败乱危辱,此一蔽也",评:奸雄操纵人才为败乱危辱之道,荆公此言何等识见。

2."驽骥杂处,其所以饮水食刍,嘶鸣蹄齿,求其所以异者盖寡"句,评:以譬喻阐譬喻,奇情至理。

3."然而不知其所宜用而以敲朴,则无以异于朽槁之梃也"句,评:神似《庄子》。

七、王安石《原过》

1."天有过乎? 有之,陵历斗蚀是也;地有过乎? 有之,崩弛竭塞是也"句,评:亦是圣门庸言而笔意老横,说来便奕奕有神。

八、王安石《周公》

1."诚若荀卿之言,则春申、孟尝之行乱世之事也,岂足为周公乎"句,评:一意化为雨意,往复说之,故遒而紧。

九、司马光《葬论》

1."曷若无子孙死于道路,犹有仁者见而瘗之耶"句,评:沉痛之言。

2."葬必以时,欲知葬具之不必厚,视吾祖;欲知葬书之不足信,视吾家"句评:收笔斩绝。

卷四

论下

一、苏洵《心术》

1. 全文评：茅鹿门云：一段段自为支节，盖按古兵法与传记而杂出之者，非通篇起伏开合之文也。

2. "吾之所短，吾抗而暴之，使之疑而却吾之所长，吾阴而养之，使之狎而坠其中，此用长短之术也"句，评：古人著书而已，魏晋以还乃有文集，此文事升降之原也，老苏奋笔以著书，自命破除当时之体，名言精理，洵无愧色。

二、苏洵《辨奸》

1. 全文评：张文定公老苏先生《墓表》云：嘉祐初，王安石名始盛，党友倾一时，欧阳修亦善之，劝先生与之游，而安石亦愿交于先生，先生曰：吾知其人矣，是不近人情者，鲜不为天下患。安石之母死，士大夫皆吊，先生独不往，作《辨奸》一篇。

三、郑獬《备乱》

1. "盖未尝取天下之公制，而独以己之私者备之耳，成汤周武以诸侯得天下"句，评：偶然从公天下立言，眼光卓越。

四、苏轼《留侯论》

1. 全文评：王遵岩云：此文若断若续，变幻不羁，曲尽文家操纵之妙。

2. "且其意不在书，当韩之亡，秦之方盛也"句，评："且其意不在书"一句掀动全篇精神，有壁立万仞之概。

3. "此固秦皇帝之所不能惊而项籍之所不能怒也"句，评：唐荆川云：万派飞流，注在一壑。

4. 文末评：此文原本微有不同，均改从茅本。

五、苏轼《志林（三首）》

1. 全文评：此文茅本题作《商君论》。

2. "秦固天下之强国，而孝公亦有志之君也，修其政刑十年，不为声色畋游之所败，虽微商鞅有不富强乎"句，评：论列古今得失，自是东坡最为擅场。

3. "晏少而富贵，故服寒食散以济其欲，无足怪者，彼其所为，足以杀身灭族者，日相继也，也得死于寒食散，岂不幸哉"，评：为文不可无间架，为文亦最忌有间架，此种文字飒然而来，戛然而止，最为可法。

4. "春秋之末至于战国，诸侯卿相皆争养士，自谋夫说客"句，评：此文茅本题作《战国任侠论》。

5. "虽欲怨叛而莫为之先，此其所以少安而不即亡"句，评：读书得间。

6. "抑将辍耕太息以俟时也，秦之乱虽成于二世，然使始皇知畏此四人者"句，评：骀宕。

7. "秦始皇帝时，赵高有罪，蒙毅按之当死，始皇赦而用之"，评：此文茅本题作《始皇论》。

8. 篇末评：茅鹿门云：《志林》为子瞻由南海后所作，公于时经历世途已久，故上下古今处所见尤到。

六、苏辙《三国论》

1. "盖尝闻之，古者英雄之君……无有以汉高祖之术制之者也"，评：此段将刘项说得透极，是立竿取影法。

2. "夫古之英雄，唯汉高帝为不可及也夫"句，评：常山蛇势，击尾首应。

七、苏辙《晋论》

1. "夫是以天下之事，举皆无足为者，而天下之匹夫，亦无以求胜其上，何者？天下之乱，盖长起于上之所惮而不敢为，天下之小人知其上之有所惮而不敢为"句，评：极萦回盘折之致，可谓达天下之叠叠矣。

2."昔者晋室之败……有尽忠致力之意而不救于患难",评:止作家人琐屑筐篚语,而天下兴亡之理寓于其中,此之谓言语妙天下。

八、苏辙《汉昭帝论》

1."故吾以为成王之寿考,周公之功也;昭帝之短折,霍光之过也"句,评:折出霍光,用笔使人不测。

九、李清臣《论隋》

1.全文评:人人意中所有,一经熔铸便成伟论。

2."谓薄书刀笔之闲,可以为治,语之以王道,则倾背而窃笑"句,评:谈论治乱有王猛扪虱气象。

十、张耒《李郭论》

1."雄杰好乱之士,可伏以天下之大义,不可掩以匹夫之小数,何也?彼其心甘为理屈,不肯负人以其智"句,评:控变定乱不取杂霸之言,可谓卓识。

十一、何去非《秦论》

1."兵有攻有守,善为兵者,必知夫攻守之所宜,故以攻则克,以守则固"句,评:文势堂堂正正,盖布方陈、扎硬寨者。

2."以不为秦役之关东,则二世安得即其地而疾战其民;以方为汉役之天下,则汉安得不趋其所疾诛其君"句,评:如锥画沙,要言不繁。

十二、何去非《西晋论》

1."先王之制夷狄于要荒也……不观其昭然之形故也",评:五胡祸华远从汉宣说起,识力高卓。

2."昔者孝宣承武帝攘击匈奴之威……而为毒深也",评:此一段叙事稍节原本。

3."有能探其所伏之祸而逆制焉,因其怀返之情,加以恩意,以导其行,为之假建名号,而廪资之"句,评:亦复可言可行,与目论者不同。

十三、唐庚《察言论》

1.全文评:妙在各段均铸伟词以出之,非平铺直叙者比。

十四、唐庚《悯俗论》

1."自古诸侯风俗小大,曷尝不与其国相争"句,评:起笔突然,脱胎史公《封禅书》。

2."风俗非一事,要以人才为本"句,评:经世伟论。

3."学术小,故无大议论,力量狭,故无大功名"句,评:斩绝。

4."是犹衣九尺之衣,束十围之带"句,评:一喻有奇趣。

5."今百工之所造,商贾之所鬻,士女子之所服者,日益狭陋"句,评:于薄物细,故觇治化之隆污,何等识力。

策

一、尹洙《兵制》

1."何谓法制之失？以吏事而治戎事也"句,评:宋明末年均蹈此弊,盖重内轻外之故也。

2.篇末评:外文绮交,内义脉注,文之能事尽矣。

二、苏轼《决壅蔽》

1."所贵乎朝廷清明而天下治平者……一介之小民不识官府之难,而后天下治",评:胸中雪亮,腕底生风,极行文之乐事。

2."天子之贵,士民之贱人,可使相爱,忧患可使同,缓急可使救"句,评:累累如贯珠。

3."所欲排者,有小不如法,而可指以为瑕;所欲与者,虽有乖戾,而可借法以为解,故小人以法为奸"句,评:用两层比较法,故文气厚劲。

4."省事莫如任人,历精莫如自上率之"句,评:出两柱意。

5."至于毫毛,以绳郡县,则是不任转运使也"句,评:缴出。

6."臣故曰历精莫如自上率之"句,评:缴出。

三、李清臣《明责》

1."议者患治道之不及于古,则曰:天下无贤。不知有贤而不能用也。"句,评:瘦劲有致。

2."今夫拔一臣而加之百官之上以为辅相"句,评:柱意。

3."罢退宰相,皆攻其疵瑕,而未尝指天下之不治为宰相之罪"句,评:得法家之精义。

4."故上下莫自任其责……卒无有任者",评:一气喷薄而出。

5."张禹之所以默默而亡汉,李林甫之所以守格令而亡唐也"句,评:警语。

议

一、黄亢《请置廉察罢转运议》

1."教化义也,钱谷利也,利与义不能两全,是以下忧岁之不登,而民之不粒,上恐财之不丰,而责之不多"句,评:刻画分明,笔意劲快。

二、李清臣《议官》

1."险涛作,恬让靖默,真能实德之士,或羞于之偶,宁自却于羁旅草野,而不入于其途"句,评:遣词运意,均不落恒蹊。

说

一、石介《怪说上》

1."三才位焉,各有常道,反厥常道,则谓之怪矣"句,评:步步为营。

2."彼其灭君臣之道,绝父子之亲,弃道德,悖礼乐,裂五常,迁四民之常居,毁中国之衣冠,去祖宗而祀夷狄,汗漫不经之教行"句,评:总述一遍,极风起潮涌之观。

3."释老之为怪也如何,中国之蠹坏也如何,尧舜禹汤文武周公孔子不生吁"句,评:收语冷隽。

二、石介《怪说下》

1."周公孔子孟轲扬雄文中子吏部之道……夫书则有尧舜典皋",评:潜气内转,不见衔接之迹。

2."今杨亿穷研极态……今天下反谓之怪而怪之",评:末一段与前篇作法同。

三、刘敞《杂说》

1."善治天下者……而天下安有不治哉",评:精透之语自成一子。

2."且逸乐而暮忧患,人情所不为,是故天子有百世之忧,诸侯有十世之忧,士庶有终世之忧"句,评:脱胎《孟子》。

四、王安石《进说》

1."孟子不见王公而孔子为季氏吏,夫不可以势乎哉"句,评:云蒸霞蔚,善推勘。

五、苏轼《杂说送张琥》

1."曷常观于富人之稼乎,其田美而多,其食足而有余"句,评:起句如飘风急雨之骤至。

2."此古之人所以大过人,而今之君子所以不及也"句,评:意已喷醒。

3."子归过京师而问焉,有曰辙子由者,吾弟也,其亦以是语之"句,评:余韵悠然。

六、王令《师说》

1."夫惟至治之世……其出于学而存于师也",评:此一段扬。

2."故其左右之闻,前后之观,不仁义则礼乐迸,其淬磨渐浸之成,则入孝而出悌"句,评:粹然匡刘之遗。

3."道之衰微……何为而止此也",评:此一段抑。

4."夫天下之所以不治者……又上取之不以实而以言故也",评:乃一篇之警策。

5. "夫人所以能自明而诚者……多见其希阔步可俟也",评:亦复奥美盘折。

书上

一、张咏《答王观察书》

1. "少年无思算……资佳会之具",评:清刚之气逼近汉魏。

2. "其或八月草枯……不知劳筋为苦也",评:哀壮。

3. "又若天气清和……乃是罪人",评:惟能雅,故能达,唐宋名家中殊不多见此种文字。

4. "兄恳苦相念……而信为感之深",评:瘦硬。

二、晏殊《答枢密范给事书》

1. "质于大儒,辨正否臧,以明公共;齐盟披读,载欣以抃,首见执事经国佐王之志"句,评:焯焯高文,合汉唐为一手。

2. "夫然则穆微风、养万物、致隆平、颂清庙,跻大猷于羲昊,绍丕绩乎衡旦,斯有日矣"句,评:惟其灏气流行,故骈俪而不为病。

三、范仲淹《上吕相公书》

1. "今相公有汾阳之心之言,仲淹无临淮之才之力,夙夜近瘁,恐不副朝廷委任之意,重负泰山"句评:恂恂款款,朴忠之言。

四、谢绛《游嵩山寄梅殿丞书》

1. "十二日,画漏未尽十刻,出建春门,宿十八里河……齐于庙中",评:绝似汉马第伯《封禅仪记》,俾色揣称,读之神开目朗。

2. "四人同游,镌刻尤精,仆意古帝王祀天神、纪功德于此"句,评:望古遥集,幽情跃然。

3. "又意造化者笔焉"句,评:文亦疑造化者笔。

五、欧阳修《上范司谏书》

1. 全文评:茅鹿门云:胜韩公《争臣论》。

2."天子曰是,谏官曰非,天子曰必行,谏官曰必不可行;立殿陛下之前,与天子争是非者,谏官也"句,评:亢爽盘折,论事书牍之最佳者。

3."昔韩退之作《争臣论》以讥阳城,不能极谏,卒以谏显"句,评:借阳城事以申,有待而为之意。

4."夫布衣韦带之士,穷居草茅,坐诵书史,常恨不见用"句,评:语意沉郁。

六、欧阳修《与尹师鲁书》

1."昨日因参转运,作庭趋,始觉身是县令矣,其余皆如昔时"句评:隽语。

2."五六十年来,天生此笔,沉默畏谨,布在世间,相师成风。忽吾辈作此事,下至灶门老婢亦相惊怪,交口议之,不知此事古人日日有也",评:款款之忧,上诉真宰,足见欧公达天知命功夫。

七、石介《上孔中丞书》

1.全文评:此书亦是责备言官,与欧公《上范司谏书》异曲同工。

2."荒政咈谏,发忠慢贤,御史府得以谏责之,相有依违顺旨,蔽上罔下,贪宠忘谏"句,评:排山倒海,是得阳刚之气者。

3."佩金煌煌,行声锵锵,且有百数,天子弗录之,乃南走三百里,以驿召阁下,直入其府"句,评:深厚盘郁,故任气而不剽。

八、苏舜钦《答韩持国书》

1."友仇一波,共起谤议"句,评:"一波"即庄子所云同波。

2."既与人接,不与之言,可乎? 又不可也。既与之言,不与之往还,可乎? 又不可也"句,评:义心苦调,戛戛不同。

3."高春而起,静院明窗之下,罗列图史琴樽以自愉"句,评:亦仿渊明"羲皇上人"意。

九、司马光《答刘蒙书》

1."况幼时始能言……不为雄俊奇伟之士所齿目",评:温公之文有一种宽博谨厚之气,最不可及。

2.“今者足下忽以亲之无以养……而不相知之深也”,评:凡四层,下文乃一一疏发之。

3.“足下所称韩退之亦云:文章不足以发足下之事业,钱财不足以贿左右之匮急”句,评:起讫皆引用成语。

十、王安石《答韶州张殿丞书》

1.“自三代之时,国各有史……则遂以不朽于无穷耳”,评:文凡七层,一气灌注而下,遒紧雄浑,高视百代,此法实自荆公开之,近世曾涤生得其一二,已足以名其家矣。

十一、王安石《答段缝书》

1.“天下愚者众而贤者希,愚者固忌贤者,贤者又自守,不与愚者合”句,评:与前篇作法同一机轴。

卷五

书下

一、苏洵《上欧阳内翰书》

1.全文评:茅鹿门云:此书凡三段,一段历叙诸君子之离合,见己慕望之切;二段称欧阳公之文,见己知公之深;三段自叙平生经历,欲欧阳公之知也,而情事婉曲周折,何等意气,何等风神。

2.“呜呼!二人者不可复见矣……以发其心所欲言”句,评:辞气郁茂,直如黄河九曲奔腾滂湃,卒赴于海。

3.“执事之文章……孟子之文……韩子之文……亦自畏避,不敢迫视”,评:茅鹿门云:评论三子文章,直如写生。

4.“嘻!区区而自言,不知者又将以为自誉以求人之知己也,为执事思其十年之心,如是之不偶然也而察之”句,评:茅鹿门云:生平辛苦如此,然后得造其室,乃知为文之不易也。

二、刘攽《与王介甫书》

1. "介甫为政,不能使民家给人足,毋称贷之患,而特开设称贷之法,以为有益于民,不亦可羞哉"句,评:笔意超忽。

2. "若又取周公所言,以为未行而行之,吾恐不但重复,将有四五倍蓰者矣"句,评:攻坚之笔。

3. "不如介甫,直以周公圣人为证……为法逆于人心,未有保终吉者也",评:当时攻讦荆公情状,读此可见一斑。

三、苏轼《黄州上文潞公书》

1. "轼始得罪,仓皇出狱……不知今日所犯已见绝于圣贤",评:缠绵悱恻,味美于回。

2. "轼始就逮赴狱……悉取烧之",评:善写琐事。

3. "家所藏书既多亡佚,而此书本,以为故纸,糊笼箧,独得不烧,笼破见之,不觉恍然如梦中事"句,评:应前琐事。

四、苏辙《上枢密韩太尉书》

1. "北顾黄河之奔流,慨然想见古之豪杰"句,评:茅鹿门云:胸次博大。

五、王令《代韩愈答柳宗元示浩初序书》

1. "且子厚谓愈所好者迹也,而不知其石中有玉,不知子厚之学,果中与迹异邪"句,评:以矛陷盾,笔锋犀利。

2. "愈尝观士之不蹈道者,一失于君,则转而之山林,群麋鹿,终死而不悔"句,评:又开拓一层。

3. "尚可安于麋鹿也,必溺于虚高之言,而遗于人伦之大端,其比于负石而沉河者孰得哉"句,评:奇理得,未曾有。

六、陈师道《与秦少游书》

1. 全文评:洒落中有凝重气。

七、吴孝宗《与张江东论事书》

1."昔称贤如孟、荀、扬、韩之属……则是阁下勇于诵死贤而怯于举生贤也",评:此一段文,境如明漪,绝底游鳞可数。

2."夫举贤则贤者尽喜,尽喜矣,尚安有笑,则贤者必是不贤也"句,评:清晰之思,运以矫健之笔,故灵动而不薄弱。

八、黄庭坚《与王观复书》

1.全文评:寥寥三四百言,而古今文章得失,论列具备。

九、张耒《答李推官书》

1."耒之所闻,所谓能文者,岂谓其能奇哉……因其言工而理益明",评:为以艰深文浅陋者,痛下针砭。

2."夫决水于江河淮海也……是水之奇变也",评:设喻奇确。

十、宋祁《定州谢到任上两府启》

1."仰对明缯,府遁华组,地由边重,帅以儒荣,任不值能"句,评:有江鲍气味。

2."广十取五之路,收百有一之长,谓愚可矜,虽拙犹用"句,评:有声光。

十一、苏轼《谢应中制科启》

1."惟是贤良茂异之科,兼用考试察举之法,每中年辄下明诏,使两制各举所闻,在家者孝而恭,在官者能廉而慎",评:化散为整,变动绵密施之述事及说帖,最为合宜,此宋四六之长也。

十二、苏轼《贺文太尉启》

1."德为人师,信及三川之豚鱼,威加两河之草木,身任休戚"句,评:劲拔。

十三、苏轼《谢中书舍人启》

1．"虽一薛居州,齐言不能移楚,而用范武子,晋盗可使奔秦,崔杨进而廉俭成风"句,评:宋调之佳作。

2．"本声律雕虫之技,出而从仕,有狂狷婴鳞之愚,沟中不顾于青黄"句,评:熨帖。

十四、苏轼《谢贾朝奉启》

1．全文评:尚有六朝人遗意。

十五、李廌《谢解启》

1．"徒以困穷之身,愿入英雄之彀。"句评:言之凄然。

十六、晁补之《答贺李祥改宣德启》

1．"补之气合相求,心均莫逆,洴澼绕之何取,橛株枸之自留"句,评:弓燥手柔。

杂著

一、孙何《碑解》

1．"碑非文章之名也,盖后人假以载其铭耳,铭之不能尽者,复前之以序"句,评:精论破的,士衡亦当俯首。

2．"《檀弓》曰,公室视丰碑,三家视桓楹;释者曰:丰碑。"句,评:元以后始有金石例诸书,此文实其先河。

3．"今或谓之峄山碑者,乃野人之言耳"句,评:辩而确。

4．"夫子曰:必也正名乎;又曰:名不正则言不顺"句,评:归结于正名,深合措论之法。

二、刘敞《责和氏璧》

1．全文评:此文落意甚奇,而措论甚正。

2．"献苟,使和哀之,则若勿怨,彼非所明而明之,其刖也犹幸"句,评:

入古。

3．"今使天下之贤士，有道之君子，负抱其义，衹饰其辞，不择趣向，不度可否"句，评：似《战国策》文字。

三、王安石《许氏世谱》

1．全文评：此文碎而密，不愧史才。

2．"仕魏历校尉郡守，先允为镇北将军，允三子皆仕司马晋，奇司隶校尉，猛幽州刺史"句，评：入六朝，玩其叙次错落，屡见朝名，而句法不重袭。

3．"久之食乏无助，煮茶纸以食，犹坚守，贼所以不得南向，以睢阳弊其锋也，卒与俱死者，皆天下豪俊义士云"句，评：借远事作一顿烟波壮阔。

4．"临川王安石曰……其孰能概之邪"，评：抑扬吞吐，仿佛史公传赞。

四、司马光《读玄》

1．全文评：古今通人于《太玄》一书屡有抨弹，温公激赏焉，盖好学深思，心知其意者也。

2．"乃知玄者所以赞易也，非别焉书以与易竞也，何歆固知之之浅而过之之深也"句，评："玄以赞易"云云，文公灼见自来病玄者，大抵尊经之见，盘互胸中也。

五、王向《记客言》

1．全文评：此文描摹战时情况，从《史记》来。

2．"彼知吾呼旁军，必出马遮去路矣，不如独去便"句，评：慷慨淋漓。

3．"天子取舍人勇当万夫，欲以备敌破坚使也，顾乃受一骑任使，欲避兵自完"句，评：极写中人不堪。

4．"平等信以为德和审来，即鼓起士，战连三北，德和军竟不来"句，评：奕奕有生气。

5．"郭应之亡也，走东原，伏大崖下，士卒十余辈与俱，各解甲吮伤，使一人下崖取雪，手抔食之，息树旁良久，望见败马，行自取之"句，评：别有神理，无世俗气。

六、秦观《吊镈钟文》

1. "嘉鱼县傍湖中,比岁大旱,水皆就涸,而夜常有光怪"句,评:亦是借题发挥写其牢骚。

2. "爰有两栾,三十六乳,厥音琅然,小大随叩,曷所挺之环伟,而偶沉于幽陋"句,评:宛转浏亮。

3. "呜呼钟乎,今焉在乎?岂复焉激宫流羽以嗣其故乎,将凭化而迁,改服易制以周于用乎,岂为钱为镈为铚为斧以供耕稼之职",评:《卜居》之遗。

对问

一、柳开《应责》

1. "己身之不足,道之足,何患乎不足?道之不足,身之不足,则孰与足"句,评:湛深。

2. "子之言何谓为古文,古文者非在辞涩言苦,使人难读诵之,在于古其理,高其意,随言短长,应变作制,同古人之行事,是谓古文"句,评:柳开与穆修均为宋代古文家,先辈读此可知古文之声价。

二、刘敞《谕客》

1. 全文评:亦是法子云《解嘲》、昌黎《进学解》等篇机轴。

2. "羽舞虽文,不可以代干戚之执;麻冕虽纯,不可以更申冑之袭;睢盱拳曲,空言少实,不可以图进取之益"句,评:声采动人。

3. "或富或贵,鉴洞乎神明,量配乎天地,岂以为小丑之未夷,群凶之尚恣哉……固失类矣",评:为此等文字必须有一波未平一波又起之观,所谓趣昭事博也。

4. "太常肆其仪,参与六经,表于万年,泽漏于重溟,功陟乎上天"句,评:畅茂到底。

移文

一、宋白《三山移文》

1. "三山之英,十洲之灵,排烟扶雾,勒移山庭,夫以逍遥玄俗之姿,缥缈飞仙之状,控白鹤于云末,骖青鸾于天上,吾方知之矣"句,评:摹仿孔稚圭《北山移文》,规步矩行,不失尺寸。

2. "呜呼!龙驭不存,鼎湖长往,顽固千秋,英灵胗蠁,世有秦皇,爰及汉帝"句,评:直是移秦皇汉帝文耳。

3. "甲帐空兮暮烟怨,羽人去兮秋风惊,昔求长生跻寿域,今见委骨在穷尘"句,评:别饶哀豪之趣。

二、黄庭坚《跛奚移文》

1. 全文评:自学古文者高言雅洁,于是道德政治之谈,摇笔而至,欲作一家人日用之文,则艰苦无以比,此等文字真万金良药也。

2. "呼跛奚来前……",评:以下乃极意摹王子渊《僮约》。

3. "饮饭猫犬,堙塞鼠穴,凡乌攫肉,猫触鼎,犬舔枪,鼠窥甑,皆汝之罪也"句评:奇趣横生。

题跋

一、欧阳修《跋平泉草木记》

1. "惟不见其所好者,不可得而说也;以此知君子宜慎其好,盖泊然无欲,而祸福不能动,利害不能诱"句,评:二语为一篇之主。

二、欧阳修《跋王献之法帖》

1. "右王献之法帖,余尝喜览魏晋以来笔墨遗迹,而想前人之高致也"句,评:帖者不过简牍之类,后人或举碑版文字,悉名之曰帖矣。

三、王安石《读孟尝君传》

1. 全文评:仅百字耳,而起伏转变之势具备。

四、王安石《书刺客传后》

1. 全文评:淡远犹夷,深得史公三昧。

五、王安石《读柳宗元传》

1. 全文评:荆公之文最长于蓄缩变换。

六、傅尧俞《书贾伟节庙》

1. "予曰:嘻! 来吾语尔,侯为息之君,不能保有尔众,至于丧社稷而亡国,其身殒则其灵歇"句,评:措辞具有刚柔之气。

2. "我瞻公之象,昂昂可仰,我想公之灵,英英如生,厚矣功德"句,评:雷霆精锐。

七、曾巩《书魏郑公传后》

1. 全文评:此文宽博爽朗,在南丰集中,又是一派。

2. "近世取区区之小亮者为之耳,其事又未是也,何则以焚其稿为掩君之过,而使后世传之"句,评:意多亦为文累,要在打叠后,先使众意如一意,所谓挈领提纲也,此文既是此法。

八、苏轼《书黄子思诗集后》

1. "至于诗亦然,苏李之天成,曹刘之自得,陶谢之超然,盖亦至矣,而李太白杜子美,以英玮绝世之姿,凌跨百代"句,评:非于书诗人其阃奥如坡公者,乌能道其只字。

九、苏轼《题唐氏六家书后》

1. "永禅师书,骨气深稳,体兼众妙,精能之至,反造疏淡,如观陶彭泽诗,初若散缓不收,反复不已,乃识其奇趣,今法帖中有云不具释智永白者,误收在逸少部中,然亦非禅师书也"句,评:评六人书法或以考据,或以议论,要其天骨姗秀,绝去沉俗,随手写去,如不经意正使经意者,百不能逮,此是天人俱到之候。

十、黄庭坚《书赠翰□秀才》

1.“读书欲精不欲博,用心欲纯不欲杂,读书务博,常不尽意”句,评:语语心得。

十一、秦观《龙井题名》

1.“憩于龙井亭,酌泉据石而饮之,自普宁凡经佛寺十五,皆寂不闻人声,道旁庐舍,或灯火隐显,草木深郁,流水上激”句,评:写景有佳致。

十二、李昭玘《记残经》

1.“《阿含经》四卷……不知是经何从至也”,评:每经之下就人立论,取径宽大,开后人法。

十三、李格非《书洛阳名园记后》

1.“天下常无事则已,有事则洛阳必先受兵,余故尝曰:洛阳之盛衰也,天下治乱之候也”句,评:二语为地理历史精义。

十四、田画《书与贾明叔后呈崔德符》

1.“嗟乎,身长七尺,气塞天地,不能饱一母,富家僮仆,厌饫粱肉,吾道非耶,奚为而至,然折节售文章,真鄙夫事”句,评:尺幅中有千里之观。

祭文

一、欧阳修《祭尹师鲁文》

1.“嗟乎师鲁,辩足以穷万物,而不能当一狱吏;志可以狭四海,而无所措其一身;穷山之崖,野水之滨,猿猱之窟,麋鹿之群,犹不容于其间兮,遂即万鬼而为邻”句,评:长短相生,风发韵流,变徵之声,不让易水。

二、欧阳修《祭石曼卿文》

1.全文评:纡轸曲折之思,以劲气达之,有如欧阳“率更书”,妍紧拔群。

三、欧阳修《祭丁学士文》

1."是皆生则狐鼠,死为狗彘,惟一贤之不幸,历千载而犹伤,自古孰不有死,至今独吊乎沅湘"句,评:千载下,跃然起灵芬之思。

四、王安石《祭范颍州文》

1.全文评:追叙事实,滕以哀思,大抵法昌黎诸祭文。

五、王安石《祭曾博士文》

1."至其寿夭,尚何忧喜,要之百年,一蜕以死,方其生时"句,评:是解慰语,非达观语。

六、苏轼《祭欧阳文忠公文》

1.全文评:即仿欧公《祭石曼卿文》之调为之。

七、苏轼《颍州祭欧阳文忠公文》

1.全文评:平生知己之感,说来倍呜咽。

八、游酢《祭陈了翁文》

1."呜呼陈公,知世道而已,不知鼎镬之临其巅也,知徇国而已,不知陷阱之横其前也,阨之白首而气愈和,蹙之死地而志愈坚",评:如张长史书,颓然天放。

九、欧阳修《祈雨祭汉高皇帝文》

1.全文评:又是《醉翁亭记》笔调。

十、黄晞《祭左丘明文》

1.全文评:秘乡旁通,伏采潜发,可以发蕴而飞滞,披薈而骇聋。

十一、路振《祭战马文》

1."房驷之精,降为骊骍,泉水呀风,流沙激庭,虎脊狐鸢,龙媒鸷狞,丹髦晓霞,的颡秋星"句,评:倒海探珠,倾昆取琰,旷而不溢,奢而无玷。

卷六

哀辞

一、曾巩《苏明允哀辞》

1."乃使复为文……未尝不在此也",评:论文甚精确。

2."又请余为辞以哀之曰"句,评:哀辞盖亦墓表之属。

3."众伏玩兮雕肺肠,自京师兮泊幽荒,矧二子兮与翱翔"句,评:实大声闳。

二、苏轼《钟子翼哀词》

1."访先君遗迹,而老皆无在者,君之没盖三十有一年矣,见其子志人、志行、志远,相持而泣,念无以致其哀者,乃追作此词"句,评:调仿欧公《丰乐亭记》。

2."崆峒摩天,章贡激石致两确,高深相临,悍坚相排汹岳岳"句,评:韵语别开一格。

三、文同《哭李仲蒙辞》

1."憭憀栗兮临清秋,怀坌愤兮粉予忧,拂其饵兮久复,留念将焉适兮升高邱"句,评:四句后用韵,文气疏落。

四、刘跂《王升之诔》

1."呜呼哀哉,壮心兮摧颓;白日兮须臾,永远不沦兮幽墟;大暮兮何晨,冥行兮空居;嫠妇兮嗷嗷,幼子兮呱呱;谁与兮晤歌,猖狂兮夒魅,谓君兮非存",评:凄咽馨逸,不让魏晋诸贤。

行状

一、宋祁《冯侍让行状》

1."授五经大义,又有博士崔颐,正逮冠,疆立博览,外嗛嗛若不足,中敏力甚"句,评:经术是线索。

2."如大实祭,乡人化其谨,至以俚谚之,不妄交游"句,评:方幅雅饬。

3."说《易》尽上下经,帝尝称公诵说,通而不泥,言外自有余趣,非专门一经士也"句,评:经术是线索。

4."公由孤生,挟儒术进,出入十余年,钼玉华绶,与诸儒献歌颂,数得进见"句,评:振一笔。

5."书阅两朝,论次笔削者众,至是褒惩谨严,近古风烈矣"句,评:虚写有风神。

6."上留意雅乐,闵经文残缺,规创大典"句,评:经术是线索。

7."门无杂实,惟经生朔望承问,及缙神道义交数人而已"句,评:经术仍是线索。

8."惟卒苦后遇祭日,与数门生诵说《孝经》而已"句,评:《孝经》仍是线索。

9."呜呼!公有佐王之材不自显,虽持囊珥笔,在省户为名命训辞所出,裁十二三,使公当其时,稍自崖异,不难于进"句,评:以一段议论振刷之,所谓前有繁声,则后须切响也。

墓志

一、徐铉《吴王李煜墓志铭》

1.全文评:《东轩笔记》云:吴王李煜薨,太宗诏铉撰碑,铉泣请曰:臣旧事李煜,陛下容臣存故主之义,乃敢奉诏,太宗许之。

2."西邻起雾,南箕构祸,投杼致慈亲之惑,乞火无里妇之辞,始营因垒之师,终后涂山之会,太祖至仁之举"句,评:"西邻"以下六语,太宗览读称善。

3."威不克爱,以厌兵之俗,当用武之世,孔明罕应变之略,不成近功"句,评:措辞甚巧。

4."天览九德,锡我唐祚,绵绵瓜瓞,茫茫商土,裔孙有庆,旧物重睹"句,评:尚是旧主口吻。

二、富弼《范纯佑墓志铭》

1.全文评:学昌黎《马少监墓志》。

2."已不能自顾其形骸,奚暇他邮,如君病昏,身已弃而尚不忘公忠,岂非根乎至性"句,评:长言不足,继以咏叹。

3."君之才之贤……英名不隐兮何足叹"句评:亦矫虔。

三、欧阳修《黄梦昇墓志铭》

1.全文评:茅鹿门云:叙生平交游,感慨为志。

2."世之莫吾知,孰可为其铭,予素悲梦昇者,因为之铭曰……徒为梦昇而悲",评:通篇以悲字为线索。

四、欧阳修《苏子美墓志铭》

1."故湖州长吏苏君,有贤妻杜氏,自君之丧,布衣蔬食"句,评:茅鹿门云:悲咽。

2."吾夫屈于人闲,犹可伸于地下,于是杜公及君之子泌,皆以书来乞铭以葬"句,评:茅鹿门云:此文二句,欧公稗笔而少遒处。

3."范文正公荐君,召试得集闲校理,自元昊反"句,评:提笔卓立。

5."落笔争为人所传,天下之士,闻其名而慕,见其所传而喜,往揖其貌而竦"句,评:传神之笔。

6."谓为无力兮,孰击而去之,谓为有力兮,胡不反子之归,岂彼能兮此不为"句,评:沈确士云:辞只平平,欧之逊韩以此。

五、欧阳修《石守道墓志铭》

1.全文评:唐荆川云:此文极其变化。

2."乃作《庆历圣德诗》以褒贬大臣,分别邪正,累数百言"句,评:即《庆历圣德颂》,见本编卷二。

3."子道自能久也,何必吾铭? 遁等曰:虽然,鲁人之欲也,乃为之铭"句,评:应"鲁人之志也"句。

六、欧阳修《苏明允墓志铭》

1."与其二子轼、辙偕至京师,翰林学士欧阳修,得其所著书二十二篇,献诸朝;书既出,而公卿士大夫争传之"句,评:沈确士云:伏知我者欧阳公。

2."职方君纵而不问,乡间亲族皆怪之,或问其故,职方君笑而不答,君亦自如也"句,评:沈确士云:伏知我者惟我父。

3."圣贤穷达出处之际,得其粹精,涵畜充溢,抑而不发,久之慨然曰可矣"句,评:极力发挥。

4."诸儒以附会之说乱之也,去之则圣人之旨见矣,作《易传》未成而卒"句,评:读老苏《易论》可知一斑。

七、王安石《苏安世墓志铭》

1."庆历五年,河北都转连使、龙图直学士、信都欧阳修,以言事切直,为权贵人所怒,因其孤甥女子有狱,诬以奸利事"句,评:昔人称汉诗工于发端,古文亦然如此,起法真腐迁之耳,孙虽昌黎,亦当弟畜之。

2."尝通判陕府……陕人曰:微苏君,吾其掠死矣",评:尝通判陕府,上有苏君之仁与智,又有足称者二语,后人颇讥为小家作法节之。

3."有令刺陕西之民以为兵……自苏君始也"句,评:总写苏君凡一大事,三小事。

八、王安石《许平墓志铭》

1."士固有离世异俗……此又何说哉",评:文境如蓬山,将到风引仍回,极荡决之能事。

九、王安石《王深甫墓志铭》

1.全文评:茅鹿门云:通篇以虚景相感慨,而多沉郁之思。

2."孰以为道不任于天,德不酬于人而今死矣"句,评:此文善用开法。

3."夫此两人以老而终,幸能著书,书具在,然尚如此"句,评:蓄缩变换,一往而深。

十、王安石《赵师旦墓志铭》

1.全文评:昌黎《孔司勋墓志》以诏义,节度透空而起,与此略同,所谓扼要争胜也。

2."取州印佩之,使负其子以匿,曰明日贼必大至,吾知不敌,然不可以去,汝留死无为也,明日战不胜,遂抗贼以死,于是君年四十二"句,评:茅鹿门云,王公文敛散,曲折处有法,皆得之天授,非人所及。

3."葬君山阳上乡仁和之原,于是夫人王氏亦卒矣,遂举其丧以附铭曰……",评:老净。

十一、王安石《孔宁极墓志铭》

1.全文评:茅鹿门云:通篇虚景,却叙得有法。

2."庆历七年,诏求天下行义之士,而守臣以先生应诏……而以夫人李氏附",评:篇中如守臣、近臣、大臣、执政等,均不言某某。

3."当汉之东徒,高守节之士,而亦以故成俗,故当世处士之闲,独多于后世"句,评:忽辟一径,豁然高朗。

十二、曾巩《孙适墓志铭》

1."又君于学问,好其治乱得失之说,不狃近卑,于为文以古为归"句评:峭洁极似荆公。

十三、程颢《邵康节先生墓志铭》

1."先生少时,自雄其才,慷慨有大志。既学,力慕高远,谓先王之事为可必致,及其学益老,德益邵,玩心高明,观天地之运化,阴阳之消长,以达乎万物之变",评:冲融雅遂,得未曾有。

2."正而不谅,通而不汙,清明坦夷,洞彻中外,接人无贵贱亲疏之闲"句,评:粹然儒者气象,写的满足之至。

3."昔七十子学于仲尼……可谓安且成矣",评:此段略嫌矣,字太多,文气滞缓。

4."铭曰:呜呼先生……有宁一宫先生所终",评:落落大方,不事矜奇立异。

十四、张载《张天祺墓志铭》

1."哀哀吾弟,而今而后,战兢免夫"句,评:首三句为铭语体,后乃是序。

2."手疏哀辞十二,各使刊石,置圹中,示后人知德者"句,评:哀辞亦墓铭之类,金石家以此为证例。

墓表

一、欧阳修《石曼卿墓表》

1."父讳补之,官至太常博士,幽燕俗劲武,而曼卿少似气自豪"句,评:燕赵慷慨悲歌之气磅礴奔赴。

2."今或不暇教,不若募其敢行者,则人人皆胜兵也,其视世事,蔑若不足为"句,评:连作开合语。

3."欧阳修表于其墓曰……其可哀也夫",评:于邑淋漓。

二、欧阳修《胡翼之墓志铭》

1.全文评:茅鹿门云:胡安定生平所著,见者师道一节,故通篇摹写尽在此。

2."其余散在四方,随其人贤愚,皆循循雅饬,其言谈举止,遇之不问可知焉"句,评:真能写出恂恂儒者气象。

三、欧阳修《泷冈阡表》

1."呜呼!惟我皇考崇公,卜吉于泷之六十年,其子修,始克表于其阡"句,评:起笔如椽。

2."自吾为汝家妇,不及事吾姑,然知汝父之能养也,汝孤而幼,吾不能知汝之必有立"句,评:宛转真挚,语语从至性中流出。

3."其施于外事,吾不能知,其居于家,无所矜饰,而所为如此,是真发于中者邪"句,评:凡记述语气,最易冗弱,此独明俊拔俗。

4."自登二府,天子推恩,褒其三世,盖自嘉佑以来,逢国大庆,必加宠赐"句,评:书封亦以格调出之。

5."为善无不报,而迟速有时,此理之常也,惟我祖考,绩善成德,宜享其隆"句,评:笃实辉光,千古无两。

神道碑铭

一、欧阳修《资政殿学士礼部侍郎范文正公神道碑铭》

1.全文评:茅鹿门云:欧阳公碑文正公仅二千言,而公之生平以尽;苏长公状司马温公几万而上似犹有余旨,盖欧得史迁之髓;故于叙事处裁节有法,自不繁而体已完,苏则所长在策论纵横,于史家学,或短此两公,互有短长,不可不知。

2."公待将吏,必使畏法而爱己,所得赐赉,皆以上意分赐诸将,使自为谢"句,评:写出儒将实际。

3."与守其法不敢变者至今尤多,自公作吕公贬,群士大夫,各持二公曲直"句,评:随起随卸,好整以暇,有搏虎屠龙手段。

4."方公之病……所以哀恤之甚厚",评:宏深肃括。

二、欧阳修《太尉王文正公神道碑铭》

1."惟陛下哀怜,不忘先帝之臣,以假宠于王氏而助其子孙;天子曰:鸣呼!惟汝父旦……汝可以铭",评:谟诰之遗。

2."公为人严重,能任大事,避远权势,不可干以私,由是真宗益知其贤"句,评:篇中每段均用提笔直起,做大文字最宜此法。

3."赵德明亦纳誓约,愿守河西故地,二边兵罢不用,真宗遂欲以无事治天下"句,评:太平气象盎然笔端。

4."真宗命至中书问王某,然后人知行简,公所荐也"句,评:先用实写,后用虚写。

5."公曰:臣为宰相,执国法,岂可自为之,幸于不发,而已罪人"句,评:语劲而达。

6. "臣修曰:景德、祥符之际盛也,观公之所以相,而先帝之所以用,公者可谓至哉"句,评:扬厉一段,到底不懈。

7. "问其庶民,耕织衣食。相有赏罚,功当罪明。相所黜升,惟否惟能。执其权衡,万物之平",评:穆穆皇皇,吐属匪常。

三、王安石《梅侍读神道碑铭》

1. 全文评:略于序而详于铭,此格创自昌黎《右龙武统军刘公墓碑》。

2. "公请一人,使潘罗支,兵法所谓,以夷攻夷。帝曰:谁可?"句,评:转接紧密。

3. "煌煌金章,厥赐特殊,谋复灵武,度兵葫芦,秦有将玮,诸公与具"句,评:神采雅茂。

四、韩维《曾子固神道碑铭》

1. "公生而警敏……敕在所给其丧事",评:叙事处意态恣肆,词句简练,实集合昌黎、荆公之长。

2. "其后公与王荆公介甫,相继而出,为学者所宗,于是大宋之文章,炳然与汉唐侔盛矣"句,评:光明俊伟。

传

一、欧阳修《六一居士传》

1. "客有问六一何谓也……老于此五物之闲,是岂不为六一乎",评:逸趣横生。

2. "客曰:其乐如何……此吾之所志也",评:上段发挥六一字,此段发挥居字。

二、苏轼《方山子传》

1. 全文评:茅鹿门云:奇颇跌宕似司马子,又云:余特爱其烟波生色处,往往能令人涕洟。

2.“人往往阳狂垢污,不可得而见,方山子傥见之与”句,评:结语学昌黎《送廖道士序》。

三、程颐《上谷郡君家传》

1.全文评:钟会曾为其母夫人作传,此仿之。

四、刘跂《钱乙传》

1.“乙始以‘颅顖方’著名山东……遂不复起”,评:神理颇似《史记·扁鹊仓公传》。

2.“有士人病欬,面青而光,其气哽哽……五日而绝”,评:此等实用文字非雅才不辨,治古文者,毋偏于议论跌宕之文,视此为沉闷僻涩,不足学也。

参考文献

（一）古籍

C

《崇古文诀》,(宋)楼昉编,《景印文渊阁四库全书》第1354册。

E

《二程遗书》,(宋)程颐、程颢著,潘富恩导读,上海:上海古籍出版社,2000。

F

《范仲淹全集》,(宋)范仲淹撰,薛正兴校点,南京:凤凰出版社,2004。

《赋话》,(清)李调元撰,《赋话广聚》第3册,北京:北京图书馆出版社,2006。

《复小斋赋话》,(清)浦铣撰,《赋话广聚》第4册,北京:北京图书馆出版社,2006。

G

《古文关键》,(宋)吕祖谦编,《丛书集成初编》第1821册。

《攻媿集》,(宋)楼钥著,《景印文渊阁四库全书》第1152册。

《古赋辨体》,(元)祝尧,《赋话广聚》第2册,北京:北京图书馆出版社,2006。

《庚溪诗话》,(宋)陈岩肖撰,《历代诗话续编》上册,北京:中华书局,1983。

《宫教集》,(宋)崔敦礼著,《景印文渊阁四库全书》第 1151 册。

H

《鹤林玉露》,(宋)罗大经著,王瑞来校注,北京:中华书局,1983。

《浩然斋雅谈》,(宋)周密撰,孔凡礼点校,北京:中华书局,2010。

《皇朝编年纲目备要》,(宋)陈均编,北京:中华书局,2006。

J

《建炎以来朝野杂记》,(宋)李心传撰,《全宋笔记》第 6 编第 8 册,上海:大象出版社,2013。

《郡斋读书志校正》,(宋)晁公武著,孙猛校正,上海:上海古籍出版社,1990。

《居业次编》,(明)孙鑛撰,明万历四十年吕胤筠刻本,中国国家图书馆藏,索书号:02057。

《荆川稗编》,(明)唐顺之撰,《景印文渊阁四库全书》第 954 册。

K

《困学纪闻》,(宋)王应麟撰,(清)翁元圻等注,叶保群、田松青、吕宗力校点,上海:上海古籍出版社,2008。

L

《吕祖谦全集》,(宋)吕祖谦著,杭州:浙江古籍出版社,2008。

《林下偶谈》,(宋)吴子良撰,上海:复旦大学出版社,2007。

《历朝赋格》,(清)陆葇评选,《历代赋学文献辑刊》第 25 册、第 26 册、第 27 册,北京:国家图书馆出版社,2017。

《历代赋汇》,(清)陈元龙辑,《景印文渊阁四库全书》第 1419 册。

《柳开集》，（宋）柳开著，李可风点校，北京：中华书局，2015。

M

《梅尧臣集编年校注》，（宋）梅尧臣撰，朱东润校注，上海：上海古籍出版社，1980。

N

《廿二史考异》，（清）钱大昕著，方诗铭、周殿杰校证，上海：上海古籍出版社，2014。

O

《欧阳修诗文集校笺》，（宋）欧阳修著，洪本健校笺，上海：上海古籍出版社，2009。

Q

《齐东野语》，（宋）周密著，高心露、高虎子校点，济南：齐鲁书社，2007。

《七录斋合集》，（明）张溥撰，曾肖点校：济南：齐鲁书社，2015。

R

《容斋随笔》，（宋）洪迈著，北京：中国世界语出版社，1995。

S

《苏轼诗集》，（宋）苏轼著，孔凡礼点校，北京：中华书局，1982。

《苏轼文集编年笺注》，（宋）苏轼著，李之亮笺注，成都：巴蜀书社，2011。

《宋文鉴》，（宋）吕祖谦编，齐治平点校，北京：中华书局，1992。

《诗林广记》，（宋）蔡正孙撰，常振国、绛云点校，北京：中华书局,1982。

《石林诗话》,(宋)叶梦得撰,《历代诗话》上册,北京:中华书局,1981。

《诗人玉屑》,(宋)魏庆之撰,王仲闻点校,上海:上海古籍出版社,1978。

《宋朝事实》,(宋)李攸撰,《景印文渊阁四库全书》第608册。

《宋史》,(元)脱脱等著,北京:中华书局,1975。

《水东日记》,(明)叶盛撰,北京:中华书局,1980。

《诗薮》,(明)胡应麟撰,上海:上海古籍出版社,1962。

《诗品集注》,(梁)钟嵘著,曹旭集注,上海:上海古籍出版社,2011。

《四库全书总目提要》,(清)永瑢等撰,北京:中华书局,1965。

《四库简明目录》,(清)永瑢等撰,上海:华东师范大学出版社,2012。

《诗纪匡谬》,(清)冯舒撰,清《知不足斋丛书》本。

《宋诗纪事》,(清)厉鹗撰,上海:上海古籍出版社,2013。

《说文解字注》,(清)段玉裁注,北京:中华书局,2013。

《宋元学案》,(清)黄宗羲原著,全祖望补修,北京:中华书局,1986。

《史记》,(汉)司马迁著,北京:中华书局,1963。

《山谷诗集注》,(宋)黄庭坚著,(宋)任渊、史容、史季温注,黄宝华点校,上海:上海古籍出版社,2003。

《松陵集校注》,(唐)皮日休、陆龟蒙等撰,王锡九校注,北京:中华书局,2018。

《宋朝诸臣奏议》,北京大学中国中古史研究中心校点,上海:上海古籍出版社,1999。

T

《苕溪渔隐丛话》,(宋)胡仔集纂,廖德明校点,北京:人民文学出版社,1981。

《唐宋诗醇》,(清)爱新觉罗·弘历选,孙民、王继范等注,沈阳:春风文艺出版社,1995。

《铁立文起》,(清)王之绩撰,《历代文话》第 4 册,上海:复旦大学出版社,2007。

《唐音癸签》,(明)胡震亨撰,上海:上海古籍出版社,1981。

W

《渭南文集校注》,(宋)陆游著,马亚中,涂小马校注,杭州:浙江古籍出版社,2015。

《王荆公诗笺注》,(宋)王安石著,(宋)李壁笺注,高克勤点校,上海:上海古籍出版社,2010。

《文选》,(梁)萧统编,(唐)李善注,上海:上海古籍出版社,2019。

《文献通考》,(元)马端临编,北京:中华书局,1986。

《文筌》,(元)陈绎曾撰,《赋话广聚》第 1 册,北京:北京图书馆出版社,2006。

《文章辨体序说》,(明)吴讷撰,《历代文话》第 2 册,上海:复旦大学出版社,2007。

《文体明辨序说》,(明)徐师曾撰,《历代文话》第 2 册,上海:复旦大学出版社,2007。

《文章辨体汇选》,(明)贺复徵撰,《景印文渊阁四库全书》第 1402 册、第 1405 册。

《文心雕龙》,(梁)刘勰著,上海:上海古籍出版社,2016。

X

《续资治通鉴长编》,(宋)李焘著,北京:中华书局,1992。

《香祖笔记》,(清)王士禛撰,湛之点校,上海:上海古籍出版社,1982。

《习学记言序目》,(宋)叶适著,北京:中华书局,1977。

Y

《伊川击壤集》,(宋)邵雍撰,郭彧点校,北京:中华书局,2013。

《玉海艺文校正》，（宋）王应麟撰，武秀成、赵庶洋校正，南京：凤凰出版社，2017。

《瀛奎律髓汇评》，（元）方回选评，李庆甲集评校点，上海：上海古籍出版社，1986。

《乐府诗集》，（宋）郭茂倩编，北京：中华书局，2017。

《筼窗集》，（宋）陈耆卿著，《景印文渊阁四库全书》第1178册。

Z

《曾巩集》，（宋）曾巩撰，陈杏珍点校，北京：中华书局，1984。

《张耒集》，（宋）张耒撰，北京：中华书局，1990。

《朱熹集》，（宋）朱熹著，郭齐、尹波点校，成都：四川教育出版社，1996。

《张栻集》，（宋）张栻著，杨世文点校，北京：中华书局，2015。

《直斋书录解题》，（宋）陈振孙著，徐小蛮、顾美华点校，上海：上海古籍出版社，2015。

《朱子语类》，（宋）黎靖德编，王星贤点校，北京：中华书局，1983。

《竹庄诗话》，（宋）何溪汶撰，常振国、绛云点校，北京：中华书局，1984。

《紫山大全集》，（元）胡祗遹撰，《景印文渊阁四库全书》第1196册。

（二）研究专著

B

《北宋诗学》，张海鸥著，郑州：河南大学出版社，2007。

G

《古诗文要籍叙录》，金开诚、葛兆光著，北京：中华书局，2005。

L

《两宋文学史》,程千帆、吴兴雷著,上海:上海古籍出版社,1991。

《吕祖谦评传》,潘富恩、徐余庆著,南京:南京大学出版社,1992。

《吕祖谦文学研究》,杜海军著,北京:学苑出版社,2003。

《理学文化与南宋诗学》,石明庆著,桂林:广西师范大学出版社,2006。

《两宋辞赋史》,刘培著,济南:山东人民出版社,2012。

《厉鹗年谱长编》,申屠青松著,杭州:浙江工商大学出版社,2016。

N

《南宋的诗文选本研究》,张智华著,北京:北京师范大学出版社,2002。

《南宋理学与文学——以理学派别为考察中心》,叶文举著,济南:齐鲁书社,2015。

S

《宋人总集叙录》,祝尚书著,北京:中华书局,2004。

《宋人别集叙录》,祝尚书著,北京:中华书局,1999。

《宋代文化与文学研究》,张海鸥著,北京:中国社会科学出版社,2002。

《宋代文章学与文体形态》,张海鸥等著,广州:中山大学出版社,2018。

《宋学的发展与演变》,漆侠撰,石家庄:河北人民出版社,1997。

《宋文鉴简编》,张相、周邦英选评,上海:中华书局,1922。

Q

《漆侠与历史学·纪念漆侠先生逝世十周年文集》,姜锡东主编,保定：河北大学出版社，2002。

Y

《云斋广录》，李献民著，上海中央书店排印本。

Z

《中国文学史》，钱基博著，上海：东方出版中心，2008。

《张溥年谱》，蒋逸雪著，济南：齐鲁书社，1982。

《中国古代文体形态研究》，吴承学著，北京：北京大学出版社，2013。

(三)学位论文(按年份排序)

1. 硕士论文

谭钟琪：《吕祖谦文学研究》，扬州大学，2002 年硕士论文。

毛雪：《苏轼、黄庭坚题跋文研究》，郑州大学，2003 年硕士论文。

郭园兰：《钱大昕文学研究》，湖南大学，2007 年硕士论文。

袁佳佳：《〈宋文鉴〉选诗研究》，河北师范大学，2009 年硕士论文。

王德颂：《〈历代名臣奏议〉(宋代部分)研究》，河北大学，2010 年硕士论文

杨晓琳：《苏轼题跋文研究》，江西师范大学，2012 年硕士论文。

徐傲雪：《〈宋文鉴〉编纂与传播》，湖北大学，2016 年硕士论文。

2. 博士论文

石明庆：《理学诗论与南宋诗学》，南开大学，2003 年博士论文。

冯莉：《〈文选〉赋研究》，北京语言大学，2008 年博士论文。

张艳：《胡祗遹文学研究》，南开大学，2011 年博士论文。

罗旻：《宋代乐府诗研究》，北京大学，2013 年博士论文。

田金霞：《方回〈瀛奎律髓〉研究》，浙江大学，2013 年博士论文。

（四）期刊论文

C

陈广胜：《吕祖谦与〈宋文鉴〉》，《史学史研究》1996 年第 4 期。

程秋云：《杨侃〈皇畿赋〉中对宋都京郊的描写》，《殷都学刊》2006 年第 4 期。

慈波：《〈宋文鉴〉编刊之争再审视》，《文学评论》2020 年第 2 期。

G

郭英德：《论〈文选〉类总集文体排序的规则与体例》，《北京师范大学学报》（社会科学版）2005 年第 3 期。

巩本栋：《论〈宋文鉴〉》，《中国文化研究》，2012 年春之卷。

郭艳丽：《从濮议之争看北宋对传统礼制的继承与变通》，《绵阳师范学院学报》2012 年第 9 期。

郭建勋、黄小玲：《宋文赋的形成及文体特征》，《中国文学研究》2007 年第 3 期。

H

洪本健：《从〈宋文鉴〉的编选看北宋散文繁荣的若干问题》，《古籍研究》，2000 年第 2 期。

胡建升、文师华：《宋人以文为赋论》，《江西社会科学》2010 年第 4 期。

胡大雷：《吕祖谦与文体学》，《宁夏师范学院学报》2018 年第 3 期。

韩淑举：《宋孝宗时期的刻书》，《图书与情报》2002 年第 1 期。

L

李亚农：《"大蒐"解》，《学术月刊》1957 年第 1 期。

李建军：《宋人选宋文之典范——〈宋文鉴〉编纂、价值及影响考述》，

《古籍整理研究学刊》2011 年第 6 期。

李昇:《论〈宋文鉴〉存北宋一代文献编纂意图及其影响》,《重庆文理学院学报》2014 年第 1 期。

刘秋彬:《宋人别集制名考述》,《四川大学学报》2014 年第 6 期。

刘树伟:《〈皇朝文鉴〉版本考》,《图书馆学刊》2015 年第 1 期。

李成晴:《从〈宋文海〉到〈宋文鉴〉——以国家图书馆藏残宋本〈新雕圣宋文海〉为中心》,《儒家典籍与思想研究》第八辑,2016 年。

李成晴:《唐宋文集的"压卷"及其文本功能》,《社会科学研究》2018 年第 5 期。

李光生:《理与气:〈宋文鉴序〉的文化阐释——兼论周必大与理学家的分歧》,《河南师范大学学报》2018 年第 4 期。

力之:《关于"骚""赋"之同异问题》,《中国楚辞学》2003 年第 1 期。

M

马茂军:《〈宋文鉴〉与〈宋文海〉》,《大庆师范学院学报》2006 年第 6 期。

P

彭玉平:《宋代乐语作者及其创作心态初探》,《华南师范大学学报》2016 年第 5 期。

S

孙文起:《论宋代文章总集与"传体文"文体地位的确立》,《北京社会科学》2016 年第 10 期。

W

王学泰:《〈宋文鉴〉的编刻与时政》,《传统文化与现代化》1993 年第 4 期。

王晓骊:《论宋代记叙性题跋的文学特征和艺术技巧》,《南京师范大学文学院学报》2015 年第 3 期。

吴相洲:《乐府相关概念辨析》,《首都师范大学学报》2015 年第 2 期。

吴承学、刘湘兰:《乐府诗的演进与分类》,《古典文学知识》2018 年第 4 期。

X

许振兴:《辨〈宋文鉴〉的一首杨亿佚诗》,《文学遗产》1988 年第 5 期。

许结:《中国辞赋流变全程考察》,《学术月刊》1994 年第 6 期。

许浩然:《从〈宋文鉴〉的编纂看南宋理学与馆阁之学的分歧》,《中国典籍与文化》2014 年第 3 期。

肖占鹏、袁贝贝:《浅议孔平仲的杂体诗》,《南开学报》2017 年第 2 期。

Y

杨宽:《"大蒐礼"新探》,《学术月刊》1963 年第 4 期。

尹占华:《唐宋赋的诗化与散文化》,《西北师大学报》1999 年第 1 期。

叶文举:《〈宋文鉴〉:一部彰显吕祖谦"兼总"思想的文章总集》,《古籍研究》2015 年第 2 期。

叶文举:《开放性的〈皇朝文鉴〉及其背后的学术之争——兼与〈古文关键〉编选的比较》,《浙江师范大学学报》2015 年第 5 期。

Z

祝尚书:《〈建隆登极文〉作者辨》,《宋代文化研究》1994 年(第四辑)。

朱迎平《宋代题跋文的勃兴及其文化意蕴》(《文学遗产》2000 年第 4 期)。

郑永晓:《从〈宋文鉴〉看吕本中、吕祖谦文学思想之传承》,《第五届宋代文学国际研讨会论文集》。

曾枣庄:《论宋代文赋》,《四川大学学报》2004 年第 1 期。

（五）大型总集、丛书、工具书

《全宋诗》,傅璇琮等主编,北京:北京大学出版社,1991—1998。

《全宋文》,曾枣庄等主编,上海:上海辞书出版社、安徽教育出版社,2006。

《全宋笔记》,朱易安等主编,郑州:大象出版社,2003—2018。

《文苑英华》,(宋)李昉等编纂,北京:中华书局,1982。

《历代诗话》,(清)何文焕辑,北京:中华书局,1981。

《历代诗话续编》,(清)丁福保编,北京:中华书局 1983 年版。

《赋话广聚》,王冠辑,北京:北京图书馆出版社,2006。

《历代赋学文献辑刊》,郭英德、踪凡主编,北京:国家图书馆出版社,2017。

《历代文话》,王水照编,上海:复旦大学出版社,2007。

《影印文渊阁四库全书》,台北:台湾商务印书馆,1986。

《中国古籍总目》,阳海清等编,北京:中华书局,2009。

后 记

一

文学创作中，写作的过程是与"神"相会的过程，论文写作也是如此。我理解的"神"，是一种自我认知，因为任何写作，说到底是写自己。"神"不易见，否则大多数人的博士论文"后记"就不必写得那么心酸。不过心酸的另一面，透着真诚，样子可爱许多。

我考博前一天来到广州，没想到那么热。我背着大包，穿着羽绒服走在校园里，汗流浃背，像个寻活计的西北麦客。我没想过自己能考上，这个"活计"当初还差点放弃。也许是上天的眷顾，我很幸运地考入中山大学中文系，师从张海鸥老师读博。

张老师是研究宋代文学的顶级专家，我本科和硕士毕业论文又都是研究宋代文学和文献，所以就继续以"宋代"为博士论文选题的范围。在张老师的指导下，我结合自己的特点及研究兴趣，最终确定以"《宋文鉴》研究"为题。《宋文鉴》一百五十卷，阅读量巨大，直到 2019 年 5 月，我才开始动笔。

刚开始，抱着鸡有蛋就要下的原则，到 10 月初，泥沙聚下，写了大约8 万字，但总觉得和预期相去甚远。因为我想建座别墅，却搭成窝棚，这窝棚不仅丑陋不堪，还漏风漏雨。10 月底，在中山大学研究生院和新加坡南洋理工大学曲景毅老师的帮助下，我得到去南洋理工大学访学的机会。心想，总算可以缓缓，能再多读些文献，去新加坡再慢慢写论文。从

2019 年 11 月到 12 月底，我忙于办理繁琐的出国手续，论文写作停滞。可是，到 2020 年 1 月中旬，手续几乎办完，马上就能出国之时，突发新冠疫情，使得出国学习最终没有成行。

疫情期间，比较浮躁，张老师告诫我要静心读书，好好做论文，人和人之间的差距在于面对困难时如何自处。我无数次从张老师那里学到做人做事之理，他总能未卜先知似地给我指引。我从学校回家过年只带了本闲书，要继续写停滞两个月的论文，没有纸质资料，只能靠电子资源。每天看电子书看得眼疼，然后以蜗牛般的速度推进论文写作进程。贵州的冬天，湿冷异常，尤其到晚上，我多年未曾体验过那种冷，甚至因为冷感受到一种孤独。我为了让自己打起精神，喝着浓茶，烟已戒了很久，又重新复吸，想把浪费的那两个月时间抢回来。

我有十年没有这么长时间和家人朝夕相处，慢慢注意到爸妈的一些变化，比如他们真的老了，这让我有种紧迫感。上学多年，一直在向父母索取，我从未给过他们什么。除父母外，还有我的姐姐、姐夫，他们很支持我，但我也不能永远"为所欲为"。怎么办？唯有努力写完博士论文，赶紧毕业。

欲速则不达，我越想快点写，就越写不出。6 月份，终于可以回到学校，慢慢找回写作状态。当然，事情不会那么完美。我宿舍楼下是学校工地，工人师傅们每天早上 7 点半开工，晚上 10 点收工，时间持续 2 个月。白天看书的时候，总要伴随楼下轰鸣的机器声。去图书馆也不行，暑假人少，不开空调，广州夏天气温平均 35 度，去了就成"闷锅"。我每天只能努力让自己静下心来，在噪音中看书，午夜清净，赶紧写白天所想到的东西。8 月底，我重新完成论文。10 月初，通过预答辩。11 月中旬，顺利通过外审。

张老师始终不太满意我的论文，前前后后给我提了很多建议。我知道他应该对我寄予了些许希望，我则用实际行动证明了那个规律：希望越大，失望越大。说实在的，我选择做宋代文学，又是跟着张老师读书，理应更好一些才是，我为自己达不到张老师的要求而感到惭愧。我老是以赶进度催促自己快写，导致很多观点过于幼稚，很多论证流于简略。感恩张老师对我的包容、理解和鼓励，他三年来给我的全部教益，我用任何言辞也表达不了感激。

我在康乐园读书的日子，除导师外，也从其他老师身上获益良多。

我每次去图书馆四楼查阅古籍，几乎都能遇见何诗海老师，有时候和他打招呼，有时候看他在看书，手上还不停地做笔记，扫一眼，写得密密麻麻，我只好悄悄经过，不敢打扰。我只是偶尔去，偶尔都能遇见，说明何老师经常去。感谢何老师让我知道什么是真正的勤奋，他给我做了最好的榜样。

临近毕业，常有诸多困扰，感谢许云和老师为我答疑解惑，和许老师聊天是一件很开心的事情，我给他点上一支烟，就像和邻居长辈聊天那样，他和我分享他的人生经历，让我能更好地认识自己。

我和同学们私下讨论过，我们都最"怕"刘湘兰老师。开题、预答辩，刘老师的点评针针见血，让我们本来就"渣"的写作彻底暴露，没有地缝可钻，只能厚着脸皮告诉自己，挺住。这不是故意刁难，而是一种高要求。她曾在预答辩时告诫说："必须要有学术精神"。我将永远铭记刘老师的教诲。

还有彭玉平老师、孙立老师、吴承学老师，三位老师在开题和预答辩时给我提了诸多意见，打开了我的写作思路，我平时也多在读他们文章的过程中得到启迪。

康乐园三年，我和凌天明、夏朋飞交往最多，常常一起打球，一起喝酒，一起"吐槽"种种不开心的事情。还有罗传港、何振、石雅梅、黄文彬、胡中丽等同学，我们常"抱团取暖"，给平时枯燥的生活增加不少乐趣。

有一个特别的人，我的女朋友侯晓琳，我们一起经历过太多事情，尤其在广州相依为命的日子，挫折已不必说，她的陪伴让我每天都觉得幸福。每一个天使都热爱美丽，所以我懂得她的珍贵。未来我将与她同行，每一条路，必携手同心。

走笔至此，零零碎碎地写了一堆，我想起小时候父亲送我上学的情景。我在县城上小学,家住农村,学校和家里距离较远,父亲平时骑摩托车接送我,到学校大约需要 20 分钟。一个下着大雪的早晨,雪厚到走路都艰难,父亲的摩托车已然无法骑行。我说:"爸,要不今天不去了。"他说:"就是下子弹你也得去。"他把家里的自行车推出来,让我坐着后座上,然后推着自行车,挑雪薄的地方走。几次自行车要滑到,父亲都用身体倚住车身,继续前行。我当时突然明白了点什么,又说不清楚。今天回想,或许早有答案。

2020 年 11 月 20 日记

二

过了两年,再看自己的博士论文,有一种"说不出来"的感觉。之所以"说不出来",是因为虽然进行了修改,但还是没达到想要的样子,《宋文鉴》的研究实感再难以掘进。自我工作以来,"为稻粱谋"成为经常思考的问题。坦白说,我决定将自己的博士论文出版,属于"为稻粱谋"。母亲常告诉我,人要知足,做好眼前的事就行,轻松点活。她不知道我是研究啥的,只是很满意我有了工作。谢谢母亲,是她给予我乐观的力量,让我在"内卷"中不迷失方向,我希望她的广场舞生涯能到九十岁。我的女朋友侯晓琳终于在今年成为我的妻子,我们还将迎来一个可爱的娃娃,实在是让人又开心,又感到压力山大。感谢我的岳父、岳母,愿意把她嫁给我。

最后还想感谢几个人:我的师兄杜学林、鲁梦宇,师姐孙海桥、杨瑞、李向菲,感谢他们给我的诸多修改意见。我的好兄弟常开洋、何松、黄阳,谢谢他们从十来岁就开始陪伴我成长。感谢我学术上的挚友徐贺安博士,十余年来,我和他始终相互鼓励,希望他早日找到理想的女朋友。

本书的出版,得到贵州民族大学文学院龙耀宏老师、吴电雷老师、杨锋兵老师、刘笑玲老师的诸多帮助,谨致谢忱。最后,感谢本书的编辑宋旭华老师,宋老师是一个实在的人,细心且专业。

无论怎样,我对学术的追求还将继续,希望下一本书可以稍好些。这本小书的出版,就当作过往的一个纪念吧!

附记

2022 年 9 月 3 日于花溪,时值疫中